길에 관한 명상

길에 관한 명상

최인훈 전집 13

길에 관한 명상

초판 1쇄 발행 2010년 6월 24일
초판 3쇄 발행 2024년 9월 4일

지은이 최인훈
펴낸이 이광호
펴낸곳 ㈜문학과지성사
등록번호 제1993-000098호
주소 04034 서울 마포구 잔다리로7길 18(서교동 377-20)
전화 02) 338-7224
팩스 02) 323-4180(편집) / 02) 338-7221(영업)
전자우편 moonji@moonji.com
홈페이지 www.moonji.com

© 최인훈, 2010, Printed in Seoul, Korea

ISBN 978-89-320-1927-7 04810
ISBN 978-89-320-1914-7(세트)

최인훈 전집 13

길에 관한 명상

문학과지성사
2010

일러두기

1. 『최인훈 전집』의 권수 차례는 초판 발행 연도를 기준으로 했다.
2. 이 책의 맞춤법 및 외래어 표기는 국립국어연구원의 『표준국어대사전』을 따랐다. 다만,
   일부 인명(러시아말)과 지명, 개념어, 단체명 등의 표기와 맞춤법, 띄어쓰기는 작가와
   협의하에 조정하였다.
3. 인용문은 원본 그대로 표기하는 것을 원칙으로 하였으나, 경우에 따라 현행 맞춤법에
   맞게 옮겼다.
4. 속어, 방언, 구어체, 북한어 표기 등은 작가가 의도한 바를 그대로 따랐다.
   예) 낮아분해 보이다/더치다/좀체로/어느 만한/클싸하다 등.
5. 단편과 작품명, 논문명, 예술작품명 등은 「 」, 장편과 출간된 단행본 및 잡지명, 외
   국 신문명 등은 『 』부호 안에 표기했다. 국내 신문은 부호 표기를 생략했다.
6. 말줄임표는 ……로 통일하였고, 대화문이나 직접 인용은 " "로, 강조나 간접(발췌)
   인용은 ' '로 표기하였다.

차례

일러두기 · 4

21세기의 독자에게 · 8

머리말 · 11

1부

원시인이 되기 위한 문명한 의식 · 17

상황의 원점 · 36

변동하는 시대의 예술가의 탐구 · 56

광고 문화 · 93

평화의 축적 · 98

광복의 달에 · 103

내가 읽은 그 책 · 108

거인유예居仁遊藝 · 110

문명과 종교 · 114

70년대 의식사 · 117

연극이라는 의식 · 120

다하지 않는 만남 · 123

근원에 대한 탐구 · 125

옛날 옛적에 훠어이 훠이 · 127

현대인이 잃어버린 것 · 129

인생, '만남'과 '헤어짐'의 모자이크 · 132

우리 자신을 만나는 자리 · 134

전설의 숲 속에서 만난 온달과 평강공주 · 136

미美 무대에 한국 초가집이…… · 140

「옛날 옛적에 훠어이 훠이」 · 144

이탈리아의 인상 · 148

인생으로서의 연극 · 154

바닷가에서 · 156

우리는 이제 특권을 잃었습니다 · 159

꽃과 나 · 165

창작 수첩 · 169

나의 습작 시절 · 173

『광장』의 이명준, 좌절과 고뇌의 회고 · 177

『광장』의 주인공 이명준에 대한 생각 · 194

도버의 흰 절벽 · 203

레바논과 책 · 208

예술이 추구하는 길 · 217

예술이란 무엇인가 · 223

길에 관한 명상 · 248

2부

말 · 261

위인의 전기와 소설 · 266

통일, 그리고 파라다이스 · 270

작은 일 · 273

만나기 위한 기다림 · 277

깨어 있는 꿈 · 279

막이 오르기를 기다리면서 · 281

인간의 Metabolism의 3형식 · 284

우리를 슬프게 하는 것들 · 295

문학사에 대한 질문이 된 생애 · 300

기억이라는 것 · 305

완전한 개인이 되는 사회 · 340

남북조 시대의 예술가의 초상 · 353

작가와의 대화 · 363

사랑과 시간 · 381

"연극이야말로 인간이 가진 위대한 예술" · 384

울보와 바보 · 389

「두만강」에서 「바다의 편지」까지 · 393

해설 문명의 불안／김태환 · 445

21세기의 독자에게

이 책에는 16년 전에 나온 책(『길에 관한 명상』, 청하)의 내용에 그 후에 쓴 비슷한 종류의 글들이 보태져 있다.

보탠 글들은 나의 희곡이 공연될 때마다 쓴 「작가의 말」들, 이런 저런 잡지들의 청탁을 받아 쓴 수필들, 대담과 강연 기록들이다. 희곡 공연 관계의 글들은 전의 책에도 여러 편 실렸던 것과 마찬가지로 이런 형식으로 한곳에 모아두는 것이 관심 있는 사람들에게는 자료로서의 쓸모가 있겠고, 보통 독자들에게는 희곡이나 연극에 대한 일반적인 의견을 말한 글이라는 성격이 될 수 있을 것이다. 대담은 가장 가까운 과거에 이루어진 표현이어서 지은이의 현재의 자리를 알고 싶은 독자들에게 도움이 되었으면 다행이겠다.

말하고 싶은 것을 소설이라고 하는 형식으로 말할 수 있었던 운명에 대해서 마땅히 감사하고 싶다. 보다 덜한 난세에 태어났더라면 그만큼은 덜 혼란스러운 마음을 지니고 살 수 있었겠지만, 그러지 못했을 바에는 소설을 쓴다는 직업을 가질 수 있었던 것은 자기를 추스르고, 무엇이 어떻게 되어 있다는 것을 가늠해보는 구체적인 실험실을 지니고 살 수 있는 길이었기 때문이다. 그 실험실 속에서의 작업은 무엇보다 나 자신에게 삶에 대한 방향 감각을 가지는 근거가 되었다. 그것을 독자에게 제공한다는 것은 실험 내용을 공개해서 동일한 형식의 존재자들의 참고 자료가 되게 하는 일이다.

이 책에 담긴 글들은 그런 성격의 소설들을 쓰면서 그것들과 겹쳐서 쓰게 된 소설 이외의 글들이다. 형식이 다를 뿐 문제의식은 나의 소설의 세계와 이어져 있다 필자의 수설에 흥미를 가질 수 있었던 독자들이라면 여기 실린 글들을 아울러 읽으면 서로가 서로를 밝혀주는 몫을 하는 느낌을 받으리라고 생각한다.

필자가 자기 감각으로 더듬으면서 그리고 짧지 않은 기간에 걸쳐서 어떤 길을 놓치지 않으려고 애쓴 마음의 길 가기, 마음의 뱃길을 적어놓은 글이므로 웬만한 참고 자료는 되지 않을까 믿어본다. 「원시인이 되기 위한 문명한 의식」(1979)은 1994년에 발표된 나의 소설 『화두』의 서곡이 되어 있음을 알 수 있겠다. 「원시인이……」를 쓸 때는 이 글이 열 몇 해 지나서 『화두』라는 모습으로 전개되리라고는 생각하지 못했다. 두 글 사이의 시간이 무엇을 의미하는가에 대한 설명은 두 글을 다 읽은 다음에야 스스로 드러날 것이다. 「예술이란 무엇인가 — 진화의 완성으로서의 예술」과 「길에 관한 명상」 「인간의 Metabolism의 3형식」은 서로 보완하여 예술을 어떻게 생각하면 좋은가 웬만큼 받아들일 만한 설명이 되어 있다고 생각한다.

이 책이 21세기의 독자 여러분을 만나게 된 것을 기뻐한다.

2005년 봄

화정에서

최인훈

머리말

　이 책에 실린 글들은 1970년대 말에서 현재까지에 걸쳐 여러 주제들에 대해서 쓴 것들이다. 「원시인이 되기 위한 문명한 의식」은 전집 완간에 즈음하여 주어진 기회에 필자가 써본 문학적 자기 소묘이다. 자신의 작품을 소재로 한 탓이겠지만 여러 문제에 대해 생각을 정리할 수 있었던 글이다. 이 글의 입장에 대해서는 지금도 그렇다고 말하겠다. 비슷한 시기에 이루어진 「대담」을 지금 읽어보니 넓은 범위에 걸쳐 좋은 의견을 나누고 있는 것을 알겠다. 「원시인이……」와 짝을 맞춰보면 필자의 문학적 초상화가 보인다. 1980년대의 운명이 아직 결정되지 않았던 시점에서 씌어진 글인 「상황의 원점」을 읽어보니 교차하고 있는 '현실'의 힘들을 이렇게 가깝게 느끼면서 글을 써야 한다는 우리 시대의 성격을 생각하게 만든다. 필자의 희곡들이 공연될 때마다 극단에서 내는 팸플릿에 쓴 글을 찾아서 모두 실었다. 희곡과 연극을 통해서 무엇인가에 접해보려고 한 그동안의 흔적들이다. 「예술이란 무엇인가」「레바논과 책」「길에 관한 명상」은 예술이란 현상을 어떻게 자리매김해야 하는가를 놓고 움직여온 생각이 이 순서대로 매 편마다 약간씩 더 정리되어 있다. 나머지 글들은 다른 주제로 부탁받을 적마다 쓴 것들이다. 이 책은 필자의 네번째 산문집이다. 『문학을 찾아서』(1971), 『문학과 이데올로기』(1979), 『유토피아의 꿈』(1980)에서 모색되고 있는 논점들이 되풀이 다루어지고 있는데, 이런 논점들은 필자가 창작이라는 형식의 행동을 하는 가운데서 피할 수 없이 나타난 문제들이다.

첫번째 산문집과 이번 책 사이에는 필자의 『하늘의 다리』『소설가 구보씨의 일일』『서유기』 그리고 『태풍』 등의 소설과 희곡 작품들이 놓여 있는데 이 부분의 창작들의 성격이 두 산문집 사이의 변화에 관계가 있어 보인다. 문학이란 행동은 인간에게 있어서 무엇인가, 하는 「문학에 대한 자의식」은 문학의 빠뜨릴 수 없는 한 부분이라고 생각한다. 문학에서만 그렇다는 것은 아니다. 물질이나 간단한 생명체가 아닌 인간이 자신에게 던지는 고유한 자기 질문이다. 이러한 자기 인식의 철저함이 크게 증폭되어 역사의 소용돌이를 이루고 있는 세기를 우리는 살아오고 있다. 필자가 언어 예술의 창작 과정에서 만난 문제도 결코 특별한 것이 아니라 보편적 인간 문제의 문맥에서 나온 것이라 생각한다. 언어 예술의 현장에 있었기 때문에 '언어'와 '예술'이라는 형식의 질문으로 나의 생활에 들어온 것이다. 그에 대해 응답하려는 가장 가까운 결과가 이 책의 내용이다.

1989년 봄

최인훈

1부

원시인이 되기 위한 문명한 의식

1952년 봄 나는 피란 수도 부사에서 서울법대 신입생 생활을 하고 있었다. 학교는 대신동 공설 운동장 근처에 있는 바라크 천막 교실이었다. 근처에는 이화대학이 있었는데, 등교하는 길목이라 마찬가지 바라크에서 울긋불긋한 차림의 그들이 드나드는 것을 늘 보게 되는데, 그 대조가 매우 인상적이었던 기억이 어제 같다. 대학이 어떤 곳이라는 관념이 있었을 리 없고, 어떤 것이어야 한다는 것을 재빨리 알아볼 만한 눈치도 나한테는 부족했던 것 같다. 나는 피란 와서 정착하게 된 목포에서 고등학교를 나왔는데, 졸업 무렵이 되어 친하게 지내던 패들이 법대에 많이 지원하는 데 묻혀서 따라왔다고 하는 것이 진학의 동기이고 보면 지금 생각하면 명청한 일이었다.

나중에 보니, 법대에 온 친구들은 생애를 그 방면으로 끌고 갈 작정들이 있었다고 볼 수 있으므로, 나는 틀림없이 못난 오리 새

끼였던 셈이다.

한 학기를 지내보니 벌써 학교라는 것은 나에게 지루하고 괴로운 것이 되고 말았다. 그렇다고 전과를 한다든지 하는 주변성도 나에게는 없었다. 이해 여름방학에 나는 「두만강豆滿江」이라는 소설을 쓰기 시작해서 한 3백 매쯤을 썼다. 이것은 당시의 나의 불안한 마음을 달래기 위한 자기방어였다고 생각한다. 물론 당시의 문학계에 대해서는 아무 지식도 없었다.

아마 나는 대학이란 것에 대해서 너무 상식에 맞지 않는 기대를 가졌는지도 모른다. 더구나 1952년이라는 상황을 생각하면 더욱 그렇다. 그러나 1952년이든 1852년이든 스무 살 안팎의 청년이 사회제도에 대해서 신비한 기대를 가지는 것이 그리 괴상한 일은 아닐 것이다. 주관적 진실은 그대로 진실이지만, 객관적 진실 역시 진실이라는 것을 몰랐다는 것뿐이다. 객관적 진실을 쉽게 '부산 1952년 한국'이라 불러볼 수 있을 것이다.

당시 나는 그때까지의 문학 서적의 탐독으로 모든 독서 청년들이 그러한 것처럼 매우 고약한 의식 세계의 소유자였다. 잡독에 의해서 온갖 관념이 상당한 부피로 쌓여 있는데, 거기에 아무 체계가 없다는 상태 말이다. 잡다한 관념들은 나에게는 모두 구슬로 보였을 것이다. 더구나 구슬이 서 말이라도 꿰어야 보배일 것은 말할 것도 없는데, 그런 끈이 법대 신입생의 머리에 생겨날 리도 없고, 구하고 나서봐야 어디 있을 것도 아닐 것은 물론이다.

그러나저러나 나는 학교에는 더욱 안 나가기 시작하고 하숙방에 박혀서 다른 책만 읽었다. 소설뿐만 아니라 문학에 꼭 관계가 없어도 닥치는 대로 읽었다. 그러다가 「두만강」을 쓰기 시작한 것은 그나마 그 당시의 나를 나 자신이 기특하게 생각할 수 있는 일이었다고 생각한다.

당시 가족은 부친의 직장이 있었던 강원도에 있었고, 나는 혼자 완월동 산 언덕배기에 부친이 지어준 단독 바라크에서 살았다. 그때 주택 사정을 생각하면 호화 집필실의 자격이 있었다. 첫 학기가 끝난 초여름부터 나는 여기서 「두만강」을 썼다. 창문으로는 자갈치시장 너머로 영도를 중심으로 한 부산 항구가 내려다보이는 집에서 나는 멀리 두고 온 고향의 이야기를 썼다.

어느 집에서니 그렇겠지만, 맏자식에 대한 기대를 가지고 피란민 처지에 이북에서 온 이후 곧장 고등학교에 취학시키고, 단절 기간 없이 대학에 보내준 부친의 성의를 생각하면, 그때 내가 유학지인 부산에서 무엇을 하고 있었는가를 만일 부친이 알았다면, 이런 생각을 하면 지금도 나는 죄송한 마음을 금할 길 없다.

그러나 나의 진실 역시 어찌할 수 없는 진실이었다. 나는 행복하였다. 난생처음으로 나는 무엇인가 내 손으로 든든한 것을 붙잡은 느낌을 「두만강」을 쓰면서 느꼈다.

나는 내 속에서 흘러간 시간을 따라가면서 한 세계를 만들어내는 즐거움에 빠져 있었다. 지금 나는 그 행위에 대해서 이름을 줄 수 있을 것 같다. 내 손으로 만들어낸, 그것은 자제自製의 통과의례通過儀禮였다고 말하고 싶다. 내 자신의 사회적 자아를 확인할 것을 주위에서 발견해내지 못한 마음이 만들어낸 사제私製의 의식儀式, 그것이 「두만강」을 쓴다는 행위가 나에게 가진 뜻이었을 것이다.

이 작품은 이해 겨울까지 7백 매를 써나갔다. 학교에는 점점 더 나가지 않게 되고, 이듬해 환도하면서 나는 서울에 처음 살게 되었다. 곳곳이 부서진 거리는 또 다른 경험이었다.

우리 집은 1947년에 고향 회령에서 원산으로 이사 와서 1950년 즉 전쟁 때까지 살다가, 철수하는 국군을 따라 월남한 후 부산에서 잠깐 머물고 곧 먼 친척이 먼저 와 있던 목포로 갔었는데, 그때마다 새 도시와 만나는 데 정신이 없었다. 그야말로 지리적 통과 의례를 치르기에 바빴던 것이다.

이 무렵 나는 어느 책에선가 현대인은 '성격'이라는 것을 가질 수 없다는 글을 읽고 충격을 느꼈다. 아마 성격이라는 말을 기질이라는 뜻보다는 가치 규범이라는 말로 저자는 비유적으로 쓴 것이겠지만, 생물적 특징과 가치 의식을 일부러 겹쳐서 표현한 그 말은 그야말로 생리적 충격을 주었다.

그렇다면 나는 누구인가? 하는 공포가 생리적으로 나를 덮쳤다. 적어도 문학과 관계하는 생애를 가질 바에는 이런 소박한 초심初心은 귀중한 것이었다.

언제부터 어떻게였는지는 모르겠지만, 당시 명동 여기저기 있던 음악실, 다방 같은 데를 드나들게 되었고, 청동다방에서 오상순 선생을 자주 뵈었다. 이때의 경험을 소재로 쓴 것이 「우상偶像의 집」이다.

학교에는 거의 나가지 않았다. 시험 때면 교과서를 한 번 읽고 친구들 하숙집에 가서 주인이 다른 공부를 하는 틈에 노트를 빌려 읽고 이튿날 시험을 치곤 했는데, 성적은 대개 C, B, A는 아마 전혀 없었거나, 어쩌다 잘못돼서 있었는지 없었는지 잘 모르겠다.

그래도 학점은 나왔고 졸업은 할 줄 알았는데, 마지막 학기에 유례없이 출석률 미달자는 시험을 치지 말라고 공고가 붙었다. 그래도 그렇습니까, 하고 집에 갈 수도 없어서 첫날에는 시험지를 냈는데, 이튿날 감독 교수 말이 출석률 미달자는 시험지를 내도 소용없으니, 한 학기 더 다닐 생각을 하라고 재차 선언하는 것이었다. 그때 자격지심에 창피하고 졸업반인데 너무하다 싶어지면서 되레 화가 나서, 남은 과목의 시험은 치르지 않고 말았다.

부친은 이 말을 듣고도 아무 말도 하지 않았다. 아마 절망했던 모양이다. 9월 졸업을 위해 한 학기 등록할 생각도 없어서 군대 소집에 응했다. 7년간의 군 복무 생활은 그렇게 시작되었다. 나의 군대 생활을 돌이켜보면, 어떤 의미에서 참다운 의미의 '나의 대학'이었다고 생각한다.

직업 군인으로서 출세하려고 들어간 것이 아닌 바에는 군 업무는 나에게 큰 정신적 부담을 주지 않았다. 그리고 통역장교, 정훈장교, 보도장교 등으로 근무한 탓으로 책을 읽는 생활을 주위에서 유별나게 보지 않아 주는 평안함을 누릴 수 있었다.

1959년 무렵에 박용숙 형의 안내로 나는 안수길 선생에게 작품을 보여드렸다. 「두만강」은 7백 매에서 더 쓰지 못하고 그 후 전혀 습작은 하지 않았다. 지금 생각하면 그때 실력대로 아무튼 써 갔으면 그 나름대로 완성된 한 작품을 이룰 뻔한 것인데, 중단한 까닭은 써가는 도중에서 초심의 선명한 세계가 무너졌기 때문일 것이다.

작품이란 혼돈에 대해서 원칙상 무한할 수밖에 없는 접근로에서 그중 한 가지를 택하는 결단인데, 애초에 그런 약속에 의해 사상捨象한 다른 접근로가 자꾸 시야에 들어오기 마련인데, 그것을 끝까지 배제할 만한 신념이 없었기 때문이다. 아까운 일이었지만, 그럴 만한 이유가 있었으니 어쩔 수 없는 일이었다. 그 이유란 아마 결단력의 부족이라고 해야 할 것이다.

그래서 1959년에 안 선생님에게 보인 작품은 「두만강」이 아니었고, 새로 쓴 작품이었다. 선생은 곧 추천해주셨는데, 그해 『자유문학』 10월호에 나온 「그레이 구락부 전말기」가 그것이다. 이어 같은 해 12월호 같은 잡지에 「라울전傳」이 추천받아, 1950년대의 마지막 해에 문단에 나오게 되었다.

이듬해(1960)에 「우상의 집」 「9월의 달리아」 「가면고假面考」를 쓰고 같은 해 10월 『새벽』 잡지에 『광장廣場』을 발표했다. 그때까지 내가 생각해온 바를 솔직하게 담을 수 있었던 작품이다.

내가 살고 있는 사회의 의미와 그 속의 한 개인의 의미를 자기 자신을 소외시키지 않는 감정이입을 행복하게 곁들이면서 만들어낸 '사제私製의 통과의례 전범典範 1960'이었다. 이것을 쓸 때, 나는 이제부터의 문필 생활은 무언가 개방된 지적 토론의 분위기가 통상화되는 그런 것이 될 것이라는 전망을 가졌던 걸로 기억된다.

『회색인灰色人』은 그런 전망이 달리 전개된 상황에서 또다시 자기 자신이 어디에 있는가, 어떤 사회에 사는가를 자기에게 다시 설명해야 하는 일을 해야 하는 새 통과의례 전범 작성의 암중모색의 기록이었다. 제목에 쓴 '회색'이라는 비평적 형용 속에 나는 나 자신에게도 확실치 않은 말은 적어도 하지 않겠다는 것과, 그러면서도 상황을 분석하려는 노력을 해야 하는 딜레마의 느낌을 담은 것으로 알고 있다.

「두만강」 같은 사실적이지만 좁은 세계일뿐더러, 어떤 안정된 통념(그것이 유치하든 심오하든)을 전제로 한 세계상은 시대가 거듭 내보이는 혼돈과 신비와 복마전伏魔殿의 원경遠景 같은 모습 앞에서는 무력해 보였기 때문에, 『회색인』에서는 그러한 통념들의 발생학적 추적 같은 방식으로 창작 의식이 흘러갔고, 나는 그 의식을 따라갔다. '표현이라는 행동 자체에 대한 자기의식'이라는 마귀에 들리기 시작한 것이다.

아무튼 이 무렵 해서 내게 어렴풋이 짐작이 된 중요한 생각은, 무엇이 어찌됐건 모든 형태의 객관주의의 늪에 늘 조심해야 할 것 같다는 것, 역사적 의인법 속에 자기 자신을 소외시킨 채 끌려다녀서는 안 되지 않을까 하는 착상이었다.

문학이 자기 자신의 존재 이유를 잃지 않으려면 실존주의, 그것도 키르케고어의 순수한 통찰대로의 '개인'을 어떤 의미에서건 팔아넘겨서는 안 된다는 것과, 그러면서도 '개인'이라는 것은 인간 개체이므로 동물하고는 달라서 개체 이상의 차원(사회)과 분리해서 개별성을 파악할 수는 없다는 이 모순의 어느 쪽도 버리지 않고 문제를 해결해야 한다는 생각이었다.

『회색인』은 말하자면 통과의례 규정을 자기 손으로 만들어야 하겠다는 집념에 사로잡힌 어떤 원시인 젊은이의 공방工房의 기록이라고 나는 생각하였다.

『서유기西遊記』는 『회색인』의 속편으로 쓴 작품인데, 단테를 인용하여 말해서 「나의 지옥편」이라고 부르고 싶다. 나는 이 작품에서 '사회적 자아'라는 인간 개인의 내면 구조를 붙잡은 듯싶다. 개인에 있어서 '사회'라는 것은 프로이트가 말하는 '초자아'의 형태로 개인의 의식 속에 모형이 빌트인Built-in되어 있는 것으로 보아야 할 것 같다.

자아가 타아와 어울린다는 것은 '자기 안에 있는 남'의 매개를 통해서만 가능하다는 생각이다. 그렇지 않으면 '남'이란 자기가 '먹어버리는 것'이거나 '먹혀버리는 것'이거나 하는 객체에 지나지 않는다. 『서유기』에서는 '자기 안에 있는 남(그러면서도 자기 안에 있고 보면 그것은 자기이기도 한),' 그러한 의식의 구조를 탐구해보았다.

이것은 일종의 교양소설이지만, 종래의 것과 다르다면 의식해서 인문적 사색 대신 사상을 의인화해서 사상의 극, 사상의 서사시 같은 느낌을 준 것과, 이러한 탐구의 '내용'만이 일원적으로 작중 공간에서 객체화되지 않도록 하기 위해서, 이런 사상조차도(말할 것도 없이) 주인공의 의식이기도 하다는 것을 나타내기 위해서 일부러 계산된 단절과 지리멸렬의 분위기를 띤 전개를 택했다.

나에게는 단테가 가졌던 「천국편」의 마련이 없었기 때문이다. 사실 이러한 소설 형식은 공인된 가치의 틀이 이미 문학 이외의 형식(종교라든지 정치제도라든지, 잘 보존된 전통 예술이라든지, 국학의 방대한 축적이라든지)으로 정리되어 있으면 구태여 소설 속에서 되풀이하지 않아도 될지 모른다. 그러나 변혁의 시대에는 '인간'

을 구성하고 있는 '안'과 '밖'이 어느 것이 어느 것인지 뒤죽박죽 되기 마련이고, 그럴 때는 인간 구조의 모형을 다시 환기하는 일은 건강한 반응이며 불가피하지 않을까 하는 것을 생각하게 된다.

원래 『회색인』『서유기』는 3부작을 만들 생각이었는데, 제3부를 어떤 형식으로 써야 할지 몰라서, 그다음에 쓴 것은 「크리스마스 캐럴」 연작이 되었다. 이 무렵 문학이라는 표현이 다른 언어 표현과 어떻게 다른가 하는 문학의 인식론(보통 미학이라 부르는)에 대한 관심이 더 절박해진 그런 심경에서 「문학은 현실 비판이다」가 씌어졌는데, 여기서 말한 생각의 골격은 아직도 나에게는 유효한 것들이다.

문학과 음악과의 관계를 중심으로 음악이 일원一元 음계라면, 문학은 이원二元 음계라는 생각을 쓴 것이다.

음악에서는 형식(음)과 내용(음이 환기하는 정서)이 유착되어 있지만, 문학에서는 형식(언어)과 내용(언어 기호가 지시하는 인생 표상)은 약속에 의한 것이기 때문에, 생리적 반응을 순화한 것인 음표상과 같은 의미에서는 문학표상은 근원적 환기력이 없으므로, 문학의 형식(언어 기호)은 재편성되고 재정의되고 하는 과정을 주기적으로 갖지 않으면 안 된다는 생각을 쓴 것이었다.

음악과의 비교 때문에 이렇게 말하는 것이지만(음악도 실은 그렇겠지만) 이것은 물론 본말 전도의 설명이다. 문학미의 내용이 달라지기 때문에 형식(언어)이 달라지는 것이지만, 언어는 상대적으로 불변의 의미 질서이기 때문에, 우리가 문학작품을 이해할 때는 i) 보편적 전달 도구로서의(즉 문학 이외의 전달 도구이기도 한 언어로서의) 언어의 의미 질서에 의한 이해→ii)작품 상황의 이해(i)의 의미에서의 언어에 의한 의미 자체를 '코드'로 삼아 문학으로서의 상징 의미를 해독하는)라는 이중의 과정을 거치게 되는데, i)의 과정에는 이미 순수 기호 이상의 통념의 요소가 엉켜 있기 때문에, 이 통념과 어긋나는 ii)를 표현하려고 할 때는 i)에서 언어에 대한 정화의 노력이 있어야 한다고 생각했던 모양이다.

「크리스마스 캐럴」에서는 우리 머릿속에 있는 '초자아'의 원산지를 추적해보았다. 좋기만 하다면 원산지가 어디든 상관없지만, 알고 지내는 것과 모르는 것 사이에는 큰 차이가 있다. 흔히 외국 문화를 가려서 받아들인다는 표현을 하는데, 이것은 관광 쇼핑 안내 문적이거나 좀 물물교역 시대적인 표현이다.

외국 문화는 어떤 것이든지 받아들여도 좋다. 다만 원물형原物形으로 받아들일 것이 아니라, 그것을 요소로 분해해서 구조식을 알아내고, 다음에는 소재는 국산 자재든 수입 자재든 간에 완제품을 국내 생산을 하여 저렴한 가격으로(즉 정신적 낭비 — 외국 숭배·물신 숭배 — 어떤 '정신'은 꼭 어떤 나라의 생득의 점유물이라는 식의 — 를 줄이고) 지식 시장에 내놓는 일이 바른 태도일 것이다. 「크리스마스 캐럴」은 기독교를 측심추測深錘로 사용한 우리 시대의 지적 풍속의 탐사라는 생각에서 씌어졌다.

그럴 즈음 한일 국교 파동이 일어났다. 「총독總督의 소리」 연작은 이에 대한 반응으로 씌어졌는데, 많은 사람들이 많은 말을 한 이 작품의 형식에 대해 나는 두 가지 설명을 하고 싶다.

첫째는 나는 이 소설에서 문학의 형식을 파괴하면서라도 온몸으로 부딪쳐야 할 위기의식을 느꼈다는 일이다. 둘째는 그렇다면 정말 문학 장르의 테두리를 넘었느냐 하면, 나는 그렇지 않다고 말할 수 있다. 이 형식은 별다를 것 없는 풍자소설의 정통 적자嫡子다. 적의 입을 빌려 우리를 깨우치는 형식이다. 빙적이아憑敵利我이다.

여기서 말하는 연설은 바로 풍속적으로 그 연설에 가장 합당한 풍속적 의상 즉 총독의 옷을 입고 있다. 전위적이기는커녕 너무 소심할 정도의 용의가 아닐까 한다. 전위적이라면 오히려 방송 뒤에 붙인 익명의 독백 부분이다. 앞의 부분의 연설을 모두 부수는 역할, 그 연설조는 그저 그만한 섯 즉 총독의 눈이리는 그물에 걸린 상황의 요약이며, 이 세계의 복잡성은 그게 아니라는 부정의 부분이다.

이 두 부분이 어울려서 빚어내는 어떤 비전, 그것이 이 소설의 진정한 최종적 '작중 상황'이다.

1970년대에 들어와 첫 작품이 「소설가 구보씨의 일일」이다. 같은 해에 나는 평론집 『문학文學을 찾아서』를 내놓았다. 이 평론집에서 나는 소설이라는 방법보다 더 간결한 산문을 가지고 문학은 대체 무얼 하자는 것인가에 대한 나의 소견을 말해보았다. 문학은 역시 통과의례 전범, 성상聖像, 기도祈禱, 공안公案, 화두話頭와 같은 성격의 것이라고 주장하고 있다.

i) 형식적으로는 예술은 유한을 가지고 무한을 말하는 것이다. 계系. 따라서 예술 작품의 대소 장단은 본질적으로는 예술의 무게나 깊이에 아무 필연적 상관이 없다. ii) 내용적으로 예술은 바로

무한한 것을 표현한다. 계系. 따라서 예술이 다른 표현과 다른 것은 상징 폭의 깊이에 있다.

예술은 자기가 표현한 것을 동시에 끊임없이 파괴하지 않으면 안 된다. 표현하면서 파괴하는 것이 아니라, 표현이 파괴며, 파괴가 곧 표현인 그런 모순의 몸짓을 고안해내는 것이다. 이런 긴장이 없는 예술은 그것이 쓴 허울이 무엇이건, 하느님이건, 민족이건, 민중이건, 자아건, 혹은 고양이건 예술 아닌 다른 무엇인가. 이런 생각이 이 책의 논리가 되어 있다.

나는 허구의 이야기로 엮는 창작 장르에 못지않게, 그 창작이란 것은 대체 무엇인가 하는 이론적 파악을 주기적으로 하지 않으면 늘 견딜 수 없이 불안하다.

그 까닭은 앞서도 얘기한 것처럼, 우리 시대는 이미 삶의 뜻이 동상이나 성상처럼 고체형으로밖에 있지도 않고, 그렇다고 경문이나 '미사'처럼 안에 있는 것도 아니고, 그렇다, 마치 주식 시장의 장세표場勢表처럼 시간의 띠 위에 각각으로 표시되는 주가처럼 벌써부터 '움직이는 질서'의 형태로만 존재한다는 그런 세계 인식 때문인 줄로 안다.

「소설가 구보씨의 일일」에서는 이런 인식 위에서 구보라고 하는 소설가의 마음의 레이더에 들어오는 생활의 파편들을 미분하고 적분하면서 그의 이성과 정서의 장세場勢를 각각으로 추적해보았다. 나는 이 소설을 지극히 소시민적으로 꿀을 바른 '나의 율리시즈'라 부르겠다.

곧이어 나는 「태풍颱風」을 썼다. 나는 이 소설을 쓰면서 유럽 문학의 바탕이라든지, 고전 아시아 세계에 존재했던 어떤 문화권을 머리에 그리면서 썼다. 즉 그 지역의 사람이면 국경을 넘어서도 이해할 수도 있고 시인할 수도 있는 그런 형식으로 써보았다. 국경 밖에서도 통하는 어떤 정신의 기준 화폐를 생각하고, 모든 인사人事를 그 화폐에 대한 환율에 따라 표시하는 방법이다.

그 화폐란 부활의 논리이다.

숙명론과 물물교환적 현물주의 대신 국제통화에 의한 신용 결제의 논리로서 '부활'을 생각해보았다. 삼족을 멸하느니, 연좌니, 이데올로기 무술巫術이니 하는 우리 시대의, 우리의 어제의 나쁜 유산들을 해독하는 인간의 지혜로서의 '부활' 말이다. 영원한 악인도 없고 영원한 선인도 없다. 자기비판에 의해서 몇백 번이든 개인은 천사처럼 청정하게 거듭날 수 있다. 이것이 미래의 부활, 천당의 영생이 보이지 않게 된 이 잔인한 우리 시대에 우리 힘으로 가능한 자력 구원의 길이라는 생각에서였다. 『광장』→『회색인』→『서유기』→「소설가 구보씨의 일일」→「태풍」이 결과적인 5부작으로 읽히기를 바란다.

『광장』에서 내가 내놓지 못했던 이 지상에서의 창조적 생활의 원리가 되지 않을까 싶은 것이 「태풍」에서의 '부활의 논리'이다. 이 작품은 현지 취재를 할 수 있었던 작품이다. 1973년 베트남 주둔 한국군 사령부의 문인 초청 방문 길에 나는 베트남의 풍물과 사회 분위기를 관찰할 기회가 있었다. 열흘쯤 되는 짧은 기간이었지만, 나에게는 충분하였다. 논픽션의 반대 극에 있는 소설을 위해서는 그 기간에 관찰한 것들만을 가지고 작중 상황으로 변모시키는 것은 어렵지 않았다.

어느 나라의 이야기도 아니지만 모든 나라의 이야기고, 어느 누구의 이야기도 아니지만 모든 사람의 이야기라는, 픽션이라는 말을 가장 순수하게 실험 조건으로 받아들이고 쓴 소설이다.

이 소설은 중앙일보에 연재했는데, 연재가 끝날 무렵인 1973년 9월에 아이오와 대학의 IWP에 초청되어 미국에 가서 머물다가 1976년 5월에 돌아왔다. 미국에 있는 사이에 틈틈이 『광장』을 다시 손질했다. 한자말을 토박이 우리말로 고치는 것에 주력하고, 작중 상황의 시공간이 현장에서의 주인공의 내면 시공간의 상징으로 기능하는 효과를 높이려고 한 것이다.

미국에서 쓴 또 하나의 작품은 희곡「옛날 옛적에 훠어이 훠이」다. 우리나라의 장수 전설의 희곡화이다. 나는 이 전설은 심오한 정신 유산이라고 생각한다. 이 작품에서 아기장수가 부모를 구해 가는 것은 반드시 육친애로만 해석하고 싶지는 않다. 성장할 기회가 주어지지 않은 아기장수가 할 수 있었던 가능한 사랑의 사업 즉 용서와 사랑, 자기를 죽인 자에 대한 용서와 사랑이며, 그런데도 그가 내세한 목적은 무력에 의한 이 세상 구제였으므로, 그는 예수와도 달리 문무겸전한 구세주인 셈이다. 전설에는 부모를 구한다는 대목은 없지만, 자기를 죽인 부모를 원망하는 느낌이 동형의 어느 전설에나 없다는 점이 너무나 뚜렷하므로, 나는 이 부분(부모와 함께 승천하는)을 만들어 넣는 데 망설이지 않았다.

이 같은 모순의 현실적 효용은 물론 바라기 어려우나, 이것은 민중의 꿈이다. 꿈은 불가능을 가능하게 묘사함으로써 현실이 거기서 힘을 얻게 하는 것이라 믿기 때문이다.

이어 「봄이 오면 산에 들에」「둥둥 낙랑樂浪둥」「달아 달아 밝은 달아」를 썼다. 나는 이 희곡들에서 나의 소설에서 내가 강박관념적으로 달고 다녔던 전범의 부분에서 대부분을 생략할 수 있었다.

독자에게는 상관없는 일이지만, 소설에서의 충분한 분석 과정을 거쳤다는 것이 아마 그렇게 할 수 있는 심리적 정당감을 나에게 안겨 줄 수 있었던 것 같다. 나는 가장 간결한 미사 절차, 간결한 기도문, 절약된 통과의례, 눈에 쉽게 보이는 그러면서 강력한 부활 의식의 전범을 가지게 된 셈이다.

나의 전집 10권째인 『문학과 이데올로기』에 수록된 표제「에세이」와 「소설과 희곡」「문학은 어떤 일을 하는가」에서, 나는 나의 희곡 창작 과정에서 보완된 문학에 대한 나의 생각을 이론화해보려고 애썼다. 문학의 본질에 대한 성찰은 선인들에 의해서 완벽하게 오해의 여지없이 통찰되고 갈파된 지 오래다. 다만 이러한 통찰에 이르는 분석의 방법, 추론의 모형이 어느덧 손때가 묻고 보면 헝클어진 우리 머리에 들어오는 형식으로서는 위력이 체감되는 현상이 일어난다. 나는 되도록 기존의 설명 문구를 피하고, 나 자신의 창안에 의한 설명 모형을 써서 문학의 본질에 이르러보려고 한 것뿐이다.

그리고 나는 다행히 나 자신의 실작 경험에 의지할 수 있었다. 나는 허공에서 말을 타고 미끄러지면서 이론을 읊어보지는 않았으며, 나 자신의 공방工房에서의 육체적 경험에서 보편적인 법칙을 끌어내려고 해보았다.

나의 결론은 간단하다. 나는 인간을 이중의 신체를 가진 생물이라고 생각한다. 첫째 신체는 생물로서의 그것이다. 둘째 신체는 인간 문명의 축적물인 정보의 집적이다. 이 정보 또한 우리의 제2의 신체이다. 인간은 보통 생활에서 이 이중의 신체를 전체적으로 활성화하여 사용하지 않는다. 그럴 필요가 없을 뿐더러, 그렇게 하면 우리는 생활할 수 없다. 생활이란 언제나 시간과 공간 속에서 분화되어 계기적으로 전개되기 때문이다. 그러나 이러한 분화·계기라는 형식은 우리의 자각의 정도를 기준했을 때의 말이지, 객관적으로는— 즉 어떤 전능의, 혹은 전체의, 혹은 우주의 입장에서 본다면 — 우리의 생활은 전체·무한과 연결되어 있다.

우리가 재채기를 할 때 우주의 저 끝, 말하자면 반우주의 정확한 어느 곳에서 또 한 사람의 내가 어김없이 똑같은 재채기로 조응하고 있는 것이다. 이것은 사실이다. 그러나 생활의 모든 순간에서 이런 우주적 고속도 명상을 하면서 일거수일투족할 수는 없고, 그렇다고 어떤 형식으로든 이 실상에 대한 통찰을 갖지 않으면 우리의 생활은 너무 천박한 것이 된다. 이 모순을 해결하는 방법이 예술이라는 것이 나의 생각이다. 물론 상상력의 시공이라는 실험실적 조건하에서.

다만 상상력을 가지고 사람은 소꿉장난을 할 수도 있고, 같은 것을 가지고 인간의 운명을 통찰할 수도 있다. 예술은 이 상상력을 가지고 세계를 모두 얻으려고 하는 것이다. 세계를 모두 얻기 위해서는 세계를 버려야 하는 것이다. 아니 99퍼센트의 세계를. 왜냐하면 이 예술시공이 세계의 나머지 부분 1퍼센트를 채운다고 나는 생각하기 때문이다.

　예술도 현실이다. 다만 현실 속에 있으면서 현실이 아니라는 약속하에 우리가 불가능을 가능케 하기로 약속한 의식 절차다. 현대 예술은 원시인들의 그것에 비해서 훨씬 복잡한 의식을 필요로 한다는 것이지만, 그것은 원시인과 비교해서 그렇다는 것이지, 현대인이 상속해야 하는 정보의 전량에 비교하면 약식의 의식임에는 다름이 없다. 문명의 비곗살이 낀 만큼만 조금 무겁다는 것뿐이다. 현대인에게 예술이 뜻하는 바는 원시인이 되기 위한 문명한 의식인 셈이다. 문화를 가진 인간만이 필요로 하는바, 의식과 행동 사이의 괴리, 상호 소외(의식과 행동의)를 극복하고, 생물이면서 문화 주체인 인간의 중층적 자기 구조를 전인적으로 완전하게 자기화하여, 종적 유類적 개인을 체험하는 의식이 예술이다. 생물은 이 의식 없이도 언제나 자기 동일적 존재로 자재自在하지만, 인간은 이 의식 없이는 언제나 유적 존재 — 가능적 자기의 일부분만을 실현하고 있을 뿐이다. 인간 존재의 전방위全方位적 가동의 의식이 예술이다. 그렇게 해서 인간은 그 구성 부분의 두 부분인 생물적 신체와 정보적 신체의 결혼을 이룬다. 현대 예술의 조건은 이 두 부분 간의 긴장 그것이, 단절된 연결이며, 연결된 단절이라는 부단한 경고의 함량이 작중 상황에 균일하게 스며 있느냐의 여부에서 예술성이 가늠되고, 함량의 다과에 의해서 등급이 주어진다. 의도된 불안정이 보이지 않는 것은 우리 시대의 예술이 아니다.

　나는 희곡이라는 장르를 통해서 이것을 더욱 굳게 믿을 수 있게 되었다. 예술은 예술 감상의 밖에서는 어떤 실용 가치가 있는가.

실용 가치는 있다. 그러나 그 실용성은 작중 내용의 가장 단순한 1차적 내용의 현실에의 적용에서부터 무한대한 미묘한 영향까지에 이르는 진폭을 가지기 때문에, 그 폭의 어느 한 부분만을 예술의 전일적 실용성이라고 주장하지만 않으면 되는 것이다. 특히 문학의 경우에는 이 점에서 이야기가 갈라진다.

문학에서의 내용이라는 것도 그 내용은 명확한 사실의 외양을 띤 묘사라 할지라도, 그것이 문학적 처리가 된 묘사라면 자체(묘사) 속에 손쉽게 그 외양 자체가 그 작품의 예술적 의미로 미끄러지는 것을 막는 저항을 지니고 있지 않으면 안 된다.

즉 가장 분명한 것이 암호처럼 미지의 얼굴을 드러내는 것이어야 할 것이다. 왜냐하면 우리는 유한한 지식을 가지고 무한이라는 태胎의 접촉을 잃지 않으려고 하는 것이며, 겸손(영원, 무한에 대하여) 할 수만은 없는 현실 생활에서 조건 없이 순수하게 겸손할 수 있는 자리가 예술이기 때문이다. 언어 예술은 언어 표현이라는 것의 개체발생 연습이라는 성격을 가지는 인간 행위다. 「문학과 이데올로기」에서 내가 말한 것은 대개 이런 주장이다. 내 자신이 반드시 이 원칙에 충실했다거나, 앞으로 틀림없이 그렇게만 쓸 수 있으리라고 해서 이렇게 주장하는 것이 아니다. 이 지구에 경도와 위도 줄이 정말로, 차도의 백선처럼 쳐져 있는 것은 아니지만, 지구상의 어느 지점의 위치를 지정하기 위하여는 그런 선이 있는 것처럼 우리가 행동하는 것처럼, 예술의 아이덴티티가 무너지지 않기 위한, 그래서 우리들이 예술에 관해 논할 때 바벨탑에 모인 이방 사람들처럼 동문서답하지 않기 위한 좌표축으로서 그리고 무엇보다 부단히 나 자신에게 주는 경고로서, 이러한 주장을 구축해본 것이다.

1970년대의 마지막 해의 마지막 무렵이다. 마침 나의 전집의 완간이 되는 해이기도 하다. 이런 계제에 나 자신의 문학적 자화상을 그려보라는 편집자의 부탁으로 이 글을 쓴다. 전체는 부분의 산술적 합계가 아니다. 그런 뜻에서 나의 작품이 전집의 형태로 묶인 것이 행복하다. 내가 더듬으면서 새겨놓은 글에서 부분적으로 미흡한 것들을, 그리고 단절된 것들을 나의 독자들이 전체를 제공받음으로써 그들의 상상력과 능력으로 나의 암중모색이 밝아지고 풍부하게 될 수 있는 조건이 된다면, 비록 그 자리에 내 지신의 육신은 없더라도 나는 위대한 독자들을 만나서 대화하는 것이 될 터인즉 얼마나 좋은 일인가. 내일은? 내일의 나의 일은? 그것은 내일 또 생각하겠다. 내일의 햇빛 아래서. 내일도 아마 십중팔구 해는 뜰 것이므로.

상황의 원점

지금 돌이켜보면 조선 왕조가 압록강, 두만강으로 국경을 확정 지은 업적은 굉장한 사업으로 보입니다. 이 국경선이 조선 말까지 유지되고 일본의 점령 기간에도 유지되었던 것입니다. 비록 민족의 감정 속에서는 이것이 우리나라의 국경임에 틀림없으나 현실적으로 이 선을 지배하고 있는 것은 옛 영토의 북쪽 절반을 차지한 권력입니다. 그리고 허심탄회하게 생각할 때 이 국경이 실질적으로 조선조의 그것과 같은 뜻을 지니게 될 날에 대한 전망은 매우 순탄치 못하다고 할 수밖에 없습니다. 지금 사정이 이렇고 보면 우리가 한때 압록—두만강 선을 국경으로 굳혔던 일이 얼마나 어렵고 큰 역사적 사업이었던가는 피부에 사무치게 느껴진다는 말입니다. 역사의 눈으로 보면, 우리는 우리 선조들이 애써 얻어냈던 지표상에서의 기득권을 날려버린 불초의 후손들입니다. 이것이 가장 간단한 색깔로 그려본 우리의 지금 초상입니다. 우리의 초상을 여러 색깔을 가지고 그릴 수 있을 것입니다. 자유—공산이라든가 민주—독재라든가 자본주의—사회주의라든가 하는 여러 지표를 골라서 우리 민족의 오늘을 설명할 수 있을 것입니다. 그러나 민족을 단위로 하고, 그 민족이 차지한 영토를 기준으로 삼아 볼 때, 우리는 '그 민족이 실질적으로 차지하고 있는 영토 위에 전 민족을 실질적으로 대표하는 단일 정부를 세우지 못하고 있는 민족'이라는 초상을 그릴 수밖에 없는 것입니다. 왜 이렇게 되었는가에 관련한 모든 변수들은 여하간에 이것이 오늘의 현실입니다. 민족의 입장에서 보면 우리의 모든 행동은 이러한 부자연한 상태를 끝내는 데로 방향이 주어져야 할 것입니다. 한 민족이면 반드시 단일 정부를 가져야 한다는 것도 반드시 자명한 법칙은 아닙니다. 이것은 아마 얼핏 생각에 한심한 말 같지만 사실입니다. 왜냐하면 그렇게 말한다면 미국과 영국도 통일되어야 한다는 이야기가 될 것이기 때문입니다. 또 오스트레일리아와 미국·영국 사이에도 통합이 이루어져야 할 것입니다. 그러나 그렇게 될 것 같지는 않습니다. 왜냐하면 그들 세 생활권을 이루고 있는 사람들의 현실적 이익이 너무 특수해져버렸기 때문에 인종이 같다는 사실로써도 메워질 수 없는 것이기 때문입니다. 다시 말하면 그들은 합치기보다 갈라져 있는 것이 살기에 유리하기 때문에 합칠 수 없는 것입니다. 우리나라의 통일 문제도 이와 같습니다. 우리나라 인종이 지금 차지하고 있는 영토는 비록 한때 하나였지만, 지금 그 영토는 둘로 갈라져서 각기 포기할 수 없는 기득권을 굳혀버린 정치적 세력에 의해서 삶을 꾸려나가고 있습니다. 이 두 부분이 합치자면, 그렇게 하는 것이 나눠져 있는 것보다 유리하다고 모든 한민족이 생각하게 될 때입니다. 그런데 이것은 간단한 일이 아닙니다. 구체적으로 유리하다는 것은 누가 유리하다는 것인가의 문제가 곧 뒤따릅니다. 5천만 민족의 이익이 모두 일치한다는 것은 있을 수 없습니다. 누군가에게는 통일이 분할보다 못할 수도 있습니다. 그러나 보다 많은 사람들에게 유익하다면 이 문제는 역시 다수의 행복을 따르는 것이 옳습니다. 이 다수 가운데에는 앞으로 태어날 무한한 사람들까지도 넣어야 할 것입니다. 현재의 다수와 미래의 다수까지도 대표하는 그러한 현재의 다수파가 소수파를 누르고, 소수의 저항을 물리치면서 통일을 이루어내야 할 것입니다. 이것은 어떤 뜻에서건, 넓은 뜻의 싸움이라고 할 수 있을 것입니다. 넓은 뜻이란 말은 이 싸움은 폭력을 한 극으로 하고 비폭력을 다른 극으로 하는 다양한 싸움이라는 뜻입니다. 아무튼 저항이 있게 마련이고 이 저항을 극복하는 일을 그것이 평화적이건, 폭력적이건 우리는 싸움이라고 부를 수 있을 것입니다. 이 싸움의 모습 또한 간단하지 않습니다. 비록 통일을 바라는 사람들이 다수파라고 해서 반드시 이기리라는 법은 없습니다. 싸움의 역사를 보면 다수파가 지는 수가 번번이 있는 것이기 때문입니다. 어떤 나라의 통일이 학교에서 치는 공정한 시험도 아니고, 누가 맡아주는 공명선거도 아닌 바에는 이 다수라는 것은 그것만으로는 아무 믿을 것이 못 되고 다수가 이길 수 있는 방법을 만들어내야 할 것입니다. 말하자면 민주적 다수결의 방법이 큰 힘을 가지게 하는 여러 가지 사회적 마련, 정치적 제도 같은 것을 굳혀나가는 일입니다. 평소에 이런 원칙을 차곡차곡 쌓아두어야만 그것이 통일 문제 같은 큰 정치적 싸움에서 힘이 될 수 있는 것입니다. 이 반도의 남북에 그러한 민주적 다수결의 원칙이 양쪽 사회의 모든 부분에서 쉽사리 움직일 수 없는 원칙이 되었을 때, 그때가 바로 통일이라는 현상이 일어날 수 있는 비등점, 전환점—혹은 역사적 성숙기라고 보아도 좋을 것입니다. 이것이 가장 이상적으로 가정해본 통일 문제의 원칙입니다. 그러나 역사는 한 가지 문제에 한 가지 답이 있는 기계 같은 것이 아니기 때문에 우리의 통일 문제는 이 같은 정궤도가 아닌 변측의 길을 밟을 가능성이나 위험성도 생각할 수 있습니다. 그중에 가장 큰 것이 전쟁에 의한 통일입니다. 무릇 민족의 통합에는 전쟁이 가장 큰 몫을 차지한 것이 역사의 실적입니다. 이것은 예를 들 것까지도 없이 널려 있는 역사적 사실입니다. 이렇게 보면 우리 통일도 결국 언젠가 전쟁에 의해 해결될 수밖에 없지 않은가 하는 생각을 갖게 합니다. 그리고 많은 사람들이 은연중 속으로 생각하고—걱정하면서도—있는 통일의 실현 방법은 이것이 아닌가 합니다. 또 이 방법은 지난 6·25에 시작된 전쟁으로 한 번 실험된 바일 뿐더러, 지금 상황은 그 실험이 아직도 계속되고 있는 것이라고 봐도 옳을 것입니다. 그런데 논의의 필요에 따라, 이 전쟁에서 누가 옳고 그르고를 따지기를 일단 제쳐놓고서라도 이 실험은 실패였다고 할밖에 없고, 이 실험에 대한 미련은 빨리 끝내는 것이 좋을 것이라는 것이 뚜렷합니다. 그 까닭은 이렇습니다. 그 전쟁에서 숱한 사람이 죽었습니다. 우선 이것이 안 될 일입니다. 우리는 오늘날, 옛날 사람과 달리, 죽음을 보상할 증권을 갖고 있지 않습니다. 이것이 우리 시대의 문명의 역사적 특성입니다. 우리는 기껏 유족에 대한 연금밖에는 갖고 있지 않습니다. 옛날처럼 천국이니 극락이니 하는, 이승을 넘어서서 보장되는 삶의 보장을 가지지 못한 것이 우리 시대의 문명입니다. 우리 시대의 문명은 잔인하고 비감상적입니다만, 정직한 사람이라면 이 가혹함을 누그러뜨릴 손쉬운 사탕발림 약을 선뜻 내놓을 수 없는 것이 사실입니다. 그렇기 때문에, ‘죽음을 무릅쓰고’ ‘죽어도’ ‘목숨을 내놓고’ 하는 등등의 말은 옛날처럼 함부로 쓸 수 없어야 하고, 그런 말이 손쉽게 나오는 언저리는 무언가 경계해야 될 것입니다. 그런데 전쟁은 이 죽음이 무더기로 쌓여야만 해낼 수 있는 판입니다. 전쟁은 인류와 더불어 비롯해서 지금도 있는 인류의 가장 큰 적입니다. 통일 문제를 해결하기 위해 전쟁을 택한다는 것은 그러므로 받아들여서는 안 될 길입니다. 더 분명히 말하면 통일이 못 되더라도 전쟁은 해서는 안 되는 것입니다. 민족의 막대한 성원의 죽음과 바꿔야 할 통일의 길을 강요할 권리는 아무에게도 없으며, 그 싸움에서 누가 죽어야 할 것인지가 미지수라 해서 그 길에 거는 것은 가장 위험한 비도덕적 도박이라고 할 수밖에 없습니다. 통일을 위해 전쟁을 택해서는 안 된다는 것이 남북이 합의한 7·4성명의 대원칙입니다. 평화적 통일 — 이것이 통일의 대원칙입니다. 이 원칙을 위반하려는 경향은 우리 상황에 아직도 존재하고 있습니다. 그러나 우리는 이 유혹에서 벗어나야 할 것입니다. 많은 사람이 말합니다. 그러나 일찍이 전쟁을 위해 준비한 무기가 사용되지 않고 만 예가 있었더냐고. 물론 그런 일도 있었습니다. 그러나 준비한 무기가 사용되고 만 예가 더 잘 눈에 띄는 것은 사실입니다. 전쟁은 기록되지만, 전쟁하려다 만 전쟁 준비는 기록되지 않습니다. 이것은 어쩔 수 없는 역사 기록 방법의 센세이셔널리즘이라 하겠습니다. 그러나 우리처럼 죽음에 대한 종교적 보상이 없는 문명 단계에 사는 시대인들로서는, 하려다 만 전쟁, 있을 법한 전쟁, 사실은 일어나지 않은 전쟁이야말로 가장 불명예스러운 승리라고 알아야 할 것입니다.

바로 이 전쟁이라는 문제와 관련해서, 전쟁이라는 재앙을 줄 수도 있고, 전쟁 없는 통일이라는 복을 줄 수도 있는 일이 우리가 살고 있는 시대에 존재합니다. 그것은 이데올로기에 의해 갈라져 있는 동서 대립이라는 상황입니다. 지난번의 전쟁도 바로 이 이데올로기라는 명분 아래에서 일어났었습니다. 중국의 내전이나, 베트남의 내전도 모두 이 이름 밑에 행해졌습니다. 이들 나라들은 그러한 이름 밑에 이루어진 전쟁으로 그들의 통일 문제를 해결했습니다. 그러나 이 해결이 그 전쟁들을 백 퍼센트 정당화하는 것은 아닙니다. 그들은 그들의 통일 문제를 해결하면서 비싼 값을 치렀습니다. 그들이 흘린 그 많은 피 — 목숨입니다. 값은 그뿐이 아닙니다. 그들은 대단히 의문과 논의의 여지가 있는 그들이 내세운 이데올로기를 위해 앞으로도 많은 값을 치러야 할 것 같기 때문입니다. 종교라는 것을 갖지 못한 시대에서 그들의 이데올로기는 거의 종교적인, 그것도 전근대적인 종교적 권위가 주어져서, 마치 르네상스 시대에 종교가 휴머니즘에 대해서 가했던 바와 같은 부정적 폭력을 가하고 있어서, 이러한 경향이 이들 사회의 오랜 역사적 고질에 접붙어서 인간의 해방을 가로막고 있는 것이 실정인 것으로 보입니다. 말하자면 이들 사회에서의 이데올로기는 '정치적 이념＋종교적 이념＋종교적 이기주의＋집권층의 사적 이익'이라는 야릇한 뒤범벅이 되어 있는 것이 사실인데 이런 것들이 마치 어느 한 가지 원리에 의해 움직이기나 하는 것처럼 보이기도 하고, 또 일부러 보이게 하기 때문에 사람들은 무어가 무언지 몰라서 마침내 얼이 빠지고 정치에 대해서 손을 놓아버리는 결과가 되고 있습니다. 이렇게 해서 인간의 해방을 향해 내디딘 역사의 힘은 너무나 비싼 값을 치르고 있고 앞으로 치러야 할 것입니다. 왜냐하면 병은 한번 들면 낫는 데도 시간이 걸리기 때문입니다. 우리 땅에서 일어난 전쟁에서 이 이데올로기는 전쟁의 방법으로 승리하는 길이 봉쇄당했습니다. 그리고 지금은 이 봉쇄를 뚫을 길을 찾고 있으며 그 방법에 대한 미련을 버리지 못하고 있습니다. 7·4성명이 그대로 실현되자면 이러한 미련을 빨리 극복해야 할 것입니다. 그러나 이것은 쉬운 일이 아닙니다. 우리 땅의 북쪽을 지배하는 사람들의 이러한 미련에 대한 가장 큰 저항은 두 가지가 있습니다. 하나는 남쪽에 있는 사람들이 평화에 대한 확고한 신념을 가지고 전쟁을 막기 위한 전쟁 준비라는 이 모순을 끝까지 견디는 길입니다. 전쟁이란 것은 한쪽이 얕보일 때에 일어나는 것이기 때문에 얕보여서는 안 될 것입니다. 이 땅 안에 이루어진 두 개의 세력이 서로 싸워서 모두 힘이 빠지는 길과 공존하면서 그 힘을 하나로 만드는 길 중에서 하나를 골라야 할 자리에 우리는 놓여 있습니다. 여기서 우리들의 민족적 불화의 원인이 된 이 이데올로기라는 사실이 또 다른 해결의 실마리도 보여주고 있다는 사실에 눈을 돌리는 것이 필요합니다. 유감스럽게도 이 이데올로기는 우리 민족의 발명품이 아닙니다. 이 이데올로기들이 주장하는 사실은 비록 인간 사회에 공통한 것이라 하더라도 그 사실들을 지침으로 삼고, 사회적 인간의 근본적 의지로 굳힌 것은 우리 민족의 발명이 아닙니다. 이 발명은 물론 한두 나라가 그렇게 한 것은 아니라 할지라도 지금 그것을 대표하고 있는 것은 미국과 소련입니다. 그런데 이 두 나라는 1960년대 초부터 이른바 화해라는 역사적 과정 속에 들어가 있습니다. 그들은 거의 확실하게 이제는 전쟁으로 결판을 내는 단계는 지난 것으로 보입니다. 이데올로기의 문제를 평화적으로 해결하겠다는 길이 이렇게 그 발명자들에 의해 이미 제시되고 있습니다. 그렇다면 같은 민족끼리 왜 이 문제를 평화적으로 풀지 못할 까닭이 있겠습니까? 이것은 남이 이미 본을 보여준 바와 같이 그렇게 해결할 수도 있고, 그렇게 하는 것이 이익이기도 합니다. 그러나 한 시대를 지배한 신념은 넘어서기가 어렵고, 그 신념 쪽에 기대는 것이 유리한 사회적 세력이 그 사회를 지배하고 있는 동안에는 인공적으로 더 어려워집니다. 역사란 수학 문제가 아닙니다. 머리만 좋아서 풀리는 문제가 아니라, 풀리면 밑지는 사람들이 방해하기도 하는—그것이 보통인 그런 현상입니다. 통일을 위해서는 이런 세력에 대해서 보다 이성적인 세력이 지배력을 미쳐가는 과정이 꾸준히 이루어져야 합니다. 이 과정 자체도 이미 본보기가 우리 눈앞에 있습니다. 이 이데올로기의 발명자들 자신이 자신들의 판단의 잘못을 고쳐나간 과정과, 잘못인 줄 알면서도 자파의 이익을 위해서 그 잘못을 밀고 나가려는 사람들에 대한 싸움이라는 과정이 그것입니다. 그러나 이러한 과정을 우리가 따르는 것 역시 쉽지 않습니다. 강대국의 정치 세력은 그들의 편의에 따라 우리들이 자기들의 길을 밟는 것을 때로는 누르고, 때로는 부추기게 마련이기 때문입니다. 우리가 강대국의 이 같은 생리를 알게 된 것도 그동안의 귀중한 정치 교육이었다고 할 것입니다. 형제끼리도 싸우고, 같은 신앙자끼리도 싸우고 동맹국끼리도 싸운다는 평범한 진리를 깨닫는 데 우리는 해방 후 30년의 세월을 들였습니다. 이것은 그리 어려운 진리도 아니고, 이 지구 위에 지금 현재까지 살아남은 종족이면 다 알 법한 일이지만 인간 사회의 특수성은 이 진리의 터득을 가끔 어렵게 합니다. 특수성이란 다름이 아닙니다. 한 개인의 기억과 인류의 역사가 기록한 집단적 기억은 언제나 일치할 수 없다는 것이 그 특수성입니다. 대개 인간의 상황은 과거를 가지고 미래를 계산할 수 있지만 그것은 아주 어려운 계산을 거쳐야 하고, 그 계산은 늘 필요한 때에 맞춰 떨어질 수가 없습니다. 그래서 엉터리까지는 아니라도, 상당한 부분은 옳으나 결코 흘려버려서는 안 될 오류까지 껴묻은 계산을, 즉 조건부의 계산을 무조건의 완전한 답이라고 생각하면 큰 손해를 보게 됩니다. 이 손해라는 것도 한 집단 속에서는 그 집단으로서의 그 손해 자체가 이익이 되는 보다 작은 집단에 의해서 완전한 것으로 주장될 염려가 많습니다. 만일 이러한 역사적 경험을 한 개인이 수백 년에 걸쳐 하게 된다면 그는 훨씬 정확한 판단을 할 수 있겠지만 어떤 개인이든, 자기 당대에 얻은 '구체적 경험,' 그가 교육을 통해 얻은 간접 경험인 '지식'이라는 두 가지를 가지고 행동해야 하기 때문에 그의 판단의 정확성에는 원리적인 한계가 있을 수밖에 없고, 게다가 이러한 한계를 일부러 나쁘게 이용하는 세력이 반드시 있게 된다는 것이 어디서나 부딪치게 되는 문제입니다. 이 땅에 사는 모든 사람들은, 개화라는 시기를 시점으로 해서 그 전에 보지 못한 세계와 마주친 다음에, 모든 문명과 역사에 따르게 마련인 보편적인 현상과 그에 대처할 태도를 배워온 셈인데, 거기서 잠정적으로 요약할 수 있는 교훈은 조건이 붙지 않는 무조건의 진리를 사람이 지닐 수 있다고 생각해서는 안 된다는 사실이 아닐까 합니다. 이것을 우리 현실에 맞춰보면, 우리가 목숨이라는 절대 가치를 치러도 좋을 만한 절대적 진리는 없다는 것, 그러므로 통일 문제를 전쟁으로 해결해서는 안 된다는 말은 우리 시대의 문명과 본질적으로 관련된 판단이지, 편의상 이루어진 타협만이 아니라는 것입니다. 우리 상황의 목표는 이 '통일'이라는 큰 테두리 속에 그것을 가능케 하기 위해 관련된 여러 목표가 배열된 유기적 전체일 것이지만, '통일'이라는 이 목표가 그 중심 지표인 것만은 사실입니다. 왜냐하면 통일 문제는 전쟁과 관련되고, 전쟁은 죽음과 관련돼 있으며 죽음은 인간이 아직도 정복할 수 없는 절대의 불행이기 때문입니다. 세계의 많은 부분이 오늘날 이 집단적 죽음 — 전쟁이란 공포로부터 해방되려 하고 있습니다. 우리에게 주어진 가장 큰 민족적 문제를 우리 인류가 이른 가장 문명한 방법, 즉 분쟁의 평화적 해결이라는 방법으로 해결한다는 이 사업에 우리가 성공한다면, 우리가 개화기에 겪은 좌절, 외국에 점령당했던 손실, 동족이 피 흘리며 서로 불확실한 진리를 폭력으로 다른 쪽에 강요하려던 성급함 — 이 모든 실패를 능히 갚고도 남을 것이며, 우리가 세계 역사에 기여한다는 구체적인 길이 바로 여기에 있다 할 것입니다. 이러한 대목표를 한갓 꿈이 아니라 현실이 되게 하기 위해서는, 그동안에 겪은 온갖 분야에서의 시행착오의 보편적 결론을 잊지 말아야 할 것입니다. 즉 '절대'라는 우상을 섬기지 말아야 하는 일입니다. 이 절대라는 우상에는 '평화'의 절대성까지 물론 들어가야 합니다. 그렇지 않다면 그것은, 즉 평화에의 꿈은 '항복'이 되고 말 것입니다. 우리가 불행하게도 인류의 어리석은 원죄인 전쟁의 불구덩이 속에 걸어가야 할 운명을 다시 맞게 된다 할지라도, 그때 우리는 평화의 꿈을 위해 할 만한 일은 성의껏 했다고 돌이켜 볼 수 있다면 우리는 그때 운명을 장난이 아니라 필연으로 받아들일 수는 있을 것입니다. 빛이 있는 동안에 빛 속에서 할 수 있는 모든 일을 해야 할 것입니다.

다행스럽게도 할 수 있는 일이 무엇이며 그것이 얼마나 긴요한 일인가에 대해서 좀더 구체적으로 말할 수 있는 국면이 최근에 열린 것은 정말 다행스러운 일이 아닐 수 없습니다. 사실 지난해에 그러한 국면이 전개되었을 때 많은 사람들이 이루 말할 수 없는 착잡한 느낌을 받았고 이 느낌을 평생 잊을 수 없을 것입니다. 무릇 사람이 어떤 집단에 소속되어 있다는 것은 그 집단이 밝힌 공동의 명분 속에서 납득할 만한 권리와 의무를 가졌다는 뜻이 됩니다. 그런데 의무라는 것만 너무 강조되고 권리에 대한 제한이 과도하다 보면 마지막에는 의무조차 수행할 수 없게 되는 것입니다. 지난해에 많은 사람들이 느낀 것은 나라와 살림이 이렇게까지 되었는데 대부분의 국민으로서는 어찌할 수 없는 일이 되어 있었구나 하는 무력감이 아니었던가 싶습니다. 대부분의 국민은 우선 먹고 살아야 하기 때문에, 정치가들처럼 스물네 시간 정치를 생각할 수도 없고 경제 전문가들처럼 시시각각의 나라 살림을 판단할 수도 없고 그런 것들을 배울 수도 없습니다. 먹고살아야 하기 때문입니다. 우선 먹고살려면 먼저 시간이 있어야 하고, 조금 더 대국적인 판단이나 행동을 하자면 먹고사는 일에서 손을 놓아야 하는데 대부분의 사람은 손을 놓고 딴짓이나 딴생각을 한다면 먹고사는 일이 불가능합니다. 이렇게 되어 악순환—국민의 대부분이 국가의 운영에 창조적으로 참여하는 일이 불가능하게 됩니다. 이것은 사실상 국민자치의 원리가 이미 위험선을 넘어선 것을 말합니다. 위기에서 한 나라가 힘을 유지하려면 국민의 대부분이 그 위기 속에는 자신의 책임이 들어 있음을 실감하고 자기의 의무를 수행할 자연스러운 느낌이 있어야 합니다. 만일 그렇지 못하면 그것이야말로 위기입니다. 지금 우리가 해야 할 일이란 우리 국가가 내세우고 있는 정치적 자기동일성의 형식적 조건을 회복하는 일입니다. 지난 전쟁 때에 우리 국민은 우리 국가가 민족적 정통성과 제도적 합리성에 있어서 침략 집단들의 그것보다 우수하다고 판단한 것입니다. 외국 군대들이 아무리 우리를 도와주었다 할지라도 국민들에게 이 같은 소박한 정당감이 없었다면 우리는 나라를 지킬 수 없었을 것입니다. 즉 그 당시 우리는 우리 민족의 역사에서 가장 국민에게 가깝게 있었던 정치적 유산들을 비록 완전하지는 못하지만 상대적으로 정당하게 소유하고 있었던 것입니다. 민족주의, 정치적 자유가 그것입니다. 작금에 이르러 우리는 이들 정치적 유산을 거의 탕진하지 않았는가 우려되었던 것입니다. 그러므로 지금 이 유산은 다시 보충되고 회복되고 살아 움직이게 되어야 할 것입니다. 그렇게 해서 국민의 손에 다시 정치가 가깝게 자리 잡아야 할 것입니다. 우리가 우리 자신의 가계를 자치하는 것처럼 우리 국가도 우리 자신이 자치해야 할 것은 당연합니다. 그런데 국가는 가정보다 크기 때문에 여러 단계의 위임 영역을 만들어서 비록 정치에 전념할 수 없는 대부분의 국민이라 할지라도 효과적으로 국정 전반과 유기적으로 연결되도록 하는 것이 민주 정치의 여러 제도, 장치라는 것이 아니겠습니까. 이러한 장치들을 제자리에 다시 놓는 일에 대해서 혹시 다른 의견을 말하고 싶어 하는 경향도 보이기는 합니다. 그러나 주인이라는 것은 자기 살림을 함부로 결딴내는 일이란 없는 것입니다. 그렇게 말하기보다는 국민의 자치라는 것이야말로 가장 중한 책임과 의무와의 균형 위에 있기 때문에 남에게서 바라는, 무턱대고 내놓으라는 행동 양식일 수 없는 것입니다. 이러한 본말 전도된 표현을 새삼스레 해야 된다는 것부터가 바로 사태의 면목을 보여 주는 것에 다름 아니라 믿습니다. 국민 자치는 그것 자체가 독립적인 의미에서 추구될 가치임은 말할 것도 없습니다만, 우리 상황에서는 그것은 또 다른 가치를 가집니다. 그것은 남북의 체제 경쟁에서 가지는 가치입니다. 상처 입은 형태에 서일망정, 우리가 북한에 대해서 내밀 수 있는 생활상의 장점은 정치적 결정이 국민에게 열려 있음으로써 당연히 나타나는 여러 효과들입니다. 이것을 국민은 정치의식의 심층에서 긍정하고 있으리라 믿습니다. 실제의 우리 사회의 여러 부정적인 면을 다 알면서도 그럼에도 불구하고 정치 형태의 개방성이 상대적으로 아직도 우리 쪽에 여유가 있음을 국민을 알고 있으리라 생각합니다. 뿐만 아니라 북한 측 역시 이것을 알고 있으리라 믿습니다. 이러한 정치적 인식은 일종의 전쟁억지력으로 작용할 것입니다. 첫째로 우리 국민에게 대해서 체제 방어의 정당감을 줄 것입니다. 싸움이란 결국 사기가 결정하는 것이며 사기란 것은 자기 정당감에서 우러나는 것입니다. 둘째로 북한 측도 이것은 전략적인 측면에서 평가하지 않을 수 없을 것입니다. 지난 전쟁 때에 그들이 남쪽의 영토를 점령했을 때 남쪽 국민에 의한 호응은 적어도 그들의 기대를 가지고 평가한다면 부정적인 것이었습니다. 그들은 이러한 과거를 거울로 삼지 않을 수 없을 것입니다. 민주적 제도의 정상적인 작용은 이처럼 남과 북에서 모두 전쟁의 재발에 억지력의 구실을 할 것입니다. 민주 장치의 또 다른 파급 효과 — 라느니보다 함수적 가치는 미국과의 관계, 협력에 대한 긍정적 작용력입니다. 이미 다 알고 있는 바이지만 그동안 한국 외교는 체제의 성격 문제로 큰 낭비를 한 것입니다. 한국의 국방을 위해 미국을 필요로 하는 문제에 대해 우리는 쓸데없는 감상주의와 결벽감을 가지지 않아도 되리라 믿습니다. 최근에만 해도 우리나라를 방문한 미국 대통령은 미국이 다른 나라를 돕는 것은 자기들 자신을 위한 것이라고 말한 바 있습니다. 우리가 지금 집단 안보의 틀로 미국을 동맹 무력으로 묶어두려면 한국을 지키는 것이 그들 자신을 지키는 것이 될 수 있는 상황을 만들어주어야 할 것입니다. 그리고 그 상황이 바로 우리 자신에게도 이로운 상황이기 때문에, 우리가 민주적 제도를 부활시킨다는 것은 모두에게 좋은 일이 되지 않을 수 없습니다. 더구나 미국의 여론이 이 문제를 가지고 철군 문제와 연결시키려는 경향이 있고 보면 국가의 이익을 위해서 이보다 급한 일이 없을 것입니다. 역시 잘 알려진 바와 같이 대한제국을 일본이 합병한 것은 결코 일본 혼자의 힘으로 그렇게 한 것이 아니라 당시의 유럽의 여러 나라와 미국에 의한 양해 아래에 그렇게 한 것입니다. 즉 일본은 국제적으로 동맹국을 겹겹이 가졌고, 한국은 외교적으로 고립된 가운데 그렇게 된 것입니다. 이러한 고립이 결코 재연되어서는 안 될 것이며 그때나 지금이나 고립의 원인은 결국 국내 정치의 현상 속에 있는 것입니다. 국내 정치에서 국민적 합의 위에 굳게 단결된 국민이라는 것은 주변 국가들의 담합에 의해 존재가 부정되기는 어려운 일입니다. 많은 사람들이 어려운 시기라고 말합니다. 어떤 일이든 일다운 일이 쉬울 수 없다는 보편적 진리에 비춰서도 그렇고, 우리가 잘 아는 여러 조건에 비춰서도 우리가 처한 상황이 어려운 것은 사실입니다. 그러나 어려운 상황이 국민의 손에서 더욱 멀어지고 국민이 그 상황을 해결하려는 참여 행동에서 멀어지는 것이 해결의 열쇠가 될 리 없습니다. 제대로 말하면 상황은 어려울 게 하나도 없습니다. 대부분의 국민 입장에서 보면 그렇습니다. 적어도 민주 제도의 발전에 관해서는 더욱 그렇습니다. 되풀이하자면 민주화라는 것을 지나치게 혼란과 연결시키려는 논의는 어떤 한계를 넘어서 주장되어서는 안 될 것입니다. 그것이야말로 정치적 무력감의 표현이거나 비정상적인 것에 습관이 된 안이한 통치 의식의 표현이기 쉬우며 민주 제도라는 것에 대한 주체적 입장의 결여를 나타내는 것입니다. 정치 제도의 선택은 자동적으로 권리와 함께 의무를 수반합니다. 그리고 우리 국민은 의무라는 것에는, 자신이 있을 수밖에 없이 잘 단련된 바 있기 때문에 제도가 권리를 약속하기만 한다면야 아무도 두려워할 사람이 없을 것입니다. 너무 오래 놀리지 않으면 기능이란 퇴화하게 마련입니다. 우리 사회의 여러 수준에 만연된 자기 상실과 기계주의는 더 이상 방치되어서는 우리 자신과 다음 세대의 국민들에게 큰 해를 끼치게 될 것은 누구의 눈에나 이미 뚜렷한 바 있습니다. 우리가 일본 점령에서 풀려난 지가 34년이 되며 이른바 일제 36년에 맞먹는 세월이 흘렀습니다. 문득 무서워지는 숫잡니다. 일제 36년. 이 36년이란 세월을 어느덧 우리는 굉장히 신비화해오지 않았나 하는 생각이 듭니다. 그 세월의 운명적인 중요성 때문에 실지보다 훨씬 긴 세월로 마음속에서 부풀리지 않았나 하는 생각입니다. 이것은 아마 감각적으로는 세대마다 다를 것입니다. 그러나 감각이 아니라 정치의식상으로, 즉 그동안 36년이란 세월에 대해서 통용된 공식적 통념을 살펴보면 실제보다 과장되게 과거지사로 돌린 데서 오는 현상이 아닌가 합니다. 사실은 그것이 바로 어제의 일입니다. 그리고 지금 우리는 그 세월과 맞먹는 시간을 독립 국가로 보내면서 오늘에 이르렀고 지금 이런 문제를 가지고 논의하고 있는 형편입니다. 근대화라는 말을 많이 씁니다만, 유럽의 경우에는 근대화에서 가장 중요한 조건은 한 민족 속에 단일한 정치 질서를 세우는 일이었습니다. 이 관점에서 본다면 우리 민족은 유럽의 근세사의 문제를 아직 풀지 못하고 있는 셈이지만, 이 문제는 기계적으로 그렇게만 대비할 성질은 아닙니다. 왜냐하면 비록 통일이 되지 않은 상태일망정 남북은 각각 분단의 세월을 충분히 창조적이고 명예스럽게 보낼 역사적 의미를 찾을 수 있지 않을까 생각합니다. 남북의 대립이 통일보다 못한 것은 말할 것도 없지만, 이 분단이 강대국들의 이해관계와 얽혀 있어서 지금 당장 어찌할 수 없다는 것이 현상이라면, 이 현상을 무엇인가 창조적인 것으로 이용하는 길을 생각할 수밖에 없습니다. 가령 이렇게 볼 수는 없을지 모르겠습니다. 현재 남과 북은 각기 외국과 국교를 가지고 있는데 남북을 합치면 결국 세계 모든 나라가 한반도와 관련을 가지고 있는 것이 됩니다. 민족의 입장에서 보면 그렇습니다. 이 상태를 민족의 입장에서의 정치적 분업이라고 생각하면 어떤가 하는 것입니다. 물론 이것은 차선의 사고방식입니다. 그러나 당장 최선이 불가능하고 보면 차선에 대해서 긍정적인 의미를 찾아보는 것이 옳고 차선은 최선 다음이라는 파악을 너무 30년 하루같이 되풀이하면 마침내 차선이 아니라 위선밖에는 결실이 돌아오지 않을지도 모릅니다. 남과 북은 각자가 연결된 세계의 부분에서 가장 좋은 것을 배워서 그 좋은 것을 자기가 속한 그룹에서는 가장 훌륭한 형태로 발전시켜가지고 우리가 통합될 때는 이 세계의 가장 아름다운 부분이 결혼하는 것이 되게 한다는 파악 방법은 우리들의 정치의식에 어떤 효과를 가져올 것인지를 검토해보기를 제의하는 바입니다. 논리적으로는 이 발상은 완벽합니다. 왜냐하면 어디서 출발하건 자기가 출발한 조건을 완전하게 만든다면 결과적으로 이 두 체제는 같아지고 말 것입니다. 이것은 공상만이 아닙니다. 분단 속에서는 파괴의 위험이 들어 있었고 실지로 파괴가 이루어졌고 현재도 파괴의 요소는 잠재되어 있습니다만, 분단 속에서도 사람은 사는 것이며 건설도 하여야 하고 또 한 것입니다. 분단은 비능률이기도 합니다. 국토의 개발과 생활의 운용을 통합할 수 없기 때문입니다. 그러나 한편 분단은 분업이라는 요소도 가지고 있습니다. 우리 국민이 장차 통합되었을 때 가치 있게 포섭할 수 있는 경험들이 분단에 의해 강요된 각자의 서로 다른 발전과 생활 속에 포함될 수 있는 것입니다. 실질적으로 분업의 효과를 내는 셈입니다. 물론 이런 관점이 단독으로 주장되어서는 문제가 있을 것입니다. 그러나 현재까지 분단이라는 상황에 대해서 공식적으로 주어지는 파악의 문맥 속에서 부차적으로 고려되고 점차 비중이 높아져야 할 측면임은 부인되고 어려우리라 믿습니다. 실지로 7·4성명의 정당성을 설명하자면 이렇게 파악하는 것에 대한 민족적 합의가 기반으로 존재한다고 봐야 할 것입니다. 7·4성명에는 남북이 서로 체제를 개선한다는 말은 없지만, 다른 체제끼리 평화적으로 통합된다는 말이 빈말이 아니자면, 그것들이 현 상태로 유지될 뿐만 아니라 각자의 체제의 기성의 방법 속에서 창조적으로 자신을 개선하여 논리적으로는 어느 한쪽도 다른 쪽을 마다할 조건이 없도록까지 자신을 완성하거나 완성할 수 있는 제도적 정비와 현실적 성장의 상당한 축적을 이루어나가자는 합의가 전제되어 있을 수밖에는 없는 것입니다. 이러한 의미에서 7·4성명 자체에 비추어 보아도 우리가 지금 이 시점에서 논의하고 있는 정치 발전의 문제는 역사적 과업입니다. 우리가 이 문제에 성공한다면 해방된 지 34년이 벌써 되었다는 이 숫자가 주는 엄숙함을 어느 정도 희망을 가지고 받아들일 수 있을 것입니다. 상황의 가혹함에도 불구하고 그 상황 속에 여전히 담겨 있는바 우리들의 활용 여하에 따라서는 긍정적으로 작용할 수 있는 요소들을 활성화시키기 위해서 체제의 민주화는 우리 사회의 역사를 좌우할 의미를 가집니다. 우리 사회는 어제오늘의 국민이나, 어제오늘의 집권 세력이나, 어제오늘의 비판 세력이 어제오늘에 만들어낸 현상이나 물건이 아닙니다. 한국 역사 전체를 통하여 현재의 남쪽의 우리에게 계승될 만한 합리성이 있는 한국 역사 전체의 그만한 움직임과 부분들의 총체적 도달점으로 이렇게 있는 것입니다. 그리고 그 총체는 계승할 만한 값어치가 있고 우리가 그 힘을 타고 삶을 헤쳐나갈 만한 힘이 있는 업적들입니다. 세세대대로 축적된 한국인들의 역사적 축적이 어느 누구나 어느 계층의 독점물일 수는 과학적으로도 성립할 수 없는 인식이고 윤리적으로 그릇된 교만인 것입니다. 모든 사람의 운명이 모든 사람의 손에 돌아와야 할 것입니다. 사회를 풍요하게 만들 역할을 맡은 사람들이 사회를 가난하게 만들고, 정의를 실현시킬 기능을 맡은 사람들이 그 기능을 악용하여 부정의를 만들어내고, 진실을 드러낼 책임을 진 사람들이 그 기능을 그릇 사용하여 진실을 가리는 데 기여할 때 그 사회에 무진장으로 존재하는 온갖 아름다운 에너지는 그 무한한 가능성에도 불구하고 그 무조직의 성격 때문에 결국 헛되이 낭비되고 가치 없는 사람들의 별것도 아닌 삶을 위한 너무 억울한 소모품이 되고 마는 것입니다. 그것이 고난이든 영광이든 우리 삶이 우리 손에 돌아와야 할 것입니다. 역사의 큰 움직임이 그렇게 되는 법인 것은 누구나 아는 일이지만, 그 움직임에 낭비가 없어야 하고 능장을 부릴 까닭이 없다는 것도 진실입니다. 목숨은 저마다 하나밖에 없기 때문에 낭비할 수 없고 사람은 백 년이나 사는 것이 아니기에 능장 부릴 도리가 없는 것입니다. 이 모든 일을 우리는 알고 있고 모든 일에 대한 큰 변화가 지금 일어나고 있습니다. 이 변화가 가장 값진 것이 되도록 모든 자리에서 모든 사람들이 정당하게 참여할 수 있는 길부디 얼러야 할 것입니다. 모든 사람들에 의해 위대한 사랑과 힘이 발휘되어야 할 때입니다. 진실이 궁극적으로는 실현되리라는 점에 대해 믿지 못해서가 아니라 진실이 실현되는 과정에서의 낭비와 능장을 두려워하기 때문입니다. 왜냐하면 삶의 낭비와 능장은 회복이 불가능하기 때문입니다. 그 저마다의 삶의 주인인 구체적인 이름을 가진 개인에게는 말입니다. 회복이 불가능한 피해를 입은 구체적인 이름을 가진 개인들의 하나하나의 목숨, 이것이 역사라고 불리는 인간 행동의 총체가 최종적으로 그 앞에서 책임이 물어지는 최대의 가치이기 때문입니다.

변동하는 시대의 예술가의 탐구

김현(이후 김) 최 선생님 안녕하십니까? 지난번에 문학과지성사에서 선생님의 문학 전집이 일단 완간된 것을 계기로 해서 선생님의 문학 전반에 대한 것을 들어봤으면 좋겠다는 의도에서 이 자리를 마련한 것 같은데, 우선 얘기를 쉽게 풀어나가기 위해서 작품 내용이라든지 최 선생님의 문학적인 태도라든지 하는 것은 뒤에 가서 얘기하기로 하고 먼저 독자들이 궁금해할 것 같은 최 선생님의 생애에 대해서 몇 가지 여쭤보도록 하겠습니다. 최 선생님의 연보를 보면, 1936년에 회령會寧에서 출생해서 1947년에 원산元山으로 이사하신 것으로 되어 있는데, 회령이라면 두만강 끝에 있는 도시 아닙니까? 거기서 태어나서 원산으로 오실 때가 초등학교에 들어간 뒤입니까?

최인훈(이후 최) 중학교 1학년 때이지요. 초등학교는 회령에서 다녔고……

김 그러면 초등학교 때는 순전히 일본말로 교육을 받으신 셈입니까?

최 5학년까지 일본말로 배웠지요. 초등학교 5학년 때 해방이 됐으니까……

김 집안 환경은 어떤 편이었습니까?

최 저희 집은 회령읍에 있었는데, 아버지가 상인이었어요. 회령이라는 데가 나무를 취급하는 고장이거든요. 백두산에서 베어낸 나무들이 뗏목으로 거기까지 흘러와서 그것을 제재도 하고 화목火木으로도 팔고 숯도 구워 팔고 또 종이도 만들고 했는데, 우리 아버지는 그런 것을 다 취급했어요.

김 「두만강」이라는 최 선생님 소설을 보면 그때 어린 시절의 경험이 상당히 많이 투영되고 있는 것 같아요. 그래서 거기서 얘기되고 있는 두만강 부근의 묘사라든지 선교사들 얘기, 그리고 일본인 아이들의 얘기 같은 것이 상당히 서정적으로 느껴졌는데, 여기 풍경하고 그곳 풍경하고는 다른 면이 있습니까?

최 있습니다. 「두만강」은 내가 대학교 1학년 때 쓴 작품이에요. 그때가 부산 피난 시절이었지요. 물론 작품에는 조금씩 변형되어 그려져 있습니다만 이제 얘기한 것 같은 자기 고장에 대한 기억은 아마 그대로 남아 있습니다.

그런데 이곳 풍경과 '다르다'고 하는 것을 한마디로 어떻게 얘기했으면 좋을지 잘 모르겠지만, 우선 내가 남한에 나와서 살고 보니까 더욱 뚜렷이 느껴지는 것으로서 함경도라는 곳은 유사 이래 한국사의 줄기에서 일단 옆으로 조금 비껴 앉아 있었던 것이 사실이고, 그러한 것이 무엇인가 생활에 상당한 영향을 미쳤다고 봐요. 그곳이 한국사의 식민 지방이라 할까, 변방 지방이라 할까, 그런 곳이어서 어떤 정통적인 의미에 있어서의 한국인의 영역 속에 가지고 있는 순수한 것들이 여러 가지 잡다한 것들하고 섞여 있었습니다. 이를테면 우리가 그곳에 살고 있을 때만 해도 여진인女眞人들이 부락을 형성해서 살고 있었고, 또 러시아령인 연해주沿海州와의 교섭이 일상화되다시피 번다하고, 어휘 같은 것만 하더라도 가령 우리는 성냥을 비지께라고 불렀는데 그것은 비즈이까라고 하는 러시아말이거든요. 그런 식으로 중국말과 러시아말이 많이 섞여 있어요.

김 지금 입장에서 보자면 최 선생님의 그 만주 체험이라든지 중국 체험, 그리고 백두산, 압록강, 두만강 등의 체험이 소설가로서 굉장히 중요한 자산이 될 것 같은데, 최 선생님의 경우 회령에서 원산으로 오시면서 제 생각으로는 두 가지 변화가 일어났을 것 같아요. 하나는 소년기에 일본말로 교육을 받다가 한국어로 교육을 받게 되는 변화가 일어났을 것 같고, 다른 하나는 변경 지방에 있다가 어쨌든 중앙 쪽으로 가까이 내려왔다는 의미의 변화가 있었을 것 같은데, 거기에 대해서는 무슨 의식화된 체험이라든지 생각 같은 것이 없으신지요?

최 네, 있어요. 사실 그동안 많은 독자나 평론가들이 가령 최 아무개의 피란민 의식이라든가 하는 말을 많이 해왔는데, 그것은 조금 정신사적인 말로 옮겨본다면 일종의 문화 충격이라고 할 수 있겠고, 또 변경인이라는 사회학에서 이미 세워진 그런 카테고리에 드는 체험이었다고 얘기할 수 있다고 봐요. 특히 내 경우에는 가령 중앙의 문화가 그리워서 변경인이 중앙으로 점점 가까이 온 경우가 아니고 정치적으로 타율에 의해서 우리 집안 자체의 필연적인 삶의 길을 찾아 이동해온 것이거든요. 그것이 한편으로는 공교롭게도 문화적으로 굉장한 갈등을 안겨주었는데, 그런 이동이 그동안에 저 자신 작가로서 가장 집착하는 문제가 되었고, 앞으로도 아마 필연적으로 정해진 저의 길이 아닌가, 그렇게 생각합니다.

김 고향 상실이라고 하는 것이 결국 정치적인 여건에 의해서 일종의 강제성을 띠고 주어진 것이었다. 그리고 그런 것이 무슨 의미를 갖고 있었느냐 하는 것을 탐구하는 것이 최 선생님이 소설적인 사고의 한 원형이 되었고 앞으로도 그것이 최 선생님을 지배하지 않겠느냐 하는 말씀으로 알겠습니다. 그 뒤에 연보를 보면 원산에서 3년쯤 있다가 1950년에 LST 편으로 월남해서 목포에서 학교를 다닌 것으로 되어 있는데요.

최 네, 목포고등학교를 1년 다녔어요. 그때 남한에서는 고등학교제가 처음 실시되는 때였지요, 제가 남한에서의 고등학교 제1회 졸업생입니다.

김 원산에 계실 때는 제1외국어로 무엇을 배우셨습니까?

최 러시아어를 배웠지요.

김 그러면 여기 내려와서는 제1외국어로 영어를 배워야 하는 아주 힘든 과정을 겪으셨을 텐데, 제가 듣기에는 1년 후에는 그 학급에서 어느 누구보다도 영어를 잘했다는 얘기를 들은 적이 있어요.

최 어느 누구보다 잘했다고 하는 것은 잘못된 얘기이고, 그냥 따라갈 수는 있었던 모양입니다. 좋아하고 열심히 하니까 되더군요.

김 최 선생님의 연보에도 일부러 LST 편으로 월남했다는 얘기를 쓰시고 했는데, 그 LST가 새로운 정신적인 삶을 위한 죽음의 공간이었다고 설명하려는 평자도 있는 것으로 알고 있어요. 실지로 LST를 타셨을 때의 느낌은 어땠습니까?

최 그때만 해도 제가 고등학교 2학년생이었는데, 이제까지의 생애에서 그만한 인원이 한 군데 모인 것을 본 적이 없었어요. 그것도 무슨 운동회를 하기 위해서 모인 것이 아니고, 숫자를 조금 과장한다면 조그마한 읍 전체를 배 하나에 다 실었다고 할 정도의 인원이었으니까 그것도 굉장한 정신적 부담을 안겨준 것이 사실이었다고 생각해요. 어떤 사람이나 그런 충격은 감각적으로는 마찬가지이겠지만, 결국 직업이 그런 것을 자꾸 반추하게 되는 직업이다 보니까 그게 내가 아직도 정식화하지 못할 만큼 굉장한 응어리를 만들어준 모양입니다.

김 집단적인 인구 이동, 그것도 문화적으로 상당한 편차를 가지고 있는 곳으로의 이동이었다는 점에서 새로운 문화적인 삶을 살게끔 운명지어졌다 하는 식으로 얘기가 되겠군요.

최 그렇지요. 그리고 그것이 그냥 편안한 이동이 아니라 일종의 탈출 같은, 생명의 안전이 보장되어 있다고 할 수 없는 조건에서 앞길 모르는 망망대해와 같은 이동이었지요.

김 그 죽음의 위협까지 동반하고 있는 문화 충돌이었다는 점과 관계가 있겠습니다만, 결국 선생님의 언어생활이 초등학교 때의 일본어 교육, 고등학교 이후의 영어 교육, 그리고 뒤에 다시 여쭈어보겠습니다만 미국서의 생활, 이런 것과 우리말이 합쳐져서 결국 세 개의 언어권을 이루고 있다고 생각하는데, 선생님 경우에는 어느 쪽으로 읽고 사고하는 것이 제일 편합니까?

최 역시 우리말이지요. 다음이 일본말이고, 다음이 영어고……

김 유년기의 추억 같은 것을 얘기해본다고 할 때 우리말 동요와 일본말 동요에서 느끼는 감정적인 질은 어떻습니까?

최 저로서는 다행이었던 것이 초등학교 5, 6학년을 우리말로 교육받을 수가 있어서 시간적으로는 일본어로 교육받은 기간이 많지만 실제적으로는 어떤 균형을 얻은 느낌입니다. 그리고 초등학교 때 아주 훌륭한 국어 선생님이 한 분 계셨는데 그분이 아동문학 관계 잡지를 많이 가지고 계셔서 우리나라 아동문학가들의 세계를 집중적으로 공급받았습니다.

김 연보를 보면 대체적으로 지금까지 얘기한 것이 중요한 사건이었던 것 같고, 그 뒤에 별다른 사건이 없다가 1973년에 IWP 초청으로 미국 아이오와로 가신 것으로 되어 있는데, 그때의 미국과의 접촉은 가령 월남하여 새로운 풍경, 새로운 땅과 접촉했을 때와 비교될 만큼 충격이 컸던 것인지, 아니면 사실에 있어서는 그렇게 큰 충격이 아니었는지……

최 충격이 컸다고 생각합니다. 그리고 거기에는 한편 이런 사정이 있었습니다. 가령 내가 20세 전후해서 대학을 다니기 위해

유학을 했다면 그 문화적인 충격을 보다 순진하고 더 감각적으로 까지 흡수하면서 전형적인 코스를 밟을 수 있었을 것인데, 내 경우에는 40이 넘어가지고 갔으니까 그 고장에 대해서 가지고 있는 나 자신의 기성의 지식의 필터라고 할까, 그런 것이 충격의 완충기 같은 역할을 했기 때문에 어떤 의미에서는 몸으로 그 충격을 순진하게 받아들여서 새김질을 한다고 하는 노력을 방해하지 않았나 생각합니다. 그리고 또 한 가지는 보통의 경우라면 3년에 가까운 세월이라면 그렇게 짧다고 할 수 없는 세월인데, 제 경우는 지금 말씀하신 IWP의 초청을 받아서 갔기 때문에 처음에는 그 6개월 정도의 과정만 밟고 올 작정이었어요. 그런데 다른 이유 때문에 차일피일 귀국이 지연됐다는 형식으로 3년을 있다 보니까 결과적으로 처음부터 그만한 시간을 예정하고 갔더라면 혹 무언가 할 수도 있었을 것을 예정에 없이 유예된 상태로 머물다 보니까 그 기간을 뜻있게 처리하지 못했던 면이 있습니다. 하여튼 큰 충격입니다.

김　저는 선생님의 작가적인 세계의 입장에서 보자면 미국에 가셨던 것이 상당히 중요한 계기가 된 것으로 알고 있습니다. 거기 갔다 오신 뒤에 개인 전집을 간행하기 시작하면서 한자어를 토속어로 바꾸는 작업을 시도하였는데, 그것이 미국에서 다른 나라 언어로 계속 생활해야 된다는 데 대한 반발로서 그렇게 된 것인지……

최　그렇다고 생각합니다. 그것은 나도 처음부터 그렇게 분명히는 의식을 못 했는데, 돌이켜 생각해볼 때 일본말은 우리말과 어법이 그렇게 다른 말이 아니고 또 내 자신 속에서 이미 위치가

지어져 있기 때문에 어떤 의미에서는 처리 가능하도록 되어 있으니까 그렇게 큰 문제가 되지 않는데, 영어의 경우는 나 자신 그렇게 능숙한 언어가 아닌데도 모든 사람이 그것을 말하고 있는 곳에서 살아야 한다는 데 대한 반발이 컸던 모양입니다. 그래서 자기가 순수하게 자기임을 주장할 수 있는 최후 방어선까지 후퇴한 경우가 그 경우가 아니겠는가, 이렇게 생각해요. 그러다 보니까 그 방어선 속에서는 한자까지도 잘라내버리는 것이 아니냐, 이를테면 방어 면적을 가장 좁게 해가지고 자기 파괴를 면할 수 있는 지점까지 후퇴한 것이 이제 말한 그런 것으로 나왔다고 해도 틀림없지 않을까……

김 선생님께서 토속어를 찾아 헤맨 것이 결국은 한국 문화의 원래의 모습을 찾아 헤맨 것과 같은 것이 아닌가 하는 생각이 드는군요. 그다음에 독자로서 궁금한 것은 선생님이 1977년부터 교수 생활을 하고 계시는데 실지 서재에서 혼자 글을 쓰시는 것과 밖에 나가서 무엇인가를 가르치는 입장에 어떤 느낌의 차이가 있습니까?

최 글을 쓴다는 것과 가르친다는 것 두 가지 사이에서 오는 갈등은 그렇게 심하지는 않아요. 가르치는 것도 그런대로 문학 공부니까 그런 선에서 이길 수 있는데, 이것은 뭐 하나 마나 한 얘기가 되겠지만, 비록 멍청하게 놀고 있더라도 시간을 다 비워 넣고 있는 것이 제일 바람직한 것만은 틀림없을 것 같은데, 그렇다고 해서 본질적인 무엇 때문에 가르치는 입장에 서는 것이 굉장히 부담이 된다든지 하는 것은 그리 없습니다.

김 그러나 실제로 작품을 쓰시는 경우에는 자기 상상 속에 완전히 몰입할 수 있는데, 남을 가르치는 경우에는 최소한 남들이 지식이라고 인정해주는 것을 전달해줘야 될 의무를 느낄 때가 있을 텐데요.

최 그런 갈등은 조금 있어요. 우리 학급에 상당히 총명한 학생이 있어서 '정말 문학을 가르칠 수 있다고 생각해서 가르치느냐'고 물은 적이 있어서 대답이 상당히 궁색했었는데, 그 당장에는 그렇게 썩 명쾌한 대답을 못 해줬습니다. 그런데 지금 이 자리에서 그동안 그 문제를 두고 생각해본 바를 애기한다면, 그 학생의 질문도 옳고 또 가르치겠다고 생각하는 사람도 옳다고 생각해요. 예술 교육이라는 것은 어차피 가르칠 수 있는 데까지 가르치는 것이지 일정 기간의 교육을 마친 다음 도장을 찍어서 예술가를 타율적으로 보증한다는 것은 아니지 않는가, 그래서 예술 교육을 그렇게 이해한다면 못 가르칠 것도 없지 않겠는가, 그런 생각입니다.

김 문학 교육 문제는 지금 세계적으로 중요한 문제가 되어 있는 것 같아요. 문학 교육에 과연 지식을 가르쳐야 되느냐 아니면 사고하는 방식만 가르쳐주는 것으로 만족해야 되느냐 하는 문제인데, 최 선생님 의견도 그러신 것 같고 제 자신도 그렇습니다만 문학 교육의 경우는 지식보다는 세상 보는 방법을 가르쳐주는 것이지 어떤 축적된 지식을 가르쳐줄 수는 없는 것이 아니냐, 그렇게 생각되는군요.

최 좋은 교사가 되기 위해서는 많은 노력을 해야 될 것 같습니다.

김 그런데 실제 수업의 현장에 있을 때 선생님께서 개인적으로 경험하셨던 것들이 학생들에게 납득할 수 없는 경험인 것처럼 느껴지는 경우는 없습니까? 이를테면 작품을 쓰는 과정이라든지 사고를 하는 과정에서 선생님께서 느끼셨던 것들이 학생들에게 전달될 때 전혀 이질적인 것처럼 느껴지는 그런 경우 말인데요.

최 그것은 내가 자신이 없는 지점이에요. 이제 그 말을 조금 다른 말로 바꾸자면 피교육자와 교육자 사이에 어떤 세대적인 감각의 차이 같은 것은 없겠느냐, 하는 말이 될 것 같은데, 그것은 제가 제일 자신이 없고, 다만 교육한다고 하는 면에서 학생들의 작품을 강평하도록 되어 있기 때문에 그런 것을 검증해볼 수 있는 통로는 있는 샘이시요.

김 그러면 이제 선생님의 문학적 태도라 할까, 문학적 생애라 할까, 이런 것에 대해서 좀 여쭤보기로 하겠습니다. 1959년에 「그레이 구락부 전말기」와 「라울전」으로 문단에 데뷔하신 것으로 되어 있는데, 그 데뷔할 때 추천하신 분이 안수길安壽吉 선생님이시지요?

최 네.

김 안수길 선생님하고는 처음 어떻게 만나셨습니까?

최 1959년에 두 작품을 더 추천받았는데, 「그레이 구락부 전말기」를 써가지고 가서 처음 만나 뵈었고, 그다음 것은 하나 더 써오라고 해서 써가지고 간 것이지요.

김 「그레이 구락부 전말기」도 그렇고 「라울전」도 그렇고 당시 비평계에서 상당히 주목을 받았던 것으로 알고 있는데, 특히 「라울전」에서 사울하고 대립되는 인물로 나오는 라울을 들여다보면 개인의 의지와는 관계없는 역사의 움직임이라고 할까, 그런 것에 절망하는 지식인의 모습이 그려져 있어요. 그 지식인을 선생님 자신이라고 보아도 되는 것입니까?

최 네, 그렇게 보아도 된다고 생각합니다.

김 그런 생각을 하시게 된 경위 같은 것을 말씀해주실 수 있겠습니까?

최 누구나 한때 성경은 읽기 마련인데 우리가 청년기에 도달해서 자기를 형성한다고 할 때 정신적인 의미에 있어서는 이미 눈앞에 존재하는 큰 체계에 도전하거나 그 체계를 탐구하는 길밖에는 달리 무슨 방도가 없지 않겠습니까? 스무 살짜리 청년이 큰 체계를 하나 만들 수는 없는 것이고, 대개 사람들 앞에 놓여 있는 어떤 체계, 가령 불경이나 성경, 혹은 어떤 큰 정치사상 같은 것에 관심을 갖게 되기 마련인데, 제 경우에도 그런 데 대한 관심이 그렇게 나타났다고 말할 수 있겠지요. 거기에다가 기독교 교리의 경우 사람의 생각으로서는 합리적으로 납득이 안 되는, 말하자면 신의 뜻을 사람이 이해할 수 없는 무엇이 있는 거 같고, 이것은 지금 생각해보면 방금 얘기한 것과 같은 근원적인 의미의 인간의 존재론적인 문제를 제기하는 면이 있습니다. 특히 그것을 나의 떠돌이식인 생애의 이동과 관련시켜본다면 역시 라울이라고 하는 사람의 갈등에서 보는 바와 같이 자기의 존재를 중심으로 생각하는 것과 하나님이라고 하는 존재를 중심으로 생각하는 체계가 부딪치고 있는 것이거든요. 이것은 물론 신학적으로는 라울 쪽이 하나님 쪽으로 들어가려고 하는 것이라고 보는 것이 전통적인 해석이겠지요. 그러나 그것을 신학의 차원에서 벗어나서 각기 상대적인 독립성을 가지는 동등의 사고 양식의 충돌이라고 볼 적에는 또 다른 면의 조명도 가능하지 않겠나 봅니다.

김 「그레이 구락부 전말기」도 그렇고 「라울전」에서도 느낄 수 있는 것이지만, 그 뒤의 선생님의 작품들을 보면 대체로 주인공들이 자기가 하고 있는 행위라든지 혹은 자기가 서 있는 상태가 무엇을 뜻하느냐 하는 것을 묻는 일종의 반성적인 인물, 혹은 지적인 인물이 많이 등장하고 있습니다. 그런 인물은 『회색인』이나 『광장』 같은 작품에도 나옵니다만, 재미있는 것은 이런 주인공들이 책에 대해서 굉장히 경건하고, 또 책에서 이 세상의 어떤 비밀을 찾을 수 있지 않을까 하는 신념을 가지고 있는 점입니다. 이런 것과 관련시켜서 실제 선생님의 체험에서 책읽기가 시작된 것은 언제부터였고 독서의 범위는 대체적으로 어떠했는지 그것을 말씀해주시지요.

최 책을 읽기 시작한 것은 초등학교 초학년 문자를 해득하게 된 이후부터지요.

김 소년 시절에 읽으신 것으로 「플랜더스의 개」라든지 하는 작품들에 상당히 감명을 받으셨던 것으로 소설 속에는 나오고 있는데요.

최 네, 그런 것도 읽었고, 초등학교 때만 하더라도 잡다한 것을 많이 읽었습니다. 만화에서부터 잘 알려진 동서양 명작소설 명작동화, 그다음에 좀더 수준 높은 것들을 아이들용으로 다이제스

트해놓은 것, 또 초등학교 오륙 학년 돼가지고는 그대로 어른들
용으로 된 것을 내용은 고사하고 하여튼 읽고……

김　그러니까 처음에는 소설류를 먼저?

최　그렇지요, 소설이나 동화였지요.

김　시나 이론 서적을 읽기 시작한 것은 어느 때쯤이었습니까?

최　중학교 때부터인 것 같아요. 제가 그런 것을 읽기 시작한
것은 원산에 있을 때 주로 원산 시립도서관에서 읽었는데, 그때만
해도 그쪽 정치 체제가 지금 얘기 듣는 것에 비하면 아무것도 아닌
때여서 원산 시립도서관에 일본 시대의 장서가 정리되지 않은 채
그대로 있더구먼요. 그런 것 중에서 아마 소설 이외의 것들도 우
발적으로 선택됨 없이 읽지 않았나 생각합니다.

김　책 속에서 빠져들어가서 무슨 저항 같은 것을 느껴보신 적
은 없으십니까?

최　저항이라는 것은 모르겠고, 오히려 그동안 내가 아까 말한
것처럼 정치적인 부대낌도 상당히 겪으면서 고향을 전전하며 돌아
다녔을 뿐만 아니라, 사람이 자꾸 옮겨다니다 보면 집의 재정적인
형편이라는 것이 자꾸 나빠지게 되는 것인데 그러한 것까지도 겪
고, 또 그동안에 자꾸 나이를 먹어가면서 소년기의 문제, 청년기
의 문제, 이런 것까지도 겹치고 하면서 그런 것들이 가져오는 갈
등이라든지 해결이 없는 불안의 요소 같은 것들이 많았습니다만,
이런 속에서 책이란 것은 언제나 유일하게 그 속에 들어가면 위안
도 받을 수 있고, 어떤 힘도 느낄 수 있고 희망도 느낄 수 있고,
장래의 생활을 의식으로 보장도 해주고, 이런 모든 것이었지 않는

가, 그런 생각이 드는군요.

김 결국 선생님은 책 속에서 현실의 어려움을 이겨나갈 힘을 찾았다, 그렇게 얘기해도 되겠군요. 그런데 흥미 있는 것은 어렸을 때 읽으신 책들도 주로 소설이고 지금도 희곡도 쓰고 계십니다만 주로 소설을 쓰고 계시는데, 이것을 많은 독자들이 모르고 있으리라고 생각되는 것으로서 최 선생님이 처음 문학에 뜻을 두고 데뷔를 했을 때에는 시로 추천을 받은 것으로 저는 알고 있어요. 이렇게 시로 추천을 받겠다고 생각하시다가 소설로 바꿔서 추천을 받으신 것은 어떤 연유에서 그렇게 된 것입니까? 애당초에는 시인이 되시겠다고 생각을 하신 것인가요?

최 그것이 조금 묘한 것은 내가 시로 추천받기 이전에 「두만강」이라는 소설을 썼어요. 시는 그 이후에 썼어요. 「두만강」을 쓰고 나서 뭔가 내가 생각했던 것처럼 그렇게 대단한 소설이 되지 못한 것 같아서 거기서 그만둬버린 것이지요. 그다음에 어떻게 돼서 시를 썼는데, 불행하게도 그 시를 격려해주는 사람이 아무도 없었고, 나로서도 특별히 자신이 생기지도 않아서 그것도 그만두고 아무것도 않고 있다가 우연한 기회에 안수길 선생님을 찾아가서 소설을 보여드렸더니 추천을 해주셨던 것이지요.

김 시를 추천해주신 분은……?

최 잡지 자체의 책임 추천제였어요.

김 한 회 추천받으셨던가요?

최 네. 그때 『새벽』이라고 하는 잡지에…… 한 회로 끝나는 규정이었지요.

김 그 시의 경향이 「구운몽」이라든지 『광장』 같은 데 나온 시들하고 비슷한 경향입니까?

최 그 시는 물론 못 보셨겠지요?

김 네.

최 「수정」이라고 하는 것이었는데, 아마 크게 다르지는 않은 것이었지 않나……

김 선생님의 작품에 나오는 시들을 보면 모더니즘의 영향을 많이 받은 듯한 느낌을 받게 되는데……

최 네, 그때 제가 우연히 읽은 시론들 중에 그런 시들을 좋다고 한 것들이 많이 있었던 모양이에요. 그래서 그런 식으로 쓰는 것이 시를 쓰는 것인 줄로 생각을 한 모양이지요.

김 그 당시에 혹시 읽으셨던 우리나라 시인들이 있으면 어떤 시인들이……?

최 참 묘한 얘기지만 우리나라 시인은 전혀 없었어요. 그것은 순전히 자작시였지요. 그렇기 때문에 시의 이미지에 대한 각성도 별로 없었고, 이를테면 시 속에서 자기 딴에는 상당히 심각하다고 생각하는 어떤 철학적 인상 같은 것을 좀 압축해서 얘기한다는 그런 정도였겠지요.

김 시 얘기는 그 정도로 하기로 하고 책 읽기와 관련시켜서 「가면고」라든지 「구운몽」이라든지 『서유기』라든지 혹은 희곡 작품으로 「둥둥 낙랑둥」이라든지 하는 작품들을 보면 이론 서적 중에서도 특히 정신분석에 관계된 서적을 많이 읽으신 것이 아닌가 이런 생각이 드는데, 정신분석에 대해서는 실제로 우리나라 작가들

중에서 최 선생님 정도로 관심을 가지고 깊이 있게 탐구해 들어간 작가들이 거의 없는 것으로 알고 있어요. 실제로 어떤 계기를 통해서 그런 것들을 읽게 되셨는지……?

최 처음에 어떤 계기에서부터 시작됐는지 정확하게는 얘기하기 어렵지만, 상당히 일찍부터 손쉽게 구할 수 있는 정신분석에 관한 책들을 관심을 가지고 읽었습니다. 아시겠지만 클라게스의 인격 형성에 관한 책도 공부했고, 또 최근에는 장 피아제의 것도 정신분석적인 접근의 연장선상에 있는 것으로 보여서 그런 것도 읽고 했습니다.

김 정신분석이라고 하면 대체적으로 유년 시절의 체험에 중점을 두고 인간 행위를 설명하려는 것 아닙니까? 바로 그런 것이 유년 시절에 고향을 떠나올 수밖에 없었고 고향으로 다시 돌아갈 수 없다는 생각과 결부돼서 선생님의 경우 굉장히 문화사적인 의미를 띠고 있는 것 같은데, 실지 『회색인』 같은 것을 보면 유년 시절의 아주 중요한 체험으로서 주인공이 길거리에서 갑자기 공습을 만나 방공호 속으로 뛰어들어가서 어떤 젊은 여자의 품에 안기는 장면이 그려져 있고, 그것이 『회색인』은 물론 『서유기』에서도 여러 번 되풀이되어 나타나고 있거든요. 그 사건은 실제로 겪은 사건이십니까, 아니면 유년 시절의 어떤 중요성을 강조하기 위해서 픽션화하신 것입니까?

최 반반입니다. 실제의 경험도 있고, 몇 개의 단편적인 경험들을 나중에 하나로 묶었다든가 하는 변형도 있습니다만, 실제로 『회색인』에서 그린 그 장소 그 무렵의 폭격하에서 그런 경험이 있었던 것만은 사실입니다. 『회색인』에 나오는 에피소드는 「우상의 집」이라는 단편에 처음 나와 있는데, 이 경험이 나중에 좀더 얘기해야 될 좋은 모티브인 것 같아서 또 생각해본 것이지요.

　김　그런 경험의 원체험 같은 것을 자꾸 되살펴보려는 생각, 이런 것을 최 선생님은 고고학적 탐구라든지 하는 표현을 쓰시면서 원체험의 상태가 어떤 것이었느냐를 자꾸 확인하려 하고 있는 것으로 저는 알고 있는데요……

　최　아까 정신분석 얘기인데, 아시는 것처럼 프로이트도 물론 후기에는 정신분석에 있어서의 문화적인 요소를 고려했지만 우리가 언뜻 생각하기에는 프로이트의 가장 프로이트다운 것은 어느 편인가 하면 순정純正 정신분석이라 할까, 생물적인 측면에 강점이 있고, 그 이후에 프롬 같은 경우에는 거기에 이질 문화의 갈등이라든지 극복이라든지 하는 역사적 차원이 보태질 수 있는 것인데, 제 경우에도 인간의 정신을 파들어간다고 할 적에 가령 유년 시절의 가족 내부에서의 생물학적 혹은 기초적인 의미에 있어서의 사회적 부분뿐만 아니라 나중에 추가되어 있는 정치적 신념이라든지 하는 것 자체가 인간에게 어떤 구속으로 작용한다는 생각을 가지고 있는 편이지요.

　김　제가 보기에는 선생님의 정신분석에 관한 관심이 지금 말씀하셨지만 정통적인 정신분석학, 예를 들어서 가족 관계에서 어떤 정신적인 외상外傷의 흔적을 찾는 그런 정신분석학보다는, 뭐랄까 불교적인 어떤 정신의 움직임, 그런 것과 상당히 밀접한 관계가 있는 것 같아요. 그러니까 유년 시절의 체험에 있어서도 가족 관계의 콤플렉스보다는 그런 경험을 통해서 세상의 어떤 신비를 갑작스럽게 깨달은 듯한 느낌이 어디서 왔느냐 하는 것을 탐구해보는 그런 문화사적인 혹은 더 정확한 표현을 쓰자면 불교적인 사유와 굉장히 맥이 닿아 있는 정신분석인 것 같아서 이것이 굉장히 특이한 것처럼 생각돼요.

최　글쎄요. 그래서 어떤 의미에서는 내가 관념적인 성향을 보여준다는 평도 있는데, 그것도 그런 것과 연결시키면 전혀 의미가 없지는 않은 인상이겠지요.

김　저로서는 선생님에 대해서 관념적이라고 할 때 그 관념이라는 것을 순수하게 현실과 관계가 없는 가공적인 허구의 논리라는 뜻으로 사용할 때는 맞지 않는 것 같고, 차라리 성찰이라든지 혹은 반성이란 말로 바뀌어야 되리라고 생각을 하고 있습니다. 어쨌든 선생님께서 그런 유럽적인 정신분석학을 이쪽의 문화사적 측면, 우리나라의 정신의 원형을 찾아보려는 움직임과 결부시킨 것은 굉장히 중요한 공헌이라고 생각되고, 바로 그러한 작업을 『회색인』과 『서유기』에서 하신 것으로 알고 있는데, 애당초에는 이 두 작품이 3부작으로 발표될 것으로 예고됐던 작품들 아닙니까? 그런데 『회색인』에서는 주인공이 기식하고 있는 집에 새로운 파트너로 여자가 등장하면서 끝이 나고, 『서유기』에서는 주인공이 그 여자의 방으로 가는 도중에서 겪는 정신적인 방황을 보여주고 있는데 처음의 계획은 3부에서 어떤 식으로 그 여자와의 관계를 해결하려고 하셨는지요?

최　대강 생각하기로는 독고준獨孤俊이 4·19의 와중에서 무엇인가 각성을 얻게 되고 그 여자는 외국으로 다시 가버리고…… 그렇게 하려고 했었지요. 그런데 그 후에 그게 초점이 잘 안 잡혀서 지금의 상태로 돼버렸지요.

김　결국『회색인』과『서유기』에서 하시려고 했던 작업은 선생님의 대표작이라고 알려져 있는『광장』과 결부시킬 수 있겠는데, 『광장』에서는 주인공이 결국 죽는 것으로 끝나지 않습니까? 이 『광장』에서 죽은 이명준李明俊을『회색인』과『서유기』에서 다시 살리려는 그런 작업이었다고 생각해도 되겠습니까?

최　그렇지요. 죽음이라는 결말이 아닌 산문적인 시간 속에서 가령 그런 사람이 우리 곁에서 같이 산다면 어떻게 행동하고 어떻게 살 것이냐 하는 것을 다시 한 번 물어본 것이겠지요. 그런 것을 보면 나는 썩 세련된 작가는 아닌 것 같아요. 이를테면 한 작품을 완벽하고 세련된 고전적인 작품으로 만들어낸다고 하기보다는 자기한테도 확실치 못했던 주제를 한번 시도했다가 그것이 미흡하기 때문에 미련을 버리지 못하고 다시 눌어붙는 그런 사고가 자꾸만 반복되는 것이 아닌가, 그렇게 생각합니다.

김　현대 소설의 가장 중요한 특징 중의 하나가 그런 것 아니겠습니까? 현실에 대해서 어떤 확실한 대답을 내릴 수 있다는 자신이 없기 때문에 자기가 내린 대답이 진짜 대답이었는가를 다시 성찰해보고 그 성찰의 의의가 무엇이었는가를 또 성찰해보고…… 그런 과정에서 우리가 문학이라고 부르고 있는 것의 어떤 근원으로 올라갈 수 있는 것이 아닌가, 그런 생각이 드는데요.

최　글쎄요, 그렇게 말씀해주시니까 더 선명해지고, 나도 그동안 그런 말들을 안 한 것은 아니지요. 말할 것도 없지만 나의 능력이라는 것이 내가 가진 것밖에는 없는 것이고 또 문학이라는 것이 입학시험 모양 객관식으로 맞지 않으면 틀린 것이라고는 생각하지 못하겠기 때문에 이제 말한 그러한 소설 인식론적인 방황 자체를 문학 속에다 끄집어내는 것이 어떤 사람에게 있어서 필연적인 생리적 실감 같은 것을 가진다면 그러한 사례가 용서될 수도 있지 않은가, 한국 문학이라는 것은 하여튼 폭을 가진 집단적인 무엇이니까 거기에 여러 가지 것이 합쳐져서 한국 문학이라는 대교향악을 만든다, 나는 그런 비전을 가지고 있고, 그렇기 때문에 내 자리는 그런 자리가 아닌가, 그런 생각입니다.

김　제가 보기에는 그것이 굉장히 중요한 자리라고 생각됩니다. 가령 이광수李光洙의 경우는 자기의 표현이나 주장이 올바르다는 데 대해서 한 점의 회의도 없는 태도였는데, 기술記述 자체에 대한 회의가 김동인金東仁에 의해서 시작되고, 식민지 치하에서 진짜 올바르게 행동하는 것이 무엇이냐 하는 것에 대한 반성이 염상섭廉想涉이나 채만식蔡萬植에 의해서 행해지지 않았습니까? 그래서 기술의 방법이라든지, 그것으로부터 떼어내서 얘기할 수는 없겠지만 세상을 보는 태도 자체의 어떤 성실성, 혹은 자기의 지금 가지고 있는 태도가 현실에 걸맞은 것이냐 안 맞는 것이냐를 따져보는 자세 같은 것이 최 선생님에 와서 하나의 전통을 이루고 그 뒤에 가령 이청준李淸俊 조세희趙世熙 같은 작가들에 의해서 서로 다른 개성을 가지고 계속 탐구돼가고 있는 것으로 알고 있는데, 그런 지평을 여는 데 굉장히 중요한 역할을 맡았던 것이 『광장』이라고 저는 알고 있습니다. 그런데 연보에 의하면『광장』이 1960년 10월경에 발표가 된 것으로 되어 있어요. 이제 이 작품을 대체로 어떤 생각에서 쓰려고 하셨는지, 그것을 좀 얘기해주시지요!

최　내가 해방 후에 이북에서 넘어왔기 때문에 이북의 정치 체제를 그나마 경험했고, 또 1960년까지 남한에서 상당히 극적인 생활 경험을 가졌기 때문에 그런 것들을 압축해서 작품을 하나 써보았으면 좋겠다는 생각을 늘 가지고 있다가 내놓은 것이 그 작품이지요. 작품 자체는 상당히 단기간에 썼어요.

김　4·19 이후에 쓰신 것이지요?

최　네, 4·19 이후에……

김　저는 대학 다닐 때 동숭동 문리대 벤치에 드러누워서 이 작품을 읽고 굉장히 감동을 한 기억이 있는데, 이 작품은 그 뒤에 두 가지 측면에서 문제가 됐다고 생각합니다. 하나는 남북의 대립 문제가 지금 한국 문학에서 지니고 있는 의미가 무엇이냐 하는 것을 반성하게 해주었다는 점이 있는 것 같고, 또 하나는 이 작품이 뒤에 네댓 차례 개작됨으로써 한 작품에 대해서 작가가 어느 시기마다 가지는 관념이라는 것은 어떤 것이냐, 그리고 한 작품을 완결된 상태로 내던지지 못했다고 생각하는 작가들의 그 작품에 대한 태도는 어떤 것이냐 하는 것을 보여준 측면이 있었다고 생각합니다. 개작에 대해서는 아까 미국에서의 체험을 얘기하시면서 조금 얘기된 것 같고, 남북 대치 문제는 지금까지도 계속해서 토론이 되고 있는 것으로 알고 있는데,『광장』을 전집에 싣기 위해서 마지막으로 고치시면서 이제 어느 정도 완결됐다는 느낌을 갖게 되셨습니까?

최　자꾸만 더 고치겠다고 하면 농담이지만 어떤 사람들은 짜증을 낼 사람도 있을 테고…… 자꾸만 책을 사야 될 테니까……(웃음) 다만 선의의 희망을 말한다면 글쎄요, 지금 보면 마음대로 고칠 수 있다면 한두 군데 더 고쳤으면 하는 생각은 있어요. 그러나 독자들의 일종의 독서 습관이라든지 또 일반적인 관례에 너무 동떨어져서도 안 되겠다고 해서 그렇게 다급하게 생각지는 않습니다. 다만 이런 기회에『광장』에 대해서 몇 가지 말씀을 드리고 싶어요. 우선『광장』이 보여주고 있는 남북의 정치적 상황에 대한 기본적인 판단, 그것은 적어도 나 개인한테는 아직도 검토를 정중하게 바릴 수 있는 것이 아니냐, 이렇게 생각합니다.

다음에『광장』의 기술의 문체에 관련되는 얘기인데, 그것을 메시지라는 의미에서 보는 것과 문학 작품으로서의 내적인 밀도라는 의미로 보는 것과는 다른 문제니까 지금에 와서 내가 다시 볼 때 그것을 쓸 당시의 문학적인 자각의 덜함이라든지 하는 것 때문에 말로서 가지고 있는 흡인력 같은 것이 좀 위태롭게 느껴졌다면 나 자신이 개선이라고 생각되는 쪽으로 고치는 것이 좋겠다는 생각입니다. 그것도 일종의 의사 표시니까 그것이 개악改惡이었는지 개선이었는지는 다른 사람들이 나중에 평가해주면 되겠지요. 내가 구판舊版『광장』을 전부 회수해다가 인멸한 것이 아니라 그것은 그것대로 세상에 보존돼 있으니까요.

다만 다른 텍스트를 제공한다고 할 때 그것이 기성의 정치적인 용어라든지 그때그때의 신문의 용어와 지나치게 생명을 같이할 염려가 있는 것은 좀 신경을 써야 되지 않을까, 이런 생각입니다. 이 것이 아까 프로이트의 얘기에서 나온 것과 같이 생물학적인 집단에서의 가족간의, 성적인 체험에 속하는 것이라면 그렇게 낡아질 염려가 비교적 좀 덜하겠지만, 어떤 의미에서는 그런 감각적 지각적 확실성으로부터 상당히 동떨어져 있는 소재이기 때문에 그 자체가 위험을 많이 안고 있는 것이지요. 그래서 이 작품이 가지고 있는 정치적 내용이 아직도 버리기에 아까운 것이라면 더욱 배려를 많이 하고 싶어서 그렇게 자꾸 되돌아보게 됩니다

　또 하나 이 자리에서 다시 한 번 말씀드리고 싶은 것은 『광장』에서는 주인공이 마지막에 죽는 것으로 되어 있습니다. 그런데 그 마지막 죽음에 이르는 부분을 잘 추적해보면 그 사람이 자기 죽음을 정상인의 자각된 의식으로 선택한 것은 결코 아니다라는 간단한 사실을 발견하지 않을까 생각합니다. 말하자면 주인공 이명준은 이 세상이라는 것이 살 만한 것이 못 되니까 나는 죽겠다고 해서 유서를 쓰고 죽었다고 하는 것은 하나도 없어요. 죽겠다는 말은 하나도 없고, 죽기는커녕 완전히 살겠다는 것으로 될 수밖에 없도록 되어 있어요. 그가 정상인으로서의 지각의 세계가 어디에선가부터 잘못돼가지고 조용히 미쳐버린 것으로 처리되어 있지 마지막 순간에 삶에 대한 허무주의적인 선언을 하고 물에 풍덩 들어가는 것으로는 되어 있지 않는데……

　김　텍스트 자체를 보면 죽었는지 신선이 돼서 어디로 갔는지 알 수 없게 되어 있지요.

　최　그러니까 만일 선장이 항해일지를 쓰는 입장에서 본다면 그

것은 틀림없이 사실로서의 죽음이라고 기재되겠지만, 가령 문학의 텍스트를 그러한 사실의 검증과 함께 그 의미의 층이라 할까, 상징의 층으로서 추적하는 경우에는 그것은 엄연히 생을 완성하는 것으로 되어 있어요. 그 생이 물론 실제적인 의미에 있어서의 생이 아니라 환상 속에서의 생의 완성일망정 생의 부정으로는 되어 있지 않다 이거지요. 그것이 내가 지금 생각하고 있는 것만큼 그 작품의 평가에 무슨 중요한 알리바이가 될는지는 모르겠습니다만, 그러나 내가 보기에는 여러 비평가들이 이 죽음을 상당히 중요한 사실로 보고 접근을 많이 하면서도 정치적인 의미나 철학적인 사변에 너무 많이 중점을 두다 보니까 그 사람의 의식의 흐름이나 심리적인 가장 기초적인 문제가 등한시되지 않았나 해요.

김 결국 생물학적인 죽음이라기보다도 자기가 본 환상과의 어떤 화해로운 일치로 봐주어야 되겠다, 그런 얘기가 되겠지요? 그러니까 '죽음'은 있지만 '주검'은 없는 그런 상태의 죽음이라고 표현할 수 있겠지요.

최 그렇게 말할 수 있겠지요.

김 그런데 『광장』의 이명준의 방황도 그렇고 『회색인』과 『서유기』의 독고준의 방황도 그렇고, 이들 주인공의 방황이 최 선생님 자신의 어떤 소설적인 방황과 구조적으로 상동 관계를 이루고 있는 것 같아요. 선생님의 소설들을 보면 가령 고대 소설의 제목을 계속해서 차용한다든지 혹은 「크리스마스 캐럴」 「총독總督의 소리」 「소설가 구보씨의 일일」과 같이 연작 형태를 취함으로써 이명준식으로 얘기하자면 우리가 일상적으로 죽어가고 있으면서도 죽어 있는 시체, 주검 자체는 남기지 않는다는 그런 상태를 계속해서 확인해보는 형식을 보이는데, 이것이 선생님의 소설적인 방향과 어떤 대응 관계를 이루고 있는 것이 아니냐, 그리고 그것이 바로 소설 이론에서 얘기하는 어떤 여행, 그게 내적인 여행이든 외적인 여행이든 그런 여행의 한 변형이 아닌가, 그렇게 생각합니다. 그런 의미에서 저는 선생님 소설의 길이라든지 여행이라든지 방황이라든지 하는 것들이 문화사적인 탐구와 결부되어서 굉장히 중요한 연구의 대상이 돼야 할 것 같아요.

최 그것은 이런 생각입니다. 개항 이래 우리나라 20세기의 역사가 결국은 민족적인 의미에 있어서 하나의 이동의 역사였던 것 같아요. 실제 지리적으로도 산지사방으로 사람들이 흩어지지 않았어요? 중공에도 가고 소련에도 가고 미국에도 가고…… 아무튼 그런 예는 일찍이 우리 역사상에 없었습니다. 또 그런 지리적인 의미에서뿐만 아니라 한 땅에 붙박여 있었다 할지라도 무엇인가 계속해서 움직이는, 가만히 있지 않는 상태였어요. 쉬운 얘기로 사회 변동이라든지 이런 말이 되겠지요. 아무튼 20세기 한국사라는 것은 막 움직이는 시대였고, 이런 시대에 작가들은 그것의 의미를 긍정하든 부정하든 그것은 둘째 치고라도 작가들 나름대로 자기가 가장 능하다고 생각되는 촉수를 가지고 이 움직임을 붙잡아서 거기다 무슨 예술적인 모습을 주었습니다. 내 경우에도 좀 방식은 다를지 모르지만 그런 것과 크게 동떨어진 것은 아니지 않은가, 만일 그것이 이중 삼중의 환산 과정만 거친다면 다 현실에 있는 것의 뿌리로부터 여러 우로迂路를 거쳐서 그러한 형태로 나타난 것임을 알 수 있을 것이기 때문에 역시 시대의 노래를 별수 없이 부르는 것이 아닌가?

김　그런데 선생님의 방황이라든지 하는 것은 가령 황순원黃順元 선생이 우리나라 사람들의 마음가짐을 가리켜 유랑민 근성이라고 한 적이 있는 그런 측면보다는 차라리 뿌리를 찾아야 되겠다는 마음자리 때문에 방황한다는, 예를 들면 그야말로 악몽 속에서 한없이 표류하는 화란인들이 아니라 돌아갈 땅이 있다는 것을 믿고 헤매는 유태인들의 방랑이라고 할까, 그런 차이가 있는 것 같아요. 그러니까 그것은 차라리 방금 말씀하신 대로 문학사회학적인 용어를 빌리자면 길이 끊어진 곳에서 여행을 시작할 수밖에 없었던 현대인들의 근원적인 모습을 보여주는 것이 아닌가, 이렇게 생각됩니다. 그런데 실지로 선생님의 소설을 보면 그런 방황을 하지 않는 유일한 인물이 아주 긍정적으로 그려져 있는 경우가 있어요. 그게 바로 제갈공명諸葛孔明으로 생각되는데, 제갈공명에 대해서 선생님이 느끼는 찬탄이라 할까, 이런 것은 대단한 것 같아요. 제갈공명에 대해서 그런 감정을 갖게 된 동기 같은 것이 있으시다면 어떤 것이고, 지금도 제갈공명을 하나의 이상적인 인간으로 생각하고 계시는지……?

최　그거 재미있는 얘기인데, 내가 작품에서 다뤄온 우리나라 최근 백 년 동안의 역사나 나 자신의 살아온 과정이 어떤 고전적인 균형, 또는 대지에 뿌리박힌 무슨 근거 같은 것을 일단 잃어버리고 거기에서 다시 무언가를 하려고 하는 그런 혼란이라고 보는 것이 나의 근본적인 비전이었기 때문에, 아마 공명 같은 사람을 그와 같은 요소의 반대쪽 극에 서 있는 행복한 사람으로 내 나름대로 상상한 것이겠지요. 물론 이것은 원작 『삼국지三國志』에 반드시 충실한 것인지는 모르겠지만, 내가 보기에는 그 사람은 상당히 생산적인 사람이 아닌가, 이를테면 레오나르도 다 빈치가 플로렌스의 국방군 총사령관이 됐다면 그런 식의 사람이 아니었겠는가……

그래서 역사상의 실존 인물이기도 하겠지만 또 소설의 과장도 있고 해서 그 사람에게 나 자신의 욕망까지 투영해서 사람이라고 하는 것의 어떤 이상을 한번 꿈처럼 그려보는 그런 것이 아니었겠는가…… 이 사람은 과학적인 무한한 호기심과 능력도 가지고 있고, 인문적인 세련됨도 가지고 있고, 또 자기 생명에 대해서는 굉장한 교활함도 발휘해서 적을 무찌르는 의지력도 가지고 있고…… 그래서 그 이상 더 무엇을 바랄 것이 없을 정도의 그런 인간으로 완전히 보류 없는 거의 노래에 가까운 송가를 쓰고 싶은 생각이 난 것이지요.

김　최 선생님 소설로는 아주 특이한 소설이고, 현대 소설사에서도 거의 보기 힘들 정도로 긍정적으로 그려진 인물인 것 같아요.

최　그럴 것 같아요.

김　이제 소설에 대해서는 대강 얘기가 된 것 같으니까 희곡에 관해서 얘기를 해보지요. 최 선생님께서는 미국에서 돌아오신 뒤에 전집을 내면서 토속어를 많이 발굴해내는 작업을 하시면서 희곡에 대해서 관심을 가지고 몇 편의 희곡을 내놓아 한국 희곡계에 굉장한 충격을 준 것으로 알고 있습니다. 이 희곡을 쓰시게 된 동기가 어떻게 되겠습니까? 소설에서 얘기할 수 없는 것이 희곡에서는 얘기될 수 있다고 생각하셔서 그런 것인지, 아니면 다른 이유가 있으셨던 것인지……

최　그 점에 대해서는 이렇게 얘기할 수가 있겠군요. 가령 그리스에서 연극이 가능했던 것은 배우들이 무대 위에서 자기들의 세계관을 일일이 해설하지 않아도 될 만큼 문화나 정치의식이나 생활이 모두 약속된 것으로 되어 있었기 때문이라고 하지 않아요? 산문적인 설명은 이미 다 되어 있고, 무대 위에서는 그런 공통의 약속 위에서 관객과 배우 사이에 호출 부호만 서로 주고받으면 그것이 그대로 메시지가 되어서 이쪽에서 풀어서 알아들을 수 있게 되어 있었다는 것이지요. 또 가령 서양 연극사를 보더라도 교회에서의 수난극이라든지 모든 나라에서 민속적인 연희가 가능했던 것은 생활의 전통이 공통의 약속으로 그 사회에 존재하여 말이라는 것이 어떤 절정에 도달될 수 있었기 때문이지요. 현재 우리나라 내 당대의 동료 작가 중에서도 소설이라는 형식을 가지고 그런 언어의 절정 같은 데에 근접하고 있는 사람이 많이 있다고 하는 것을 나는 시인합니다. 그런데 그런 업적을 결코 내가 모른다고 하는 얘기가 아니라, 그것은 다른 작가들의 경우고, 내 경우에는 내 태도가 성실했든 성실하지 않았든 작품 하나를 쓸 적마다 그 작품을 완성했다는 것이 곧 좌절을 완성했다는 것을 늘 확인할 수가 있었어요. 그것은 내 작품이 아무 쓸모도 없었다고 자학하는 것은 아닙니다. 내가 생각하고 있는 예술이라는 것의 어떤 기준으로 볼 때 늘 찜찜하고 어떤 절정에 도달하지 못한 것의 연속이었다는 얘기이고, 내가 희곡을 쓰기까지 지금 전집으로 묶여 있는 분량의 소설을 쓰면서 소설로서는 무엇인가 할 수 있는 것을 다한 정도였는데 그래도 역시 마음에 차지 않았다는 얘기일 것입니다.

나는 늘 내가 소설에 접근하는 것이 어떤 의미에서 자기 모국어의 대지에서부터 출발을 하지 않고 마치 외계인이 로켓을 타고 점점점점 대지를 향해서 내려가면서 충돌을 전전긍긍하여 기어를 확 꺾는 식의 거꾸로 된 비상飛翔이 확실하다고 생각하고 있어요. 그러나 그것이 일반 사람들이 혹 그렇게 생각할지도 모르는 것처럼 비현실적인 것이라고는 아직 생각하지 않아요. 달 로켓이 결코 비현실일 수 없는 것처럼 말이지요. 그런데 다만 그것은 땅으로부터 위로 올라오는 것이 아니라 허공 중에서 땅으로 내려가면서 계산을 까딱 잘못하면 그 순간에 그야말로 현실로부터 이별이 될 수밖에 없는 완전히 인공적인 현실이었고, 이런 현실에 의해서 작업을 오래 하다 보니까 어떤 공포감 같은 것이 느껴졌어요. 과연 이것이 내가 생각하는 그런 것인가, 혹은 소설가로서의 무능력을 그때마다 간신히 돌파하는 데 지나지 않는 것인가, 다른 사람들은 넓은 땅 위에서 춤을 추면 그것이 그대로 산문의 노래가 되는데 나는 공중에 거꾸로 서서 무언가를 해보자고 하는 것이 아닌가, 그런 예술가로서의 본능적인 공포가 있더구먼요.

김　굉장히 중요한 체험을 하셨네요.

최　네, 그래서 정말 내가 느끼고 있는 어떤 존재와의 접촉 지점을 내가 확보하고 있는 것인지, 그래서 내가 아무리 거기서 멀리 가 있다 할지라도 일단 돌아가려고만 하면 당장 돌아갈 수 있는 것인지, 그런 것을 알아보고 싶었던 갈등이 있었고, 여기에 미국에 있었을 때의 고독 좌절 갈등 같은 것이 전부 가세돼가지고 나 자신에게 테스트의 공간을 한번 주어보자 해서 시작했던 것이 아닌가 해요. 그런데 그런 의미에서 희곡을 해보니까 나도 예술가가 아니었던 것은 아닌 것 같고, 경험의 견고함이라든지 땅의 향기라든지 섹스의 헐떡임이라든지 하는 것에 대해서 완전히 감각을 상실한 사람은 아직은 아니다는 것을 알 수 있게 되었지 않나, 그렇게 생각을 해요.

김 결국 소설 속에서의 방황으로부터 어떤 구체적인 감각적인 공간으로 돌아가서 그 공간을 어떻게 만들어볼 수 없을까 하는 욕망에서 희곡 쪽으로 달려갔다, 그런 말씀이신가요?

최 그런 것이지요.

김 그런데 실지로 선생님의 작품이 무대 위에 올려졌을 때 그 상연되는 과정에서 자기 자신의 감각적인 욕망이 실현됐다는 느낌이 들었습니까?

최 네, 지금까지의 공연 자체도 잘 했지만, 공연이란 앞으로도 얼마든지 다른 사람들에 의해 더 잘 세련될 수 있는 것이고, 또 희곡의 경우는 소설하고 조금 다른 것이, 이제 말씀하신 것처럼 그런 감각적인 실체가 확실하지 않으면 무대에서는 허깨비가 되는 것인데, 그런 테스트도 괜찮지 않았나 생각합니다.

김 실제 희곡을 쓰시는 과정에서는 소설보다는 대화에 굉장히 신경을 써야 될 텐데, 그 대화의 구사가 소설보다 쉽습니까, 어렵습니까? 혹은 그렇게 얘기할 수 없는 다른 성격을 가지고 있습니까?

최　쉽다, 어렵다, 그렇게 얘기할 수는 없고, 이런 것이 있는 것 같아요. 소설 속에서는, 특히 나 같은 성향의 작가인 경우에는, 주인공들의 대화를 지문의 인력引力 속에 끌어들여버릴 위험이 있지요. 그렇게 되면 소설이라는 장르는 얼마든지 개인주의적인 도구가 될 수 있는 것으로 내 자신 늘 위험하게 생각해왔는데, 희곡의 경우에는 그 형식 자체가 지문으로 대화의 집중성을 보완시킬 수 있는 길이 애당초 막혀 있으니까 거기에 신경이 상당히 날카롭게 되고, 그런 것이 괴물처럼 한정 없이 팽창하려고 하는 정신에 대해서 담담한 강제를 가하는 힘이 있더구먼요. 그래서 제 경우에는 그것이 어려움으로 느껴지기보다도 게으른 선수가 좋은 코치의 지도를 받아서 강훈련에 참가하는 것 같은 그런 느낌을 받았어요.

김　선생님의 희곡은 대체적으로 「옛날 옛적에 훠어이 훠이」도 그렇고 「봄이 오면 산에 들에」도 그렇고 「둥둥 낙랑둥」도 그렇게 옛날얘기들을 현대적인 감각으로 바꾸어놓은 것인데, 앞으로도 주로 옛날얘기를 그렇게 바꾸어놓으실 것인지, 아니면 현대의 일상적인 생활을 작품화할 생각은 없으신 것인지?

최　이번 가을에 신작을 하나 발표할 것입니다.

김　아, 그것 축하할 만한 일입니다(웃음).

최　고맙습니다. 탈고는 됐는데 발표할 잡지가 나올 기간이 있으니까…… 이번 얘기는 옛날얘기가 아니고 지금까지의 계열하고는 전혀 다릅니다. 그리고 현재 나와 있는 문학 전집에 수록된 작품 이후의 제1작인 셈이니까 그런 의미에서도 한번 보시고 많이 지도 편달해주시기 바랍니다.

김 현대의 일상적인 생활을 그린 것이라면 소설 속에서 시도했던 것들과 어떤 점에서 다르고, 또 그 인물들의 드러남이 어떤 점에서 같고 다른가를 어느 정도 분명하게 볼 수 있겠군요.

최 기왕의 내 소설들하고 지금까지 쓴 희곡하고는 적어도 소재상에서는 단절이 있었지요. 내 소설에서는 아까 얘기로 돌아가서 프로이트 전기적인 것하고 후기적인 것, 또 어떤 의미에서는 프로이트적인 것하고 프롬적인 것 두 개를 다 씨아질하려고 했는데, 그러면서도 독자들에게는 좀 죄송한 말씀인지 모르겠으나 그렇게 방황하는 것 자체에 의미를 부여하려고 한 면이 있었습니다. 그러나 희곡의 경우에는 후자의 것을 잘라버리고 그 대가로 완벽성을 획득했다고 저는 생각해요. 그런데 이번 가을에 발표하겠다는 것은 소설에서와 마찬가지로 희곡 속에서 그 두 문제를 다 끌어안으면서 해결을 해볼까 그렇게 해봤는데……

김 굉장히 중요한 시도겠군요. 그러니까 소설에서 제시했던 많은 문제들을 그대로 포괄해가지고 지금까지의 희곡이 가지고 있었던 고전주의적인 완벽성을 극복하겠다는 얘기가 됩니까?

최 어떤 의미에서는 소설의 문제를 바이패스한 형식이 아니라 직선으로 뚫고 극복한다고 할까 지양止揚한다고 할까 종합한다고 할까……

김 그것도 굉장히 중요한 시도가 되겠군요. 여하튼 우리나라처럼 장르상의 구별이 아주 엄격한 나라에서 최 선생님은 소설과 희곡 두 분야에서 굉장한 업적을 내고 계시는데, 이번에는 비평에 대해서 조금 얘기를 해봤으면 합니다. 선생님은 지금 비평집을 두

권 내시고 계시지요? 이 비평에 대해서는 우선 두 가지를 얘기할 수 있을 것 같아요. 하나는 선생님 자신이 비평의 대상이 됐을 때의 경우가 되겠는데, 전자의 경우, 즉 자기가 칭찬이든 비판이든 논란의 대상이 됐을 때 작가로서 불편하십니까, 아니면 오히려 거기에 어떤 자극이 된다든지 그런 것이 있으십니까?

최　생리적으로는 불편하지요. 역시 좋은 얘기 안 했을 적에는 물론 불편하고 좋게 얘기했을 적에는 별로 불편하지 않고……(웃음) '생리적'이라고 특히 말씀드린 것은 생리적인 불편이라고 하는 것은 별 의미가 없는 것이다는 얘기를 하고 싶은 것이고, 그것보다는 그것이 가치론적인 의미에 있어서 심각하냐 아니냐 하는 것이 문제겠지요.

나는 나한테 대한 비평이 다 일리가 있다고 생각합니다. 그리고 나로서는 문단에 등장해서 지금까지 사교적인 의미에 있어서나 예술적인 의미에 있어서나 조금도 말이 두절될 필요가 없는 공동의 문맥 속에서 같이 상대해서 씨름하고 있다는 전제를 가질 수 있다고 생각하면서도 그런 전제가 양해되지 못하는 것이 현재까지도 계속되고 있다고 느끼는데, 그런 것이 처음에는 참 안타깝고 불편하기도 했습니다만 지금은 그렇게 세월이 오래되도록 견해가 좁혀지지 않는 것은 어떻게 할 수 없다는 생각이고, 그래서 그런 점에서 아마 자기 작품을 객관적으로 바라본다면 어떻게 볼 수 있을까 해서 자기 경험을 좀더 논리적인 형태, 상상적인 형태가 아니고 보통의 과학적인 추론의 형태로서 생각하게 된 것이겠지요.

나는 나 자신의 어떤 비평적인 언어를 가지고 내 말이 맞는가 안

맞는가를 가끔 확인하는 것이 소설 못지않게 정신적인 위안이 되고 있다고 생각해요. 이를테면 그렇게 썩 세련되게 쓰지는 못하지만 그래도 눌변인 대로 나의 비평적인 글 중에서 내가 자꾸 중언부언하고 있는 모티브 중의 하나는 이런 것입니다. 사람이라고 하는 것은 생물하고 다른 것이, 생물은 태어나서 죽을 때까지 동일성을 유지할 수 있는 영혼의 평화가 선험적으로 보장된 존재 형태인데, 사람인 경우에는 생물로 태어나서 대과학자나 성인군자도 될 수 있는가 하면, 성인군자가 됐다가도 악마도 될 수 있고, 최고의 과학자가 됐다가도 능력이 쇠진해진다든지 육체적인 훼손 때문에 백치로서 일생을 마칠 수도 있습니다. 그래서 이를테면 인간을 의식적인 존재라고 할 때 그 의식적인 존재로서의 인간에게는 이른바 아이덴티티가 없다고 얘기하거나 혹은 아이덴티티가 있다고 하더라도 시시각각으로 자꾸만 불어나든지 줄어들든지 해서 늘 불안정한 반면 그것은 달리 말하면 원칙적으로 인류가 존재하는 데까지가는 무한한 가능성을 가지고 있다고 얘기할 수 있습니다. 인간의 의식의 작용이 그런 것이기 때문에, 가령 한 사람의 작가면 작가, 학자면 학자의 경우 정신의 긴장이 강할 수밖에 없는 것이, 저 사람은 착한 사람, 저 사람은 교활한 사람, 저 사람은 활동적인 사람하는 식의 의사擬似 동물적인 레테르와는 달리 그 사람의 지적인 성취가 지금 그래프상의 어디에 도달해 있는가 하는 것이 그 사람의 아이덴티티일 수밖에 없기 때문이 아니겠느냐 이런 생각을 갖는 것이지요. 그런데 그런 것을 내 경우에서 보자면, 최근까지 모색해서 탐구하고 어디 노트에다 적어두었던 지적인 결론들을 잊어버리는 경우가 많이 있더군요. 어떤 것은 몇 년씩 혹은 잠도 자지 않고 만들어봤던 정신적인 비전이 다른 일을 한다든지 여행을 한다든지 앓고 난다든지 할 때에 잊어버리는 부분이 많아져서 정신적 온도가 내려가는 경우가 있습디다. 그래서 뭔가 제일 간단한 방식으로 내 사상이니까 나만 알아볼 수 있는 메모만 해두면 과거 몇 년 동안의 수준이 순간적으로 다시 부상할 수 있겠다는 생각을 갖게 되었고, 그래서 형태가 없는 작업에 종사하는 정신노동자의 자기 불안에서 오는 가장 직접적인 메모에 해당하는 것이 내가 비평에 있어서 주체가 돼본 흔적이 아닌가⋯⋯

김 그러니까 비평의 객체로서는 어떤 형태의 비평가에 의해서도 분석의 대상으로 수용됐으면 좋겠다는 얘기가 되겠고, 비평의 주체로서는 문학에 대해서 가지고 있는 생각을 확인하는 하나의 방편으로 이론적인 글을 계속 쓰고 있다. 이렇게 요약할 수 있겠네요. 그렇게 되면 객체건 주체건 결국 제가 앞에서 얘기한 대로 최 선생님의 기본적인 성향이었던 어떤 근원적인 것에 대한 탐구가 문학비평의 경우에서도 소설이나 희곡의 경우에서와 마찬가지 양태로 계속되고 있다, 이렇게 얘기할 수가 있겠군요. 그런데 실제 작업하시는 과정에서 소설 쓰시는 것과 비평 쓰시는 것과 어느 것이 더 쉽게 씌어집니까?

최 비평가를 앞에 두고 이렇게 얘기해서는 안 되겠는데(웃음), 비평가의 작업과는 다른 것이라는 양해하에서 말씀드리면, 역시 비평이 쉽지 않은가 생각해요. 왜냐하면 내가 비평을 쓸 적에는 아까 말씀드린 것처럼 나 자신이 성취한 지점을 망각하지 않으려는 공포에서 쓰는 것이기 때문에 많은 것을 생각하고 요약해서 암호식으로 쓰니까 엄밀한 의미에서 그것이 연구라든지 학구적인 실증적 체계라든지 이런 것은 못 되는 것입니다. 그렇기 때문에 오히려 나한테는 그런 것이 쉬워요.

김　결국 소설보다 비평이 쓰기 쉽다는 것은, 비평이 논리적인 예술이고 소설의 경우에는 주인공들이 소설가가 모르는 어떤 삶을 살 수도 있다는 가능성이 있기 때문에……

최　그렇지요. 그 가능성을 애초부터 용인하고 들어가니까 벌써 내가 단정하는 데에는 한계가 있다 그런 것이지요.

김　제가 보기에는 선생님 비평의 가장 좋은 점은 가능한 한 비평 대상이 된 정보를 전부 망라해보려는 점인 것 같아요. 그것은 결국 선생님께서 문학에 대해서 생각해온 여러 가지 얘기들이 어울려서 일어나는 것이기 때문에 그렇게 되는 것이 아닌가 생각하게 됩니다.

그러면 이제 마지막으로 이것은 순전히 독자들을 위해서 여쭤보는 것인데, 혹시 글 쓰실 때 무슨 기벽奇癖 같은 것은 없으십니까?

최　그런 것은 별로 없습니다. 원고지에 대한 감각이라든지 장소에 대한 감각 같은 것은 지극히 산문적인 것이 아닌가 생각해요. 나는 그야말로 하나 마나 한 얘기지만 쓸 것이 있기만 하면 그냥 쓰는 것에 골몰해가지고 별 무엇이 없습니다. 그리고 생각하는 기간이 많고 쓰는 것은 비교적 빨리 쓰는 편입니다. 쓰면서 놔뒀다가 다시 고치고 하는 일은 별로 많지 않습니다.

김　쓰시면서 글의 방향이 달라진다든지 하는 경험은 없으신 모양이지요.

최 『서유기』 같은 것이 그렇게 쓰면서 지리멸렬하게 된 느낌이 들어요. 결국 그렇게 지리멸렬하게 된 것 자체가 작품으로 된 형태였는데, 그러나 일반적으로 말하면 머릿속에서 작품을 여러 번 만들어보고 쓰기 때문에 한 줄을 쓰고 심사숙고한다든지 그런 것은 현재까지는 별로 느껴보지 못했습니다. 그리고 이것은 참 우스운 애기가 될는지 모르겠습니다만, 가만히 생각해보면 어째서 나는 글 쓰는 데 내가 쓰는 글의 방식에 대해서 늘 이렇게 미안해하고 죄의식을 가지는 그런 식으로만 써왔을까, 그런 것이 참 두고 두고 생각되고, 아까 애기대로 한다면 그것 자체가 또 앞으로도 형식도 되고 소재도 되는 것이 아닐까, 그렇게 생각합니다.

김 오랜 시간 좋은 말씀 감사합니다.

광고 문화

대중사회에 관한 논의는 우리나라에서는 1960년대에도 있었지만, 지금 돌이켜보면 1970년대에 와서야 그 논의의 구체성이 보이게 되었다고 말해도 좋을 듯싶다. 산업 구조의 큰 폭의 바뀜에 따라서 도시와 농촌 모두 휘청거릴 만한 변화를 겪었다. 그 결과 사회 심리에서 눈에 띄는 가장 뚜렷한 일은, 모든 사람의 행복 성취 욕구가 큰 부추김을 받고 터져나오게 되었다는 것이다. 어떤 시대에도 개인은 행복에의 성취 욕구를 가지는 것이지만 이른바 '대중사회' 이전의 사회에서는 객관적인 조건이 이 욕망의 실현에 엄한 제한을 둠으로써 개인의 욕망 성취 행동은 어느 계층에서나 주어진 틀 속에서 움직이게 된다.

1970년대를 '대중사회'라고 자리매김하는 것은 이 객관적인 조건에 변화가 있었기 때문이다. 그 '조건'이란 이 시기에서의 경제 성장 정책에 의한 고용 기회가 늘어난 일이며, 그것은 그때까지

‘절대 빈곤’에 허덕이던 대중에게 문화적 욕구에 대한 자극을 주게 되고 욕구의 실현 행동에 대한 억제력을 약화시키는 방향으로 움직이는 상황을 만들어냈다.

이 욕망과 경제적 현실 사이의 격차는 곧 드러나게 되었다. 아무튼 눈이 떠지고 그런대로 성취를 향해 움직이는 욕구는 문화적 부분에서도 새 수요를 만들어내어 수요에 따른 공급이 이루어졌다. 이 공급의 내용이 1970년대에 논의의 초점이 된 ‘대중문화’라는 것이다. 이 내용에는 긍정적이건 부정적이건 대중의 욕구를 만족시키는 모든 공급이 포함된다. 오락, 사상, 예술 등 여태껏 대중에게는 먼빛으로만 보이던 가치들이 싼값으로 공급되었다. 내셔널리즘이란 것조차 대중의 정치적 참여의 욕망에 대한 문화적 공급품으로서 주어졌고 우리 사회의 기본적 금기禁忌였던 ‘반미反美’의 몸짓조차 널리 유행하였다.

이런 현상의 본질은 1970년대에서의 ‘광고’의 양적 증대와 질적 과장의 경향에 잘 나타나 있다. 최선일 수 없는 공급품이 참이며, 아름답다는 상표를 달고 제공되었다. 1970년대를 광고 문화의 개화 시대라 불러도 좋을 것이다. ‘광고’는 경쟁을 위한 정당한 수단이라는 본질에서 언제나 벗어나서 ‘사기’라는 측면을 한층 통상화시켰다.

1970년대 문화의 이러한 구조가 필연적으로 양적 증대에 비례한 질적 저하를 가져왔다는 것은 틀림없는 사실이다. 그렇다고 해서 1970년대 문화를 모두 부정하려는 것은 아니다. 다만 1970년대 문화의 액면과 실질 사이에는 격차가 있으며 1980년대의 과제는 이 격차의 솔직한 인정으로부터 시작하지 않으면 안 된다는 사실을 지적하고 싶을 뿐이다.

우리 사회에서 문화의 공급과 소비가 유통 규모에 있어서 새 단계, 그리고 긍정적이기도 한 단계에 들어선 것은 사실이지만, 그 유통 회로에 공급된 내용물은 결코 진실하고 아름다운 것들이 아니었을 뿐만 아니라 그럴 수 없기조차 하다는 원천적 상황에 대한 분석적 인식이 서둘러 이루어져야 하겠다. 이것은 유별난 통찰일 것도 없는데 무릇 어떤 일이든지 그럴 수밖에 없다는 보통의 진리에 지나지 않는다. 그런데도 1970년대의 문화에서는 이러한 진리가 충분히 의식되고 균형이 잡힌 감각으로 고려되지 않았고 평화적인 국민적 합의의 기반을 만들지 못한 채 우리는 최근의 사태를 맞이하게 되었다. 사태의 정확한 인식에 어려움이 있는 것은 우리 사회에서 갈등하는 여러 의견의 주장자들이 자기들의 현실적 이해관계 때문에 사태에 대해서 공정한 입장에 서지 못하고 어느 한 측면만을 과장하는 데서 온다. '광고' 문화의 성격은 여기서도 줄곧 작용하고 있다. 1970년대의 유행어였던 '전시효과展示效果'라는 말은 내용이 알차지 못하면서도 감각만 환상을 일으키는 1970년대 문화의 일반적 경향을 잘 보여주고 있다.

1980년대는 어쩔 수 없이 1970년대의 이런 유산을 이어받으면서 출발하게 된다. 이런 유산이 하루아침에 개선된다든지 극복될 수 있다고 생각한다면 다시 한 번 잘못을 되풀이하게 될 것이다. 개선을 위한 가능한 조건을 점검하면서 장기적인 눈으로 궤도를 수정하면서 문화를 살찌워가는 길밖에는 없다. '성장과 안정의 조

화'라는 것은 경제에 있어서뿐만 아니라, 어떤 분야에서도 따라야
할 기본자세가 되어야 한다.

여기서 '문화'라는 말을 뒤늦게나마 정의할 필요를 느낀다. '문
화'라는 말은 보통 두 가지 형식으로 쓰인다. 하나는, 정치, 경제,
문화라고 할 때의 '문화'이고 다른 하나는, 정치문화, 경제문화,
정신문화 할 때의 '문화'의 개념인데 이 두 가지 용법은 구별해서
의식하는 것이 필요하다. 앞의 것은 상대적으로 굳어 있는 사회
구조에서의 '문화'의 존재 형식, 혹은 사회적 행동에 대한 분류 형
식에 어울리는 개념이고, 뒤의 것은 '변화'라는 것이 통상화된 사
회에서의 '문화'의 존재 형식, 혹은 사회적 행동에 대한 내면적 파
악을 나타내기에 어울리는 용법이다.

'문화'를 앞의 의미에서만 사용할 때에는 우리는 '문화'라는 것
을 사회의 다른 부분과 분리해서 의식하고 있는 것이 되며 그것
(문화)은 밖에 있는 것이며 필요에 따라서는 '소비재'처럼 밖에서
접근하여 물건처럼 소유할 수 있는 것처럼 다루어진다. 읽지도 않
는 책을 책장에 '전시'하는 경우가 극단적인 예가 될 것이다. 그러
나 뒤의 용법에 따르면 '문화'라는 것은, 어떤 인간 행위에서도 자
연에 대해 '가공'하는 '인간 주체의 내적 주체성'이라고 인식된다.
이렇게 파악된 '정신문화'라는 것은 정치며 경제와 대립해서 존재
하는 것이 아니라, '정치'며 '경제'를 성립시키고 있는 그 속의 '고
유하게 인간적 부분'에 대한 자각적 인식에 강조점을 둔 용법이다.
그리고 이러한 의식의 순수 형태가 '방법론' 혹은 '인식론'이라고
불리는 정신문화의 부분이다.

이렇게 파악된 '문화'라는 것은 외형적으로는 공급될 수 없으며, 오직 내면적으로만 공급될 수밖에 없고, '대중사회'론이 그 대상으로 삼고 있는 '대중'의 경우에도 '대중'의 인간적 능력을 환기하고 대중 자신이 책임과 자유를 스스로 실현시킨다는 길 말고는 달리 '소유'할 길이 있을 수 없는 '문화'이다. 책을 소유하기 위해서는 책을 읽어 이해하는 길밖에 없으며, 어려운 책을 어렵게 읽는 길밖에는 없다. 어떤 책이든 선택할 수 있는 자유와, 그 책을 살 수 있는 능력과, 그 책을 이해하기 위한 노력은 각기 다른 성격이라는 사실을 분명히 하는 일은 중요하다. 참다운 문화는 대중의 상처에 꿀을 발라주는 일이 아니라 대중의 행복의 실현은 대중 자신의 고뇌만이 참다운 실현의 길임을 분명하게 보여주는 작업이 될 수밖에 없다.

1980년대의 문화는 이런 방향으로 움직여야 할 것이다. 대립하는 뭇 갈등 요소들이 자유스럽게 자기를 주장하면서도 모든 가치를 자신에게만 수렴시키는 위험을 경계하면서, 긍정 측면과 연결되어 있는 부정적 측면이 긍정 측면까지를 파괴하는 일이 없기 위해서는, '남〔他者〕'의 존재를 제도적으로 허용하는 구조를 가진 문화 풍토의 건설이 서둘러져야 하겠다. '문화'가 '정치'며 '경제'에 대해서 요구하는 바를 '문화' 스스로도 자신에게 과제와 윤리로서 받아들여야 함은 스스로 뚜렷한 일이다.

평화의 축적

새해 아침에 좋은 일 세 가지를 생각해본다.

첫째는 우리가 올해까지 26년째 누리고 있는 평화를 축하하고 싶다. 우리라 함은 이 강산 삼천리에 살고 있는 모든 사람들을 말한다. 우리는 이 26년의 평화를 허술히 생각해서는 안 될 것이다. 어떤 고상한 이론에 앞서서 이 평화의 축적은 우리의 가장 큰 재산이다. 이 재산은 그 속에 더 좋은 평화와 더 좋은 남북 관계를 열 수 있는 씨앗을 지니고 있다. 어쨌건 26년을 우리는 전쟁을 하지 않고 살아왔다는 일에서 큰 가능성을 본다. 자칫 우리는 26년을, 분단의 지속이라는 면에서만 보기 쉽다.

그렇지만은 않은 것이 아닐까? 적어도 전쟁을 모면하고 평화라는 업적을 쌓았다고 보는 것이 더 적극적인 역사의 파악이라고 해야 옳지 않겠는가? 우리 역사가 쓰라리고 고난에 찼다고 하는 이야기, 분단의 쓰라림의 강조는 옳은 일이다. 그러나 이 땅의 사람들이 지난 26년간 전쟁이라는 이름의 대량 살생의 마당에 내몰리지 않았다는 일을 역시 크게 평가하는 감각을 가지지 않는다면 우리는 현실의 세계에 살고 있는 사람으로서 무엇인가 건방지고 아둔한 처사를 저지르는 것이 되지 않을까. 평화가 재산이요, 평화가 힘이 되게 하자. 평화가 압력이 되어 이 땅에서 상식에 맞지 않는 뭇 일이 구실을 찾지 못하게 하는 그런 국면으로 이 땅의 생활의 흐름이 바뀌도록 힘을 기울이자. 전쟁이 무엇인 줄을 우리는 잘 알고 있지 않는가. 누가 누구를 어떻게 하는 것이 지난 전쟁이었던 것을 우리가 모른단 말인가? 30년이 가까워지는 평화를 우리 모두가 지켜야 할 재산으로 생각하는 일은 이 땅에 살고 있는 사람들이 바야흐로 성숙한 마음으로 다짐해야 할 역사의 목표이다.

다음에 생각하는 일은 이번 사태를 보는 또 다른 시점이다. 어찌 됐건, 우리는 지금 생활 전반에 걸쳐 새 차비를 할 수 있는 기회를 가지게 되었다. 이것이 이번 사태가 가지는 실제적인 결과이며 국가적 의미다. 실질적으로 정권 교체에 준하는 결과다. 다시 말하거니와 우리는 해방 후 네 번에 걸쳐 국가 생활의 최고 책임자를 바꿔봤다. 우리 땅의 북쪽에서의 현상에 비교할 때 우리는 이 사실을 또 긍정적으로 평가하는 감각을 모름지기 가져야 할 줄 안다. 우리가 힘겹게, 억지로 내걸고 있는 정치 체제의 명분을 상대적으로 지킨 것이 된다. 우리가 유지하려고 안간힘을 쓰는 정치 형태에서 정권의 교체라는 것은 체제의 자기동일성의 핵심적 부분이다. 곡절과 형태를 묻지 말고 어쨌든 네 번의 정권 교체가 있었다는 사실 자체가 그때마다 우리 사회에 필요한 변화를 가져왔다는 것을 평가하는 감각을 가지는 것은 이 역시 우리 상황을 구체적으로 검토할 때 깊은 뜻으로 새겨볼 수 있지 않을까. 우리는 지금까지 까다롭고 체면을 갖춘 요구를 할 사정에 있지 못하다. 어떤 형식이었건 국민에게 의미 있는 것은 정권 교체의 실질적 효과를 내는 기회가 우리 땅의 절반에서는 한 번도 없었는데 우리 쪽에서는 네 번 있었고 그때마다 아슬아슬한 지경까지 막혀 있던 일들이 숨 쉴 구멍과 흐를 골짜기를 찾곤 했다는 것을 국가적 견지에서 평가하여야 할 것이다.

다음에는 우리가 위와 같은 일들을 겪으면서 7·4남북공동성명이라는 정치적 약속을 맺었다는 사실을 평가하고 축하해야 할 것이다. 이 역시 곡절이 어떻고 형식이 어떠했는가에 앞서서 이 땅에 살고 있는 사람들에게 너무도 중요한 재산이다. 이 성명을 민족의 입장보다 좁은 입장에서 해석하려고 하는 어떠한 정치 세력도 결국 이 땅에 사는 사람들의 마음을 잃게 되는 그러한 방향으로 이 성명을 지켜나가는 일이 중요하다. 통일은 평화적으로 하고, 이데올로기의 차이에도 불구하고 민족은 화해해야 한다는 이 기적 같은 합의를 존중해야 한다. 존중할 만한 합의를 우리는 기정사실로서 가지고 있다. 궁극적인 통일이라는 목표에 이르는 방법의 성격이 전쟁이 아니라 평화라고 합의한 것이다. 구체적인 남북의 교류는 현재 다시 막혀 있다. 그러나 우리는 7·4성명이 살아 있다고 믿는다. 이 땅에 사는 사람들에게 가장 위대한 꿈을 준 7·4성명은 어느 정권이나, 어느 세력이 이용하기에는 너무 위험하리만큼 뚜렷한 모습으로 이 땅의 정치적 미래에 대한 민족적 합의 사항이 되었다. 7·4성명을 당당하게 구체화시키면서 각기의 체제를 개선하는 것이 1980년대의 이 땅의 남북에 있는 생활의 방향이 되어야 할 것이다. 꿈을 깔보지 말자. 결국 꿈은 깔보면 없고, 존중하면 현실의 힘이 될 수 있다. 꿈의 설계도를 우리는 아무튼 합의해서 그려놓았다. 그것이 7·4성명이고 그것은 모든 이 땅의 사람들의 가슴에 살아 있다. 그리고 어떤 세력이든 이 기억을 없애지는 못할 것이다.

이런 유산을 가지고 우리는 지금 이 시간에 살고 있다. 사람들은 어차피 현재 손에 가진 것을 최대로 이용하면서 거기서 행복을 지어내는 길 말고는 없다. 자기 자신을 이 상황 속에 놓고 생각하는 사람이라면 위에서 말한 세 가지 조건은 너무 절박하고 너무 뚜렷한 재산임을 부인하지 못할 것이다. 왜냐하면 그 밖에는 가진 것이 없기 때문이다. 실지로 정치적으로 성공한 국민이라는 것은 무슨 유별난 조건을 가지고 그리 되는 것은 아니다. 현재 가진 조건을 가장 유리하게 사용하는 국민이 결과적으로 좋은 조건을 가졌던 것처럼 남의 눈에 비치게 되는 것뿐이다.

우리 현실이 가혹하다고 말하는 것은 그리 어렵지 않다. 그러나 가혹한 속에도 행복에의 길은 다 막힌 것은 아니라는 것을 보는 일은 그리 쉽지 않다. 정치가의 경륜이라든지 사상가의 통찰이라든지, 국민의 지혜라든지 하는 인간적 역량은 어려움 속에도 반드시 있게 마련인 생명과 창조에의 길을 알아보는 힘을 말하는 것일 게다.

새해 아침에 우리들 모두의 노력 여하에 따라서는 훌륭한 행복

에의 추진력이 될 일 몇 가지를 생각하면서 이유 있는 덕담에 가름
하고자 한다.

에의 추진력이 될 일 몇 가지를 생각하면서 이유 있는 덕담에 가름

광복의 달에

광복 35주년을 맞았다. 일본이 우리나라를 점령한 기간과 같은 햇수가 되었다고 해서 그에 관한 느낌을 말하는 글이 여기저기 실리는 것을 본다. 시간의 길이가 같다고 하는 것은 어찌 보면 가장 추상적이고 기계적인 비교의 표준이기는 하다. 1945년 8월 15일을 중심으로 한 저쪽과 이쪽의 36년은 제각기 고유한 내용을 가진 실재이기 때문에 순수한 36＝36이라는 등식의 양변처럼 다루어져야 할 성질은 물론 아니다.

그러한 전제를 염두에 두고서도 이 숫자에서 무엇인가 뜻을 읽고 싶은 심정 또한 많은 사람들에게는 자연스러운 일일 것이며 필자 또한 그렇다. 집단적인 입장에서 이 숫자는 강한 감회를 자아내게 한다. 아무튼 같은 세월인 것이다. 20세기의 전반에 우리가 남의 점령 아래에서 지낸 운명에 대해서 우리는 흔히 그 세월만 아니었더라면 — 하는 통탄을 하곤 한다. 그 세월이 없었더라면 우리는 많은 일을 했을 것이라는 아쉬움이다. 36년이라는 세월을 우리는 잃어버린 기회라고 느끼는 것이다.

해방된 그 당시 성인의 나이를 넘은 모든 사람들은 해방을 잃어버린 시간을 되찾는 기회로 생각했을 것이다.

이제부터는 우리 삶을 만들어가게 되었다는 희망을 가지고 그날을 맞이했을 것이다.

광복 35주년을 맞은 오늘, 가장 크게 오는 느낌은 그 날에서 비롯하여 35년이 된 오늘 현재 우리가 이루어놓은 집단적 업적에 관한 평가와 관련되어 있다. 그 날의 우리의 희망과 견주어 본다면 이럴 수가 있는가, 하고 말할 수밖에 없다. 다 그만두고라도, 그리고 무엇보다 먼저, 우리 민족은 두 개로 나누어져버린 것이다.

외국 군대에 의해 점령되었던 일 못지않게 결정적인 조건이 우리의 꿈을 가로막고 있다. 광복 후 오늘까지의 36년 동안에 일어난 모든 일의 뿌리는 이 분단이라는 상황의 자장 속에서 일어났다. 광복의 그날에 우리가 품었던 꿈이 오늘과 같은 현실이 되리라고는 누구도 짐작하지 못했을 것이다.

통일을 어떻게 이룩할 것인가 하는 과제 앞에 우리는 서 있다.

민족과 국가의 일치 여부에 관한 이론에 앞서서 민족과 국가의 일치는 우리 민족이 오랜 역사를 통해서 유지해온 기득권이기 때문에 우리 민족의 누구에게나 통일이라는 과제는 이의 없는 최대의 집단적 목표이다.

여기서 문제되는 것은 이런 목표에 대한 한국 사람 모두(남북한)의 의견의 일치를 어떤 방법으로 실천하는가에 대한 의견의 차이인데 남북의 갈등은 여기에서 끊임없이 유지되어왔다. 남북의 갈등을 의견의 대립이라고 보느냐, 현존하는 힘의 대립이라고 보느냐에 따라 상황의 의미가 달라질 수는 있다. 통일 문제에 있어서의 역사적 기득권과 심정적 확실성이 한쪽에 있고 다른 한편으로 힘에 의해 밑받침이 된 통일 방법에 있어서의 의견의 대립이 남북 간에 존재한다. 이 두 요소 사이에 놓여 있는 단절을 메우는 일이 우리 민족의 집단적 행위 능력 앞에 과제로 주어져 있는 상황이라고 이 시점을 요약할 수 있을 것이다.

1945년 이전의 36년이 있게 하였던 일본이라는 존재는 이 과제의 해결에도 여전히 영향을 미치게 될 것이 뚜렷하다. 1980년대에는 이런 국면에서의 일본의 자세가 심각한 문제로 드러날 조짐이 보인다. 자주적이고 평화적인 민족통일의 과정에서 일본이 미칠 수 있는 부정적 영향이 어떤 것일까를 검토하고 그에 대처하는 것이 1980년대의 한국 외교의 큰 시련이 되지 않을까 생각한다. 구체적으로 어떤 형식으로 그러한 영향이 나타날지를 지금 말하기는 물론 어렵다. 그러나 한일 국교 이후 오늘에 이르기까지의 사이에 이미 쌓여오고 있는 문제들 속에 바탕은 마련되어 있다고 말할 수는 있다.

많은 사람들이 지적해오는 바와 같이, 그리고 우리가 몸으로 익히 아는 바와 같이 지난 20년 동안의 경제적 변동의 과정에서 여러 가지 부조리가 누적되어 사회적 갈등을 일으키고 있는데 그 기간은 한일 국교 정상화 이래의 시간과 겹치고 있다. 위에서 말한 갈등의 원인 속의 어떤 부분이 한일 관계의 현재의 구조와 관련되어 있는지를 검토하고 필요한 조정을 해야 할 시점이다.

한일관계에는 언제나 미국의 대한對韓 정책이 결국 결정적 영향을 미칠 수밖에 없다. 이 점은 우리가 미국이라는 나라를 처음 알게 된 한말韓末의 그 당시와 적어도 구조적으로는 다름이 없다. 한말의 비극적 사태 진전에 있어서의 미국의 역할에 대해서는 너무도 관대한 인식을 가져오는 것이 그동안의 타성이 아닌가 생각한다.

세월이 지난 지금의 눈으로 볼 때 미국의 역할은 적어도 우리가 알아온 만큼은 가벼운 것이 아니었다고 말해야 할 것이다.

일본과의 관계에 있어서 미국의 존재를 우리에게 유리하게 유도하지 못한 원인이 어디 있었던가를 분석하는 것도 지금으로서는 그리 어려운 일이 아닐 것이다.

어제의 문화와 오늘의 문제 사이에 있을 그만한 차이를 고려하는 조건에서라면 어제의 문제는 언제나 오늘의 문제에 대한 해답을 지니고 있다.

사람들은 언제나 자기 시대를 가장 어려운 시대로 생각한다. 사람은 자기 시대밖에는 살 수 없기 때문이다. 어떤 시대를 사는 개인이건 그 시대 속에서 배우면서 그 시대를 만들어나간다. 평범한 사람에게 인간의 이 기본적 생존 형식은 참으로 짓궂은 운명이다. 배우기 전에는 잘 대처할 수 없고 배운 다음에는 시간이 지나 있다. 집단의 경우에는 여러 세대의 공존이라는 형식 때문에 어제를 알고 있는 세대가 있고 오늘을 배우고 있는 세대가 있어서 배움과 행동의 동시 진행을 가능하게 한다.

국민적 경험의 연속성으로부터 배워가면서 역사를 만들어가야

하는 것이 생활의 조건일진대, 이 광복절은 어느 해의 그것보다도
무거운 성찰과 의지를 요구해온다.

내가 읽은 그 책
―『그림 이야기』

그림Grimm 형제가 수집한 독일 민화집이다. 「신데렐라」「붉은 모자」「헨젤과 그레텔」「잠자는 공주」 등 우리에게 익숙한 이야기들은 모두 이 책에 들어 있다. 애독서를 그것도 한 권만 고르라는 것은 사실 겁나는 이야기다. 세상에 좋은 책은 너무 많기 때문이다. 더구나 글 쓰는 직업을 가진 사람으로서는 더욱 그렇다. 그 한 권을 고른 다음에는 다른 책은 일체 독서를 금지당하기나 할 것 같은 동화적인 공포를 순간적으로 느끼는 탓인지도 모르겠다.

이런 사정을 다 고려한 다음에 그래도 한 권만 들라면 이『그림 이야기』를 들겠다. 내가 이 이야기를 처음 읽은 것은 초등학교 초학년 때이고, 보통 있는 유명한 것만 발췌한 판이 아니라 전화집全話集이었다. 그 이후의 독서를 통해서 이만한 환상을 주는 책은 그리 많지 않다. 카프카의 이야기들은 나에게는 「헨젤과 그레텔」의 이야기 외에는 아무것도 아니다. 모든 민화들이 그런 것처럼 그림

이야기에는 인간 생활에 대한 직관과 꿈이 살아 있다.

가끔 꺼내서 읽어본다. 혹시 그동안에 마술사들과 괴물들이 어디론가 떠나버렸을지도 모르기 때문이다. 그러나 안심이다. 여전히 있다. 책장을 여는 순간에 그들은 긴 손톱을 뻗쳐 낚아챈다. 너무 단순하기 때문에 너무 신비한 그 마술의 세계에 사로잡히고 만다. 우리가 살고 있는 현실의 세계의 참모습이 가장 현실감 있게 비친 거울 속에 들어와 있다. 아마 여기서 출발해서 우여곡절 끝에 다시 여기에 돌아오는 것이 인간의 의식하는 여행의 모습이지 하는 느낌이 든다.

내가 지어내는 이야기도 그런 빛깔을 띠어야 내 속에 있는 그림 이야기의 독자가 만족한다. 이 독자는 웬만해서는 허락하지 않는다. 그럴 수밖에 없을 것이다. 그림 이야기의 독자니까. 지금 가지고 있는 책은 판테온사社의 1976년판 영어 번역이다.

거인유예居仁遊藝

소극장 입구에 글씨가 걸려 있다. 「거인유예居仁遊藝」. 이 글은 두 문장으로 되어 있다. '거인'과 '유예'다.

인仁에 거居하고, 예藝에 노닌다〔遊〕라는 말이다. 인은 유교의 최고 가치인데 사랑이라는 뜻에 가장 가깝다. 사랑이다. 남에 대해서 지녀야 할 가장 바람직한 태도를 인이라 부른 것이다. 거인은 그러므로 생활의 최고 규칙으로서 윤리적 가치를 나타낸다. 거인 부분이다. 유예는, 이와는 달리 인간이 윤리적 노력에서 해방된 상태를 말한다. 물론 해방되는 데는 조건이 있다. 사람은 윤리를 어김으로써도 윤리에서 해방될 수 있다. 그러나 유예, 즉 예술을 즐길 때의 윤리에서의 해방은 이런 원칙 없는 해방이 아니다. 예술이 요구하는 창조와 감상의 노력만에로 행동을 일시적으로 제한함을 말한다.

현실적으로는 인만이 요구되는 인간 생활에 휴식과 구원을 주기 위한 제도적 장치가 예이며 거기서 노니는 것이 예술 감상이라는 생활이며 인과 예는 서로 돕는 관계에 있으며, 갈등에 차 있고 완성이라는 것이 없는 인간 생활에서 평화와 완성을 조건부로 제공하는 것이 예술이다. 조건이란, 예를 인과 혼동하지 말며, 거와 유를 뒤섞지 않음을 말한다. 거예유인居藝遊仁은 인간에게는 불가능하다는 지혜를 담고 있는 글이 거인유예다.

우리 학교는 예술을 공부하는 학생들의 집이다. 유예하는 법을 배우는 곳이다. 예술 속에서 놀기 위해서는 훈련되어야 하고 자기를 가르쳐야 한다. 청년기에는 인간 생활에서의 규칙에 많은 혼란이 있는 시기이다.

인이라는 것은 그 본질인 남에 대한 사랑이라는 것은 언제나 마찬가지지만, 구체적으로 어떤 것이 남에 대한 사랑인가는 시대에 따라서 새롭게 연구되고 교육받아야 한다. 인이라는 목표에 이르기 위하여 인문과학과 자연과학의 지식을 배우는 것이 교육의 내용이다.

예술학도들도 먼저 이 지식을 누구보다 깊이 연구해야 한다. 누구보다라는 것은, 보통 생활인이나, 자연과학자, 사회과학자를 두고 하는 말이다. 자기가 살고 있는 시대의 과학적 능력의 최고 수준을 먼저 교양으로 지니고 있는 사람이 되어야 할 것이다. 그렇게 해서 우리는 인의 이상에 가깝게 살居아야 한다. 왜냐하면 우리들의 현실 세계의 가치는 윤리적 태도의 완성 여부로 결정되기 때문이다.

그런데 거인의 세계는 한편 완성이 어렵고 긍정적인 의미의 타협조차도 불가피한 세계이다. 왜냐하면 인간의 문제는 무한한데 그 해결은 부분적일 수밖에 없다. 비록 윤리적 노력의 뜻이 있다 할지라도 문명사회의 윤리는 본능적으로 수행 가능한 부분은 많지 않다. 모르면 착할 수도 없기 때문이다. 이와는 달리 잘 알면서도 완전히 거인할 수 없는 경우도 있다. 인간의 개인적 희생이 너무 클 때 인간에게 살신성인할 것을 모든 사람에게 요구할 수 없는 것이다. 즉 인의 정도를 계산할 수 있는 능력이 요구된다.

예술은 인에 거할 때 부딪치게 되는 위와 같은 문제를 해결해준다. 예술은 거인의 상태를 묘사하되 그것이 지닌 시대적 형태가 얼마든지 바뀔 수 있다는 가능성을 가장 넓게 열어놓는다.

예술 이외의 어떤 분야의 인간 행동도 할 수 없는 개방성과 관용의 여지를 남겨놓는다. 이렇게 해서 예술은 윤리가 지니는 현실적 미완성의 성격에 대한 이상형을 묘사한다. 오늘의 윤리에 좌절한 경우에도 내일의 윤리에 대해 예술은 이해하고 희망을 준다. 거인과 유예는 이렇게 서로 관련된다. 훌륭한 예술가가 되려는 사람은 인간의 현실적 최고 가치인 윤리적 가치에 대해 스스로 연구하고 체험하고 존중하는 경험을 가져야 그것을 예술 속에서 소재로 삼을 수도 있을 것이다.

예술은 그 효용 속에 이 경지를 넘어서 예술 자체 속에서의 즐거움만을 목적으로 남겨놓고 있다.

예술을 만든다는 행위, 예술을 감상한다는 행위 자체에 생명의 운동을 집중하는 것이다. 이것이 유예의 경지이다. 인간이 기쁨뿐만 아니라 슬픔까지도 그것이 예술의 통제 아래 들어왔다는 조건 때문에 인간의 생명력의 증거이며 따라서 쾌감의 원천이 된다는 전환을 겪는다. 예술적 방법에 의한 비의秘儀라고 할 만한 경지이다.

인간은 이 같은 경지를 예술에 의해 제공받고 있다.

예술학도들은 인간이 이 세계에 대해 취할 수 있는 이 기본적 태도를 적절하게 구사하여 인격의 원만한 건설을 해야 할 입장에 있다.

희극 배우가 등장할 자리에 비극 배우가 등장해서는 안 되는 것처럼, 거居와 유遊, 인仁과 예藝는 각기 고유한 공간을 가지고 있다. 예술이란, 순서와 차원에 대한 자각적 엄격성을 가진 운동이다. 이 예술의 법칙을 청년 시대의 인격 형성에 대한 등불로 삼는 나닌, 우리 학생들은 어떤 다른 전공의 학도보다 유리하고 세련된 행동 양식을 익힐 수 있는 위치의 자기를 발견할 수 있을 것이다.

문명과 종교

옛날 사람들은 자연을 뚜렷이 보고 느끼면서 살 수밖에 없었다. 자연에 대한 가공加工의 힘이 대단하지 못했기 때문이다. 사람도 자연이라는 것을 몸으로 알고 있었다. 자연에 대해 가공하는 힘이 늘어나면서 사람과 자연 사이에는 인공의 자연이 막아서게 된다. 이렇게 되면 사람의 눈에는 원래의 자연이 보이지 않게 될 뿐만 아니라 자기 자신도 보이지 않게 된다. 자연의 한 부분인 자기를 소박하게 받아들이는 대신에 자연에 대해서 이러저러한 견해를 가진 자기 — 즉 인공화된 자기만이 보이게 된다. 이렇게 해서 우리는 태양의 장엄함에 대한 신선한 감격을 잃어버림과 동시에 자기 자신의 신비함에 대한 신선한 느낌도 잃어버린다. 옛날 사람들은 모두 자기를 알기를, 지금 이 세상에서의 자기의 겉보기보다는 훨씬 존엄하고 신비한 뿌리를 가진 존재로 알았다. 지금의 우리는 그렇지 못한 것이 예사가 되었다. 돈이라든지 권력이라든지를 사람의 값의 마지막 기준으로 안다. 옛날 사람들은 죽은 다음의 세상에 대해서도 큰 기대를 가지고 있었다. 지금의 우리는 그렇지 않다. 한마디로 말해서 지금의 우리는 인류의 역사에서 가장 불안하고 가난한 마음을 가지고 살고 있다. 이렇게 된 것은 우리가 뿌리와 가지에 대해 거꾸로 생각하는 데서 비롯한 현상이다. 가지가 뿌리에서 나왔다는 사실을 인정하고, 인간의 힘이라는 것은 언제나 그 뿌리를 존중할 때에만 얻어지고 가지는 뿌리가 아니라는 사실을 받아들일 때에만 마음의 근본적 평화가 얻어진다는 것을 말해온 것이 종교다.

종교가 지니게 마련인 겉보기의 비유를 진지하게 해석한다면 어떤 종교나 결국 자연으로 돌아가기를 권고하고 있는 것이다. 자연으로 돌아간다는 것은 몽매함으로 돌아간다거나, 불편한 생활로 돌아가자는 것일 수는 없다. 인간의 문명도 자연 속에서의 자연에 대한 가공이기 때문에 주어진 자연을 파괴하지 않는 가공의 길을 걸어야 한다는 것이다. 또 살아 있는 인간은 백 년도 못 사는 낱낱의 구체적 개인이기 때문에 — 즉 수십 년을 살고는 자연으로 돌아가는 존재이기 때문에 이러한 조건에 맞지 않는 억지의 요구나 욕망 — 즉 사람 한 사람이 몇백 년 살면 가능하기나 할 — 그런 요구나 욕망을 남에게 짊어지우거나 자기가 만들어서 자기를 괴롭혀서는 안 된다는 것이 모든 종교의 가르침이다.

옛날 사람들이 소박하기 때문에 쉽게 받아들였던 진리를 우리는 문명이라는 것 때문에 도리어 받아들이기 어렵게 되어 있다. 그러나 지금도 우리는 종교의 근본적 슬기를 받아들일 수밖에 없다.

왜냐하면 인류가 발생하고부터 50만 년이나 지나면서 자연에 대한 가공 기술은 엄청나게 발전했지만, 인간의 수명은 조금도 발전하지 않았기 때문이다. 달에 가는 로켓에 타고 있는 인간의 육체는 50만 년 전의 조상과 마찬가지고, 60, 70년의 수명밖에 없는 그 심장을 가졌을 뿐이다.

70년대 의식사
─『상황과 상상력』

1970년대에 우리 사회가 겪은 변화는 정치, 경제, 사회적으로 격심한 바가 있다. 남북 회담, 정치 체제의 변화, 노동문제의 심화, 기초적 생활양식인 의식주의 변화 등 사회 전체가 소용돌이쳤고 남북의 군사적 대결은 조금도 완화되고 있지 않을뿐더러 주한 미군의 철수 문제는 군사적 위기의식을 심화시키고 있다. 국제적으로 베트남 종전에 의한 동남아시아의 세력 재편성, 미중공 국교의 개설 같은 중대한 변화 위에서 한국 사회는 위와 같은 변화를 일으킨 것이다. 여기서 '문화'란 말을 어느 자리에 둬야 할 것인가는 그리 쉽지 않다. 위에서 말한 바를 관념적으로 해석하면 모두 어떤 의식 위에서 일어난 것이므로 그것들 자체가 문화의 표현들이라고 할 수 있을 것이다. 그러나 문화란 말을 좀더 새롭게 해석해서 그것들(그 변화들)에 대한 비평의식이라고 불러본다면 문학은 이런 의미에서의 문화의 중요한 자리를 차지한다.

　김병익 씨의 『상황과 상상력』은 1970년대의 한국 문학을 한국 사회의 움직임과 관련시켜서 다루고 있는 역사적 기록으로서의 의미와 이 책에서 저자가 취하고 있는 미학적 입장의 두 가지 측면에서 귀중한 업적으로 꼽혀야 할 것이다.

　첫번째 관점에 대해서 말한다면 70년대의 사회적 변화를 그것 자체로 독립시켜 논의하고 있는 것은 아니지만 작품의 분석을 위한 배경 설명으로 보통 행해지고 있는 정도보다는 훨씬 무게 있는 시대 분석의 깊이를 가진 관찰들이 이 책의 상당한 부분을 차지한다. 더구나 현재 우리가 바랄 수 있는 것으로는 가장 이상적인 시대 분석의 방법인지도 모르겠다. 물론 이 책의 논술의 시간적 범위는 1970년대에 한한 것은 아니지만 그런 글조차도 결국 1970년대의 문제로 돌아오는 형식을 취하고 있는 것을 두고 하는 말이다.

　저자는 복잡한 문제의 핵심에 명쾌하게 접근하고 다양한 사실들에 설득력 있는 질서를 만들어주는 역량이 뛰어나다. 이것은 아마 그가 1970년대의 사회적 변동에 대해서 단순한 관찰자 이상의 실천적 심정을 가져온 데서 우러나는 박진력이 아닌가 한다. 이런 종류의 박진력은 투철한 분석력과 시대에 대한 어떤 의미의 혈연 의식을 깊이 가진 경우에만 가능한 것이다. 그를 포함한 그의 세대의 이러한 특징이 짙게 나타나 있는 것은 이론적 입장하고는 또 다른 세대적 성격이라 할 만하다. 우리 역사에 대해서 지극히 당연하게 자신을 주체로 생각하는 열린 사회의식은 그 이전의 세대의 문학이론가들에게는 반드시 자명한 태도만은 아니었지 않나 싶다.

　다음에 이 책의 모든 글들에 일관해서 흐르고 있는 저자의 미학적 태도에 대해서 주목해야 할 것이다.

이런 관점에서 가장 중요한 글은 「문학, 혹은 문화의 두 관점」이다. 이 글은 현재의 우리 문학의 기본적인 문제에 대한 저자의 견해를 말한 것인데, 이 문제에 언급한 가장 뛰어난 글 중의 하나임에 틀림없다. 아마 여기서 제시된 관점에 대해서 적어도 엄정한 이론적 입장에 서려고 하는 한 별다른 이의를 제기할 수는 없으리만치 치밀하고 간결하게 그동안의 이론적 토론의 과정을 정리한 문맥 안에서 문학의 본질이 파악되어 있다. 저자가 현상만을 좇는 해설가가 아니라는 것을 잘 나타내고 있다. 이 글은 저자의 모든 글을 여는 열쇠 같은 의미를 지니고 있다.

이러한 시대 분석과 미학적 수준을 방법으로 저자는 1970년대의 한국 문학의 성과들에 대해서 애정과 통찰 그리고 넓은 포용력을 가지고 그것들이 한국사회의 개선과 성숙에 대해서 가지는 의미를 발견하고 있다.

1970년대 문학을 이해하기 위해서 빼놓을 수 없는 무게 있는 평론집을 가지게 된 것을 기뻐하며 필독을 권한다.

연극이라는 의식

──「둥둥 낙랑樂浪둥」

　낙랑공주와 왕자 호동의 이야기가 언제쯤부터 나의 관심을 끌기 시작했는지는 정확히 알 수는 없다. 원래 이런 일에는 정확한 날짜라는 말이 어울리지 않기는 하지만 아무튼 꽤 오래 이 이야기를 생각해온 것은 사실이다. 무엇 때문에 이 이야기가 그렇게 마음을 사로잡았는지를 지금도 분명히 말하기는 어렵다. 그러면서도 사람을 놓지 않는 힘에 이끌리어 마음속에서 주인공들과 헤어지지 못하였기 때문에 희곡이라는 형태로 그들을 기념하고 싶어진 것일 게다. 여기서 두 사람이 부딪친 문제는 아마도 사람으로서 풀기가 가장 어려운 것 중의 한 가지다. 그것을 곧이곧대로 풀자면 그럴수록 더 헝클어지는 그런 수렁이다. 개인이 집단에 대해 어디까지 충성해야 하며 사랑이라는 것은 어디까지 갈 수 있는가 하는 것은 영원한 인간 문제이기는 하다. 모든 영원한 문제가 그런 것처럼 보통 사람은 이런 문제를 끝까지 밀고 가지 못한다. 끝 이전의 어디쯤에서 타협해서 살아간다. 끝까지 갈 용기가 나지 않는 것은 파멸이 보이기 때문이다. 극 속의 인물들은 이 끝을 피하지 않고 거기까지 걸어간다. 낙랑공주와 호동왕자도 그런 사람들이다. 원래 이야기에는 없는 호동의 의붓어머니와 낙랑공주가 쌍둥이라는 설정은 호동과 공주가 만난 문제를 더 어려운 것으로 만들어보기 위해서 지어낸 생각이다. 인간의 문제라는 것은 성실하게 해결하려 하면 그럴수록 어떤 상투적인 수단도 쓸모가 없어지는, 그때 그 사람이 처음 부딪치는 문제가 된다. 마치 신에 의해 처음 창조된 인간이 처음 부딪치는 사건과 같은 성격이 된다. 에누리 없이 말해서 인간은 어느 시대의 어떤 환경에서든 자기 삶의 끝까지 기려고 들면 대뜸 자신이 신화의 주인공임을 발견하게 된다. 그럴 때 보통 자기라고 여겨오던 존재는 실은 그림자에 지나지 않고 진실한 자기는 어떤 신화적 존재라는 것을 깨닫게 된다. 그러나 우리들의 생활에서 이런 각성의 국면을 만나기는 그리 쉽지 않다. 현실 자체는 언제나 극적이고 신화적인 바탕을 가지고 있지만 우리 자신이 극적이기 위해서는 성실하다는 조건 말고도 다른 능력이 필요하기 때문이다. 그것은 상황의 본질을 식별하는 재능을 말한다. 어디에 위기의 핵심이 있는지를 빨리 알아보고 낭비 없이 그 핵심으로 걸어가는 방법을 안다는 것은 성실성과는 다른 능력인 것이다. 쓸모없는 파멸이라는 것은 무능을 말하지만, 의미 있는 파멸이라는 행위에는 재능이 있어야 하는 것이다. 결국 재능 있고 성실하고 용기 있는 사람들이 파멸하는 것을 우리는 보기를 원하는 것이다. 게다가 마음속에서 우리는 그들이 된다. 그들을 통해서 우리 자신의 가능성을 실험해보는 것일까. 우리 자신의 상황을 알아보는 것일까. 우리 자신의 환상의 삶을 살아보는 것일까. 아마 그런 설명을 할 수 있기는 하다. 그러나 이 모든 것은 우리가 희곡을 읽는다거나 공연을 볼 때 우리 마음에 일어나는 현상 자체는 아니다. 희곡을 읽는다거나, 공연을 본다는 것은 더 직접적이고 포괄적인 행동이다. 마치 현실의 행동 그것처럼 완전히 객관화가 불가능한 사실이다. 아마 객관화라는 데서 늘 생략되기 마련인 자기 자신의 몫 때문이다. 희곡을 읽거나 볼 때에 우리는 이 자기 자신을 통해서 그렇게 한다. 그런데 이 자기 자신이라는 것은 언제나 객관화에서는 빠지는 부분이다. 희곡을 읽거나 공연을 보는 순간에 작품과 관객 사이에 그 순간에만 성립하였다가 사라지는 시간 현상이다. 이것이 표현이라는 상징 구조를 감상한다는 현상— 관극觀劇의 의미이다.

무엇을 표현한다는 것은 무엇을 나타내지 않는다는 작업과 함께 이루어진다. 이것은 어떤 표현에서나 마찬가지지만 문학 작품처럼 세계 자체를 표현의 목적으로 삼을 때는 더욱 날카롭게 의식되지 않을 수 없는 사정이다. 즉 연극에서의 관객이라는 것은 연극의 밖에서 연극을 구경하는 사람이 아니라 연극을 연극처럼 하는 연극만의 구성 부분이다. 희곡의 작자 역시, 자기 자신의 표현을 극장의 자리에서 완성시키기 위한 불가결의 참가자로서 극장의 자리에 앉아 막이 오르기를 기다린다.

다하지 않는 만남

―「어디서 무엇이 되어 만나랴」

이 작품의 공연과 또 다시 만나게 되어 기쁘다. 명동에 있던 국립극장 매표소 앞에서 관객들이 똬리를 틀고 기다리던 모습이 어제 같은데 벌써 16년 전 일이다. 첫번 공연의 평이 좋게 나왔던 탓이리라. 곧 이은 앙코르 공연 때의 그 기쁨에 넘친 극장 안팎의 분위기는 희곡을 처음 쓴 나에게 감명을 주었다. 그 이후 여러 번 자유극장은 이 작품을 공연하였다.

이번에 10년 만에 다시 무대에 올리게 되어 진심으로 반갑다. 초연 때 열연했던 연기자 가운데 이번 공연에서는 만나지 못한 분들도 생기고 보니 만남이라는 것의 속 깊은 인연을 새삼 느끼게 한다.

만남과 헤어짐은 무릇 온갖 있는 것들을 이루는 올과 결이다. 그중에서도 사람과 사람의 만남은 어렵자면 한없이 어렵다. 우리는 자기 속에 많은 자기를 만들어간다. 많은 '나'들의 연결, 그것이 나라고 한 묶음으로 편의상 불리는 것이다. 어제의 나는 죽었어요, 하는 소설이며 희곡 속의 주인공들의 말은 결코 겉멋으로 하는 소리가 아니다. 당연히 나 아닌 남들도 그들 속에 수많은 남들을 지니고 있고 그 여러 얼굴 가운데 이것저것을 내보인다. 이런 나와 너가 '만난다'는 것은 그러니 얼마나 만화경 같은 어지러운 운동이 된다는 말이겠는가. 만남을 한 묶음으로 생각하지 않고 그 순간순간마다 낱낱이 성실하려는 사람들의 이야기가 우리에게 관심을 불러일으키는 것은 당연한 일이다. 작품의 주인공들은 그런 사람들이다. 현실에서는 생략하면서 사는 삶의 절차에 그 본질에 문자 그대로 충실하려는 사람들을 만날 때 우리는 진실한 삶의 모습을 만나는 느낌을 받는다. 온달과 공주는 그들의 만남에 인간적인 깊이를 주기 위해 애쓴다. 그들은 겉치레보다 더 깊은 만남을 살려고 애쓴다. 인간만이 이렇게 새 만남, 여러 겹의 만남, 더 깊은 만남이라는 형식을 가지고 있다. 인간은 새로 태어날 수 있기 때문이다. 옛날의 만남을 몇 번씩이나 다시 만나는 능력을 가졌기 때문이다.

한 작품을 여러 번 공연하는 것도 그런 형식의 하나일 것이다. 한 작품을 여러 번 감상하는 것도 마찬가지다.

옛날의 주인공들이면서 옛날의 그들은 아닌, 그러면서 여전히 그 사람들인 사람들을 만나게 될 날이 다가오고 있다.

근원에 대한 탐구

―「초혼招魂」

현대 예술가들은 어느 장르에 있어서건 한결같은 위기의식을 지니고 있다. 우리 생활에서 누적되는 '변화'와 그럼에도 불구하고 인간의 삶의 핵심에 대해서 유효한 '형식'을 만들어내야 한다는 책임 사이에서 느끼는 무력감이 바로 이 위기의식의 뿌리다. 이 위기의식은 현대예술의 근본적 자질이다. 되풀이될 수 있는 '형식'이 선험적으로 있으려니 생각하지 않는 감각이다. 아무튼 여기서 출발해야 되며 그것이 창조적 위기의식이 되는 것은 그다음의 일이다. 현대 생활은 적어도 개인에게는 1퍼센트의 정신과 99퍼센트의 물리적 현실의 결합이라는 형태를 가지고 진행된다. 물론 이 거대한 99퍼센트의 물리적 부분은 어느 개인을 단위로 삼을 때에 '물리적物理的'일 뿐이며, 이 부분도 정신적 의미를 가진 수많은 사람들에 의해서 이루어지는 것이지만 그 모두를 어떤 개인이 체험한다는 일은 불가능하다. 그럼에도 불구하고 사람들은 예술에 대해서 인생과 문명을 어떤 방법에서건 전폭적으로 그리고 핵심에서 체험시켜주기를 바란다. 현대 예술은 이 '전폭적'인 과제를 정직하게 직면하려고 다양성의 혼돈 속에서 싸우거나, '핵심'에서 삶을 붙잡으려고 마치 고행苦行에 흡사한 자기 절제의 길을 택하기도 한다. 안민수의 이번 작품 「초혼」은 아마 후자의 방향에서 예술적 성과를 건져 올리려는 것인 듯싶다. 적어도 희곡을 통해서 느껴지는 인상은 그런 것이다. 이 인상이 맞는다면 이번 공연에서 그는 매우 야심적인 모험에 도전하고 있는 것이 된다. 그는 인간적 상황을 극한으로 응집시키고 거기서 고도의 환기력이 솟아나게 할 것을 기대할 것이다. 나는 이 같은 의도를 실현시키기 위해서 안민수가 무대적 기술을 창안하고 결합시키기를 큰 기대를 가지고 기다리고 있다. 길이 없는 곳에 길을 내는 일이기 때문에 이러한 작업은 전반적 성과에 관계없이 그 대목대목에서의 연극적 감수성이 성실하게 계산되고 실천된다면 그것만으로도 의미 있을 것이다. 다져진 길이 없는 벌판이 예술가를 가장 크게 유혹한다. 나는 그의 희곡의 세계를 어느 정도 짐작할 수 있었기 때문에 작가 자신이 연출하게 되는 무대가 우리들을 더 확실히 그의 세계 안으로 이끌어주기를 기대한다.

옛날 옛적에 훠어이 훠이

― 극단 '창고극장' · 김일우 연출

세번째로 무대에 올려지는 이번 공연에 기대를 가지는 것은 출연자들 모두가 연극을 위한 순수한 정열을 가지고 일해온 사람들임을 알기 때문이다.

같은 희곡일지라도 극단에 따라서 얼마든지 다른 맛을 낼 수 있다는 것이 공연 예술의 특성이자 강점이다. 그런 뜻에서 희곡은 공연 때마다 뛰어난 해석의 조명을 받음으로써 그때마다 새로워질 수 있고, 그 레퍼터리의 역사가 쌓여감으로써 더욱 풍부해질 수 있다. 이러한 축적된 공연 경험이 뒤에 오는 공연자들에게 도움을 주고 그런 바탕 위에서 더 한층 레퍼터리의 뜻이 깊어질 수 있게 된다면 그것이 관객들에게는 가장 바람직한 무대가 될 것이다. 연극이 여러 사람의 경험이 쌓이고 어울리는 데서 더 좋아진다는 점이야말로 그것이 발생 이래의 공적인 성격일 것이다.

이번 공연에서 이 레퍼터리의 공연 역사에 큰 보탬이 될 뿐만 아니라 그 자체로서 즐길 만한 무대를 보게 되기를 바란다.

현대인이 잃어버린 것
―「달아 달아 밝은 달아」

유한有限이란 것은 아무리 더해보아도 무한無限은 되지 못한다. 유한에는 언젠가 끝이 있다.

어림잡아 말한다면 옛사람들에게는 이 감각이 지나치리만큼 깊게 스며 있었다. 무상無常 ― 영원한 것은 없다는 앎이다. 이런 앎 때문에 일어나는 폐단이 많았던 것은 사실이다. 그러나 가시가 있다고 해서 장미꽃의 아름다움이 없어지는 것은 아니다. 이런 앎이 옛사람들에게는 모든 행위의 바탕이 되었다. 절제라든지 사랑이라든지 하는, 사회를 사회로서 있게 하는 규범들은 이 같은 존재의 유한에 대한 인식이 없이는 이루어질 수 없다. 이런 시대에는 사람들이 자연과 매우 가깝게 지내고 있었다. 사람도 자연의 한 부분이라는 것이 눈에 보였고, 그래서 그들은 자연을 의인화하는 데에 아무 거침이 없었던 것이다. 자연을 연구해서, 그 법칙을 알고 응용하는 일이 많아짐에 따라 사람들은 차츰 자연과 멀어진다. 멀어진다는 것은, 자연과 인간의 동질성을 잊어버린다는 말이다.

유한한 앎이 우리 마음을 속이게 된다. 속인다는 것은 우리 존재가 유한하다는 것을 잊어버린다는 말이다. 그러면 어떻게 되는가. 우리는 교만해진다. 그리고 자기가 가진 것이 영원토록 없어지지 않을 것처럼 살아간다. 그러나 그렇게는 되지 않는다. 언젠가 있었던 것은 없어지고, 나하고는 상관없을 것 같던 일이 문득 나타난다. 그때 사람들은 놀란다. 그는 아무 준비 없이 이런 일을 겪게 되었기 때문이다. 개화 이후의 우리는 백인들이 만들어낸 것들 과학·정치제도, 그들의 종교 같은 것들이, 마치 그것들을 알기 전의 우리 삶에는 끄트머리도 없던 것이거나, 그렇지 않더라도, 우리 조상들의 삶과는 차원이 다른 무엇을 가져다줄 것처럼 생각해왔다. 마치 유한을 넘어선 무한과 같은 것을.

그러나 섭섭한 일이지만 세월이 흐른 지금, 우리는 백인들의 그 학문·예술·종교 들도 모두 우리의 옛 삶과 다름없는 유한 속의 제상諸相이었던 것을 깨닫기에 이르렀다. 이것은 유럽의 문명과 만난 모든 비유럽권이 고통을 겪으면서 배운 진상이다.

우리가 잃어버린 것은, 서양에 대한 동양이라든가, 중국에 대한 우리 역사라든가 그런 것이 아니다. 그런 것을 다 알고 나서 우리가 역사의 어떤 시기에 얻었던 문명 감각 — 인간의 삶에는 절대적 차이는 없다는 것, 나아가서 인간과 자연 사이에도 그런 차별은 없다는 점 — 이것을 우리는 오랫동안 잊어왔다. 이것을 다른 말로 종교 감각이라 불러도 좋을 것이다. 굳어버린 교조주의와, 용기 없는 신물 숭배神物崇拜는 모두 참다운 종교 감각을 잃게 하는 것들이다. 이 감각이 없는 삶도 삶이긴 하지만, 그것은 인간의 본질인 평화에 어긋나는 삶이다. 이 감각은 우리에게 어떤 이익을 가져올까? 세상을 과학적으로 볼 수 있는 부드러운 마음을 지닐 수 있게 한다. 제행諸行이 무상無常한 이 삶에서 제일 슬기롭고 강한 것은 부드러운 움직임이다. 이 삶에서 서로 사랑하던 사람과 갈라지는 슬픔을 견디기 위해서도 부드러운 마음이 있어야 한다. 모진 마음은 받아야 할 것을 안 받으려고 애쓸 것이고, 그것은 새로운 슬픔을 만들어낼 것이다. 바람직하지 못한 업業의 순환을 끊어버릴 수 있는 부드러운 마음을 되찾는 것이 현대인의 행복의 첫 조건이다.

인생, '만남'과 '헤어짐'의 모자이크
―「어디서 무엇이 되어 만나랴」

사람의 평생을 돌이켜보면 끊임없는 만남의 연속이다.

세상에 태어나면서 처음 만나는 사람이 어머니라는 존재이다.

어머니를 처음으로 일생 동안 사람은 사람을 만나는 일로 자기 생애를 채운다.

누구든지 지금까지 살아온 삶을 돌이켜보면, 그때 그런 사람을 만났기 때문에 지금의 이런 '나'가 되어 있음을 알게 된다.

만남은 이편의 마음대로 안 된다.

두 손바닥이 울려야 소리가 나는 것처럼 나를 만나기 위해서 어떤 남이, 내가 모르는 데서 태어나서 나를 만나기 위해서 숱한 세월을 살아온다. 그러다가 어느 때 어느 장소에서 만나는 것이다.

만남은 언제나 신비하고 예측도 계획도 할 수 없다. 예측하고 계획해도 그대로 되지 않는다.

희곡의 인물들도 이 근원적인 신비에 눈을 뜬 사람들이다.

이것은 무슨 특별한 능력이 아니다.

누구든지 만나서 놀라보고, 헤어지면서 울어본 사람이면 다 경험해본 영혼의 어질머리일 뿐이다.

이 평범하고도 신비한 인생의 행사인 만남의 경험을 깊이 느낄 때, 사람은 바로 자기 자신이 신화의 주인공임을 알게 될 것이다. 신화란 특별한 사람들의 이야기가 아니라, 보통 사람이 깊게 살아갈 때 그 인생을 부르는 이름이다.

그런 사람들은 모두 한 가족이다.

온달도 평강공주도 이 인생의 깊이에서 만날 때, 우리의 동시대인과 같은 것이다.

우리 자신을 만나는 자리
— 「어디서 무엇이 되어 만나랴」

한 가족이 이루어졌다가 흩어지는 이야기를 만들어보았다. 이것
은 우리가 살아가는 보편적 형식이다. 신분의 차이라는 조건은 인
간의 결합과 해체라는 현상의 보편성 때문에 자칫 산만해지기 쉬
운 긴장을 강화한다는 구성상의 기능을 가지고 있는데 연출에서
잘 이용할 점이라고 생각한다. 특히 이 작품에서 공주의 생활 배
경인 국가 권력과 당시의 종교적 신념은 주인공들의 태도 결정에
시대적 구체성을 주는 기능을 담당한다. 주인공들은 이런 시대적
약속 안에서 자신들의 자유를 넓히려고 한다. 환경과 자신과의 싸
움이다. 이것이 이 연극의 중심 흐름이다. 온달은 제한된 생활 경
험과 신분에 대한 두려움을 넘어서 인간의 보편적 평등과 행복을
얻으려고 한다. 공주는 기득권과 편견과 싸우면서 생명의 자유를
얻으려고 한다. 어머니는 생명의 생산자라는 가장 원시적인 믿음
으로 그 밖의 온갖 것 — 국가, 종교, 신분, 피의 결합 이외의 온

갖 결합 형식에 대한 본능적 불신을 실천한다. 스님은 이런 모든 것에 대한 가장 넓은, 그러나 가장 실천하기 어려운 이론적 입장을 대표한다. 극의 세력들을 가려내면 이런 것들이 될 것이다. 그러나 연기하는 사람들은 희곡에 표현된 각 인물의 대사와 행동에서 그들의 '마음속'을 읽어야 할 것이다. 그때까지의 경험이 들어 있는 공주의 마음속, 온달의 머리 안에 있는 세계, 어머니의 마음속에 있는 세상과 온달과 공주―이런 것이 무대 위에서 얽힌 에너지들이다. 그들은 저마다 자기 안에 하나씩의 세상(자기도 들어 있는)을 가지고 있는 것이다. 그런 세상들이 얽혀서 또 하나의 세상을 만들고 있다. 아마 신의 눈에밖에 잡히지 않을 이 큰 세상과 작은 세상(사람마다 마음에 지닌) 사이의 엇갈림과 뒤틀림, 그리고 어쩌다 어울리는―이 운동이 인생이라는 연극을 만든다. 연극을 본다는 것은 연극이라는 계획된 행사에 힘입어서 자기 마음속의 세상보다 더 헝클어진 세상에서 남과도 만나보고 자기의 더 뚜렷한 모습과도 만나보는―더 큰 우리 자신과 만나는 경험이다.

전설의 숲 속에서 만난 온달과 평강공주
―「어디서 무엇이 되어 만나랴」

「어디서 무엇이 되어 만나랴」는 나의 희곡 작품으로 온달과 평강 공주의 이야기다. 발표되던 해에 극단 '자유극장'에서 김정옥 씨의 연출로 제작되어 그때 명동에 있던 국립극장에서 공연되었다. 제작진들의 열연으로 이루어진 이 공연은 관객들로부터 환영을 받았고 비평가들도 호평해주었다. 이후에 '자유극장'은 이 작품을 되풀이 공연해오고 있으며 작년에도 극단 창립 기념을 겸해서 대한민국 연극제에서 공연하였다. 나는 이 작품 이후에도 희곡 집필을 계속해서 최근작 「한스와 그레텔」을 희곡으로 써오고 있다.

작품마다 소재는 다르지만 모든 작품 속에서 「어디서 무엇이 되어 만나랴」를 쓰던 때의 어떤 설렘이 한결같이 울리고 있는 것을 느낀다.

잘 알려진 대로 '온달'과 '평강공주' 이야기는 삼국사기에 적혀서 전해진 이야기다. 고구려의 역대 왕 중 실재한 왕의 집안에 관련된 이야기이므로 온달과 평강공주는 실재 인물이었을 것이다. 온달 관련의 유적인 산성 자리도 실재하고 있으니 이만하면 그들의 실재는 더욱 믿어도 좋을 만하다. 그런데 나의 마음을 끈 것은 이들 두 사람의 만남의 사정이었다. 어떤 나라의 공주가 아기 때 울보여서 아버지인 임금이 어르는 말로 바보 아무개한테 시집보내겠다는 말을 언질로 삼아서 정해주는 자리로 시집가기를 거부한다는 일은 놀라운 일이었다. 고구려 왕실에서 그런 일이 아무튼 있을 수 있었다는 것이니 우리가 보통 생각하는 사정과는 다른 것이다. 이 이야기가 사실이라면 고구려 사회의 실지의 사회적 성격 속에 바탕은 마련되어 있는 섯이지민, 그렇더라두 평강공주 개인의 성격 자체가 문제임에는 틀림이 없다.

가령 조선왕조나 고려왕조보다는 훨씬 왕권의 권위가 복잡한 균형으로 유지되는 사정이었다고 추측해본다고 하더라도 평강공주라는 인물의 성격은 눈부시도록 강렬하다. 이런 생각을 하는 나의 마음속에 그녀의 모습이 언제부턴가 어른거리고 얼굴도 보이고 몸매도 보이고 걷는 기척도 들리기 시작하였다.

다음에는 그들의 만남이다. 그리고 온달 쪽의 사정이다. 과연 그의 신분은 어떤 것이었을까. 가난한 편모슬하의 낮은 신분으로 기록은 전하고 있다. 이런 사람이 공주의 청혼을 받았을 때의 마음은 어떠했을까. 이런 두 사람이 만났다는 '사건'이 아니라, 그 사건을 '겪는' 두 사람의 '마음의 움직임'이 생생하게 나에게 씌워오는 듯한 느낌을 나는 받았다.

너무 이름난 이야기이기에 정작 이 사건 속에 휘말린 두 사람의 마음속에서 일어나는 사건은 가려지고, '사건'만 전달될 우려가 있는 것이 신화라든지, 전설이라든지 하는 설화 형식의 내용이 현대인에게 전달될 때의 문제점이다. 같은 형식과 분량의 표현이라도 옛날 사람과 현대인 사이에서는 전달되는 결과에 차이가 생기는 것으로 보인다. 아마도 이것은 의미론에 관련된 문제일 것이다. 이것을 '표현의 마모 현상'이라고 불러보고 싶다.

나는 '온달―평강' 전설에서도 느껴지는 이 마모 부분을 소생시키는 노력을 집필의 방향으로 삼았다. 소설로도 아주 안 될 리는 없지만, 현대소설의 풍속적 사실성의 약속에 너무 길들여진 나에게는 고대사회의 생활을 소설로 기술하는 것은 불가능하였다. 희곡은 이 점에서 그 성격상 자유롭다.

'온달―평강' 이야기가 희곡이라는 형식으로 나온 것은 그 때문이다. 평강공주가 어떤 옷을 입었는지는 몰라도 나의 마음속의 그녀는 그녀가 온달을 만나는 순간의 그녀의 마음처럼 보이는 옷을 입고 있어 보였다. 그녀의 옷은 그녀의 마음이었을 것이 분명하고 천지 만물도 그녀를 지켜보고 있었을 것이고, 그녀의 심정 비슷한 표정을 짓고 있었을 것이다. 이것이 무대 예술에서 무대 공간에 있는 온갖 유형물이 지니게 되는 성격이다(아마도 모든 형식의 예술적 표현의 성격이기도 하다).

이들 이야기의 끝 장면 ― 온달의 관이 들리지 않다가 공주가 타일러서야 자리를 떴다는 ― 은 분명히 사실에서 떠나 전설과 신화의 자리에 들어와 있다. 전설을 역사책에다 수록해둔 것이다. 사실史實의 문으로 들어가서 그들을 따라가다 보니 어느덧 전설의 어습푸레한 숲 속에 들어와 있다 ─ '온달─평강' 설화는 이런 꾸밈새로 되어 있다.

이 설화의 정신은 주인공들의 성격과 운명을 ─ 무릇 신화 전설의 예에 따라 ─ 과감하게, 본질은 뚜렷이, 사실은 부수적으로 보여주고 있다. 이 역시 연극 예술의 원래의 모습이다. 무대에서는 모르는 것이 모르는 대로 설명 없이 눈에 보이는 것이다. 이렇게 해서 온달과 평강공주는 「어디서 무엇이 되어 만나랴」라는 희곡 속에 나타나게 되었다.

이상한 사람들을 만나려면 그 사람들이 나타나기에 알맞은 멍석을 펴주어야 한다. 연극이라는 형식이(집필자인 나의 입장에서는 희곡이라는 형식이) 그들과 만나기에 이로운 자리라고 나는 생각한 것 ─ 이라기보다는 희곡이라는 형식으로 그들이 스스로 내게 왔다.

지금도 이 희곡을 읽으면 그들이 보이고, 공연장에서 막이 올라가면 거기 무대라는 이름의 신성 공간에 그들은 틀림없이 있어왔다. 막이 오르면 여전히 그들은 천수백 년 전에 세운 사랑의 맹세를 실천하면서 울고 웃고 있다. 그들이 이렇게 영원한 사랑의 숲에 갇혀 있는 전설의 나라를 향해 뚫려 있는, 이쪽 세상의 창문 ─ 그것이 내가 알고 있는 '연극'이라는 행사의 뜻이다.

미美 무대에 한국 초가집이……
—「옛날 옛적에 훠어이 훠이」

　　미국 브로크포트 대학 연극과에 의해서 공연된 이번 「옛날 옛적에 훠어이 훠이」는 여러 사람의 성실한 노력으로 이루어진 열매였다. 1977년 여름에 연출자인 이 학교 연극과장 케네스 존스 씨와 원작자와의 사이에 공연이 합의된 이후 번역이 예정대로 진행되고 원작자의 공연 참관까지 실현된 것은 존스 씨를 비롯한 동 대학 연극과의 열성에 전적으로 힘입은 결과였다.

　　브로크포트 대학은 학생 수 1만 명. 뉴어크 주립대학의 하나로 로체스터와 버펄로의 중간쯤 나이아가라 근처에 있는 종합대학이다.

　　필자가 도착한 날은 맑지만 쌀쌀했고 눈이 1미터쯤 쌓여 있었다. 공항에는 작품의 번역자인 조오곤趙午坤 박사가 마중 나와 주었다. 조 선생은 이 대학 연극과 교수로 연극사와 작품 분석을 가르치고 있다.

　　필자는 이날 저녁의 연습부터 참관하여 2월 22일에 시작한 본 공연의 3일째까지를 보고 다음 날 한국 연극에 대한 강의를 하였다.

연출자인 존스 씨는 작품을 정확하게 해석하였고 그의 지도로 학생들은 좋은 연기를 보여주었다. 특히 개똥 어머니 역을 한 드루 양의 연기는 훌륭한 것이었다. 또한 작품의 끝에 있는 춤 부분을 위해서 초청되어 학생들에게 한국 춤을 지도한 엘레나 킹 여사의 귀중한 공로는 잊을 수 없는 것이었다. 관객들은 웃을 만한 데서 웃었고 침묵할 데서는 침묵하였다. 번역극에서 있을 수 있는 이해의 장벽은 이번 경우에는 발견되지 않았다. 뉴어크 한국영사관의 호의로 보내진 농악 녹음이 사용된 끝 장면의 춤은 극의 문맥 속에서 지니는 효과는 물론이러니와 그것만으로도 훌륭했다. 한국에 와서 직접 무속과 춤을 취재한 바 있는 아시아 무용 전문가인 킹 여사의 힘이었다(킹 여사는 공연 전날에 한국 춤에 대한 강연 및 시범을 보여주었다).

공연장은 3백 석쯤 되는 시설이 잘 된 액자 무대였는데 초가, 울타리, 산 등을 장치해서 한국 환경을 재현하였다. 초가는 키가 약간 높아 보였지만 큰 잘못이랄 수는 없는 정도였다. 이번 공연이 교수와 학생들이 신중하게 택한 레퍼터리임과 최초의 아시아 현대극임을 생각하면 관계된 모든 사람과 더불어 지극히 다행스럽게 여길 만한 공연 성과였다. 첫날 막간마다 박수하고 막이 내리자 기립박수가 나왔는데 조 선생 말에 의하면 흔치 않은 일이니 축하한다고 하였다. 무엇보다 앞서 뛰어난 번역을 한 조 선생 자신에게 드려야 할 인사일 것이다.

공연은 리허설 과정에서 풍부하게 슬라이드 촬영을 하였고 계획대로 미시간 대학의 협력하에 녹화되었는데 필자가 출발할 때까지 편집이 끝나지 않아서 보내주기로 약속을 받았다.

보고 나서 밀러 부총장이 말한 것처럼 주제가 보편적인 성격을 지닌 것이 이번 공연이 무엇보다 본질적인 면에서 성공한 원인이며 정확한 연출, 면밀한 번역, 열성적인 연기, 한국 춤을 위한 안무자를 현지에서 가질 수 있는 점 등이 조화롭게 결합되어 즐길 만한 무대를 만들어낸 것이었다.

첫날 공연 후에 학교 측에서 원작자를 위해 베풀어준 리셉션, 로체스터 교포들의 초대, 연극과 학생들이 베푼 호의(그들은 학교차를 얻어 필자를 나이아가라 폭포와 버펄로 미술관에 안내해주었다) 등 공사로 그곳 여러분이 보여준 환대에 대해서 갚을 길이 막연하다.

타향의 나그네가 되어보면 사람 사는 세상의 외로움과 고마움을 사무치게 느끼게 된다. 미국에서도 눈의 고장이라 불리는 그곳에서 순수한 외국 젊은이들이 우리나라 옷을 입고, 우리나라 집을 지어놓고, 우리들의 슬프고 아름다운 이야기를 불 밝힌 무대 위에서 엮어가는 것을 보는 것은 특별한 느낌이 있었다.

더구나 그것이 외국인에 의해 치러지는 첫 자기 작품이기도 했기 때문에, 그 느낌에는 여러 가지 이름을 줄 수 있을 것이다. 이번 공연이 갖는 연극사적 의미라든지 한미 문화 교류라든지……

간단히 이번 걸음을 보고하는 자리인 이 글에서 그런 얘기를 다 하기는 미상불 어렵다. 다만 필자의 머리에는 내 작품 속에서 내리는 눈과 그 고장의 눈이 한 빛깔이라는 인상이 뚜렷이 남아 있다. 이 빛깔의 기억을 오래 간직하고 거기서 또 다른 이야기를 만들기 위해서 힘쓰면 이번 일에 힘을 모은 모든 사람들의 우정에 갚음이 되는 길이 될 성싶은 생각이 들 뿐이다.

「옛날 옛적에 훠어이 훠이」
― 미국 뉴욕 공연

　지난 4월 28일부터 5월 23일까지 뉴욕에서 나의 작품 「옛날 옛적에 훠어이 훠이」가 공연되었다. 공연 극단은, 범汎 아시아 레퍼터리 극단인데, 뉴욕 지역의 아시아계 미국 연극인들에 의해 운영되고 있는 극단이다. 이 극단은 창립된 지 올해로 10년이 되는데 미국 내의 아시아계 극작가와 아시아 여러 나라의 희곡을 아시아계 미국인들에 의해 공연하는 일을 전문으로 해오고 있다. 이와 비슷한 극단이 샌프란시스코에 또 하나 있다고 한다. 다민족 국가인 미국에서의 예술 활동의 복잡성의 일면을 보여주는 한 보기라고 할 만하다. 필자는 4월 16일부터 연습에 참가하여 30일까지 뉴욕에 머물면서 28일 이후 30일까지의 3회 공연에 참석한 다음 귀국하였다. 이 연극은 지난 1979년에 뉴욕 주 브로크포트 대학 학생 극단에 의해 공연된 바 있고 그때도 비슷한 형식으로 초청되어 그들의 연습과 공연에 참가한 일이 있다. 이번에는 전문 극단에 의한 본격 공연이어서 필자에게는 좋은 공부가 되었다. 약 2주일 동안 연습에 매일 참가하면서 연극이 만들어지는 과정을 경험하는 것 자체가 매우 유익한 경험이었다. 브로드웨이의 큰 상업 공연이 아닌 이만한 규모의 공연은 국내 극단의 운영 방식과 크게 다른 것은 없어 보였다. 공연장은 46번가에 있는 성 클레멘트 교회 안에 있는 극장인데, 교회의 건물 일부를 공연장으로 대여하고 있는 것이다. 뉴욕에는 이런 교회가 여러 군데 있다고 한다. 객석은 140석쯤 되는 극장으로 웬만한 작품은 불편 없이 상연할 시설을 갖추고 있었다. 필자가 도착했을 때는 무대 구성과 의상 주문이 모두 결정된 다음이었는데 만일 내가 좀더 빨리 도착했더라면 더 연구할 만한 여지가 있어 보였다. 이 극단의 단장인 티사 장Tisa Chang 여사는 중국계 미국인으로 그녀는 자신의 아시아적 배경 때문에 작품을 잘 이해하였고 필자에게 충분한 공동 작업의 기회를 주었다. 서양 사람들이 외국 작품을 공연할 때 흔히 관찰되는 일인데 원작의 문화적 양식과 연출자의 자유 재량에 의한 변형 사이의 균형이 좀더 신중하게 처리되어야 한다는 느낌을 받는데 이번 경우에는 연출자는 평균 이상으로 원작에 충실했다. 더구나 배역된 배우가 한 사람의 중국계를 빼고는 모두 한국계 배우들이고 그중 남자 주역인 장두이 씨는 국내에서 연극 활동을 하다가 이주한 사람이어서 작품의 이해에 도움을 주었다. 내가 도착하기 전 이미 2주일쯤 연습하고 있었다고 하니, 한 달쯤 연습한 것인데 생각보다는 짧다고 했더니 예산 사정이 그 정도밖에는 허락하지 못한다는 대답이었다. 이 극단을 포함하여 뉴욕의 극단들도 여러 종류의 보조금을 받고 있다. 이 기금으로 원작자의 초청도 이루어지는 것이다. 일반적으로 연극의 형편이 옛날 같지 못한 것은 어디서나 마찬가지지만 아직도 저변이 넓고 연극 고유의 가치를 보존하기 위한 제도적 운영이 견고하다.

외국 여행이라는 것은 그 자체가 배움의 기회인 법이지만 이번처럼 자신의 작품의 공연과 연습에 참여하는 것은 더없이 행복한 경우라 할 것이다. 뉴욕은 세번째 방문이었는데 이번이 그중 길었고 제일 행복한 용무를 가지고 이 도시에 머무른 셈이었다. 전번에 왔을 때는 브로크포트 대학(뉴욕 주의 캐나다 국경에 위치)에서 돌아오는 길에 일주일 여기서 머물렀다. 짧은 체재에서는 욕심을 버리는 것이 제일 생산적이라는 느낌을 이번에는 실천해봤다. 연습장에서는 언제나 출입이 자유이므로 부지런하자면 부지런한 만큼 일도 만들 수 있는 것이 외국 여행이다. 구경 많이 하느냐고 장 여사가 물었다. 이 도시 자체가 극장이고 길을 걸어 다니는 것이 관극처럼 느껴진다고 대답했더니 그녀는 웃었다.

우리가 서양 예술에 대해서 아마 지나치게 많은 것을 알고 있는데 비해서 서양 사람들은 자기들 이외의 문화에 대해서 너무나 모른다. 양의 문제뿐만 아니라 우리가 문화를 보편적인 것이라고 느끼고 싶어하는 데 비해서 서양 사람들은 자기 밖의 것을 내면적으로 받아들이는 습관이 덜하다. 이런 사정의 미래가 어떻게 될지는 모르지만 예술의 교류에서 문제되는 점이라는 것은 확실하다. 어제오늘 비롯한 일이 아니므로 많은 시간과 노력을 통해서 무엇인

가 이 물리적으로 하나가 된 세계를 인간적인 내면에서도 하나가
되도록 움직여야 할 것이다. 연극도 그런 움직임의 하나라고 생각
해본다.

이탈리아의 인상

　로마에 도착한 날 저녁에 일행 가운데 몇 사람이 함께 시내 구경
을 나갔다. 낮에 여행 안내원의 말에 의하면 스페인 광장이 적당
하리라던 의견에 따라 택시 운전수에게 그곳으로 가기를 부탁하였
다. 프랑스에서 며칠 지내고 보니 여기도 그렇게 달라 보이지는
않았다. 유럽이라는 세계는 역시 존재하는 것이다. 가는 길목에
바티칸의 성벽 옆을 지나갔다.

　스페인 광장은 파리에서 본 여러 광장과 마찬가지로 구식 석조
건물에 둘러싸인 그리 크지 않은 공간이었다. 한쪽에 분수가 있고
가파른 계단 위에 교회가 올려다보이는데 그 계단에 젊은 남녀들
이 웅성거리면서 몰려다니기도 하고 여기저기 걸터앉아 있었다.
계단을 올라가면서 보니 차림새가 히피들 같았다. 기타를 치는 사
람, 계단에 누워 있는 사람도 있었다. 가까운 데서 잠깐 산보를 나
온 듯한 나이 든 사람들도 보이지만 대부분은 젊은 사람들이고 서

로 아는 사이인 모양으로 지나치면서 말을 주고받으면서 낄낄거린
다. 스페인 광장은 이들의 밤의 휴식처로 유명한 모양이었다. 광
장을 둘러선 건물은 모두 문이 닫혀 있고 가끔 진열창에 불이 켜진
데가 있지만 골목도 어둡고 오직 광장에만 사람이 붐빈다. 한쪽에
자기가 그린 그림을 진열해놓고 있는 사람도 있었다. 낮에는 관광
객 상대로 장사가 되는 모양이다. 젊은이들은 앉아서 서로 떠들고
웃고 하면서도 지나는 우리 일행에게 특별히 주의하지도 않았고
우리도 그들이 불안스럽지도 않았다. 이런 경우에 연상되기 쉬운
불량스러운 분위기는 전혀 없었다. 풀어져 있으면서도 제삼자에게
위험한 느낌을 주지 않는 것이 좋았다. 광장 주변의 골목을 몇 군
데 서성거려본다. 조명이 없어서 깊이 들어가지는 않았으나 여기
도 파리의 거리와 마찬가지 느낌을 주었다. 몇백 년씩 되었음이
분명한 집들이 골목을 끼고 죽 어깨를 비비고 잇달아 있다. 여기
서는 인간의 생애보다 건물들이 훨씬 오래 살고 있는 것이다. 온
도시가 몇백 년, 1천 년, 2천 년 전의 모습대로 서 있고 거기서 사
람들이 살고 있다. 돌로 지은 도시이기 때문에 가능한 일인데 이
것은 우리 도시에는 없는 성격이다. 우리끼리 더 다닐 만한 데를
알지 못하는 터라 우리는 젊은이들의 광장을 뒤로하고 호텔로 돌
아왔다.

　이튿날은 바티칸을 구경하였다. 교회 중의 교회라 할 성 베드로
성당의 규모는 과연 대단했다. 교황이 거처하고 있는 건물은 생각
보다 소박한 느낌을 주었다. 독립된 건물이 아니고 호텔의 한 방

을 보는 느낌이었다. 바티칸 박물관에 진열되어 있는 수집품을 보면서도 루브르에서의 그것과 마찬가지 감회를 받았다. 우리가 살아온 방식과 전혀 다른 방식으로 이렇게 많은 일을 겪으면서 이토록 오래 살아온 사람들이 있었다는 것에 실감이 난다. 관람자들이 하도 많아서 사람들에 밀려서 다니기 때문에 일행들끼리 떨어지지 않도록 신경 쓰느라고 어디 한 군데 조용히 머물러 설 수도 없다. 이런 기회에는 단념할 수밖에 없는 일이다. 여러 나라의 단체 관광객들과 이곳 사람들의 대군중이 교황들의 회의실이며, 도서실, 기도실을 이렇게 몰려들어서 구경하고 있는 것이다. 기념품점에 들러서 물건을 골랐다. 이런 데서 파는 물건에는 여기서도 이렇다 하게 좋은 아이디어를 살린 것 같은 물건이 없다. 조악하고 비싸다. 관광객이 이렇게 많고 보면 어찌할 수 없기는 할 것이다. 여행자라는 것은 싼값으로 그 고장의 멋이나 재미가 깃들인 무엇을 사기가 소원인데 그런 것은 눈에 띄지 않는다. 하기는 여기 사람들 자신이 일찍이 제 고장이 싱거워져서 타히티로 어디로 그 무엇인가를 찾아 나선 지 이미 오래니, 말해야 소용없는 일이다. 실컷 아는 일이면서도 이렇게 관광객이 되고 보니 구체적인 작은 일에서 실감이 드는 것이다. 바티칸을 나오면서 보니 들어올 때보다 더 많은 사람들이 밀려들어오고 있다.

다음 날은 폼페이로 갔다. 베수비오 화산의 폭발로 묻혔다가 발굴된 유명한 유적이다. 로마를 출발하자 비가 뿌리기 시작해서 걱정이 됐다. 이탈리아의 전원 풍경도 프랑스와 다른 것이 없다. 다만 우리가 파리 가까운 곳만 봐서 그런지는 몰라도 여기가 좀더 허름해 보인다.

　폼페이에 도착해서 구경을 시작할 때까지도 비는 그치지 않았으나 다행히 도중에서 그쳤다. 폼페이의 폐허는 볼만하였다. 벽화가 생생하게 남아 있는 거리는 천장 부분만 없다뿐으로 온 도시가 고스란히 남아 있다. 돌로 깐 길 좌우로 하수 시설까지 말짱한 거리가 벽돌 벽이 반듯하게 서 있는 것을 보니, 지금까지 본 어느 박물관보다 생생한 시간의 신비를 느끼게 한다. 이 거리는 묻혔던 것은 파낸 상태 그대로 이렇게 보존되어 있다. 야외극장도 지금 우리가 보는 스탠드식 경기장처럼 말짱하다. 무대의 지붕은 없지만 무대 자리는 그대로 남아 있다. 아무것도 손댄 것이 없다. 이 길을 사람들이 걸어갔고 이 골목에서 스쳐갔을 것이다. 역시 석조건물이기 때문에 가능한 보존 방식이다. 우리들의 유적처럼 주춧돌만 남아 있는 형식과는 다르다. 거리는 반드시 돌로 포장했기 때문에 땅만 남는 우리 유적하고 그 점도 다르다. 자연이 남는 것이 아니라 자연에 한 꺼풀 씌운 그 시대의 인공이 이렇게 남아 있다. 적막이라든가, 무상이라는 인상보다도, 포근하고 밝은 느낌을 주는 것은 내가 외국인이라서 그런 것일까? 과꽃 빛깔의 저 폼페이 벽화의 붉은 색조의 동화적인 느낌 때문일까. 저 붉은빛은, 프랑스와 이탈리아의 지붕 기와가 저 빛깔이다. 또 토기의 빛깔도 저런 빛이다. 가냘픈 느낌의 풀꽃이 벽돌 벽 언저리에, 포석 틈에, 방바닥에, 적당히 무성하게 피어 있다. 방바닥에 피어 있는 풀꽃, 코스모스 줄기처럼 가냘프고 코스모스보다 훨씬 작은 꽃이 달린 이 꽃은 옛날에도 여기 피어 있던 이 고장 꽃일 것은 틀림없다. 원래 폐허란 아름다울 수밖에 없다. 생활 중인 도시는 그 생활에 대한 우리의 관련성 때문에 좁은 얼굴밖에는 보이지 않는다. 폐허는 거기 있던 사람들이 없고 난 다음에 그 자취만을 남긴다. 자연 속에 남은 인간의 자취가 사람과 자연의 만남을 극적으로 보여준다. 남은 것의 양이 그 극의 빛깔을 결정한다. 주춧돌 정도만 남으면 그 폐허는 쓸쓸해 보인다. 바람은 무심하게 부는 듯하고 풀 더미는 허망해 보인다. 폼페이처럼 지붕만 없을 뿐 벽이 고스란히 남아 있고 보면 사람의 훈김은 아직 다 떠나지 않았다. 더구나 포장된 길이 그대로 남아 있고 납(鉛)으로 뽑은 하수관까지 남아 있고 보면 사람들의 음성까지도 바람결에 섞여 있다. 사람의 체온이 남아 있는 것이다. 산자락에서 조금 높게 베수비오 산에서 뻗어온 야트막한 언덕 위에 지어놓은 이 도시는 더 커도 이런 느낌은 주지 못했을 것이다. 도시라는 것이 적당한 크기에 머물러 있으면서도 살림이 넉넉한 경우에 보여주는 아늑함을 폼페이는 지니고 있다. 부드러운 짙은 회색 돌로 촘촘히 깔아놓은 폼페이의 거리를 걸으면서 새삼스럽게 길을 포장한다는 이 사치스러운 인간의 문화를 생각하게 된다. 도로 포장의 혜택은 평민과 가난뱅이들에게도 주어지는 도시의 선물이다. 발에 흙탕칠을 하는 것에서는 벗어날 수 있는 것이다. 서울 거리의 어디에나 인도의 포장이 제대로 된 곳이 한군데도 없다. 으스러지고, 뒤집어지고, 찌그러지고, 무시로 파헤치고, 다시 엉터리 포장을 하고, 서양 도시와 우리 도시의 가장 기본적인 차이는 이 길을 덮는다는 것에 대한 감각의 차이에 있지 않나 싶다. 우리는 그 일을 그렇게 기본적으로 중요한 일로 생각하지 않고 살아온 문화이기 때문일 것이다. 농촌에서 흙탕물에 발을 담그고 살아온 감각 때문일까? 논농사를 하지 않고 밭에서만 일을 해온 사람들의 감각 때문일까? 유럽의 골목들이 아름다움은 그러고 보면 그 골목이 모자이크처럼 견고하게 포장된 때문일까? 유럽의 도시는 길바닥도 도시인 것이다. 20층, 30층짜리 빌딩에서 한 발 밖으로 나서면 거기는 발목이 삐기 십상인 초라하고 불결한 인도가 있는 우리나라. 파리나 로마는 현대 도시로서의 다른 기능은 몰라도 보통 사람들, 소시민들이 안심하고 걸어다니고, 길가의 찻집에서도 쉬고 갈 수 있는 리듬을 아직도 유지하고 있다. 그런 것들도 모두 폼페이의 이 분위기의 맥이 이어져 있는 현상인지 어쩐지. 돌아오는 버스 속에서 나는 멀어져가는 폼페이와 그 과꽃 빛깔의 벽을 등지고 하늘거리는 꽃들을 머리에 그리면서 그런 생각들을 하였다.

인생으로서의 연극
―「하늘의 다리」

인생 ― 각본 없는 연극.

인생이나 사회의 근본적 약속에 대해서 너무 많은 생각을 하게
된다면 그 인생이나 사회는 위기에 처해 있다. 인생이나 사회의
약속이라는 것은 대개 사람이 태어나기 전에 마련되어 있는 것이
지 사람마다 제 손으로 처음 만드는 것은 아니라는 것이 보통의 경
우이다. 20세기의 한국인의 생활은 불행하게도 이 보통의 경우가
아니었다. 사회는 변화를 거듭하고 그 속에서 사람들은 바다에 떨
어진 가랑잎처럼 휩쓸려 살고 있다. 「하늘의 다리」에는 그런 우리
사회의 한 사람이 겪은 일이 담겨 있다. 어제 인생에 대해 설계한
일이 오늘 실현이 불가능해지고 그것은 반드시 개인의 책임만은
아니라는 현상 속에서 주인공은 갈 길을 찾아 헤맨다. 인생은 깊
이 괴로워하지 않아도 얼마든지 살아지지만 한번 괴로워하기 시작
하면 밑도 끝도 없이 괴롭게 마련이다. 어디쯤에서 멈춰 서는 것

이 옳은지를 가르칠 수 없는 것이 인생이다. 살아봐야 알기 때문이다. 미리 각본이 주어지지 않는 즉흥 연극이 인생이다. 인생은 언제나 그렇기는 하지만, 상대적으로 정도의 차이가 있고 개인에게 있어서 이 정도는 그대로 본질이다. 왜냐하면 개인은 두 번 살 수 없기 때문이다. 상황의 성질을 알아내기 위해서 마치 사회의 발명자처럼, 인생의 발명자처럼 자신을 학대하지 않을 수 없이 몰린다. 그것을 학대라고 부르기를 원치 않는 사람도 있을 것이다. 아무튼 그만한 까닭도 없이 죽기도 해야 한다는 사정을 강조해서 뜻하려는 것이다. 옛날부터 인생이란 그런 것인지 모른다. 그렇다면 그런 인생을 그렇지 않기나 한 것처럼 잘못 알게 만든 무슨 사정과의 싸움이라고 말해볼 수도 있겠다. 그 사정을 알아내는 것 또한 대단한 일이다. 가령 알아낸다고 하더라도 그것은 그 알아낸 사람에게는 파멸의 대가라는 경우가 많은 모양이기 때문이다. 「하늘의 다리」는 이런 모든 일이 겹치는 우리 시대를 살고 있는 한 사람의 이야기다.

바닷가에서

밤중에 잠이 깹니다. 파도 소리가 들립니다. 왜 그런지 깜짝 놀라집니다. 일어나 앉아 그 소리에 귀를 기울입니다. 아무것도 말하지 않는 소립니다. 그러나 마음을 붙잡고 놓지 않습니다. 오늘 이곳에 도착하고부터 줄곧 들렸으련만, 여태껏 지금까지 이렇게는 듣지 않은 소립니다.

일어나서 방을 나옵니다. 주인집 사람들은 모두 잠이 들었습니다. 안채에 조금 아까까지 들리던 말소리도 불 끈 그 언저리에 아직 감돌고 있는 듯합니다. 그러고 보면 내가 잠든 지가 그리 오래되지는 않은 듯합니다.

바닷가로 나가봅니다. 바다 소리는 그저 혼자서 밤을 채웁니다. 달밤입니다. 저 물결. 나는 물결 위에 비치는 빛을 봅니다.

어느새 나는 모래 위에 앉아 있습니다. 그동안 깜박 졸았던 모양인가요. 아닙니다. 잠이 달아나 일어났던 내가 그럴 리가 없습니다. 그런데도 바로 지나간 순간이 아주 멀어 보입니다. 아까 일어나 앉았던 일이 아주 멀리 흘러간 옛날 같습니다. 선생님 말씀을 듣고 이곳으로 오던 여행 같은 것은 멀다기보다 말로 들은 적이 있는 남의 일 같습니다. 차표 사던 일이며, 조금 덥던 기차 속이며, 지루하던 버스며— 그런 것들이 상관없는 사람의 이야기 같군요. 이런 일이 어렴풋이 떠오르다가, 바다 소리가 다시 놀랍게 들립니다.

마주 앉아서 이렇게 듣는 바다 소리는 내 속에 넘칩니다. 그러면 내 속에 있는 온갖 것들이 그 속에 잠깁니다. 그것들— 집이며, 도시며, 내가 한 공부며, 뭇사람이며, 먼 나라의 뒷골목이며, 그런 것들이 바다 소리에 어울립니다. 너무 다른 것들이기에 그들이 만일 소리를 모아 지른다면— 그렇군요, 파도 소리, 이런 소리밖에 더 될 것이 무엇이겠습니까?

밤바다, 이곳으로 오기를 잘했다는 생각이 듭니다. 들어도 속을 알 수 없는 저 소리. 그런 소리를 들어볼 짬이 없는 삶에서 조금만 이렇게 앉아보는 것이 참 좋군요. 어차피 살자면 그럴 수밖에는 없지만, 그런 삶이 모두가 아니라는 것은 옛날부터 알려진 일입니다. 사람들은 부끄러워합니다. 뜻 없는 움직임이라든가, 생각을 멈추기를 두려워합니다. 그러나 사람에게는 그런 것들이 있어야 할 바에는 저마다 그런 숨 쉴 구멍을 마련해야 합니다. 옛날에는 손쉽게 그런 기술이 물려받아졌지만, 지금은 저마다 찾아내고 꾸며내야 하는가 봅니다. 이 바다 소리를 이렇게 듣는 짬을 삶 속에

고루 끼워 넣고, 잃어버리지 않게 하는 것이 중요한 일입니다.

이런 생각이 잠깐 끊기면, 거기 다름없는 파도 소리가 있습니다.

아마 나도 이 뜻 없는 소리가 두려워 마음의 저 속에 있는 이런 저런 소리를 떠올려보는 모양이군요. 그만둡시다. 그저 선생님의 소리에 귀 기울이고 앉아 있으렵니다. 아무 생각 없이. 아무 생각 없이.

선생님 고맙습니다. 선생님 책상머리에 삼가 이 소리를 보내드립니다.

우리는 이제 특권을 잃었습니다

만물이 거듭나는 이 봄날에 선생님께서 이처럼 갑자기 저희들 곁을 떠나시다니 이게 웬일입니까. 어떤 봄보다도 밝고 너그러우시던 선생님의 그 환한 웃음이 우리 앞에서 사라지고 만 이 봄은 너무 비참하고 너무 허무합니다. 더구나 한때 어려운 고비를 넘기셨다는 말을 믿고, 건강이 돌아오시는 날이면 그동안 못다 한 예절과 의리를 힘써 실천하려니 생각하던 참에 이렇게 선생님을 잃고 보니, 꼭 누구한테 속은 것만 같이 분하고 슬픕니다.

선생님, 선생님께서는 그 약하신 몸의 외양에도 불구하고 우리들에게는 늘 넉넉하고, 크고, 굳세고, 남에게 줄 것을 속 모르게 깊이 많이 간직하고 계신 느낌을 주셨습니다. 우리는 늘 선생님에게서 무엇인가를 얻기 위해서, 무엇인가를 졸라내기 위해서, 남부끄러운 떼를 쓰기 위해서 선생님을 만나 뵈었습니다. 그 모든 청을 선생님은 들어주셨습니다. 선생님의 힘에 미치지 못하는 일인 경우에는 우리는 하다못해 선생님의 그 미안해하시는 얼굴이라도 얻어낼 수 있었던 것입니다. 생활에서, 문학적인 가르침에서 모두 그러했습니다. 그러면서 우리는 선생님에게 무엇을 해드려야 하는지를 우리는 생각할 줄 몰랐고, 생각해도 잊어버리고, 잊어버리지 않아도 실천에 게을렀습니다. 선생님, 이 쌓이고 쌓인 못된 죄를 이제 어디 가서 용서를 빌어야 합니까. 어쩌다 말끝에 스승과 제자 이야기가 나왔을 때 선생님은 허허 웃으시면서 제자는 무슨 제자, 구만리장천에 너도 날고 나도 나는 게지, 하고 말씀하신 적이 있었습니다. 성천강城川江이 흐르는 고향 하늘처럼, 선생님의 두번째 고향이신 저 만주 벌판의 하늘처럼 넓고 아득한 하늘을 닮은 이 한마디의 뜻을 우리는 너무 쉽게 선생님에게서 얻어낸 것으로 생각하였습니다. 우둔한 우리들이 자칫 버르장머리 없어질 만큼 선생님께서는 너그러우셨습니다. 한국전쟁의 대포 연기가 아직 가시지 않은 무렵에 선생님께서 붓을 들어 각고하여 이루어놓으신 「북간도北間島」는, 이제 보면 너무나 놀라운 선구적 슬기와 완성의 커다란 예술적 기념비이자, 우리 문학이 앞으로 걸어갈 넓디넓은 신작로 길임이 누구의 눈에나 환합니다. 지금 이런 말을 드리기는 쉽습니다. 그러나 그 작품이 비롯될 때는 그것은 황무지에 낸 힘든 자국이었고, 그것이 완성되었을 때에조차 그 작품의 크기는 그 다음에 온 국학 방면의 왕성한 진작振作이 있은 다음에야, 가난한 우리들은 선생님께서 이루어놓으신 것의 크기를 비로소 그 실물 비슷하게 알아보았습니다. 구만리장천에 높이 날고 계시던 선생님의 마음을 우리들 달팽이들이 어찌 헤아릴 수 있었겠습니까. 이어

160

서 쓰신 「통로通路」 「성천강城川江」 그리고 「동맥冬麥」은 내적으로
면면히 얽힌 장대한 4부작으로서 그 높고 넓은 마음의 하늘에서
굽어보시고 나서 우리말의 대지 위에 세우신 큰 성과 같이 튼튼하
고 아름답습니다. 장성長城을 쌓듯, 큰 물길을 뚫듯 선생님께서는
줄기차고 세심하게 우리 문학을 갈고 세우셨습니다. 선생님의 모
든 작품은 허황하지 않고 잔망스럽지 않으며, 큰 것을 다루시면서
자상하고, 작은 것을 말하면서도 크게 숨 쉴 구멍이 있는 그러한
마음의 세계였습니다. 그것은 선생님이 살아오신 우리나라의 역사
처럼, 슬프면서 구수하고 씩씩한 마음이 자기 이웃들에게 바친 사
랑의 노래였습니다. 이러한 선생님의 크신 이루심은 말할 것두 없
이 선생님을 가까이 모신 우리들 문하생, 후배들만의 전유물인 것
은 아닙니다. 그것은 우리말을 할 줄 알고, 우리말을 사랑하는 모
든 사람들의 것이며, 앞으로 올 모든 사람들의 떳떳한 재산입니다.
우리들이 남달리 오로지 할 수 있는 것이 있다면 그것은 이 삶에서
선생님이라는 분을, 안수길이라는 이름의 한 크나큰 사람을 육신
으로 가까이 알고 지냈다는 그 특권뿐입니다. 일반 독자와, 나중
올 많은 사람들과 우리 문하생, 후배들을 뚜렷이 갈라놓는 이 특
권을 우리는, 오늘, 이 자리에서, 영원히 잃어버리고 있습니다.
이 세상이 살기 좋은 곳이 되어 모든 특권이 없어지고, 어느 사람
도 다른 누구가 가지지 못한 것을 가지는 법이 없는 그러한 세상이
올지라도, 이런 종류의 특권, 사람 사이의 사랑과 운명의 우연이
짜놓은 이러한 특권만은 사라지지 말기를 우리들 깨지 못한 넋들
은 원하고 있습니다. 옳은 일, 참다운 일을, 피와 살이 있고, 웃음

과 다정한 악수가 있는 육신의 모습으로 길이 간직하고 싶은 이 욕망 말입니다. 이 특권이 거두어지는 이 시간에 저 하늘조차 그만한 크기의 검은 기폭처럼 알 수 없는 슬픔으로 비칠 뿐입니다. 이럴 때 그 간곡한 선생님의 가르침에도 불구하고 모든 것이 문득 무서워집니다. 이것은 우리들의 배움이 모자란 탓입니까. 그렇더라도 우리는 무섭습니다. 우리가 그처럼 깊이 사랑하며 몸담고 있는, 이 문학이라는 기술도 이 엄연한 사실 앞에서는, 선생님과 우리 사이에 놓인 육신의 관계가 끝나야 한다는 이 사실 앞에서는, 너무나 하잘것이 없지 않습니까. 우리는 이 집착을 버리지 못하겠습니다.

선생님, 우리는 아직도 선생님에게, 물어볼 일이 많았고, 선생님께서는 오래도록 그런 일을 위해서 우리 곁에 계실 줄만 알았습니다. 우리들의 행복이 이렇게 빨리 끝날 줄은 몰랐습니다. 선생님께서 그 집에 언제나 계시려니, 하고 좋은 일에나 궂은일에나 가볼 데가 있던 그 행복한 날은 이제 영영 지나가고 말았습니다. 그 좁은 서재. 선생님을 처음 뵙던 날부터 이렇다 하게 바뀐 것이 없는 길쭉하고 좁은 그 서재. 선생님께서 앉아 글 쓰시는 앞에 여름이면 열어놓는 그 창밖에 다가서 있는 옆집의 낮은 축대. 우리는 그 방에서 선생님에게 그렇게 많이 술을 권해서는 안 되었고, 그렇게 많이 맞담배질을 해서 좁은 방의 공기를 더럽혀서는 안 되었고, 그렇게 질기게 눌러앉아 선생님의 시간을 빼앗아서는 안 되었고, 서재를 차지하고 곯아떨어져서 선생님의 밤을 빼앗아서는 안 되었던 것입니다. 이 모든 죄, 선생님께 갚을 길 없는 이 모든 죄를 선생님, 용서해주십시오. 선생님의 마음처럼 선생님의 육신조차 바위 같고 무쇠 같고 저 하늘처럼 저 바다처럼 닳지 않고 마르지 않을 줄로 믿은 어리석음 때문에 저지른 죄입니다. 선생님 용서하십시오.

지금 이 자리에서 영원의 길을 가시는 선생님에게 이런 글을 올리고 있으니 마치 문학이라는 기술은 그렇지 않아도 충분히 슬픈 이 인간살이를 곱빼기로 세 곱빼기로 슬퍼하기 위한 기술인 것같이 생각이 듭니다. 그러나 선생님, 감사합니다. 둔하고 약한 마음에 남보다 더 슬퍼할 줄 아는, 아니 남만큼은 간신히 슬퍼할 능력을 배워주신 은혜에 감사합니다.

구반리상전 어딘가에 선생님께서 가 계실 어느 자리가 있으리라 이 순간에 믿어봅니다. 그리고 언젠가 그곳에서 다시 만나 뵈올 날을 믿어봅니다. 선생님께서 남기신 기억만이 이제 우리 사이의 한 가닥 끈이 되겠지요. 선생님이 이루어놓으신 글 속에서 선생님을 그리워하고, 못다 한 말을 찾아내려고 애쓰는 길밖에는 이제 남지 않았습니다. 세상에 큰 복이라고 말하는 좋은 스승 가지는 복을 주신 안수길 선생님, 고맙습니다. 하고 많은 사람들 중에 우리를 만나게 해준 인연에 감사합니다.

비록 우리들에게는 이 자리가 눈물의 자리일지라도 이 나라 예술가로서의 선생님은 씩씩하고 점잖고 굽힐 줄 모르는 용사였습니다.

이 자리는 우리 곁에 있던 그토록 씩씩한, 남에게, 제자나 손아랫사람에게조차 억지 말씀을 하실 줄 모르던 유별난 용사, 자기와의 싸움을 사람의 진짜 싸움이라고 아시고, 하나밖에 남지 않은 숨 쉬는 폐를 가지고 어려운 싸움을 쉼 없이 싸우신 가장 고상한 한 예술가를 깊은 명예 속에서 보내는 자리임을 모르지 않습니다.

우리가 사랑하던 용사여, 안녕히 가십시오. 우리를 사랑해주신 용사여, 안녕히 가십시오.

끝으로 선생님께서 사랑하시고, 선생님을 사랑한 이렇게 많은 자리에서 선생님을 보내는 글을 이 못난, 제자의 도리를 다함에 있어 가장 뒤떨어지는 제가 이 글을 올리게 됨을 죄송하고 송구스럽게 생각합니다. 저는 마치 골라져서 어떤 큰 심판자의 꾸중을 듣는 것 같습니다.

선생님 특별히 저를 용서해주십시오. 언제나처럼 저를 용서해주십시오.

꽃과 나

　　나는 고등학교 때 목련을 처음 보았다. 북한에 있는 나의 고향에는 자라지 않는 꽃나무다. 피난을 가서 고등학교를 다닌 남쪽의 항구 목포에서 처음 본 목련은 아마 꽃이라는 것을 '꽃'이라고 의식한 처음 일이었다. 친구의 집 뜰에 한 그루 서 있는 나무에 달린 그 솜덩이같이 부드럽고 풍성한 꽃을 보고 놀라던 일이 생각난다. 피란민 소년의 눈에는 그 꽃은 꽃 이상의 것으로 비쳤는지도 모른다. 꽃나무가 뜰에 있는 생활을 할 수 있는 토박이 살림에 대한 부러움이었을 것이다. 지금도 목련을 보면 언제나 그 생각이 난다. 모든 목련을 보면 언제나 그 생각이 난다. 모든 목련은 그때 그 목련을 떠올리는 신호등 같은 착각을 일으킨다. 자연은 이럴 때 기억의 기호가 된다.

　　동백꽃도 남쪽에 와서 처음 보았다. 여수 오동도의 동백 숲은 숨이 막힐 지경이었다. 전라도 어느 절간 뒷산에 둘러서 있던 동백나무 숲은 극락의 한 모퉁이였다.

그 꽃의 이름은 모르겠다. 베트남에서 본 꽃이다. 그 꽃도 나무에 달린 꽃이었는데 사람 손으로 만들기나 한 것처럼 장난스럽게 기묘한 꽃이었다. 천사들이 미술 시간에 만든 '작품' 같았다. '작품'은 '작품'이되 사람의 작품은 아닌 것처럼 보이는 그 모양이 '꽃'을 느끼게 했다.

근년에 마당에 핀 과꽃을 문득 좋게 보았다. 왜 그랬는지 모르겠다. 어렸을 때 과꽃(혹은 국화) 모양의 과자가 있었던 기억이 있는 것 같은데 그 탓인 것 같다.

이탈리아의 베수비오 산 아래 폼페이 유적에서 나는 과꽃을 닮은 꽃이 이 폐허의 도시 사방에 피어 있는 것을 보았다. 줄기가 길어 코스모스처럼 보였으나 꽃 모양은 과꽃에 가까웠다. 특히 빛깔이 그렇다. 벽돌 빛깔의 꽃인데 폼페이 유적의 벽돌 빛깔은 바로 이 꽃빛깔이었다. 그리고 유럽의 집들의 벽돌 빛깔도 이 빛깔이다. 나는 이 빛깔을 '폼페이의 분홍색'이라고 분류하고 있다. 이 분홍색은 더 거슬러올라가서 고대 그리스나 지중해 일대의 고대 세계에 널리 쓰이던 빛깔인 듯싶다. 미술책이나 필름에서 보는 에게 문명 시대의 항아리들이 이 분홍빛을 주조 색으로 하고 있는 것이다. 우리가 '수묵 빛'이라든가 '청잣빛'이라는 것을 가진 것처럼 유럽 사람들은 이 '지중해 분홍'이라는 것을 가지고 있는 모양이다.

이탈리아의 거리와 산에는 유도화가 지천으로 피어 있다. 그들이 부르는 이름으로는 오를레앙드로Orleandro다. 이탈리아 국화다. 이탈리아 영화의 화면에서 많이 보는 풍경이다.

지난여름 제주도에 처음 간 길에 유도화가 가로수에 늘어선 모습이 푸근하고 남쪽 나라다웠다. 가랑비에 꽃을 달고 서 있는 모습이 무척 평화로웠다.

나의 고향 꽃으로 생각이 나는 것은 진달래꽃이다. 산에서도 보고 집 근처에서도 제일 흔하게 보았다. 기억에 있는 꽃 중에서 제일 오랜 꽃이다. 학교 뒷산이 꽤 높았는데 온 산이 분홍빛으로 보인 기억이 있다. 그때 그렇게 인상 깊었다는 말이 아니고 지금 떠올려보니 그런 풍경이 잡힐 듯 말 듯하다.

이렇게 적어가노라니 꽃과의 만남은 그 꽃이 있는 어떤 기억과의 만남인 것 같다. 처음 본 꽃일 때도 그 꽃은 무엇인가의 기호 노릇을 했던 듯싶다. 그때 갈망하던 어떤 것을 그 꽃이 대신해주는 일을 한 것이 아닐까. 아마 다른 사람도 그렇지 않을는지. 꽃장수나 식물 연구가가 아닌 바에는 꽃과의 만남은 대개 우연한 사건이다. 가다 오다 만나는 것이며, 그때 이러저러한 신변의 사정이 꽃들에게 뜻을 부어 넣는다.

그래서 어떤 꽃은 즐거운 꽃이 되고 어떤 것은 슬픈 꽃이 된다.

꽃 그 자체라는 것은 바위나 구름처럼 그들의 사정으로 있을 뿐이다. 내 쪽의 사정으로 꽃들은 '나에게 있어서' '우리에게 있어서' '인간에게 대하여' 무슨 뜻을 지니게 된다. 그래서 사람들은 '꽃말'이라는 것까지 만들어낸다. 사실은 사람마다 다른 꽃말을 가졌다 함이 옳지 않을까?

우리는 살아가는 동안에 어느덧 저마다 다른 꽃말 책을 한 권씩 가지게 된다.

대학 시절 강원도 어느 산마루에서 만난 넓은 꽃밭이 생각난다. 널찍한 터에 들꽃이 만발해 있었다. 일일이 무슨 꽃이라 눈여겨볼 것도 없는 뭇 들꽃의 잔치 터 같은 그 모양도 가끔 생각난다. 탁 트인 산마루에서 올라온 길이 저 멀리 구불거리며 숨고 드러나고 머리 위로 흘러가던 여름 구름. 꽃은 꽃만으로 그치는 일이 드물다. 놓인 자리 또한 꽃을 '꽃'으로 만든다.

꽃은 꽃을 부르고 그들 꽃에 얽힌 마음을 부른다. 그러다 보면 언젠가는 꽃들은 서로 넘나들면서 숨바꼭질을 한다. 여기서 본 유도화가 다른 모퉁이에서 목련으로 변신해서 모습을 드러내는 꽃들의 윤회가 이루어지는 것이다. 실은 그 모든 꽃들과 어울린 마음이 하나이기에 일어나는 이 환상은 그럴듯하다. 모든 꽃이 한 꽃이면서 그러나 저마다 다른 꽃이기도 한 이 환상이 내가 꽃을 생각하다 보니 마지막으로 떠오르는 꽃의 모습이다.

창작 수첩

첫머리와 끝이 서로 부르고 받는 관계가 되어 있는 것이, 질서를 가진 모든 조직에서와 마찬가지로, 예술 작품이라는 표현이다. 아리스토텔레스가 비극에는 처음과 중간과 끝이 있다고 한 말은 작품에는 질서가 있다는 말을 하였다고 봐야 할 것이다. 그런데 질서라는 것은 여러 종류가 있게 마련이다. 어떤 질서를 만들기를 원하느냐 하는 것이 결정되는 것이 첫째이다. 작가는 대개 X라는, 표현 이전의 세계를 머릿속에서 만들어내는 데 대부분의 시간을 쓰게 된다. 이 X에는 처음도 중간도 끝도 없다. 다시 말하면 작가의 X는 그 전부가 한꺼번에 주어지기 때문에 그에게는 처음·중간·끝이라는 관점이 필요가 없다. 이것을 표현하려는 데서부터 시간과 공간에의 배열이 필요해진다. X에 처음과 중간과 끝이 없다는 것은 X를 처음과 중간과 끝으로 나눌 수 없다든지, 작가가 그런 X를 얻기 위해서는 처음과 중간과 끝이라는 절차를 밟지 않았다는 말은 아니다. 현재 기준으로 작가의 머릿속에서 X는 처음·중간·끝이 없는 전체로서 주어져 있다는 말이 된다. X는 운동이면서 정지인 상태에 있는데 표현 이전에는 그 운동의 측면은 가려져 있다. 작가가 표현한다는 것은 전달을 위하여 X를 부분적으로 의식 밖에 내놓는다는 것을 뜻한다. X의 어느 부분부터 내놓기 시작하느냐는 그 X의 성격에 의해 좌우된다. 작품의 첫머리는 X의 성격을 나타내기 위해서 가장 적절하다고 작가가 생각한 부분이 되는데 그 부분은 X 전체의 인력의 영향 속에 들어 있어야 이상적이다. 그것을 말하기를 전체를 포함하고 있는 부분이라 불러도 좋을 것이다. 작품의 첫머리는 작가의 X가 분명하게 되었을 때 가장 분명한 모습을 지닐 수 있다. 첫머리를 쓴다는 것과 전체를 구상한다는 것은 같은 사태를 다른 말로 나타낸 것이다.

그런데 이 구상이라는 것이 예술 작품에서는 어떤 시간의 한정을 가지고 있지 않다. 일상생활에서라면 반드시 최선의 준비가 되어 있지 않더라도 행동을 해야 하는 것이 원칙이다. 마치 시험이라는 것은 일정한 시간 안에 답안을 내야 하는 것과 같다. 예술 작품의 경우도 현실적으로는 무한한 시간이 허락될 리 없기 때문에 결과적으로 어떤 결단이 있을 수밖에는 없지만, 이 결단은 일상생활에 비해서 훨씬 여유가 주어진다. 이것이 구상에 시간을 들인다든가, 쓴 초고를 고친다든가 하는 행동의 뜻이다. 그렇더라도 역시 쓰기 전의 준비가 언제까지나 연기될 수는 없고 어느 시점에서 그는 쓰기 시작해야 할 것이다. 즉 언제나 불완전한 상태에서 시작하지 않으면 안 된다는 말이다.

　이렇게 출발해서 중간·끝에 이르러 완성된 작품은 이번에는 마치 완전한 것인 양 간주되고 그런 약속 아래에서 감상된다. 작품을 완전한 것으로 간주한다는 약속 없이는 감상이라는 행위가 불가능하기 때문이다. 잘된 작품이든 그렇지 못한 작품이든 이 약속은 모두 해당한다. 잘못된 작품이라는 것은 독자 쪽에서 여러 가지 저항을 느끼게 하는 것들이 있어서 이 약속의 상태에 들어오기가 어렵게 하는 경우를 말한다. 잘된 작품이란 이런 저항 가운데서 독자에게 책임이 없는 부분들이 잘 제거되어 있는 경우를 뜻한다. 이 저항을 없애는 데는 대개 두 가지 길이 있다. 첫째는 일상생활 상식에 맞추면서 일상생활에서 독자가 보아 넘기는 영역으로 이끌어가는 길이다. 다른 하나는 약속에 따라서 일상생활의 상식에 대한 증명은 불필요한 것으로 생각하고 일상생활에서 독자가 보아 넘기는 영역을 전개하는 길이다. 그 어느 길이든 X를 전달하면 그만이기 때문에 작가는 전달의 효율에 따라 작품의 순서를 만들어 간다.

　작품의 첫머리를 쓴다는 것은 이런 일 모두와 떼어놓을 수 없이 맺어진 행위인데, 그것이 완전성이라는 환상을 일으키기를 목적하는 것이고 보면 얼마든지 고쳐나갈 수 있는 행동이다. 그러나 완전성이라고 쓰고 있는 이 말은 우리의 지식을 쌓아가서 늘린다는 뜻이 아니다. 예술 작품에서의 완전성이란 것은 인간의 그러한 노력을 인정하면서도 그러한 가산加算의 연속으로서는 마침내 도달할 수 없는 어떤 것을 그럼에도 불구하고 자기 것으로 만든다는 뜻이다. 종교에서의 회심回心이라는 현상이 이에 해당한다고 필자는 생각하게 되었다. 이 회심에 해당하는 것이 상상력이라고 부르는 의식의 능력이다. 상상 속에서는 우리는 세계와 화해한다. 우리는 세계의 부분이면서 세계 전체이기도 하게 된다. 깨어 있으면서 잠들어 있기도 하게 된다. 예술의 표현은 이런 상태를 감상자에게도 일으키려고 한다. 유한한 것을 전달하는 것이면 될수록 사실을 많이 예거하면 그만큼 가까워질 이치지만, 무한을 옮긴다는 것은 다른 방법이 되지 않으면 안 된다. 그 방법이란, 감상자 자신이 회심 현상을 일으키게 하는 길이다.

그렇게 만들기 위해 제공되는 촉매를 우리는 표현이라 부른다. 물론 촉매에도 일정한 양이 필요하지만 그 양에 따라 일어나는 현상의 양이 달라지지는 않는다. 무한이라는 것은 많고 적을 수 없기 때문이다. 작품의 첫머리가 전체의 인력 속에 들어 있다는 말은 그 첫머리 자체가 곧 무한이 되게 그렇게 꾸민다는 뜻이다. 그런데 무한에는 처음과 끝이 없기 때문에, 그럼에도 불구하고 처음을 만들어야 하는 작가에게는 언제나 정답 없는 모험 같은 것이다.

나의 습작 시절

습작이라는 말을 해석하기에 따라서 이른바 습작 시절은 달라질
줄 안다. 비교적 넓은 독자에게 개방된 발표 매체에 작품을 실리
기 이전까지의 작품 제작 행위를 뜻하는 것인지, 아니면 그보다
훨씬 거슬러 올라가서 작가가 되기 위한 수련 행위를 모두 가리키
는 것인지에 따라서도 달라질 것이다. 뒤의 기준을 적용한다면 더
욱 그 경계선은 애매해질 수밖에 없다. 이런 기준과는 달리 작가
가 되고 싶다는 의식을 기준으로 습작 시절이라는 것을 생각해볼
수도 있겠는데, 이 경우에는 나는 아주 늦게 그런 결심을 하였다.
첫 작품의 제작과 그것의 발표 사이가 가까운 편이다. 대학 1학년
때에 「두만강」이라는 5,6백 매쯤 되는 소설을 쓰기는 했다. 대하
소설의 서장 같은 느낌의 소설이다. 그러나 이 소설은 거기서 중
단된 채 더 발전하지 않고, 그로부터 10년쯤 뒤에 다른 작품으로
등단하였다. 지금 돌이켜보면 가장 소박하고 평범한 의미에서 건

실한 시도를 해본 셈인데 10년이 지나는 사이에 그 첫 마음이 그대로 지켜지기에는 너무 많은 생각이 끼어들게 되어서 아직도 이 처녀작의 세계에 다시 들어갈 상태에 이르지 못하고 있다. 아무튼 이「두만강」말고는 완결된 초고의 형식으로 소설을 써본 적은 없다. 그러니 결국 소설을 읽은 경험 모두를 습작 준비 시대라고도 이름 붙여볼 수 있을 것이다.

소설은 다른 예술과는 달리 다소간에 사상이며, 논리며, 역사며 하는 의식 과정을 전제하지 않고서는 쓸 수 없는 예술 형식이다. 다소간에,라고 쓰는 까닭은 작가가 처한 환경에 따라서 이 전제 부분에 대한 의식은 다를 수 있기 때문이다. 나의 경우에는 이 부분에 대한 부담이 심각한 시대였다고 생각한다. 역사적인 진화의 과정이 수없이 단절되면서 진행된 우리 근현대사는 모든 문제와 그에 대한 논의가 언제나 용두사미인 채로 누더기처럼 겹쳐서 억지로 비끄러매어진 형식으로 진행되었다. 억지로라는 것은, 언제나 이성이라든지, 과학적 해명 이전의 외부적 힘(침략, 전쟁, 독재적 권력)에 의해서 한 사회가 자신의 연속성의 물리적 외양을 꾸려 왔음을 말한다. 여기서 가장 손쉬운 것은 선동이나 맹신, 광신, 기만, 상징 조작 같은 표현 형식이다. 예술이라는 인류학적 제도는 이런 경향에 대한 저항이나 정화력을 그 본질로 가지고 있는 형식이다. 이 같은 역사적 현실 속에서는 어쩌면 예술다운 예술이라는 것은 기술적으로 불가능하다고 말하는 것이 정직한 말일지도 모르고 문학예술은 더욱 그렇다고 해도 크게 과장이 아닐지도 모른다. 그러나 역시 그렇게 잘라 말할 수는 없는 것이 우리 역사의 그런 상태 속에서도 읽을 만한 소설은 생산되었는데 이것은 무릇 인류적 규모의 제도(국가라든지, 종교, 예술, 과학 등)라는 것은 개인적 자각적 능력까지도 뛰어넘는 강제적 활력과 자기 존속의 힘을 가지는, 일종의 의사적 생명체이기 때문일 것이다. 종교적 표현을 빈다면 '내가 뛰어나서가 아니라 당신의 힘으로'라든지 '공적에 의해서가 아니라 은총으로'라고 하는 사정이 있어 보인다. 여기서 '은총'이나 '당신의 힘'이 즉 제도── 선행하는 인간 행동의 집적이다. 소설을 읽기만 하다가 어느 기회에 쓰고 싶다, 는 마음으로 바뀌는 것은 역시 종교의 표현을 빌리면 '개안'이니 '회심'이니 '견신見神 체험'이니 하는 것과 같은 성격의 의식의 운동이다. 그런 순간이 나에게는 「두만강」을 쓸 시절의 마음이었을 것이다. 그러나 앞서 말한 것처럼 이 행복한 순간은 지속되지 못했다. 어떤 뜻에서건 '절대'라는 것에 접촉한 듯한 인상을 주는 의식의 형식이라는 것은 '지속'이라는 것과는 모순되는 모양이다. '절대'의 순간은 허물어지고 다시 절대를 향한 운동 속에 의식은 내던져진다. 예술뿐만 아니라 의식에 어떤 통일을 주는 형식에 종사하는 모든 정신 작업자들이 이런 순간을 겪는다. 「두만강」이후의 나의 작품 제작 작업도 이 일반 경향의 법칙을 따라 진행되었다. 무슨 비유에 의지해서 하는 말이 아니라 나의 모든 작업은 지내놓고 보니 어디까지가 습작이고 어디까지가 어떤 기준에 도달한 것이라고 말하기 어렵다. 예술이라는 것을 진지하게 생각한다면 말이다. 종교적 신심이 제도적인 데 본질이 있지 않은 것처럼, 예술에서의 행복한 순간이라는 것도 양식이나 형식의 안정성에서 자동적으로 보장되는 것이 아니라는 생각이 든다. 언제나 습작에서 어떤 수준을 향한 운동 속에 귀중한 것이 결과적으로 나타나는 현상이 예술에서의 가치 출현의 형식인 모양이다. 소설처럼 기록의 성격이 자동적으로 따라오는 예술 형식이 오늘날 직면한 어려움은 작품의 성공에 대해서 거의 어떤 이론적 예견을 허락하지 않는다. 물론 이것은 어느 예술에서나 마찬가지라고 해야 공명할 것이지만, 문학예술의 경우에는 보다 손쉬운 안내(이를테면, 사회과학적 지식이라든가)가 있는 것처럼 생각하기 쉬운 경향에 대한 반성의 의미를 강조하기 위한 말이다. 안내라고 해도 좋다. 그러나 그 안내는 이미 만들어진 것이어서는 안 되고 그 안내조차도 소설의 집필자 자신에 의해서 창조되지 않으면 안 되는 것이 소설 '예술'에서의 '안내' 혹은 '방향 지침'의 성격이라고 고쳐 말하는 것이 옳겠다. 이런 뜻에 비추어 볼 때 「두만강」을 쓸 무렵과 지금의 나 사이에 본질적 차이를 나는 찾아내지 못하겠다. 그리고 이런 상태가 정상적이라는 판단을 잊어버려서는 안 된다고 다짐한다.

『광장』의 이명준, 좌절과 고뇌의 회고

1950년— 공산군의 공격으로 시작된 전쟁은 남북의 생활을 잿더미로 만들어놓고 3년 만에 멎었다. 그로부터 30년의 세월이 흘렀다. 30년, 1950년이라는 시점은 지금 돌이켜보면 여러 가지 가능성이 유동적으로 보이는 시절이었다. 먼저 1950년은 이 세기 — 20세기라 불리는 이 세기의 중간 지점이었다.

세계 역사의 입장에서 보더라도, 이 지구 위의 모든 지역이 비로소 일원적인 교섭의 테두리에 들어선 것은 2차 세계대전 이후의 일이다. 유엔의 성립은 그러한 지구 통합의 정치적 상징 사건이고, 항공기의 본격적 발전은 기술 측면에서 이 통합을 가능하게 한 현대 문명을 상징한다. 유럽의 식민지였던 나라들이 정치적 독립의 길에 들어서고 있었다. 일본 점령군의 패전에 의한 철수로 이 세기 초엽 이래의 질곡에서 해방된 우리 민족이 처한 상황은 이런 외부 세계의 변화와 관련된 사건이었다.

당시의 소박한 감각적 해방감의 차원을 넘어서 사태의 진상을 오늘의 눈으로 바라보면 해방의 그날에 이미 비극의 모습은 뚜렷하였다. 우리 국토는 두 연합국에 의하여 '분할' '점령'되었다. 국제적 승인을 가진 정통적 망명 정부가 없는 상태에서 우리 국토에 진주한 미·소 양측 군대는 자신들의 군사행동을 적지敵地에 대한 '점령'으로 인식하고 그렇게 행동하였다. '점령군' 밑에서의 정치 질서는 군정이며, 우리 민족이 '일제군정'→'미군정' '소군정'이라는 질서에 넘겨진 것이 상황의 본질이었다.

2차 대전에서의 프랑스의 '해방'의 의미와 근본적으로 다르다. 해방에 미친 프랑스 망명정부의 군사적 실력이 비록 미미한 것이었을망정, 망명 정부는 공동의 승리자로서 조국의 해방에 참여했다는 국제법적 지위를 가지고 조국에 돌아온 것이다.

1945년에 미·소 양군이 우리 국토에 진주하였을 때, 그 어느 쪽도 드골 정부와 같은 성격의 동반자를 가지고 있지 않았다. 중국에 있던 '대한민국 임시정부'가 적어도 남한에 대하여 그러한 자격이 허용될 법한 일이었으나, 그것은 이루어지지 않았다. 독립투쟁의 경과에 비추어 '임시정부'는 그러한 위치를 주장할 수 있는 유일한 존재였다. '임시정부'의 독립 전선에 대한 통합력이 아무리 제한된 것이었다 할지라도 '임시정부'는 여전히 가장 강력한 분파였다.

어떤 정치적 권위도 완전할 수는 없으며, '임시정부'는 그 조건 아래에서 충분한 실적과 맥락을 가진 정치 단체였다. 그러나 '임시정부'는 그러한 지위를 1945년 8월 15일에 획득하지 못하고 말았다. 중국군이 한국에 진주하지 않았다는 조건이 아마 결정적으로 불리하였을 것이다. 그렇다고 미국이 ‘임시정부’를 한국 민족의 정치적 대표자로 인정하지도 않았다.

미국의 대對임정 정책이 구체적으로 어떻게 결정되었는지는 알수 없으나, 적어도 이승만이 어떤 긍정적(임정을 위한)인 정치적 조언을 미국 측에 제공했다는 사실은 알려진 바 없다. 만일 그런 기회를 그가 가졌다면, 추측건대 그 반대였을 것이다. 미국의 이러한 결정은 분명히 당시의 한국민의 정치적 현실 정세에 대하여 잘못 판단하고, 불리하게 작용한 결정이었다.

해방 직후의 ‘임시정부’의 환국을 맞은 국내의 반응을 보면 알수 있는 일이다. 그 시점에 한국 안의 여러 세력은 임정을 가장 자연스럽게 자신들의 정치적 대표자로 맞을 태세를 가지고 있었다. 왜냐하면 주권 상실 이후, 우여곡절의 독립 투쟁의 아무튼 최종 형태가 ‘임시정부’였기 때문이며, ‘정부’라는 것은 그만하면 족하고도 남기 때문이었고, 국민도 그렇게 알고 있었다.

‘임정’의 ‘정부’로서의 환국을 거부하고 ‘개인’ 자격으로서의 환국만을 인정했을 때 비로소 이른바 해방 직후의 정치적 ‘혼란’이 만들어졌던 것이다. 필자는 이 점이 해방 후 정치 정세의 인식에 대한 핵심이라고 생각한다. 막연히 해방 후에 자동적으로 자연히 혼란이 존재한 것처럼 생각하기 쉬우나, 만일 ‘임시정부’가 정부의 자격으로 환국하고 혁명정부로 집권하였더라면, 어떠한 ‘혼란’도 전혀 존재하지 않았을 것이다.

이승만의 권위도 그가 임시정부에 몸담았던 사람이라는 경력이 없었다면 보잘것없었을 것이다. 요컨대 '임시정부'는 몇 사람의 노인들이 아니라, 독립 투쟁의 모든 업적의 집결이며 계승자요, 나라를 잃은 다음의 우리 민족이 인간으로서의 권리와 품위를 충분히 증명한 수십 년의 업적, 그 자체였던 것이다.

따라서 미군정이 '임시정부'의 '정부' 자격을 부인한 것은, 우리 민족의 독립 투쟁을 통해 우리가 정당하게 주장할 수 있는 정치적 인격의 연속성을 부인한 것이 된다.

개인의 경우에서와 마찬가지로 그것을 여태껏 자기라고 동일시했던 인격을 어떤 이유에서건 상실하면, 집단 인격에서도 마찬가지 현상이 일어난다. 즉 방향 상실, '혼란'이 일어난다. 해방 직후 대한민국 수립까지 남한에서 일어난 정치 현상은 이러한 혼란의 수습 과정이었다. 그것은 일어나지 않을 수도 있었고, 일어나지 않았더라면 가장 좋았고, 미국의 뜻이라는 타인의 뜻에 의해 창조된 혼란이었다.

집권에 대한 경쟁자가 사실상 존재할 수 없었던 강력한 정파가 갑자기 군소 집단의 하나로 격하됨으로 말미암아 그것이 차지했던 진공 속으로 온갖 이해 집단이 밀고 들어왔다. 이렇게 해서 '혼란'이 조성되었다.

비록 미군에 의해서 자동 집권이 거부되었다 하더라도, 대한민국 성립 과정에서 취한 임정 세력의 행동 방향은 그들 자신이 책임져야 할 정치적 실책이었다고 보일지도 모른다.

그들은 주어진 조건하에서 정권 투쟁을 택해야 했을 것이다. 그 당시에도 강력했던 영향력과 정치적 재산을 총가동시켜 '대한민국'이라는 정치 구조 속에 정치적으로 살아남았어야 했을 것이다. 그들이 독립된 집단으로서는 참여하지 않았는데도, 헌법 전문에 뚜렷이 그들의 법통法統이 명시될 만큼 이의가 없고, 최대 최강의 것이었던 '임시정부'라는 정치 자산을 일본 점령군이 물러난 조국의 정치 구조 속에 실질적으로 접맥시켰어야 그들은 차선의 정치 행동을 취한 것이 되었을 것이다.

그들은 정치 대신에 정치 '의식'을 택한 것이 아닐까. '단정' 반대다. 그런데 그들은 이 정책의 결과는 무엇이라고 예견했을까? 어떤 효과를 위한 정치 행동이었을까?

이 행동이 '의식' 아닌 어떤 정치적 효과를 주장하자면 한 가지 논리밖에 없다.

논리라기보다 판단이라고 하는 것이 더 어울릴지 모르겠다. '분단'이라는 상황에 대한 판단이다. 그들은 분단 상태는 잠정적인 것, 따라서 분단 아래서의 정권은 지금 기회를 포기해도 치명적이 아닌 기회로 보았다는 것이다. 그래야 '남북 협상'이라는 행동이 비로소 합리적으로 해석이 된다. 그리고 보면 그들은 정치를 포기한 것이 아니었던 것이다. 적들의 점령하에서 온갖 형태의 '자치' 론에 대해 흔들림이 없었던 그들은 분단하의 '단정'에 대해서도 마찬가지 논리를 관철시켰다.

조국의 '정부'란 남북을 향한 '통일 정권'만이 정권이라고 믿은 것이다. 만일 우리나라가 남북으로 분단되지 않고 동서로 분할되었다고 상상하고 동한東韓, 서한西韓이라고 불린다고 상상해보자. 얼마나 장난스럽고, 얼마나 조작적이고, 얼마나 신성 모독적인 어감을 풍기는가. 아마 임정 주류의 분단 상황, 거기서의 '단정'에 대한 정치 감각은 이와 비슷이 선명하게 부정적이었을 것이다. 그렇다면 그런 상황을 거부한 행동을 '의식儀式'적이었다고 표현하는 감각은 벌써 얼마나 병든 감각인가. 여기에 모든 문제의 매듭이 있다.

가장 정확한 정치 감각이 '의식'이라고 비칠 만큼 쇠약해진 의식이 만들어지기까지는 30년만 지나면 족한 것이다. 그러나 임시정부 주류의 판단은 그 시점에서도 아직도 실제 정치적으로 유효한 열린 감각이기도 하였다. 임시정부라는 테두리 안에서 그들은 각 파의 좌익들과도 같이 일한 적도 있었고, 독립과 민족이라는 상위 명분 아래에서 대화할 수 있었던 세력이라는 것이 남북 협상 길에 오른 임정 인사들의 머리에 있는 '좌익'이었다. 이것은 참으로 이상한 정치적 환상이다.

남한에서 그들 '임시정부'가 '점령군' 당국에 의해서 거부된 입장이, 북한 점령군에 의해서는 그곳의 '좌익'에 대해 인정되어 있으리라고 부지중에 생각한 것이 되기 때문이다. 물론 그러한 '좌익'은 북한에 존재하지 않았다. 해방 전까지 좌익 세력은 망명 정부 형태의 조직을 가지고 있지 않았다. 중공 지역에 근거를 둔 좌파 반일 세력이든, 소련 영내의 좌파 반일 세력이든, 그들 사이에 정부 형태는 그만두고, 혁명 세력으로서의 통합적 질서도 존재하지 않았다. 따라서 북한 점령자인 소련은 남한의 미군 점령군보다 더 자유스럽고 일방적인 정치적 결정권을 가지고 있었다.

한마디로 소련 점령군은 어느 한 파의 좌익 세력의 정치적 정통성을 부인한다는 조처를 취하지 않아도 되었다. 그런 세력이 없었고, 주장하는 세력도 없었기 때문이다. 물론 '임시정부'나 북한 안의 우익 세력의 정치적 권위는 문제 밖이었다. 사정이 이러했으므로 임시정부 인사들이 북한에서 발견한 것은, '민족주의적 좌익' 같은 것이 아니라, 단순한 점령 당국의 대변자였다.

'통일정부' 수립을 위한 고도의 개방성이나 재량권을 행사할 위치에 있지 않는 — 다른 좌익 세력 속에서 뛰어나게 무거운 경력을 가졌달 것도 없는, 그래서 점령군의 의사에 솔선해서 자신을 일치시키는 것이 가장 유리한 입장에 있는 세력이 좌파 독립 투쟁 세력을 대변하고 있는 상황이었다.

이 상황의 본질은, 그 이후 이 분파 이외의 모든 세력이 북한의 정치적 동일성에서 제거된 결과가 소급해서 증명해주고 있다.

아마 그나마 남북 협상에 참가한 임시정부 인사들이 대화하고 싶어한 좌익 인사들은, 만나서도 침묵하였거나, 실속 없는 공식적 언사로 회피하였거나 하였을 것이다. 임시정부 주류의 절망은 아마 이때에 비로소, 처음으로 뚜렷해졌을 것이다. 김구의 암살은 그 절망이 기우나 환상이 아니라 현실임을 밝혀준 셈이다.

절망이란 무엇인가. 복잡한 분파가 다 그럴 만한 현실적 원인에 따라 전개하였던 독립 투쟁의 현실이, 권력의 최종 획득 분파의 이익에 따라서 평가되고 정리된다는 비극의 인식을 우리는 정치적 절망이라고 표현해도 좋을 것이다. 풍부한 현실을 가난하게 만드는 것이기 때문에 국민의 정치적 힘을 낭비하게 만든다.

김구의 암살에 의해 매듭지어진 임정의 정치적 몰락은, 해방 후에 전개된 이후, 오늘에 이르는 정치적 연속 운동이 지닌 정치적 원죄라고 불러야 할 것이다. 그리고 이에 대응되는 것이 북한에 있어서의 좌파 세력의 단순 계열화이다. 여기서는 '의식'적 기록이나 기억도 허용되지 않고 기억의 창조까지 이루어지고 있는 모양이어서 더욱 철저하다. 의견을 달리했던 동지들은 모두 소급해서 스파이며 반역자며, 매국노가 되고 만 모양이다. 김구가 찾아갔을 때만 해도 비록 거북한 듯, 침울한 '좌익 동지'들이나마 있었을 때였다. 이러한 동지들이 모두 힘을 잃었을 때 6·25의 공격은 가능해진 것이다.

해방에서 남북전쟁의 시작까지에 이르는 이 같은 분석은 지금에 와서는 누구에게나 비로소 가능한 일이지만, 그리고 비록 한계는 있을 수밖에 없으면서도 그 상황의 역사적 주역이었던 사람들에게는 상당히 분명한 일이었겠지만, 그 당시 대부분의 국민에게는 그야말로 '혼란'이었을 뿐이다.

역사는 객관적인 것도 주관적인 것도 아니다. 객관적이면서 주관적인 것이다. 그러나 사람에 따라서 그의 주관이 가지는 객관적 비중은 다르다. 그 비중이란, 인식의 정확성과 인식의 적극성을 말한다. 불행하게도 어떤 집단에서도 그러한 것처럼 대부분의 사람들은 인식의 이 두 측면이 모두 불완전한 대로 생활한다.

가장 바람직한 것은 비록 모든 성원에게 이상적인 인식과 의지가 결여되었더라도, 말의 가장 옳은 뜻에서 직업적인 정치 집단에게 그러한 인식과 의지가 살아 있다면 보통 그것으로 큰 잘못 없는 정치 생활은 유지된다. 그러나 그런 바람직한 상태가 존재하지 못하게 되었을 때, 국민의 정치적 욕망은 곬을 찾지 못하고 범람하게 된다.

커다란 변혁기에 나타나는 집단적 정치 과열 현상이라는 것은, 그 집단의 성원들이 그 시점에서 위기의식을 느끼고 그 극복에 참여하려는 현상이다. 해방에서 6·25에 이르는 정치 현실 속에서 남북을 통하고 국민의 대부분이 가지고 있었던 정치적 감각은 '임시정부' 주류가 가졌던 그것에 가장 가까웠다고 봐도 틀림없을 것이다. '좌' '우'에 대한 정치적 타협의 감각을 아직 지니고 있는 유연성(즉 30년 후 오늘 우리가 미국과 소련, 미국과 중공 사이에 벌어지고 있는 타협의 논리에서 경이의 눈으로 바라보고 있는 그 태도), 해방된 상태를 또 다른 '점령'으로는 도저히 받아들이지 않는 감각 (2차 대전 후 드골이라는 외국 정치가의 모습에서 우리가 경이의 눈으로 바라본 바 있는 감각) — 이 두 가지 감각을 국민은 본능적으로, 다시 말하면 정당하게 가지고 있었다. 이런 감각 위에서 움직인 국민의 정치적 표현이 '혼란'이 된 것은, 그들의 의사와는 달리 마련된 정치적 회로와의 충돌 사이에서만 가능한 표현이며, 사실로도 그러했다.

이러한 모순을 우리는 해방이 우리 힘으로 이루어지지 못하고 외세의 힘으로 이루어졌다는 말로 설명해온다. 물론 그것이 사실이지만, 이 설명은 많은 단서를 붙이지 않으면 진실에서 먼 것이 되고 만다. 어떤 나라가 나라를 도로 찾는 데 꼭 혼자 힘으로 하지 않았대서 어떻다는 것은 현실의 역사에서는 쓸데없다기보다도, 불가능한 일을 요구하는 것이 된다.

다른 예를 구할 것 없이, 일본이 우리를 점령할 수 있었던 것은 일본만의 힘에 의해서였던 것은 아니다. 일본의 당시의 맹방인 미국·영국·프랑스의 묵인하에서만 그렇게 할 수 있었다. 그들이 일청전쟁에서 빼앗은 요동반도를 제3국의 간섭에 의해서 내놓지 않을 수 없었던 때에 작용한 세력 관계가 우리나라의 점령에 대해서도 작용했음을(다만 반대 방향으로) 간과해서는 안 된다.

이 세기에서 이루어진 식민주의의 마지막 분할 행동의 공동의 정책이라는 문맥 아래에서만 1910년의 비극은 비로소 완전히 조명될 수 있는 사건인 것이다. 그렇다면 그렇게 잃은 나라를 이번에는 우리가 옛날의 맹방들을 다시 정말 맹방으로 삼아서 이번에는 일본을 공동으로 폐퇴시켰대서 유독 정치적으로 발언권이 없으랄 법도 없는 것이다.

1910년에서 1945년까지의 상태를 우리는 막연히 '일제 36년' '식민지하' 등으로 표기한다. 위에서 말한 문맥을 응용한다면 이 기간은 분명 '36년 전쟁 중' 혹은 적점하敵占下 등으로 옳게 불러야 할 것이다. 어떠한 의미에서나 그 36년이라는 기간에 대해서 최소한의 합법적 위장을 허용하는 명명은 있어서는 안 될 것이다.

명분을 위해서가 아니라 사실이 그렇기 때문이다.

적의 점령하에서 많은 사람이 학교에도 다니고, 농사도 짓고, 음악도 공부했다고 해서 우리가 전쟁을 하지 않은 것이 되지는 않는다. 어떤 전쟁도(적어도 몇천만의 인구 집단) 전투원과 비전투원은 나누어지고, 비전투원의 수가 더 많다. 독립운동자라는 이름의 전투 부분이 1910년 이래 단절 없이 적과 현실로 교전을 했고, 마침내 적의 예전의 동맹국들도 적의 적들이 된 끝에 적은 격퇴된 것이다.

'우리 힘'으로 해방되지 않았다는 것은 이런 사정을 충분히 알고서 하는 말이면 몰라도 그 밖에는 누가 사용하든 그만한 의미밖에는 없는 말이다. 이런 사정의 인식의 확립이라는 관점에서도 '임시정부' 세력의 무력화는 치명적이다. 만일 임시정부가 그 당시의 구성대로 정치적 신임만 묻는 국민투표로 집권했더라면, 우리가 대일전쟁에서 치른 업적과 전과는 우리가 지금은 상상할 수 없을 만큼 실증적으로 풍부하게 공지公知되었을 것이다. 이것은 좌익의 독립 투쟁 기록에 대해서도 마찬가지로 해당된다.

북한에서 집권한 세력은 적어도 김구가 그의 정치적 비전 속에 지니고 있던 좌익의 일부분이었을 것이다. '외세에 의해'라는 말에 이만한 단서를 붙이고 난 다음이라면, 우리는 모든 사태가 '외세에 의해' 결정적으로 방향지어졌음을 시인해도 좋을 것이다. 그러나 1950년의 시점에서는 남북을 통하여 아직도 여러 정치 세력은 유동적으로 공존하고 있었으며, 그것은 정치 세력의 각기의 핵심 세력뿐만 아니라, 그에 상응하는 국민적 지반도 가지고 있었다.

이른바 '무소속'이라고 하는 정치인들의 정치 무대에서의 건재함은 바로 이러한 정치 기류의 지표로 보인다.

여러 정치 세력들이 집권 여부와는 관계없이 국가의 정치 생활에 긍정적으로 참여하려는 직선적 열기에 가득 차 있었다. 북한에서도 오늘날 우리가 듣는 바와 같은 정치권력의 단일 집단에의 수렴은 존재하지 않았다. 전쟁이 일어나지 않았다면 남북한은 서로 각기의 테두리 안에서 그나마 보다 넓은 이견異見의 자유가 허용되는 체제를 모색하지 않을 수 없었을 것이다. 이것은 그런대로 상대적으로 좀더 나은 상태였음에 틀림없다. 남북의 긴장을 극단화하지 않고 각기의 체제 안에서 보다 타당한 합의(내정에서건, 남북 문제에서건)를 이룰 수 있었겠기 때문이다.

정권의 문제와 민족 통일의 문제가 같은 차원에서 연동連動된다는 구조적 비극의 미연 방지를 위해서 적어도 동서독의 전후사戰後史와 같은 형태의 모색이 바람직한 것이었으나 그렇게도 되지 않았다. 집권한 북한 당국은 남한에 대한 무력 통일의 길을 택하였다.

필자의 소설 『광장』은 해방에서부터 이 시점까지의 정세 속에서의 한 청년의 행동을 다루고 있다. 그는 이 시대 정치 세력의 주요 인물도 아니고, 따라서 어느 분파의 입장의 대변자도 아니다. 형식적으로는 국내파 좌익의 계열이지만, 일차적으로는 정치적 선택이라기보다는 가족 관계에 의한 결과적 소속이다. 무엇보다 그는 20대 초반의 청년이다. 정치적 인격도 그 속에 포함되는 인간으로서의(라기보다 성인으로서의) 인격 형성을 전후한 인생의 시점에 있는 사람이다.

그에게 닥친 과제로서의 현실은 아마도 한국 역사상 인간에게 주어진 가장 어려운 문제다. 그것을 그는 1950년이라는 시점에서 해결하려고 한다. 어떤 인간이 자기 인생 문제를 가장 철저하게 해결하려 하면 할수록 그는 관념적이 된다.

관념적이란, 그가 직접 경험으로서 겪지 않은 일에 대해서까지도 정확하려고 할 때, 인간에게만 가능한 고유한 능력인 사고를 통하여 직접 견문으로 경험하지 않은, 앞서 생존한 사람들의 행동에 대해서 판단을 기듭히어, 현실이라는 이류으로 현재 눈앞에 구체적으로 존재하는 결과에 대하여 무엇이라고 응답하는 행동을 관념적이라고 필자는 부른다.

인간이 자기 당대의 경험만으로 존재하지 않는다는 객관적 사실 때문에 인간은 필연적으로 관념적이다. 요컨대 관념적이란, 인간이 로봇처럼 기계적 에너지에 의해 움직이지 않고, 타인들의 업적까지도 자기 것으로 지닐 수 있는 의식의 힘을 말한다.

우리가 교육·과학·예술·전통 등의 이름으로 부르는 것은 인간이 관념의 생산자·보유자·학습자라는 전제 위에서 하는 말들이다. 편의상 우리는 어떤 행동이 자동적인 것처럼 기술할 수는 있다. 관습적 행동, 생리적 행동, 혹은 안정된 시대에서의 정치적 행동까지도 그렇게 기술할 수 있다. 그러나 이것들까지도 물론 편의상 그렇게 부를 수 있을 뿐이요, 이들도 관념적 성찰과 판단을 거치는 것이며, 비교적 쉽게 판단할 수 있다는 것뿐이다. 그러나 정치적 변동기에서의 행동에서는 인간 행동의 관념성은 분명히 드러난다. 변동기라는 것은 그때까지 존재하던 편의상의 질서인 권력의 통제가 약화되고, 편의상의 질서가 아니라 바람직한 질서가 모색되고 토론되는 시점이기 때문이다.

그리고 인간의 질서란, 발생적으로 제일 먼저 인간 개인의 뇌속에서 질서 의지란 형태로 시작된다. 이때에 그 의지가 남의 의지와의 관계 속에 있는 의지란 말은 굳이 할 필요가 없다. 의지에 대해서 말하는 것이지, 공상에 대해 말하는 것이 아닌 바에는.

그러나 이렇게까지 철저하게 의식적인 행동은 현실에서는 존재하지 않는다. 보통 사람뿐만 아니라 성자나 혁명가들조차도 그들이 철저하게 인간 행동의 의식적 구조에 따랐다면 그들은 성자나 혁명가가 못 되었을 것이다.

현실의 행동은 어느 선에서건 이 의식적 성찰을 정지할 때에만 가능하다. 성찰이 충분해서가 아니라 생활 과제에 대응하기 위해서 무한정의 연구나 성찰이 불가능하다는 사정 때문이다. 그렇더라도 그처럼 실현된 행동이 이상적으로 설정된 기준과의 사이에 편차를 가질 것은 자명하다. 이 편차를 사후에나마 교정하는 방법을 모든 문명사회는 가져왔다. 반대 당파의 허용, 과학적 연구, 예술, 종교 같은 제도이다. 현실과 이념 사이의 편차를 현실적으로, 또는 상징적으로 보완하는 행동이다.

문학이라는 것도 이 편차의 존재 위에 성립하는 예술이다. 정치적 주제를 다루는 소설은 말할 것도 없이 현실 정치에 대해 내면적으로 이해하는 것이 당연히 요청된다. 그러나 그것이 집권 권력의 당원용 교육 문서가 아니고 예술이고자 한다면, 그 소설은 한편으로는 가장 비정치적이어야만 한다. 이것이 정치소설의 구조를 이루는 두 극이다. 이 두 극은 정치소설의 내부에서 자기 자신의 역할에 충실함으로써 상승相乘하여 소설을 풍부하게 만든다. 국민적 규모의 소설이면서 정치적 유토피아에의 개방성과 공상을 잃지 않는 소설의 공간 — 이런 성격이 아마 좋은 정치소설의 요건일 것이다.

　필자의 소설 『광장』에서 이런 조건이 얼마나 충족되었는가는 여기서 꼭 중요한 일은 아니다. 다만 이런 문제에 대한 문제의 제기가 필자의 창작 동기였고, 1950년 전후라는 작중의 시점에서는 주인공이 어떤 결정적 선택을 하는 데 좌절하고 절망하였다는 설정은 그 시점의 한계 안에서는 이유가 있었다는 것이 지금도 변함없는 필자의 생각이다.

　이 소설의 작중 상황에서는 30여 년이 흐르고 이 소설의 발표로부터는 20년이 지난 오늘, 필자는 한 시민으로서, 한 작가로서 이 작품의 발표 당시보다 훨씬 비극적 감화를 누를 길이 없다. 무엇보다 먼저 그런 감화를 자아내는 원인은 그만한 연륜이 두터워진 분단의 상황이다. 이 상황은 우리들의 건강한 정치적 자산을 잠식하고 변형시키고 정치적 건강을 병들게 하였다.

　이 소설의 결말은 반드시 정당하지 않고 반드시 낙관적이지도 않았지만(적어도 가장 좁은 정치적 의미에서), 그러나 이 소설의 발표 당시에 필자는 적어도 소설 속의 분위기보다는 훨씬 현실적으로 낙관적인 전망 속에서 이 소설을 썼다. 적어도 필자 자신의 그

때까지의 정치적 전망을 극복하고 청산하려는 자세에서 이 소설을
썼다.

　주인공의 좌절은 필자에게는 그리 큰 문제가 아니었다. 좌절을
그리는 예술가는 그 자신까지 반드시 좌절하고 있는 것은 아니다.

　인간은 온갖 종류의 좌절에서 해방될 수 없다. 다만, 목숨이 있
는 한 다시 시작할 수 있다. 예술도 이러한 다시 시작하기의 한 방
식이며, 훨씬(현실 행동보다) 철저하게 좌절하면서 그 좌절을 동시
에 자기 성찰의 거울로 삼을 수 있다. 그러나 정치소설, 그것도 사
실주의적 방법으로 묘사되는 정치소설에서는 이 좌절과 희망의 철
저함을 추구한다는 데는 한계가 있다.

　그 소설이 다루는 현실이 아무리 이념 자체에 대해서 원칙적으
로 편차를 지닐 수밖에 없다 하더라도, 이념과 너무 멀다고 느껴
질 때에는 적어도 사실적 방법으로 소설 공간을 조형하기가 지극
히 어려워진다.

　우주 만물 사이에 인력이 작용하는 것이 비록 진실이기는 하지
만, 일상 감각의 범위 안에 들어오는 인력은 적당한 거리에 두 물
체(현실과 이상)가 있는 경우다. 우리 상황의 경우로 말하면 우리
민족의 분단과 통일 사이에 현재 작용하고 있는 인력은 아주 약하
게밖에는 느껴지지 않는다.

　분단 문제는 세 가지 측면에서 정리해볼 수 있다. 첫째는 남북
의 각각이 통일에 도움 되는 현실적 조처들을 취하는 일이다. 둘
째는 각기의 국내 정치 구조를 보다 개방적인 쪽으로 개선함으로

써 통일 문제와 정권 문제의 분리가 가능한 상황을 조성하는 일이다. 셋째 측면은 학문과 예술 및 언론에서 통일과 관련된 여러 문제를 보다 자유스럽고 폭넓게 토론하는 환경을 만드는 일이다. 이 세 가지 측면은 모두 관련되어 있으며, 1970년대의 남북 교섭의 움직임조차도 단절되어 있는 상태에서는 어느 한 측면도 쉽게 진전될 기미가 보이지 않는다.

20세기의 마지막 20년을 맞는 우리 민족의 정치적 현실은 이 세기의 첫 20년의 그것 못지않게 가혹하고 비극적이다.

인간이 괴로워하는 것은 자기 삶을 높은 이상 밑에서 살려고 하는 데서 비롯된다. 그 이상을 낮추거나 버리면 괴로움은 없다. 자기 상실에 떨어지지 않으려면 그는 자기가 지녔던 이상을 기억 속에서 늘 생생하게 유지하여야 한다. 집단적 차원에서도 이치는 마찬가지다. 분단 문제와 관련해서 한국 문학이 지닌 기능은 우리 민족이 통일된 공동체에 대해 지녀온 희망의 기억을 온갖 마취와 마멸로부터 지키는 일일 것이다.

현재의 이 시점에서 벌써 이 작업은 굉장히 어려워져 있다. 그 어려움의 정도는 현상에 대한 절망조차도 그 기억의 환기와 유지를 위한 역설적인 방법일 수도 있으리만큼 그렇게 비극적으로 보인다. 만일에 상황의 현재가 그렇다면 한국 문학은 절망의 표현조차도 두려워하지 말아야 할 것이다.

『광장』의 주인공 이명준에 대한 생각

지난여름에 나는 거제도 여행을 했다. 작가가 돌아보는 자기 작품의 현장이라는 기획으로 마련된 걸음이었다. 나의 작품『광장』의 현장에 대하여 같이 간 잡지사 기자와 나는 검토하는 절차를 가졌다. 서울, 인천, 평양, 원산, 만주, 낙동강 전투 지역, 거제도 포로 수용소, 판문점 등이 작품의 지리적 내용이다. 주인공이 작품 속에서 움직인 현실의 공간이다(주인공이 움직인 '시간'의 현장이라는 것은 취재 불가능하다). 여기서 갈 수 없는 곳을 빼고 보니 거제도가 선정되었다.

거제도는 대단히 아름다운 섬이었다. 이 섬에서 주인공은 휴전까지 지내는 것으로 되어 있다. 수용소가 있던 신현읍은 새 건물이 들어선 깨끗한 거리가 되어 있고 앞바다에는 제방이 생겨서 넓은 매립 지역은 아직 빈터로 남아 있었다. 수용소 건물로 남아 있는 것은 모두 관리 측의 건물이고 포로 막사 자체가 남아 있는 것은 하나도 없다. 사진 재료로 보는 막사는 천막을 보강한 것인 듯하므로 완전히 철거되기가 쉬웠을 것이고, 대부분 논과 밭이었던 곳이므로 그 자리에 보존될 수 없었던 것으로 짐작된다. 남아 있는 경비 측 건물도 지붕이 있는 것은 학교 구내에 편입된 두 개뿐이고 나머지는 신현읍 둘레의 산자락과 바닷가에 벽만 서 있다.

아무도 특별한 관리를 하지 않는 이들 유적은 과거의 것들을 보존하는 제도가 자리 잡아가고 있는 요즘 풍습에 비추어 본다면 분명히 또 하나의 작은 사건이기도 하였다. 세월이 지나면 이것 역시 이 고장이 보존해야 할 틀림없는 유산이라는 것이 분명해지겠지만, 그동안 아무도 그런 시각에서 이들 유적을 대하지 않은 사정은 그대로 충분히 이해가 간다. 삶의 터전을 하루아침에 적군 포로들의 수용소로 내놓아야 했던 고장 사람들의 입장에서 보면 산자락에 위치한 수용소 자리인들 보존해야 할 필요는 없었을 것이다. 사랑과 의미가 있는 것만이 역사에서 보존된다. 사랑도 의미도 그들 수용소 건물들은 고장 사람들에게 요구할 수 없었던 것이다. 적어도 현재까지는 그랬을 것이다.

사랑은 물론 아니겠으나, 의미라는 관점에서는 문제가 다르다. 적군의 침략의 유적도 인간은 보존한다. 나치 군대의 학살 현장도 그곳 사람들은 보존하고 있다. 이런 의미에서는 이들 유적들은 보존될 가치가 있다. 신현읍이 생긴 이래 가장 규모가 큰 사건이며 그것이 더 큰 역사에 연결된 사건이기 때문이다. 이 고장의 향토 역사 연구가들의 미래의 자산이 될 것은 분명하지만 현재는 그런 형편이었다.

이곳의 수용 포로였던 사람이 신현읍에 살고 있다는 여관 주인의 이야기였는데 연락이 닿지 않아 만나지 못하였다. 그를 만났더라면 물리적으로 이토록 빈약해진 그 역사의 실체를 좀더 생생하게 상상할 수 있었을 것인데 아쉬운 일이었다.

나는 바다가 보이는 언덕에 앉아서 이상한 느낌이 들었다. 내 작품의 주인공은 여기서 스물몇 해 전에 살았는데 그 작자인 나는 지금 와서 그 자리를 둘러보고 있는 것이다.

앞에서 문학 작품의 지리적 현장은 있지만 시간적 현장은 없다고 썼는데, 사실은 공간적 현장이라는 것도 없는 것이다. 그 주인공이 있는 말 그대로의 현장이라는 것은 처음에 그 작자의 머릿속일 것이며 다음부터는 책이 읽힐 때마다 독자(작가까지 포함해서)의 머릿속에 나타나는 등장인물이 위치한 공간 — 즉 본질적으로 꿈의 공간과 마찬가지 존재 형식이다. 문학의 특이한 착각이 여기에 있다. 문학은 이 착각을 이용해서 '현실'과 특이한 관계를 맺는다. 편의상 이것을 '교차의 관계'라고 해보면 어떨까 싶다. '꿈'의 좌표축과 '현실'의 좌표축이 교차하는 것이다. 작품의 시공은 꿈과 현실의 입체 교차 좌표로 표기되어야 하는 시간 공간이라는 뜻이다. 그렇게 할 때에야 비로소 문학은 정확히 좌표치가 계산된다. 거의 모든 문학 이론은 모두 그 어느 한쪽에 묶여 있다. 작품 속의 운동과 인물이, 성질을 달리하는 두 좌표계가 겹치는 지점에 위치한다고 이해하면 작품의 시공이 언제나 처음대로 새것으로 있는 까닭도 이해될 것이다. 현실의 이명준은 스물몇 해 전에 여기서 살았지만 작품 속의 이명준은 아직도 여기서 살고 있다. 나는 바다를 보는 내 시선 속에 그의 시선이 섞여들고 마침내 내 시선을 자기 것으로 만들고 내가 그에게 씌〔憑〕우고 그가 쓰〔使〕는 것을 느낄 수 있다.

꿈의 좌표 얘기가 난 김에 그쪽으로 가볼까 한다. 『광장』을 나는 대전에서 썼다. 물론 『광장』을 쓰기 위해서 대전에 간 것이 아니고 그때의 나의 현실적 위치가 대전이었다는 말이다. 육군에 근무하던 나는 대전 병참 기지 출장으로 그해 1960년 여름을 지내고 있었다. 대전의 더위가 그러고 보면 문득 떠오른다. 기지 가까운 산비탈에 피란민들의 가건물촌이 형성돼 있었는데 내가 주인을 정한 집은 쌀가게였다. 가게에 이어 주인네 방이 있고 그다음 칸이 내가 든 방이었다. 열어놓은 문으로 저 아래 건너편에 육군 병참 기지가 내려다보이는 전술적 요충이었다. 그 전망은 『광장』이라는 꿈을 밥상 위에서 엮어가면서도 문득문득 내가 현실적으로는 어디에, 왜 있는가를 알려주었기 때문이다.

현실과 꿈이 교차하는 좌표 지점에서 나는 두 세계를 오가면서 여름 두 달을 지나는 사이에 『광장』은 집필되었다. 나의 출장 임무는 사단장병의 해진 피복을 기차로 실어다가 이 기지에서 수리해서 가져가는 일이었다. 매일 수리되는 대로 지정한 창고에 들어가는 것을 확인하는 일은 함께 온 병사들이 하고 있었다. 그들은 유능한 군인이었기 때문에 내가 줄곧 현장에 있을 필요는 없었다. 일선 부대에서의 근무보다 후방 파견 근무는 그들에게도 나쁘지 않았다고 믿는다(전우들이여 건강하시라).

내가 『광장』의 구상을 언제부터 가지고 있었는지는 생각이 나지 않는다. 그러나 이해의 4·19 혁명으로 형성된 사회적 분위기가 『광장』이라는 꿈의 현실의 조건이었던 것은 분명하다. 『광장』은 4·19 이후의 분위기와 내가 1945년에서 1950년까지 북한에서 생활했기 때문에 쓸 수 있었던 소설이었다. 1950년에 월남할 때 고교생이었던 내가 북한에서 겪을 수 있었던 생활은 그만한 것일 수밖에 없었겠지만, 나는 그리 틀리지 않았다고 생각한다. 직접적인 생활의 경험과 1960년까지 10년 동안의 생각이 어우러져서 내가 살고 있는 이 시간과 공간의 의미에 대해 생각해본 결과가 『광장』이다. 어쩌면 내가 대학에서는 사회과학을 전공하는 과에 적을 두었던 것도 도움이 되었는지도 모르겠다. 학교라는 형태 아래서는 흥미를 가지는 데 실패한 주제를 문학이라는 형태로 풀어본 것이라고나 할까. 어쨌든 『광장』의 구상이 시기적으로 언제쯤이었는지를 지금으로서는 떠올릴 수 없다는 사실이 그러고 보니 갑갑한 생각이 나는데, 이런 종류의 잊음이라는 것은 아마 영원히 회복이 불가능할 것이다.

다 쓰고 났을 때 나는 이 작품으로 문학이라는 지도 위에서 나에게는 아주 중요한 지형을 발견하였다는 느낌을 가졌다. 이후의 나의 작품들은 모두 이 작품에서 갈라져 나온 흐름 같은 생각이 든다.

주인공 이명준의 자살은 당시의 한국 사람의, 그것도 젊은이가 마주친 운명과 과제의 거대함의 지표로 이해될 수 있다고 생각한다. 과제가 거대하면 자살하라는 주장이 아니라, 사람에게는 능력이나 그릇이 저마다 있기 때문에 어쩌다 분에 넘치는 과제에 맞닥뜨린 능력 부족의 인간은 자살할 수도 있다는 것뿐이다. 과제의 심각성은 심각성대로 살아 있고, 얼마든지 있는 보통 정도의 인간의 능력에 대한 평가는 평가대로 매길 수 있다고 생각한다.

이런 말은 그의 정치적 입장에 대해서만 말할 때에 그렇고, 그의 여주인공과의 관계에 대해 말한다면 또 다른 해석과 이해가 가능하다고 생각한다. 사랑하던 사람이 이 세상에 없어졌을 때 자기도 더는 살고 싶지 않다는 사람도 있어서 무방하다고 생각한다.

여기까지도 『광장』이라는 작품을 작품의 밖에 있는 '틀'(현실적 시공 위의 여러 가지)을 가지고 '밖'에서 볼 때 나타나는 문제이다. 독자가 작품의 '안'에 자기를 자리 잡게 한다면 자연스러운 모습이 나타날 것이다. 이명준의 최후는 앞에서 적은 두 가지 현실적 세력에 지배되고 있는 것은 사실이지만 작품 속의 흐름에서는 그것만으로 움직이고 있지 않다. 작품의 마지막에 이르면 그는 심리적으로 파괴되어 있다. 그는 환각에 압도되어 있다. 이 직접적인 순간이 회피되었더라면 그는 살았을지도 모른다. 최근 판 개작에서 내가 개선하려고 애쓴 것은 한두 가지가 아니지만 이 문맥을 좀더 분명히 하려는 데에 제일 힘을 들였다.

다시 한 번 현실로 돌아와서 나는 지금 1988년에 살고 있다. 『광장』이 씌어진 것은 1960년이다. 이명준이 거제도에 있은 것은 1953년이다. 내가 월남하기는 1950년이다. 나는 이 숫자들을 본다. 이 사이에 있은 일들을 생각하면 이명준이 절망했던 일의 문맥이 얼마나 거대한 것이었던가를 충분히 알 만하다. 그만한 세월이 흘렀다. 이만한 세월 속에서 이루어지는 일은 이만한 일인가 하는 느낌이 든다. 그리고 역사란 것은 이런 식으로 일을 해내는

가 하는 느낌도 든다. 북쪽의 형편이 오늘날과 같은 모양으로 되어
가리라고 이명준은 상상하지 못했을 것이다. 지금부터 35년 전에
살았던 사람의 정신적 능력으로는 추측의 한계를 넘는 형식의 걸음
걸이를 그동안 북한의 역사는 걸어왔다. 이명준이 살았던 북한 사
회는 지금 들리는 바대로의 북한 사회에 비하면 훨씬 덜 굳은 사회
라고밖에 할 수 없다. 여기까지 이명준은 상상할 수 있었을까? 그
동안 남한 사회가 걸어온 역사에 대해서는 어떨까? 이명준은 그런
미래를 상상할 수 있었을까? 아마도 없었으리라고 생각한다.

　이명준은 그 당시에 이 땅의 남북에서 정통성을 주장한 현실 논
리를 거부한 사람이다. 이상주의자라고 그를 부를 수도 있을 것이
다. '이상주의'라는 것은 '현실주의'와는 전혀 다른 것이기에 현실
에 대해서 '현실'적으로 요구할 권리가 없는 태도일까? 일은 그렇
게 간단하지 않다.

　나는 '이상주의'라는 것은 '현실'의 일부라고 생각한다. '현실'
이라는 말을 자칫 '자연'과 구별하지 못하고 쓰는 일이 흔하다.
'역사'니 '정치'니 하는 것은 '자연'과 같은 의미의 '현실'은 물론
아니다. '역사'나 '정치'는 '자연'에 대해 인간이 취하는 태도인데,
이 태도는 '이념'의 실천이며, '이념'은 '이상'과 같은 말이다. '현
실주의'도 '주의'이며, '이상주의'도 '주의'이다. 거기에는 흑백과
같은 단절은 없으며 연속 속에서의 '관계'가 있을 뿐이다. 다른 말
로 하면 그 속에 '이상주의'를 지니지 않은 '현실주의'는 현실 '주
의'가 아니라, '자연'일 뿐이며, 그 속에 '현실주의'를 지니지 않은
'이상주의'는 '주의'가 아니라 '환상'일 뿐이다.

200

'자연'이 된 인간, '환상'이 된 인간, 그것은 노예와 정신병자이다. 나는 그동안 우리나라의 남북에서 전개된 역사가 노예와 정신병자만을 만들어냈다고 주장하지는 않는다. 용사들과 지성도 창조해내었다고 생각한다. 그러나 용사와 지성이 없는 시대나 역사가 어디 있었던 적이 있었는가? 정도의 문제다. 그 두 그룹의 세력관계의 정도가 문제가 된다. 낙관해서는 안 되는 정도가 아닌가. 자기기만을 해서는 안 되는 진행 속도가 아닌가, 하는 생각이 든다. 달에서 인간이 걸어다니는 일을 만들어낸 사람들의 나라도 있는 세상에서 우리들이 지금 보내고 있는 삶의 질은 우리가 생각하기보다 훨씬 비참한 것이 아닌가, 하는 생각은 어떨까? 이명쥰이 저세상에서 이런 일을 안다면 그는 또 한 번 배의 난간을 넘어설까? 알 수 없는 일이다.

나는 문학의 인식론적 자리는 그것이 '환상'이라는 것이라고 생각한다. 이 경우의 '환상'은, 앞에서 말한 '현실에 대한 태도'로서의 환상이란 말이 아니라 '현실로서의 환상' ― 즉 '방법적 환상'이랄까, 인간 의식의 한 현상으로서의 환상이라는 형식을 의도적으로 활용하는 인간의 제도로서의 환상을 말하는 것이다. 이것은 그 정의에 따라 현실을 자동적으로 극복한 세계이다. 예술은 이런 형식을 취할 수도 있다. 그러나 문학의 성격 때문에 작품 속의 현장을 작품 밖에서 편의상 쉽게 찾을 수 있는 형식을 취할 수도 있다. 내가 살아오고 있는 시간과 공간은 나를 뒤의 방향으로 줄곧 끌고 왔다는 것을 알 수 있다. 그 이끌림을 따라온 것은 필연적이었고 또 그것이 과히 불명예가 아니었다고 나는 생각한다. 내가 살아오고 있는 역사는 그런 역사인 모양이다.

도버의 흰 절벽

‘도버의 흰 절벽’이라고 불리는 영불 해협에 가까운 영지에 세 사람의 과부가 당주當主인 어린 소년을 데리고 살고 있다. 영화는 이 가족의 내력을 설명해나간다.

이들 세 여자는 각기 이 귀족 가문의 3대의 주부들이다. 그들은 각기 제1차 세계대전과 제2차 세계대전에서 남편들이 유럽 전장에서 전사한 전쟁 과부들이다. 지금 이 가문을 계승하고 있는 소년은 이 세 여자들의 손자이고 아들인 것이다.

도버 해협의 바닷가와 영국 귀족령의 전통적인 시골 생활이 수수하고 평화롭게 배경을 이루면서, 전쟁과 인생의 영원한 슬픔과 그것을 이기고 넘어가는 사람들의 행동이 묘사된다…… 영화의 이름은 「도버의 흰 절벽」, 미국 영화다.

내가 이 영화를 본 것은 1950년대였던 것으로 기억한다. 기억 속에 파도와 절벽과 귀족들의 큰 저택이 남아 있는데 그런 영화의

'보는 매력'이 좋았던 기억도 귀중한 경험이었지만, 그 영화의 내용도 매우 여러 가지 생각을 하게 하는 것이었다.

세월이 지난 지금 돌이켜보니 그 여러 가지 감회의 내용이 좀 더 초점이 한군데로 모이는 것 같다.

그것은 한 사회의 견고한 연속성에 대한 부러움이라고 이름 붙이고 싶은 감정이다. 현대 한국인이 보낸 격변하는 사회 질서에 비한다면 거의 자연 자체처럼 튼튼하다고 할 만한 사회 질서에 대한 놀라움이라고 할 만하다. 우리는 근래 백여 년 동안 어제의 법이 오늘도 유효하고 내일도 유효하리라는 감각과는 상관없는 부평초 같은 사회생활을 해오고 있다.

그에 비한다면 이 영화가 보여주는 세계는 인간이 만든 사회도 산이나 강처럼 버티고 있을 수 있으며 그 속에서 사는 사람들도 법과 질서를 앞산과 뒷산처럼 영원한 것으로 느낄 수 있음을 잘 보여준다. 소리 높여 외치는 애국심의 장면이 없는데도 사실 그럴 것 같은 느낌을 받는다. 영화적인 기술을 넘어선 역사적인 진실의 바탕이 있어야만 진행되는 작품 세계이다.

지난 백 년의 세월에 대해서 우리는 아직도 정치적으로나 학문적으로 국민적인 공신력을 요구할 만한 인식에 도달하지 못하고 있다. 즉 '역사 인식의 공백'의 문제를 우리는 앓고 있다. 일정한 한계 안에서이지만 옛 왕조시대에도 추상같다던 사관의 기록 윤리로 사실史實을 사실事實대로 기록한다는 문화가 실천되었는데, 우리가 사는 이 시간에 직결되어 있는 백 년 가까운 시간 속에서 일어난 일들의 실상이 정리되지 못하고 있다는 것이 우리가 눈앞에 보는 현실이다.

이런 생애를 보낸 나의 눈으로 회고해볼 때 「도버의 흰 절벽」의 세계는 한없이 부러운 세계였다. 내가 그 영화를 본 것이 1950년 대였으니 30년 전의 일이요, 그 30년 전에는 당연히 30년 이후에 일어났던 슬픈 일들이 아직 일어나기 전이었다. 그런데도 내 기억에 이 영화가 짙은 기억을 남긴 것은 이미 철들어 겪은 일본 점령 기간과 한국전쟁의 영향 아래에서 일어난 반응일 것이다. 그 이후의 우리 역사의 불행까지도 있어버린 지금의 시점에서는 무엇이라 말해야 할지 모르겠다.

영화 속의 인물들은 모두 자기 할 바를 하고 자기들이 있을 권리가 있는 곳에 있다. 그들의 신분이 귀족이기 때문에 그들은 남다른 짐까지를 지고 있다. 귀족이라는 신분에 대해서 현대인이 상식으로 가지고 있는 냉철한 인식을 고려에 넣더라도 이야기는 간단하지 않다.

귀족에도 사람 따라 여러 종류가, 나라마다 그 운명에는 차이가 있다. 적어도 그런 느낌을 줄 만한 상식이 영국이라는 타국에 대해서 우리 사이에는 널리 번져 있다. 이런 인식의 허위의 부분이라든지, 과장된 경향에 대해서도 얼마든지, 에누리를 할 수 있고, 마땅히 냉정해야 할 것이다.

그런 다음에도 이 영화의 내용에서는 적지 않은 긍정적인 감동이 남는다. 그 남는 부분만큼은 여전히 그 영화가 전제하고 있는 영국 사회의 합법적 연속성이다. 내가 좀더 젊었을 때라면 그 '합법적'이라는 성격에 대해서 좀더 까다롭고 높은 요구를 가졌을 것이다. 그런 요구는 지금이라고 해서 함부로 낮추어서는 안 될 이상임에는 틀림없다. 그런데도 이 영화를 본 지 30년이 지난 지금 내 마음은 야릇한 슬픔이 막을 수 없이 퍼지는 것을 느낀다.

해가 지고 달이 뜨듯이 자연스러운 정치적 권리와 의무 속에서 사는 인간 생활에 대한 동경이다. 옛날에 이만한 일을 감히 동경이라는 말로 표현하게 되리라는 생각을 어찌 할 수 있었겠는가. 인생에서 하늘만 한 일이 가능한 줄 알았고 이루 예측할 수 없는 꿈을(물론 좋은 꿈을) 수놓아나가는 맛이 인생이요, 사회라는 것인 줄 알았다.

그러나 실지로 겪은 우리들의 생활의 초라함, 불행은 많은 예술가들에게 여기서 어떤 심정으로 아름다움이라는 것을 표현해내야 할지에 대해서 근본적인 회의를 가지게 만들고 있다.

좋은 영화가 있게 하기 위해서 현실 사회와 역사며 민족이 있는 것이야 아니겠지만 영화라는 예술처럼 역사와 인생 그 자체가 소재가 되는 예술 형식에서는 예술과 그것이 생산되는 사회와의 관계는 떼어낼 수 없이 얽혀 있다. 우리 사회처럼 단일민족에다 국가와 민족과 예술이 국토 안에서만 맴도는 사정에서는 더욱 그렇다.

이 영화만 해도 영국 이야기를(이 영화에는 원작이 있는지도 모르겠다) 미국 영화 회사가 만든 것이다. 유럽의 나라 사이에는 국경을 넘은 문화적 약속이 공유되어 있다. 영국의 일이자 인간의 일이라는 문화의 보편성의 전통이 살아 있다. 우리처럼 한민족의 남쪽과 북쪽이 서로를 인간이 하는 일, 인간 사회에서 벌어질 수 있는 일이라는 관점에서 바라보려고 하는 약속을 아직도 만들어내지 못하고 있는 사정에 비하면 우리가 20세기에 살고 있는지 기원전 시대에 살고 있는지 의심스럽지 않은가.

이런 내용 모두가 「도버의 흰 절벽」 속에 들어 있었는지 어쩐지 확언할 만큼 이 영화의 장면을 모두 기억하고 있는 것은 아니다. 그러나 30년 후에 그 영화를 중심으로 이만한 얘기를 할 만한 영화였던 것은 분명하다. 왜냐하면 이런 이야기를 지금 쓰고 있기 때문에.

레바논과 책

　근래의 외신에서 뉴스 중의 뉴스라고 하면 아무래도 레바논 전쟁에 대한 보도일 것이다. 우리나라 특파원의 모습까지도 시가전의 한복판에 등장하여 긴박한 느낌을 준다. 베트남전쟁 때에도 외국에서는 물론 이보다 더한 근접 보도가 이루어졌겠지만, 우리나라에서의 보도의 분위기는 이렇게 생생했던 것 같지는 않다. 국군이 파병되어 있었는데도 그런 인상으로 회고되는 것은 아마 우리 주변의 국제 감각이 그만큼 달라진 것이 아닐까 하는 생각이 든다. 반드시 우리 특파원이 화면에 있다 없다가 아니라 중계되는 수신인 경우에도 역시 아주 가까운 관심을 가져야 하는 사건 같은 느낌이 드는 것이다. 어느 날 신문의 토막 소식에는 베이루트의 약방에서는 정신안정제가 많이 팔린다는 것이 있었다. 이 짧은 보도는 착잡한 느낌을 준다. 진정제는 반드시 민간인만 사 먹고 있다는 내용이 아니었는데도 읽히기는 그렇게 읽혔다. 베이루트 시내에는 민간인도 살고 있고, 약방도 문을 열고 있고 사람들은 진정제를 사 마시면서 생활하고 있다는 것으로 받아들이게 된다. 그 짧은 보도가 베이루트 시내가 민간인이 완전 퇴거한 공간이 아님을 말해주고 있었던 것이다. 그리고 이 보도는 베이루트에 민간인이 있느냐 없느냐를 알리기 위해 취재된 것이 아니고, 그런 사정을 당연히 알고 있는 기자가 다른 사실을 묘사하는 통신 속에 들여다보인다는 데서 자못 감흥을 일게 한다. 국토와 인구가 우리나라의 몇 분지 일밖에 안 되는 나라에서 수도에서의 시가전이 전쟁의 주요 형태인 것이 요즈음의 레바논 전쟁이다. 게다가 외국군까지 들어와 있다. 국제적 성격은 베트남 전쟁이나, 한국 동란이나 마찬가지지만 규모가 더 작기 때문에 비극의 모습이 선명하다. 외국군의 전투 양상도 사뭇 다르다. 아니, 본질적으로는 같은 것이겠지만 여기서도 규모의 문제가 그 본질을 더 선명하게 만든다. 이탈리아군은 철수했고 프랑스군과 미군도 전투 지역에서 물러나버렸다. 전투에 적극 개입하지는 않으면서 포기하지는 않는다는 원칙에 따라 행동하고 있다. 거인들이 접시 위에서 씨름을 하고 있는 인상이다. 아무리 재주가 있어도 사람이 접시 위에는 올라서지 못하기 때문에 접시 위에서 손가락을 걸고 뒤틀어대는 것이라고나 해야 비유가 되겠는데, 그 접시의 임자인 그곳 레바논 사람들에게는 손가락 싸움일 수 없다는 데 이 그림의 참혹한 성격이 드러나 있다. 그러나 작은 나라의 내전이라서 비극이라는 사실을 가지고 착잡한 느낌이 든다는 말은 아니다. 서울 시내의 화재를 알리는 것이나 마찬가지로 생생한 레바논 전쟁의 티브이 화면을 보면서,

기술 문명이 가져온 정보 전달의 현 수준에 대해 다시 생각하는 기회를 가지게 되었다는 것이 필자의 착잡하다는 느낌의 내용이다. 이토록 생생하면서도, 그것은 실체가 아니라 그림자일 뿐이라는 반성을 시청자가 늘 하면서 화면을 대하기는 어렵다. 이 환상의 생생함은 환상의 임장감臨場感을 순간적으로 만들어낸다. 화면의 공간에 참여하고 있다는 느낌을 주는 것이 티브이의 위력이다. 이 것은 무릇 모든 기호의 해독에 공통되는 의식 작용이지만, 티브이 의 경우는 그 감각적 박진성 때문에 그것이 실체가 아니라 기호라 는 성찰을 무디게 한다. 스위치를 돌리면 사라지는 그림자를 보면 서 우리는 레바논의 포화 속에서 자신이 우왕좌왕하면서 진정제도 사 먹고 있는 착각을 가지게 된다. 실은 우리는 식사를 하거나, 술 을 마시거나, 담배를 피우고 있으면서 말이다. 이것은 일종의 참 여의 환상이라고 부를 수 있을 것이다. 어느 날엔가 레바논 전쟁 은 우리가 알지 못하는 곡절에 따라서(즉 결코 티브이 화면 같은 것 으로는 제공되지 않을 실지의 무수한 장면들의 결과에 의해서) 다른 국면으로 발전될 것이고, 우리는 그 달라진 결과만을 묘사하는 화 면을 보게 되고, 그 생동감 때문에 또다시 임장감을 가지고 참여 의 느낌을 가지게 될 것이다. 전혀 참여하지 않았는데, 우리는 참 여한 셈이 되는 것이다. 이 격차는 해설 보도의 형식으로 조금은 보완되겠지만, 보도 체계들이 매일 레바논의 이야기만 할 수 없을 것도 확실한 일이고 보면 틀림없이 자기가 참여한 일에 틀림없이 자기는 참여해 있지 않았다는 사정의 본질은 변함없이 유지되고 만다. 만일 시청자가 이 실체와 환상 사이의 격차에 불안을 느끼

210

고 이 환상의 참여를 실체에 가깝게 하려는 원망에 사로잡혀서 더 많은 정보를 요구하게 된다면 그 사회는 큰 갈등을 겪게 된다. 월남 전쟁 때의 미국의 여론이 겪은 상황이 바로 그런 것이었을 것이다. 현지에 자기 자녀를 보내고 있는 국민들은 군사령관이나 국무장관의 입장에서는 보류하고 싶은 화면을 한없이 공개하기를 요구한 것이다. 정보의 제공을 증대함으로써 실제의 참여에 접근하려는 충동이다. '알 권리'라는 말의 의미는 이런 것이다. 미국만큼 사정에 여유가 있는 나라에서도 여기에는 한계가 있을 수밖에 없다. 그렇지 못한 나라일 경우에 이 간격은 깊고 그 갈등은 더 심각하게 된다.

지금 우주 공간에는 미소 양국의 우주 탐색선이 활동하고 있다. 이에 관한 보도 역시 이제는 우리 눈에 너무 익은 화면이 되어 있다. 그러나 우리 시청자의 대부분에게 이보다 더 환상적인 그림자도 없을 것이다. 그것이 환상이 아니라 실제의 현장이라 할지라도 우주 탐색의 내용을 이해할 수 있는 사람은 그 종사자 말고는 따로 없을 것이다. 홍수가 지는 화면 같으면 몰라도 금성에 가서 사진을 찍어 보내고 성분 분석을 해 보낸다는 말은 보통 시청자의 실제 판단력의 밖에 있다. 지금까지의 우주여행은 사실은 모두 공상 영화의 방영이었다고 어느 날 발표가 된다 하더라도 대부분의 시청자의 정신세계에는 실질적으로 아무 차이가 나지 않을 것이다. 우주여행의 그림자만을 제공받은 입장에서 그림자가 A가 아니고 B였다고 해서 손바닥에 가시가 박힌 것보다 더 심각할 것은 없음에 틀림없다. 레바논의 전쟁 화면보다 훨씬 덜 절실하다. 그러나 그 의미에 있어서 우주에 나가 있는 그 기계들은 레바논의 내전에 비할 수 없이 더 우리에게 미치는 바가 큰 것도 사실이다. 유인우주선 속에 앉아 있는 우주인의 모습을 우리 선조들이 본다면 아마 천사가 나타난 것으로 생각할 것이다. 인간은 자기가 공상 속에서 생각해온 것을 정말 당하게 된 것이다. 어떤 시인의 상상력보다, 어떤 신비주의자의 환상보다 환상적인 사실이 사실로서 이루어지고 있는데 우리는 그것을 뉴스의 화면이라는 환상으로밖에는 참여하지 못하면서도 분명히 생생한 임장감으로— 즉 우주 사업에 참여하고 있다는 느낌을 가지게 되는 것이다. 그에 대한 지식도 없고, 그 기계를 만들어내는 데 세금을 내지도 않았으면서도 말이다. 우주선에서 보내오는 정보의 몇 퍼센트까지가 공개되고 있는지를 우리는 알 수 없다. 어느 우주여행 때였는지 기억은 없지만, 소련 우주인은 자기 여행에서는 하느님을 만나지 못했노라고 했다는 보도가 있었다. 정말일까? 미국 우주인의 입에서 하느님을 만났다는 보고는 없었다. 정말일까? 만일 우리나라에서 우주선을 내보내고 그 여행에서 이순신 장군이 홀연히 출연하여 은밀히 이르되 21세기에 우리나라가 세계의 주인이 되니 그리 알라고 귀띔을 해주었다면 우리는 그것을 세계에 발표해야 할까, 하는 연습 문제를 만들어서 추측해본다면 아무래도 대답은 간단하지 못하겠다는 판단을 하게 된다. 전달 수단의 형식 이전에 이미 정보라는 것은 손질이 가해진다. 그것을 감각적 박진성만 전면에 내세워 환상의 공개성을 심어주는 것이 '지구촌'이니 '1일 생활권'이니 하는 손쉬운 분위기에서 이루어지는 정보 생활을 우리는 하고 있다. 정보와 실체, 기호와 실물 사이의 이런 사정은 인간이 정보를 기호의 형태로 운용하기 시작한 옛날의 그 시기부터 있어온 사정이기는 하다. 옛날에 문자를 해독하는 사람과 못 하는 사람의 차이는 곧바로 신분과 권력의 차이와 겹쳐 있었다. 문자는 신비하고 힘 있는 것이었다. 글을 아는 사람이 왕이요, 주술자였다. 옛날의 어느 시절에 마침내 인간이 자기 머릿속에 있는 정보라는, 그 혼돈의 덩어리 같은 것을 '말'이라는 계기計器의 눈금으로 표시하는 데 성공했을 때, 그는 동물이라는 이름의 인력의 장을 벗어나 인간이라는 공간으로 솟아오른 것이다. 인간은 말 속에 경험을 담아 후손에게 물려주면 모든 세대는 그 말 속에 당대의 자기의 경험을 보태어 다시 물려주었다. 말은 추진력이 더 커지면서 마침내 말 그대로 지구의 인력을 박차고 우주 공간을 치솟기에 이르렀다.

이야기가 '말'에 도달한 이제, 다시 베이루트로 돌아가보기로 한다(베이루트 양반들 용서하시라). 만일 베이루트의 그 시가전 화면에서 일체 말을 빼버린다면 어떻게 될까? 라는 질문을 해볼 가치조차 없다. 베이루트에 가본 사람을 빼고는 그것이 어느 도시며, 무슨 내용인지 알 수가 없다. 눈앞에 보이면서 우리는 대상을 알아볼 수 없게 된다. 맥루언이라는 사람은 계몽적 사상가답게 말에 대한 전자 매체의 위력을 너무 강조했지만, 물론 그것은 강조 이상의 것은 아니어야 하겠다는 성찰을 현실은 분명히 요구해오고 있다. 모든 정보 전달 매체의 근본에는 '말'이라는 전제가 있고, 또 '말'과 병용해서만 그 기능이 나온다는 사실을 반드시 자각하고 산다는 것은 이 역시 살기에 바쁜 모든 사람이 매일같이 실천할 만큼 쉬운 일은 아니다. 인류는 말을 종이에 적는다는 방법으로 시간과 공간에 대한 생물적 한계를 넘어서 인간 공동체의 생활에 넓고 깊게 참여해왔다. 책을 읽으면 레바논에 대해서 금방 모든 것을 알 수 있다는 말이 아니다. '레바논'에 대해 무엇인가를 안다는 것은 무한한 절차를 거쳐야 한다는 것을 책이라는 형식 자체가 깨우쳐주는 힘을 지니고 있다는 말이다. 책은 다른 책을 전제로 하고 있다는 형식으로 연결되어 인간 공동의 재산인 인류적 경험의 그물 속으로 우리를 끌어들인다. '말'이라는 것은, 빛의 속도를 가지고 무한의 회로를 내장한 전달 기계이다. '레바논'이라는 글자를 읽는 데는 시간이 걸리지 않으며, 그것이 지닌 내용은 레바논 자체처럼 무한하다. '말'을 할 줄 안다, '글'을 읽는다는 것은 수십만 년의 인간의 경험의 총체가 한 개체의 능력으로 주어져 있다는 신비한 사건이다. 옛날 사람들이 말에 대해서 신비한 두려움을 가진 것은 정확한 동물적 감각이었던 것이다. 책은 이런 '말'의 묶음이요 덩어리다. 이것은 우리 '눈'이라는 동력선에만 연결하면 거의 0의 전압으로 언제든지 가동한다. 티브이든 우주선이든 그것들은 인간 경험의 수십만 년의 결론이기 때문에 그 결론을 저장하고 있는 '자료 화면'인 '책'을 전제로 하고 있고, 개념화된 분석적 정보를 전제로 하고 있다. 티브이의 감각성이나 신문의 단편성은 그 자체가 악도 해도 아니며, 책에 의한 보완을 전제로 하고 있다는 것뿐이다. 다만 이 전달 수단은 사실에 직접 참여하고 있는 듯한 환상을 주어서 사실과 기호 사이에 필요한 피전달자의 노력(우리가 독서라는 형식으로 훈련되어 있는)을 생략해도 좋은 것 같은 의식 상태에 길들여지게 만든다. 자기 상황에 진실로 참여하기 위한 노력인 독서라는 행동을 현대인은 아주 잊어버리고 있다고 하면 맥루언 식으로 극적인 언사는 되겠지만 현실이라는 것은 그런 순수 비극은 허용하지 않는 모양이다. 최근에 보도된 통계에 의하면 우리나라 출판은 양과 종목에서 모두 꾸준히 성장하고 있다고 한다. 사람들은 더 깊이 더 정확하게 상황을 알려고 노력하고 있다. 그런데 같은 통계에 의하면 이 가운데서 교과서가 차지하는 비율이 엄청나게 많다고 되어 있다. 현실은 쉽사리 낙관주의자가 되는 것도 허락하지 않는다. 그러나 이 점을 감안하고도 성장하고 있는 추세임에는 틀림없다고 한다. 비관주의자가 되는 것도 금지하고 있다. 베이루트 사람들은 정신의 평화를 위해서 — 즉 미치지 않기 위해서 — 안정제를 사 먹고 있다고 한다. 베이루트에는 약방 말고 책방도 있을까? 이에 대한 보도는 아직 보지 못한 것 같다. 책방도 있고 책도 잘 팔린다는 보도라도 나온다면, 그것은 놀라움이 아닐 수 없고, 그 까닭을 알기 위해서 또 책을 읽어야 할 것이다. 실은 레바논의 뉴스가 관심을 끄는 것은 레바논에 대해서 특별한 연구심을 가져서가 아니다. 밖에서 보는 눈에 우리나라는 레바논보다 얼마나 나아 보일까 하는 생각을 문득 하게 되었기 때문이다. 다른 점이 많다고 우리는 말하고 싶다. 또 말할 수도 있다. 그러나 포연이 자욱한 거리와 부서진 건물과 신경안정제밖에는 우리에게 보이지 않는 것처럼, 외국 시청자의 눈에는 한국이라면 휴전선밖에는 보이지 않을 수도 있는 것이다. 포연과 부서진 건물과 신경안정제가 사실인 것처럼, 휴전선도 사실이다. 그럴수록 우리나라 출판이 꾸준히 성장하고 있다는 통계는 기쁜 진정제가 된다. 남이 보기에 레바논처럼도 보일 사실을 가진 상황에서 책이요 독서요 하는 말을 할 수 있다는 것은 간절히 계속되기를 빌어야 할 또 다른 사실이기 때문이다.

수천 년의 시간을 수백만의 사람이 살고 있는 레바논이라는 곳은 시가전과 진정제를 파는 약방만이 있는 곳일 수가 없다는 사실을 전달하기 위한 표현 수단으로서 티브이나 신문은 스스로 한계가 있고, 이 한계와 연결되어 상황의 전모 속으로 사실에 가까운 참여를 가능케 해준다는 '책'의 의미는 시간이 지날수록 더 뚜렷해지고 있다.

예술이 추구하는 길

여기에 꽃이 한 송이가 있다고 하자. 우리는 이 꽃에 대하여 여러 가지 태도를 취할 수 있다. 우리는 그 아름다움을 즐거워하면서 꽃을 가깝게 두려고 할 것이다. 그럴 때 우리는 그 꽃을 꽃병에 꽂아서 자기 방 책상머리에 놓을 것이다. 혹은 호기심이 강한 사람이라면 이 꽃의 생김새를 뜯어볼 것이다. 우리는 그 꽃의 아름다움이 어떻게 이루어졌는가를 알아보게 되며 나아가서 이 꽃도 생명이라고 불리는 현상의 한 가닥임을 알게 된다. 또는 꽃이 지닌 아름다움은 모든 사람에게 즐거움을 준다는 사실에 착안하여 꽃을 가꾸어서 남에게 파는 일을 하게 되기도 한다. 아름다움을 지닌 한 물건에 대해서 이렇게 여러 가지 태도를 가지고 그것을 다룰 수 있는데, 이렇게 살펴본 태도들에는 한 가지 공통된 점이 있다. 그것은 이들 태도는 모두 나에 대해서 그것(꽃)이 나의 밖에 있다는 점이다. 이런 관계에서는 그 관계가 아무리 깊어지더라도 그것이 나의 밖에 있다는 점은 달라지지 않는다.

이 꽃에 대해서 사람이 취하는 태도에는 이것 말고도 또 한 가지 태도가 있을 수 있다. 그것은 내가 꽃이 된다는 관계이다. 물론 사람은 실지로 꽃이 되지는 못한다. 공상 속에서 우리는 그렇게 될 수 있을 뿐이다. 이 공상의 능력을 우리는 상상력이라고 부른다. 우리는 꿈속에서 우리가 뜻하지 않아도 이런 능력을 자주 나타낸다. 현실에서도 우리는 내가 새라면 내가 아무개라면, 하고 자기 아닌 것이 되기를 꿈꿀 때가 있다. 눈을 뜨고 꿈을 꾼다. 그러나 우리는 이럴 때 동시에 깨어 있기 때문에 그것이 꿈에 지나지 않는 것을 잘 알고 있다. 그러나 내가 꽃이라면 하고 어떤 사람이 공상했다면 그는 짧은 사이에 자기가 꽃이 된 상태를 경험한 다음에 곧 이어서 그것을 부정하고 현실로 돌아온 것이다. 즉 '내가 꽃―이라면'이라는 의식은 '내가 꽃(상상)―이라면(현실)'이라는 질적으로 다른 부분에 의해서 이루어져 있다. 이 의식에서 상상의 부분만이 독립했을 때 그것이 꿈이 된다. 기본적으로 예술이란 이처럼 꿈에 관련된 의식이다. 예술에서 소재가 된 사물은 그것을 감상하기 위해서는 감상자는 상상 의식 속에서 그 사물이 되어야 한다. 이처럼 예술은 우리가 일상생활에서 실천하는 상상 작용과 같은 의식 작용이지만, 다른 점은 이런 능력을 특수한 목적을 위해서 강화시키고 세련시켜서 인간 생활의 한 제도가 되어 있다는 것이다.

인간은 자연 속에서 자연을 이용해서 인간의 환경을 개선하면서 살아가지만 인간은 자연을 완전히 자기 것으로 만들지는 못한다. 자연은 언제나 인간의 밖에 있다. 자연과 인간은 하나가 되지 못한다. 하나가 되지 못하는 이상 자연은 인간에 대한 시련과 고통의 여지를 언제나 남겨 가지고 있다. 그러기에 인간의 가장 큰 꿈은 인간이 자연을 완전히 정복한 상태가 아닐 수 없다. 이런 꿈을 이루는 것이 예술이다. 일상생활에서 우리는 상상력을 사용하되 계획 없이 우발적으로 사용하게 되고, 우리는 그것이 현실이 아니라는 판단 때문에 꿈에 공을 들인다는 일은 하지 않는다. 건강한 사람의 공상은, 문득 지나가는 식인 경우가 대부분이다. 만일 꿈에 공을 들이고 거기에 눌러앉게 되었다면 그것은 정신병의 상태라고 불러야 할 것이다. 정신병자란, 꿈에 갇힌 사람을 말한다. i)정신병이 아니면서 ii)꿈에 공을 들이고 특정한 기간(감상하는 기간)에 그 속에 iii)전적으로 머무는 것이 예술이라는 인간 행동이다.

정신병이 아니라는 것은 우리가 자각적으로 상상하고, 자각적으로 그 속에서 빠져나옴을 말한다. 꿈과 현실의 한계선을 잘 알면서 상상 의식과 현실 의식을 조종하면서 예술을 창조하고, 감상하는 것이 예술이다.

꿈에 공을 들인다는 것은 무슨 말인가. 현실의 진짜 꿈은 우리가 뜻해서 꾸는 꿈이 아니다. 그래서 진짜 꿈은 그만큼 허술하다. 우리가 바라는 바가 진짜 꿈에 나타나는 것은 사실이지만 그것은 부분적이고 산만한 것이기가 보통이다. 예술이라는 꿈은 이와 반대로 계획된 꿈이기 때문에 예술가는 몇 번씩 고치고 연구해서 완전한 꿈을 만들 수 있다. 뿐만 아니라, 이런 꿈꾸는 기술은 예술의 역사라는 형태로 진화하고 축적되기 때문에 예술가는 전통의 지혜를 원용할 수 있다. 예술은 역사적으로 축적된 꿈 — 즉 개인적 꿈이 아닌 사회적 꿈이다. 사회적이라는 뜻은 여러 사람의 힘에 의해서 기술적으로 향상된 꿈꾸는 능력을 말한다. 그렇게 해서 현실보다 예술이 더 현실적이라는 말이 나올 만큼 강력한 호소력을 가진 환상의 창출 능력을 예술은 가지게 되었다. 표현이 뛰어나다고 할 때의 표현력이라는 것은 이 집약적 기술을 말한다.

다음에 예술은 꿈의 효과를 높이기 위해서 적어도 예술을 감상하는 동안에는 현실 의식을 전적으로 배제하기로 약속하는 행동이다. 여기서 현실 의식이라는 것은 사실 상상 의식과 양립할 수 없다. 사람은 꿈을 꾸고 나서 깨어나는 것이지, 꿈을 꾸면서 깨어 있을 수는 없다. 꿈과 각성이 각각 짧은 지속 기간을 가지고 단속적으로 연결될 때 그런 인상을 가지게 될 뿐이다. 충분히 계획된 꿈— 즉 예술을 즐기려고 할 때 이런 불안정한 상태는 예술의 감상을 방해한다. 우리는 예술의 창작에서 그런 것처럼 예술의 감상에서도 집중적으로 꿈의 상태에 머무는 훈련을 함으로써 예술의 즐거움을 극대화할 수 있게 된다.

예술은 무엇 때문에 필요한가? 앞에서 말한 것처럼 인생과 역사에는 불가능이라는 한계가 있다. 예술은 환상이라는 형태로 이 불가능의 한계를 넘어서려는 인간 행동이다. 이런 행동에는 두 가지 효용이 있다. 첫째 효용은 현실적 효용이다. 인간의 현실적 행동은 언제나 그 행동에 대한 꿈에서부터 출발한다. 사람은 행동하기 전에 먼저 꿈을 꾼다. 예술이라는 모습에서 묘사된 꿈은 그것을 현실에서 실천하려는 의지를 자극한다. 결과가 먼저 있고 다음에 그 결과의 현실화가 따르게 하는 역할을 예술은 할 수 있다. 다만 예술에서 현실로 옮아가는 과정은 그리 단순하지는 않다. 예술 속의 작중 상황과 그것이 현실화될 때의 이 세계의 현실 상황은 다를 수밖에 없기 때문에 그 이행 과정에서 필요한 조정 작업이 반드시 있어야 할 것이다. 만일 사항이 정밀하고 미묘한 것일수록 그만큼 힘든 조정 작업이 필요할 것이다. 만일 그렇게 생각하지 않고 예술과 현실 사이의 이행 관계를 쉽게 다룰 때 예술과 현실은 서로에게 억압이 될 것이며 멍에가 될 염려가 있다. 예술 속에서 감상자가 꽃이 되어봤다고 해서 현실에서 꽃이 되는 방법이 발견되었다고는 할 수 없다. 예술 속에서 우리가 승인한 의무도 현실 속에서는 우리가 기피할 수도 있다. 우리의 태도는 이때 물론 옳지 않은 것이지만 아무튼 예술과 마찬가지 수준의 꿈은 이루어지지 못하고 마는 것이다. 그러면 우리가 기피한 까닭에 대한 탐구와 우리가 꽃이 될 수 있는 틀림없는 방법 — 즉 그 까닭이라는 장애물을 없애는 방법이 탐구되어야 할 것이다. 이처럼 예술에서의 어떤 가치를 현실에서도 실천하려고 하는 경우에는 현실의 법칙이 요구하는 환산 작업을 거치지 않으면 안 된다. 이런 사실만 명심한다면, 예술은 현실을 보다 나은 것으로 바꾸기 위한 강한 원동력이 되는 것이 사실이다.

마지막으로 예술은 그 내용의 현실에의 이행 여부에 관계없이 그 자체로 가치를 지닌다. 사람이 영원히 꽃이 되지 못한다 하더라도 사람은 예술 속에서 꽃이 되어본다는 그 경험 자체를 귀중한 것으로 생각한다. 목이 말랐을 때의 물 한 모금을 마셨으면, 그 한 모금은 절대적이다. 마셔도 또 목이 마르겠기 때문에 마시지 않을 사람이 없는 것처럼, 예술은 그것을 감상하는 동안에 경험하는 기쁨 자체가 본질적 가치이다. 예술은 자기가 환상임을 잘 알면서, 이 환상의 한계 안에서 충분히 연구된 기술을 가지고 인간의 꿈꿀 수 있는 최고의 꿈을 꾸게 한다. 인생이 영원하고 역사에 불가능이 없다면 예술은 생기지도 않았을 것이다. 인생이 유한하고 역사에 불가능이 있는 동안은 예술은 인간에게 필수의 위안이며 스스로의 힘으로 얻을 수 있는 억압 없는 행복임을 그치지 않을 것이다.

예술이란 무엇인가
— 진화의 완성으로서의 예술

제가 오늘 여러분에게 이야기하려는 것은 예술이란 무엇이냐, 하는 것입니다. 여러분은 모두 예술을 공부하기 위해서 입학한 학생들인데 여러분들은 여러 분야의 예술을 앞으로 공부하게 될 것입니다. 그래서 여기서 말하려는 것은 그러한 예술 분야 각기에 대한 구체적인 어떤 것을 얘기하려는 것이 아니라, 그런 모든 것들이 예술이라는 이름으로 묶여 있는데, 그러면 그것들 모두에 공통되는 요소는 무엇이냐, 다시 말하면 예술이 예술이라고 불리는 성격이 무엇이냐, 우리가 고등학교 시절에 원소 기호 Fe는 철이다. Cu는 동이다 하면, 동은 무색 무미 무취의 무엇으로서 몇 도에서 어떻게 되고, 또 무엇과 결합하면 어떠한 성격이 있다, 이러한 동이 동으로서 가지는, 철이 철로서 가지는 공통의 성격을 먼저 연구한 다음에, 동화합물, 철화합물이 여러 가지가 있는데 그러한 것들 속에 동과 철의 보편적인 성격이 어떻게 일관해서 관철

하고 있느냐, 그것이 여러 가지 화합물의 형태를 취하고 있지만 동이라는 성격, 철이라는 성격이 그 모든 것에 어떻게 일관해 있느냐, 이러한 것을 공부하는 것이 화학인 것처럼, 오늘 여기서는 예술 전체에 공통되는 그러한 성격, 예술이 뭐냐 이런 것을 이야기하는 시간으로 되어 있습니다. 그래서 저는 오늘 예술이란 인간의 진화의 완성된 형태다, 이렇게 예술을 보고자 하는 것입니다. 진화의 완성으로서의 예술, 이런 것입니다. 현재 이 강의실에는 영화라든지 슬라이드라든지를 준비하지 못했습니다만 대신 여러분의 상상력을 통해서 한번 상상해주기를 바랍니다. 저게 무엇같이 보입니까? 네? 원요? 네? 보름달? 좋은 얘깁니다. 또? 네? 크게. 뭐라고요? 호떡? 네, 또? 돈, 동전, 또? 네, 다 좋은 얘기 해주었는데 지구라고 상상하기로 하겠습니다. 여러분이 잘 아시다시피 지구라고 하는 것은 지금부터 오래전에, 몇십억 년 전에 우주의 티끌이 모여서 되었다는 설이 통설이 되어 있습니다. 그때에는, 여러분이 과학 영화 같은 데서 많이 보았을 줄 아는데, 이 지구는 유동 상태의 덩어리이자 큰 불덩어리로서 아직 표면이나 그 속이나 모두 타고 있었습니다. 그래서 지구를 구성하고 있는 물질이 끊임없는 화학반응을, 화학반응이라는 것은 열을 가했을 때 가장 왕성해지는 것이므로 끊임없이 원소들이 A원소가 B원소가 되고 B원소가 C원소가 되고 해서 불안정한 상태에 있었습니다. 이런 상태가 상당한 시간을 거쳐서 현재와 비슷한 상태 — 지구의 표면은 딱딱하게 굳고, 지구의 중심의 일부만이 원초의 상태의 용암의 상태를 가진, 그런 상태에 도달했습니다. 그렇게 된 다음에 거기

에 물이 생겼다고 합니다. 그다음, 그 물에 가까운, 물과 육지가
잇닿은 부분에서 어떤 시기에 생명이 발생했습니다. X_1이라고 하
는 어떤 시점에서 생명이 발생했습니다. 이때의 생명은 원초의 생
명으로서, 세포 하나가 단위인 생물, 단세포 생물입니다. 그러나
이것은 생명의 원소, 생명의 원자, 생명의 기본 단위가 생긴 것이
지요.

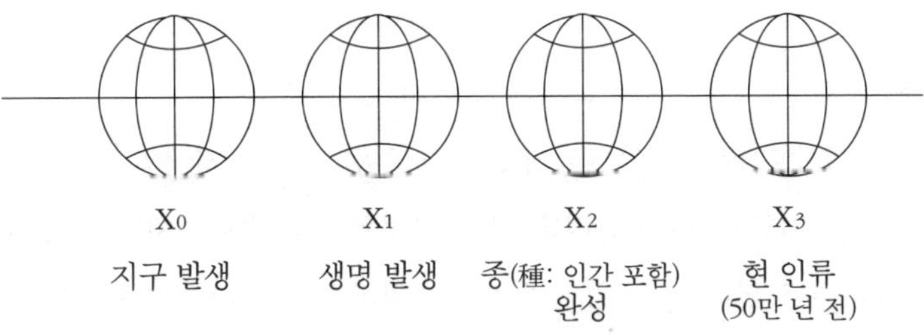

그다음에 또 장구한 세월이 지나고 세포 하나의 생물이었던 기
본적인 생명이 진화에 진화를 거듭한 끝에 오늘날 우리들이 보는
바와 같은 여러 가지 종자들이 생겼습니다. X_2라고 하는 어떤 시
점 — 이것은 굉장히 오래전 수십만, 수백만 년, 그런 단위의 시간
이 걸려서 그러한 하늘, 물속, 땅 위에 존재하는 이 생물들이 생겼
습니다. 저 X_1에서 X_2에 이르는 시간은 방대한 시간입니다. 그때
인간도 성립하였습니다. 여기서 인간이란 것은 인간의 선조를 말
하는 것입니다. 그다음에는 오늘날의 연구에 의해서 시간이 밝혀
져 있는데 지금부터 50만 년 전의 바로 오늘날 우리와 똑같은 신
체 구조를 가진 인간이 완성되었습니다. X_2에서 X_3까지는 역시 인

간의 선조임에는 틀림없지만, 지금 우리처럼 척추를 세우고 다니지 못하고 네 발로 걸어다닌다든지, 또는 두개골의 구조가 지금 인류보다는 원숭이의 그것에 가깝다든지 또는 뇌의 구성이 아직 오늘의 인류하고는 차이가 있었던 시기입니다. 그런 상태가 진화를 거듭한 끝에 지금부터 50만 년 전에 일단 진화가 완성되었습니다. 이런 얘깁니다. 그래서 50만 년 전의 인류는 벌거벗고, 돌 하나만을 들고 밀림 속을 돌아다녔습니다. 또 오늘날의 연구에 의하면 인류가 처음 발생한 지역은 지금 현재 지구의 아프리카를 중심으로 한 지역이었다고 그렇게 알려져 있습니다.

그래서 지금의 아프리카가 그런 것처럼 그때도 지구의 아프리카 근처는 지금과 같은 완전히 같은 지형은 아니겠으나 아프리카 부근은 지구 위에서는 제일 더운 곳이었다고 하므로 우리가 옛날애기나 인류학 책에서 보는 것처럼 옷을 입지 않고 살아가는 상태였겠지요. 그러나 그들이 비록 옷을 입지 않고, 돌맹이 하나 들고, 신도 신지 않고 가진 것은 몸뚱어리밖에는 없지만, 그 사람들을 지금 불러다가 신체검사실에서 오늘날의 인류와 함께 신체검사를 만일 받게 한다면 조금도 다름없는, 어느 사람이 50만 년 전 사람이고 어느 사람이 20세기의 사람인지 적어도 신체 구조를 가지고 판별할 수 없는, 다시 말하면 오늘날의 인류와 똑같은 인류가 완성되었습니다. 그 완성이라는 것이 저 칠판을 다시 회고해보면, 지구의 발생으로부터, 지금부터 50만 년 전까지에 이르는 수십억 년의 자연의 진화에 의해서, 도태와 돌연변이와 유전과 이러한 복합적인 자연의 선별 과정을 통해서 50만 년 전에 드디어 우리 조상인 인류가 완전히 성립했습니다. 보통의 의미에서 진화라고 하는 것은 지구의 탄생으로부터, 지금부터 50만 년 전 사이에 걸친 생명의 발생, 변화, 개선, 완성되는 이 과정 — 이것을 우리는 진화라고 부르고 있고, 그것을 취급하는 과학을 진화론이라 부르고 있습니다. 그런데 여기서 인간과 인간 이외의 생물들이 어떻게 다른가를 아주 간단하게 설명하고 넘어가려고 합니다. 동물이라 하는 것은 저 그림에서 보면 X_2의 시점에서 발생해서 현재에 이르기까지 동물은, 50만 년 전(X_3) + X_2까지 사이에 일어났던 사이에는 아무 변화도 없었습니다. X_2시점에서 완성된 신체 구조, 본능적 생태, 신경 계통의 구조와 능력, 이것이 50만 년 전에도, 그 이후 흰새까지에도 같은 상태가 반복되고 있습니다. 사자라고 하는 동물은 상당히 빨리 성립된 고등동물인데 X_2시점에서 완성된 사자라고 하는 종자는 그 이후, 50만 년 전, 그리고 오늘날 저 창경원의 사자나 밀림에 있는 사자나 꼭 마찬가지라는 말입니다. 조금도 변하지 않았습니다. 그러나 한편 사람은 어떤가 하면, 사람은 달라지기도 하고 달라지지 않기도 하였습니다. 두 가지로 이야기할 수 있다는 것은 오늘의 이야기의 골간입니다. 무슨 말이냐 하면, 사람은 생물학적인 수준에서는 X_2에서 50만 년 전, 현재까지 사이에 다름이 없다는 말입니다. 적어도 50만 년 전부터 현재까지 사이에는 아무 다름이 없다, 아까 말한 대로지요. 이 점에서는 동물과 똑같은 그러한 발전을 해왔습니다. 동물도 50만 년 전까지에 진화가 끝났고 앞으로는 더 진화하지 않을 것이라는 것이 현재 우리가 알고 있는 이론이고, 또 사람 역시 50만 년 전의 사람과 지금의 사람, 그리고 앞으로도 인간의 신체적 조건은 더 변화가 없다라는 것이 일반적 이야기입니다. 무슨 뇌세포가 더 증가한다든지, 혹은 사람에게 날개가 돋게 된다든지, 이런 일은 없으리라, 이것이 오늘날 생물학의 결론입니다. 그래서 이 생물학적 조건이라는 데서는 동물과 인간 사이에 아무런 차이가 없습니다. 그런데 아까 말씀대로 그럼에도 불구하고 인간은 동물과는 달리, 변화하기도 했다 하는 것은 무슨 말이냐 하면, 여러분도 짐작이 가실 줄 아는데, 저 I라고 하는 것은 Identity 동일성, 정체성이라는 말의 약자로서 표시한 것입니다. 지평선의 활자체 I는 인간의 생물적 자기동일성, 생물적 본질은 변하지 않았다, 계속 I, I, ……이렇게 나간다 이런 얘깁니다. 그래서 저렇게 표시한 것입니다. 그런데 위에 삼각형의 사변으로 올라가고 있는 작은 i_1문명, i_2라는 것은 i_2……i_3……i_n 같은 요령으로 각 단계의 인간의 문명을 표시한 것입니다. 그러면 문명이라고 하는 것이 무어냐, 하면 여기서는 문명이라는 것은 인간이 도구를 사용해가지고 환경을 극복하는 능력, 이것을 문명이라고 정의하기로 하겠습니다. 그러니까 i_1, i_2, i_3라고 하는 것은 인간이 i_1이라고 하는 수준의 도구를 사용해서 환경을 극복하는 능력

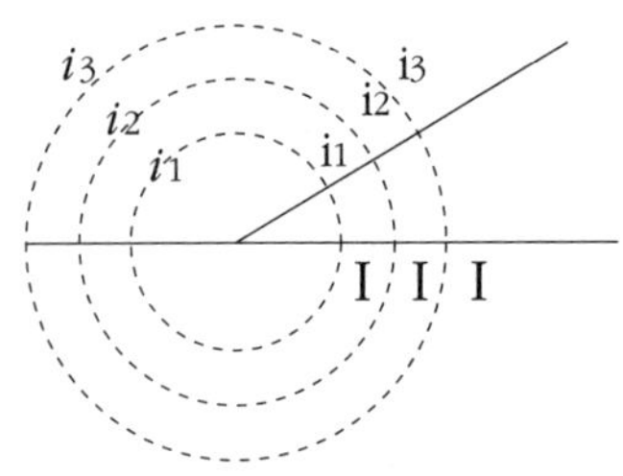

의 단계, i2라고 하는 것은 i2라는 수준의 도구를 사용해서 환경을 극복하는 능력의 단계를 말합니다. 그런데 이 i1, i2 하는 누증하는 문명의 단계에서는 인간은 동물하고 완전히 갈라서게 됩니다. 우리가 저 지점을, 50만 년 전의 저 지점을 갈림길로 해서 동물은 인간하고 같은 생물학적 차원에 서 있음에도 불구하고 동물은 영원히 저 지평선에서 솟아오르지 않는—비유한다면 동물은 마치 뱀처럼 땅을 기어서 지평선을 향해 나가는 이런 생활을 하고 있다면, 인간은 50만 년 전이라는 저 지점을 이륙 지점으로 해서 계속 상승선을 그리면서 지평선과의 거리를 점점 확대해나가는 과정에 있습니다. 우리는 그것을 문명이라는 이름으로 부르고 있습니다. 그리고 문명이라는 것은 저렇게 누적적으로 발전해오고 있습니다. 그래서 우리가 편의상, 원래의 진화론이라는 말과는 다른 뜻이 되지만—진화라는 말은 원래는 생명이 하급 생명으로부터 고등 생명으로 발전하는 것을 표시하는 과학 용어지만, 우리가 비유적인 용법으로서 인간이 도구를 사용해서 환경을 극복하는 이런 능력을 가지게 된, 인간 존재의 제2의 발전 단계를 또 하나의 진화라고 부르기로 하자는 것입니다. 그래서 인간은 제1기의 진화를 끝마친 다음에, 50만 년 전부터 지금에 이르기까지 제2기의 진화를 가속적으로 진행시키고 있는 과정에 있다는 말입니다. 그래서 인간은 50만 년 전 이래 조금도 변하지 않기도 했고, 계속적으로 변해오기도 하고 있다, 이렇게 되겠습니다. 여기서 다시 동물과 인간을 총정리를 해서 그 구분을 한 번 더 분명히 하고서 다음 이야기로 진행하기로 하겠습니다. 아까 말씀드린 것처럼 I라고 하는 것이 어떤 사물의 그것이 그것인바 고유한 성격, 자기동일성이라 했는데 이 I라는 자기동일성이라고 하는, 자기 본질이라고 하는 이 기준을 가지고 인간하고 동물을 비교하면 이렇게 됩니다. 동물은 저런 I라고 하는 한 가지 부호로 설명될 수 있습니다. 자기가 가지고 태어난 것을 앞으로 영원히 지구와 우주의 종말까지 계속 가질 것— 거기에는 덜함도 없고 더함도 없고 영원히 매 세대마다 자기의 자기동일성을 반복하는 것, 주기의 차이는 있을망정 앞뒤 세대가 꼭 같은 것의 반복이라는 의미에서 I라는 한 글자로 동물은 정의될 수 있습니다. 영구불변한, 고정한, 이미 닫혀버린, 완성되어버린, 진화가 끝난 자기동일성을 이미 가졌고 앞으로 계속 가질 것입니다. 이것을 그림에서는 수평선으로 표시한 것입니다. 그러면 인간은 어떻게 표시할 수 있느냐 하면, 인간의 자기동일성, 인간의 본질, 이것은 이렇게 표시할 수 있을 것입니다— 그림에 의하면 즉 I_{in}이라고 표시할 수 있을 것입니다. 인간은 생물이라고 하는 자기동일성, 영원히 변하지 않을 것으로 일단은 우리가 결론할 수 있는 동물하고 같이 지니는바 지반인 생물로서의 자기,에다가 곱하기 문명의 능력을 구사하는 존재로서의 자기, 이것을 우리는 작은 i, 그리고 n이라고 하는 표시는 특정의, 어느 시대의— 작은 i라고 하는 것은 큰 I하고 달라서, 매 시대가 다른 내용을 가지고 있기 때문에 그 매 시대마다의 편차를 나타내는 그런 기호로서 n을 붙여서 i_n, I_{in}— 이렇게 하면 인간은 동물이면서 동시에 동물이 가지지 않은 능력을 가진 존재, 이렇게 볼 수가 있습니다. 이렇게 구분하는 것이 편리할 뿐만 아니라 원칙적으로 이렇게 구분해야 하는 것이 옳은 까닭은, 인간의 이 i_n이라고 하는 것은, I와 달라서, I라고 하는 것은 우리가, 어머니가 아기를 낳으면 아이는 어머니가 가진 신체적 조건을 완전히 다 가지고 나옵니다. 출산한 다음에 처음에는 다리 하나만 달려 나왔다가 자라면서 하나가 더 나온다든지, 이런 일은 없지요. 완전히, 나올 적에 크기는 축소된 꼴이지만, 인간의 종으로서 가지고 있을 것을 다 갖추고 있는 이런 것이 I인데, i라는 것은 그렇지 않습니다. 이것은 지금 말한 아기가 나올 때는 이 아기는 인간은 인간이라고 부르지만 그것은, 생물로서의 인간이지요. 그래서 이 생물로서의 인간이 유치원에도 다니고, 초등학교에도 다니고, 중학교에도 다니고, 마침내 대학까지 다니는 정도의 단계가 되면 그때에 비로소 우리가 이 아이가 또 하나의 인격, 또 하나의 자기를 획득해서 비로소 우리가 인류라고 하는, 현재 이 시점에 살고 있는, 동물하고 다른 의미에서의 인간이라는 자격을 획득하게 됩니다. 그래서 저렇게 갈라보는 것이 인간을 정리할 때의 정확한, 인간의 구조식이랄까요, 인간의 분자식이 될 것입니다. 그래서 동물을 우리가 I라고, 화학에서처럼 분자기호를 붙여준다면, 인간은 I_in이라고 붙일 수 있을 것입니다.

여기서 기본적인 전제, 예술이 무엇인가를 말하기 위한 기본적인 전제는 다 얘기했습니다. 앞으로 해결할 문제는 예술이라는 것은 이와 같은 인간의 구조 속에서 어떤 것이냐, 아직 우리는 저 그림과 구조식 속에서 예술을 어디다 자리매김을 하지 않았습니다. 그러면 지금부터 하는 얘기는 그 자리매김을 하는 것으로 끝나게 됩니다. 그럼 여기서부터는 좀 쉬운 얘기가 되는데, 또 가까운 애기가 되는데, 인간은 저와 같이 50만 년 전부터 지금까지 계속해서 지평선으로부터 고도를 상승시켜 지금을 달이라든지 금성이라든지 화성이라든지, 하는 아득한 공간으로 나가는 우주 로켓이 보여주듯이 인간의 생물적 대지에서 상승해온 것이 사실인데도 불구하고, 그렇다면 원시 시대의 인간보다 봉건 시대의 인간이 조금 더 행복하고, 봉건 시대의 인간보다 20세기의 인간이 더 행복하냐 하면, 이것 역시 답변이 그렇다고도 할 수 있고 또 그렇지 않다고도 할 수 있다,고 하는 것은 ― 먼저, 아주 생활이 편해졌습니다, 옛날에 비하면요. 여러분만 하더라도 저 시외에 있는 학생들이 오늘 아침에 여기까지 오자면, 옛날 같으면 10리 20리를 강 건너 고개 넘어 다리도 없는 데를, 도중에 쉬기도 하면서 올 것을 그러나 지금은 버스를 타고 오면 금방입니다. 그런 의미에서는, 그런 정도의 편리 하나만 들더라도 50만 년 전의 원시인들에 비하면 우리는 굉장히 혜택을 누리고 있습니다. 환경을 그만큼 우리에게 유리하게 만들어놓고, 우리의 육신의 한계를 초월한 환경을 조성하고 있기 때문에 그것은 우리에게 복지로 느껴집니다. 그런데 그것은 사실이지만, 그러나 우리 인류는 아직 사람은 죽는다는 문제를 해결하지 못했습니다. 그럼에도 불구하고 우리는 백 살을 넘지 못하는 시간을 생활하고 나면 모든 기관이 노쇠해서 죽게 되고, 흙이 되어, 완전히 없어져버리는 ― 50만 년 전까지의 진화를 통해서 50만 년에서 현재의 문명에 도달한 도구에 의한 진화를 머릿속에 가지고 있고, 또 자기 둘레에 벌여놓고 있는 이 대단한 존재인 인간이 불과 70년, 80년, 90년이라는 생애를 마친 다음에는 너무나 원시인과 꼭 같은, 죽는 그 순간에 완전한 물체로 변해서, 그것도 짧은 시간이 지나면 흙과 원소로 변하는 그런 것이 오늘날의 인류입니다. 그러니 인간은 역시 변화했지만, 변화하지 않았다고도 하는 것인데, 그것은 다르게 말해보면, 저기 그림을 조금 보강해야 되겠는데 ─ 자, 저 그림을 보면 50-i_1-I, 50-i_2-I, 50-i_3-I, 50-i_n-I 이런 공간을 볼 수 있습니다. 그리고 그 공간을 포함한 그때마다의 동심원을 그려보았는데, 이것을 가지고 표시하려는 것은, 제일 처음 원을 봐주세요. 그러면 점선으로 되어 있는 원이 있고 거기에 삼각형으로 부채꼴로 돼 있는 부분이 있습니다. 부채꼴로 돼 있는 부분은 i_1이라고 하는 시점까지에 도달된 극복된 환경 ─ 즉 그런 시점의 문명의 부분입니다. 문명을 영어로 Culture라고 부릅니다. 이것은 경작한다는 말입니다. 문화라는 것은 야생의 땅을 개간해서 밭을 만든 부분 ─ 밭을 곧 문화라고 비유해서 만든 말이듯이, 이 부채꼴 부분은 인간이 도구를 가지고 자기의 뜨락으로 삼은 영역, 자기가 살 수 있는 비위험 지대로 삼은 영역, 그 시대까지에 도달한 인간의 능력입니다. 다음에 50$-i_n-$I는 그다음 단계, 이런 식으로 됩니다.

그렇게 인간에 의해 경작된 우주의 부분이 확대됨에도 불구하고 인간은 문명을 가진 이후 동물하고 다른, 어떤 고유한 갈등을 가지게 되었습니다. 그 갈등이란 ─ 공포, 불안이 그것입니다. 이 공포와 불안은 어디서 오느냐 하면, 원의 점선으로 표시된 부분에 대한 인간의 인격적인, 정서적인 반응이 이 고유한 공포, 불안입니다. 자기가 아직 경작하지 못한 황무지에 대한, 미지의, 아직 정보도 갖지 못하고 따라서 영향을 미칠 수 없는 우주의 부분에 대한 공포— 거기서 어떤 위험이, 어떤 나의 적이 다음 순간에 나를 습격할는지 모르는 데서 오는 정서적 반응, 그것을 우리는 불안, 공포 이렇게 부르기로 하는 것입니다. 그럼 이것이 왜 인간에게 고유한— 불안이나, 공포라는 것이 왜 인간에게 고유한 세계에 대한 반응 태도인가를 알아봅시다. 상대적인 의미이기는 하나 동물들은 이런 공포를 가지지 않는다고 말할 수 있을 것 같습니다. 동물도 물론 자기 환경에 대해서 불안과 공포를 가집니다. 자기를 잡아먹는 천적에 대해서는 어떤 생물도 물론 공포를 가집니다. 쥐가 고양이를, 이리가 사자에 대해서, 동물들이 자기 서식 영역 밖에 대해 어떤 공포를 가지고 있어서 동물학자들에 의하면 동물들에게는 사는 구역이 있다고 합니다. 그 구역 밖으로 일생 동안 나가지 않는다고 합니다. 그러나 동물들이 가진 공포나 불안이라고 하는 것은 동물들의 피부에서 얼마 떨어지지 않은 공간 안에서 일어나는 일에 대한 염려의 한계를 넘지 않습니다. 그림의 원을 가지고 말한다면, A라는 동물이 느끼는 불안의 두께는 자기 몸으로 느낄 수 있는 반경, 아주 가까운, 동물이 감각기관을 통해서 관찰, 지각 가능한 한계, 동물의 생물적 능력의 한계가 동물이 관심을 가지는 행동의 한계입니다. 그 한계 밖에 있는 미지의 것, 점선 부분에 대해서는 동물은 반응하지 않습니다. 동물의 입장에서는 점선으로 싸인 부분은 존재하지 않는 것과 같습니다.

I   생물적 동일성

i   문명적 동일성
i   예술적 동일성
동물   I
인간   I i*i*

　물론 물리적으로 객관적으로는 동물의 감각의 한계 밖으로 우주는 한없이 전개되어 있지만, 생태학적인 의미에서 동물의 생활하는 감각이 미치는 환경이라는 것은 저렇게 동물이 본능으로서 타고난 생태적인 테두리를 넘어서지 않기 때문에 그 밖의 물리적 공간은 동물들에게는 존재하지 않는 것과 마차가지인 것입니다. 그런데 인간의 경우가 어떤가 하면, 인간은 이 경우에는 동물과 결정적으로 다릅니다. 인간은 현재 자기가 생활 속에서 감각적으로 접촉하는 범위를 훨씬 넘어서 걱정도 하고 계획도 하고 구상을 세우기도 하는 이런 존재입니다. 우리가 적어도 1년 후의 걱정을 합니다. 또 사려 깊은 사람은 10년 후, 또 자기 청년 시대에 이미 자기 노년을 생각해서 나는 무엇이 되어가지고 ― 예술가가 되겠다, 정치가가 되겠다, 실업가가 되어서 ― 내 노년에는 어떻게 어떻게 지내겠다, 이렇게까지 인간이란 것은, 앞을 내다봅니다. 그런데 인간도 동물이기 때문에, 인간에게 감각적으로 가장 절실한 환경이란 것은, 예를 들어 지금 우리에게는 이 자리, 조금 넓혀서 이 교사, 더 넓혀서 우리 집, 우리 도시, 한국 정도 ― 이런 것이 아마 가장 가깝게 느끼는 환경이겠지요. 그러나 우리가 신문, 티브이를 통해서 세계의 뉴스를 알려고 하고, 달이 어떻게 생겼나, 화성이 어떻게 생겼나 이렇게 알려고 하고 더 나아가서 이 우주는 대체 누가 만들었느냐, 우주에는 처음은 있느냐 끝이 있느냐, 이렇게까지 갑니다. 가령 이 우주에 처음이 있느냐 끝이 있느냐를 지금 알아본들 실제적으로 우리가 어떻게 되는 것은 아닙니다. 그런데도 장구한 안목에서는 그 앎이 인간의 생활에 영향을 미친다는 의미에서 우리는 일생 한국에, 서울에서만 살 사람이 세계의, 태양계의, 은하계의, 우주의, 또는 하느님의—이런 무한히 확대되는 관심의 영역, 인간의 관심의 영역은 무한하다는 것을 보게 됩니다. 그래서 인간의 불안, 문명의 증대에 의해서 혜택을 받는데도 불구하고, 죽음을 극복하지 못했다는 것은—인간이 지금까지 정복한 부분에 비교하건대 아직도 인간의 능력으로 거느리는 우주의 부분보다 거느리지 못하는 부분이 비교가 의미 없어질 만큼 크다는 것을 뜻합니다. 인간이 목표로 삼는 것은 무한이기 때문에, 무한에 대해서는 어떤 증대된 문명의 유한한 상태라 할지라도 모두 같은 것입니다. 무한에서 (무한-1)을 빼거나 답은 마찬가집니다. 1에서부터 (무한-1)까지의 수치는 자기들 사이에서는 상대적으로 차가 있지만 무한하고 비교했을 때는 자기들 사이의 격차라고 하는 것은 무시할 수 있는 사정입니다. 그런데 인간은 문명이라는 과정을 통해서 그 욕망이 무한한 것에 이르지 않고는 쉴 수 없는 이런 존재가 되어버렸습니다. 이것은 증명할 필요 없이 우리 자신이 현재 그런 존재인 것입니다. 이 가운데는 교회에 나가는 사람도 있고, 절에 다니는 사람도 있고, 또 그 밖의 종교에 다니는 사람도 있겠지요. 그것은 우리가 현재의 생활을 하면서 무한한 것에 대한 욕망을 만족시키려는 데서 오는 행위인 것이지요. 이것은 증명할 필요 없이 우리 자신 속에 있고, 우리가 지금 실천하고 있는 본질입니다. 무한에 대한 목마름, 무한에 대한 욕망, 완전에 이르고 싶은, 그래서 이런 욕망의 끝을, 우리 이야기의 줄기에 다시 돌아가서 인간의 진화의 완성, 진화의 극한으로서 생각해봅시다. 이 상태의 가장 좋은, 전통적으로 사용하는 표현인 극락이라든지, 천당이라든지, 무릉도원이라든지 하는 모습은 인간이 하느님하고 꼭 같은 정도의 능력을 가지게 되고, 인간에게 죽음도 없고 질병도 없고 이 세상이 인간의 기쁨만을 위해서 존재하는 상태 — 이런 상태는 언제 올지, 실지로 올 수 있을지 이것은 아무도 알 수 없고 하지만, 현재의 우리의 문명의 추세로 보아서 우리의 문명이 잠재적으로 이념적으로 그와 같은 문명의 모형을 향해 나가고 있는 것만은 사실입니다. 다만 앞으로 장구한 시간을 거쳐도 그와 같은 것이 현실로 이루어질 확률은 대단히 작고, 한껏 인간의 능력을 크게 매겨도 확신할 수가 없습니다. 왜냐하면 인간의 능력이 어떤 수준에 이르기 전에 우리가 현재로서는 관측도 계산도 못 하는 먼 데서 지금 지구를 향해 계속 접근하고 있는 지구만 한 천체가 지금부터 1만 년 후에, 그때의 인류가 굉장한 문명에 도달했음에도 불구하고 아직 지구를 떠나지 못하고 있을 때에 한 외계의 천체가 우리 지구에 부딪친다면, 그때는 인간이 무한한 잠재력을 가지고 있음에도 불구하고, 그것으로 인간의 세계는 끝날 것입니다. 그러니 앞으로 인간의 욕망의 극한이 실현될 것이냐 아니냐 하는 것은 지금 아무도 점칠 수 없습니다. 그러나 그런데도 불구하고,

실현에 대한 보장이 없음에도 불구하고 우리는 그 극한의 실현에 대한 꿈, 실현의 모형을 의식이라는 형태로, 꿈이라는 형태로, 이상이라는 형식으로 이미 가지고 있는 존재입니다. 없는 것을 가지고 있는, 가지고 있지 않는 것을 가지고 있는 존재입니다. 이것을 기독교식의 말로 하면 우리는 이미 금단의 과일을 따 먹었다는 말입니다. 에덴동산의 금단의 과실을 말하자면 그때 따 먹었을 때의 죄가 계속 원죄로서 유전되는 것으로 성경이 말하고 있지만 인간의 문명이라는 금단의 과실이란 것은 종교의 금단의 과실보다 해독이랄까 하는 것이 더 큽니다. 왜냐하면 인간이 문명이란 이름으로 따 먹은 그 욕망의 과실이란 것은 처음과 마찬가지 크기로 유전되는 것이 아니라 문명의 발전과 더불어 불어나는 암과 같은 성격을 지니고 있기 때문입니다. 문명이 증대하면서 점점 무한에 대한 욕구는 분명해집니다. 직감적으로 우리는 옛날 사람들이 지금 사람들보다는 욕망이 덜하고 괴로움을 이기고 나쁜 뜻이 아닌 체념이 슬기도 되고, 소극적인 자기 억제의 능력이 있었음을 알고 있습니다. 그러나 오늘의 사람들은 점점 고통을 참는다는 성향은 줄어들고, 고통이 있으면 그 원인을 찾아 없애려 하고 더 편리하게 되는 것이 옳다는 길로 나서고 있습니다. 이것은 옳은 일이라고 생각합니다. 옛날에는 바꿀 힘이 없었으므로, 바꾸지 못할 바에는 참는 길밖에 없었지만, 일단 우리가 문명이라는 증대시킬 수 있는 힘을 우리 손아귀에 잡은 이상은 열심히 노력해서 불편을 점점 없애는 길로 나가자는 것은 당연한 이야깁니다. 그러나 그 없앤다고 하는 일이 언제까지 가도 영원히 아마 우리가 바라는 바 불안과 갈

등, 공포가 인간의 마음에서 사라지는 날은 오지 않을 것입니다. 그럼에도 불구하고 그 무한이라고 하는 신기루, 무한이라고 하는 환상, 완성이라고 하는 극한점에 대한 환상은 우리의 머릿속에 엄존합니다. 인간은 두 가지 현실 사이에서 분열되어 갈등을 겪는 존재입니다. 모름지기 인간은 어떤 시대의 인간이든지 이런 공포를 가지고 있기 때문에 여러 가지 길로 마음을 달래왔습니다. 여러 가지 길이라고 하는 것은 여기에 i로 표시한 과학은 제외하고— 왜냐하면 과학이란 것은 할 수 있는 것밖에는 안 하는 것이고, 그 할 수 있는 일이 유한한 데서 바로 공포나 불안이 오기 때문에 지금 말한 무한 자체에 대한 목마름을 푸는 길은 안 됩니다. 무한에 대한 목마름을 더 부채질합니다. 옛날에는 몰랐던 욕망을 새로 창출해냅니다. 그러면 인간은 어떤 발명을— 원초적인 불안, 진화를 완성시키지 못하는 데서 비롯되는 근본적인 불안을 무엇을 가지고 껐느냐 하면 종교를 가지고 그렇게 했습니다. 종교를 가지고— 절대적인 힘이 있는 어떤 존재를 상상함으로써 그 존재와 어떤 관계를 맺음으로써 자기는 무력한 존재이지만, 그 전지전능한 존재에게 충성을 맹세함으로써 그 존재의 호의의 베풂을 받아 그 존재가 가진 전능한 힘을 나도 입게 된다, 하는 방법으로써 인간은 저 부채꼴 이외의 원의 부분에 대한 불안 공포를 이겨냈습니다. 그것이 복을 빈다든지 이 세상이 끝나고 저세상에 가서 그 신의 나라에서 신의 가족으로서 산다든지 하는 방법입니다. 그것은 지금까지 계속되어오고 있습니다. 그리고 또 한 가지 방법은 인간은 예술이라는 방법으로 같은 목적을 추구해왔다는 것이 제 생각입니

다. 이 설명만 하면 결론을 말하는 것이 됩니다. 저기 세번째 i라
고 표시한 것은 무엇인가 하면 상상력을 표시한 것입니다.

종교와 예술은 어떻게 구별해야 할까, 이것을 말하는 것이 순서
가 되겠지요. 종교와 예술은 I와 i의 수준에서는 존재하지 않는 현
상입니다. i의 수준— 즉 상상력 안에서 일어나는 현상입니다. 상
상력 속에서 인간의 의식이 자기 존재의 최종의 진화 상태, 즉 $i=$
무한의 상태에 도달하는 현상입니다. 종교는 이 상태를 현실로 주
장합니다. $(i=$무한$)+$라고 표시할 수 있겠습니다. 예술은 이 상
태를 약속된 환상으로만 주장합니다. $(i=$무한$)-$로 표시할 수 있
겠습니다. 종교와 예술은 그 형식(상상력)에서는 같고 현실과의
관계$(+, -)$에서는 다른 것입니다. 종교는 인간 진화의 마지막
단계가 신의 보장 아래에서 현실로 일어난다고 주장하고, 예술은
그런 보장은 주장하지 않고(i처럼), 약속에 의해 간주되는 환상$(i$의
기능)으로 진화의 완성을 경험하는 인간 행위입니다. 종교가 무한
을 현실로 체험하는 것은 그렇다 하고라도, 예술 현상에서 비록
환상이라도 무한이 체험된다는 것은 무슨 말일까요? 그것은 첫째
로, 상상력 자체의 성격입니다. 상상력은 기억의 내용을 지식으로
서가 아니라 실제로(의식 속에서는) 인식하는 기능입니다. 이것은
물론 그대로는 오류입니다. 그래서 우리는 일상생활에서는 이 상
상의 내용을 곧 현실적으로 극복하는 입장으로 돌아옵니다. 아무
리 희한한 상상을 하고 나서도 그것에서 빠져나와서, 그것(상상)
의 내용을 해석합니다. 즉 실재(상상 속에서일망정)를 부정하여 그
보다 정확할망정 가난한 상식으로 돌아옵니다. 그러나 예술의 감

상에서는 거꾸로 됩니다. 예술에서 얻을 만한 상식까지도 포함한 현실 자체의 환상 속에 머뭅니다. 인간의 의식은 현실을 지각할 때는 상상 기능은 닫히고, 상상 활동을 할 때는 현실에 대한 지각이 멈춘다는 구조를 가지고 있습니다. 상상할 때 인간은 의식의 내용, 즉 기억을 마치 현실을 지각하는 것처럼 인식하는 것입니다. 그런데 현실이라는 것은 자아만이 아니라 자아 밖의 우주의 부분까지 합친 것이므로 우리는 마음속에 또 하나의 세계를 가지고 있는 것이 됩니다. 그리고 마음속에 있는 자아 밖의 우주의 부분이라는 것은 그것도 실은 자아(의식)이므로 예술 감상에서는 인간은 두 개의 자아를 운용하게 됩니다. 한 개의 자아와 한 개의 우주가 대면하는 현실 지각과 이 점이 다릅니다. 예술은 이 상태를 환상인 줄 알면서도 인간이 무한(현실)에 도달하는 유일한 경험으로서 받아들이는 것입니다. 이것은 아마 인간의 의식의 능력에 대한 기대를 나타냅니다. i의 진화가 '무한히 계속된다면' 하는 조건하에서 i의 결과를 구상해본다는 진화론적 의미를, 인간 의식의 특이한 구조인 상상의식의 환상성을 빌려서 조직한 것이 예술입니다. 이것이 예술이 무한을 성취한다는 의미입니다. 신과의 대화나 보상이라는 것을 배제하고서, 그 대신 진화가 무한히 계속된다면, 인간의 의식은 어디까지 도달할 수 있을까를 생각해보고, 그것은 마치 상상 속에서 우리가 현실의 환각을 가지는 것처럼, 즉 꿈속에서 꿈이 현실인 것처럼, 인간의 의식이 곧 우주가 되는 상태를 약속해보는 행위입니다. 여기까지 이야기를 정리해봅시다. 인간은 I의 자격에서는 우주의 부분으로서 존재만 할 뿐 자기 존재와 자기가 속한 전체와의 관계를 모릅니다. 우주는 에너지 불멸의 법칙 아래 인간을 그 속에 가지고 있으며 우주 속의 온갖 변화는 우주를 벗어나지 못합니다. i는 이런 법칙을 이해하는 의식입니다. i는 자신이 우주의 부분이며, 인식이라는 것은 우주의 에너지의 한 부분이며, 우주라는 것에 속해 있음을 압니다. 그런데 상상력의 주체인 *i*에서는 *i* 자신이 우주로 환상합니다. 우주는 *i* 속에서 에너지 불멸의 법칙에 따라 변화하는 존재가 됩니다. 인식이 실재로 간주됩니다. 이 같은 상상력의 환상은 i의 통제 속에 있을 때는 i를 위한 보조 노릇을 하며, 상식과 과학의 중요한 도구 노릇을 합니다. 그런데 상상력의 환상을 그대로 주장하고 의식과 우주의 동일성을 주장하는 것이 종교와 예술입니다. 종교는 신의 권위에 의해서 그렇게 하고, 예술은 인간 의식의 극한 진화의 꿈에 대한 갈망 때문에 그렇게 합니다. 예술이 인생의 진리를 표현한다고 흔히 말하는데, 이 표현은 혼란을 줄 염려가 있습니다. 예술품은 진리를 표현한다는 말은 예술품이 회심回心의 매개물이라는 점을 자칫 놓치게 할 객관적 오류에 인도할 수 있습니다. 예술품은, 그것에 접한 감상자가 그것의 도움을 받아 자기 안에서 I와 i로서의 자기를 넘어 *i*로 변신하는 회심의 현상을 일으키게 합니다. 예술 현상＝예술품×감상→*i* 현상 이렇게 표기할 수 있습니다. 예술 현상이란, 예술 기호(작품)를 감상하는 순간의 상태, 즉 예술품과 인간 의식이 연결되어 있는 상태입니다. 이 상태는 무당이 주문을 외운다든가, 무무巫舞를 춘다든가, 경문을 외운다든가, 미사의 빵을 먹는다든가 하는 '행위'이며, 그 행위 순간에 성립하는 접신인격接神人格에 비유되는 것이 가장 적절합니다. 예술을 감상하는 순간에 개인은 초일상급의, 초과학수준의 개인이 되는 것입니다. 인간이 I의 상태를 면하는 것은 i의 능력인 자기 자신의 동일성을 넘어서는 (i_1, i_2, i_3……) 능력인데, i에서는 그 능력의 극한을 환상하는 것입니다. 계통 발생이 무한대로 진행된 끝에 성립한 인간의 개체를 상상하면 될 것입니다. 즉 i로서의 인간은 선대先代의 능력을 의식과 기호의 힘으로 학습 승계한다는 특이한 개체 발생(i)의 형식을 가진 존재가 이 위력 있는 능력의 그 극치점을 공상하는 상태입니다. 예술에서는 우리는 기호의 힘에 도움 받아서 우리 자신 속에 무한대의 인격이 곧 나 자신임을 공상합니다. i는 개체 속에 갇힌 무한 세대의 윤회입니다. 개체 속에 압축된 인류의 계통생生입니다. 예술적 자아인 i는 이른바 소아小我가 아니라 대아大我입니다. 그 대아가, 이 육신 속에 있다는 역설이 예술의 법열입니다. 그러나 물론 환상의 기쁨입니다. 예술품을 감상할 때 우리는 그 예술품을 I나 i의 입장에서 우주의 한 부분이라고 생각하지 않고 자신까지 포함된 우주 자체라고 환상하기로 한다는 말입니다. 인간이 자신 속에 머물면서 자신을 넘어서는 인간의 자기동일성의 이런 부분이 i로 표시된 부분입니다.

예술을 저렇게 부채꼴 밖에다 쓴 것은 I와 i가 생물적 자기동일성, 도구 사용자로서의 동일성을 관장하는 부분이었는데, 이 i는 그 시대마다 인간이 자기의 생물학적 능력과 기술적 능력에 의해서는 해결하지 못했던 인간적 욕망의 부분을 환상적으로 해결한 그러한 인간의 행위 능력을 예술이라고 부르고 그것을 i로 표시한 것입니다. 예술품品이라는 것은 이처럼 공상적으로 무한 진화된 어떤 종의 계통 발생의 DNA인 셈이며 그런 예술품品을 만든다, 감상한다는 것은 그런 DNA의 인공 조립, 자기 속에서의 그 DNA 의 개체 발생 조작인 셈입니다. 그래서 저 i는 인간의 진화의 완성을 그 시대, 그 자리, 그 개인 속에서 이룩했다—이런 의미를 가집니다. 이것을 역시 기호로 표시하면 그림과 같이 됩니다. 저 부채꼴 사변에 있는 i_1, i_2, i_3 ⋯⋯i_n이라는 것은 저 부등기호를 사용하면 그 앞의 것이 뒤의 것보다 작고 뒤에 오는 것이 앞의 것보다 크다는 관계에 있습니다. i_1문명보다는 i_2문명이 i_2문명보다는 i_3문명이⋯⋯ 이런 식으로 사변을 올라가면서 그 양도 커지고 질도 크다는 관계에 있습니다. 양이 증대하면 질도 증대한다 이런 관계에 있는데, i_1, i_2, i_3라고 하는 단계는 서로 어떤 관계에 있느냐 하면, 등부호로 연결되는 관계에 있습니다. i_1, i_2, i_3 ⋯⋯i_n 이렇게

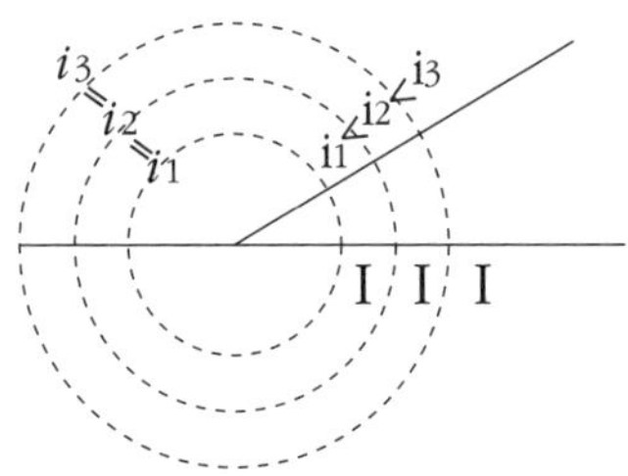

나가는 각 시대의 예술이라는 것은, 각 시대마다 예술의 양적 형식 또는 양이라는 것은 좀 어려운 또는 이상한 표현이기 때문에 다른 말로 해서 모양 혹은 형식은 i_1예술이니 i_2예술이니 하는 다른 얼굴을 가지고 있음에도 불구하고 그것의 질, 그 형식을 가지고

나타내려고 하는 내용은 같다는 표시입니다. 내용이 같다는 것은 더 명확하게 표시할 수 있습니다. 어떻게 같냐 하면 예술이 나타내려고 하는 것은 유한수가 아니라 무한 그것입니다. 그런데 무한에는 작은 무한, 큰 무한이라는 것이 없습니다. 무한이라고 하는 것의 수학적 성격상 그렇습니다.

예술품品이라는 DNA의 조립 원칙은 그 구성 인자의 어느 것도 최종적인 것이 아니게, 어느 인자도 결정인이 아니게 하는 것입니다. 즉 I나 i와 같은 상대적 자기동일성을 넘어선 자기부정적 자기동일성이라는, 어떤 신학에서 신의 인격을 설명할 때에 쓰는 부정의 동일성과 일치한다 하겠습니다. 이 일치는 우연한 것이 아니고 아마 신이란, 인간의 이상의 얼굴이기 때문일 것입니다. 원시인들이 생각했던 신이라는 것은 자기 마을에서 제일 큰 나무라든지, 뒷산에 있는 가장 큰 바위라든지였습니다. 좀더 나가면 앞바다에 사는 고래였다든지, 어떤 부족의 경우에는 독수리였다든지, 이렇게 해서 기독교에서의 신, 또 불교에서의 신, 이런 식으로 무한자의 모습은 얼굴을 달리했습니다. 그러나 오늘날 우리가 종교사원에 가서 기도하는 절대자와 50만 년 전 원시인이 떠오르는 해를 보고 — 해를 신으로 섬기는 어떤 부족인 경우에 — 느꼈던 내용은 꼭 같을 수밖에 없습니다. 무한이란 개념의 논리적 성격상 무한 사이에는 차별이 있을 수 없기 때문입니다. 문법적으로 고쳐 말하면 '무한'에는 복수가 없는 것입니다. 해와 십자가면 십자가, 불상이면 불상, 나타내는 모양은 다르지만 두 가지가 그런 얼굴을 가지고 나타내려고 하는 내용의 질량은 같습니다. 원시인이 섬긴 신은 지금 우리가 섬기는 신일 수밖에 없습니다. 그러면 왜 그렇게 모습이 달라졌는가? 그것은 이런 예를 한 가지 들 터이니 여러분 스스로 생각해보십시오. 옛날에 항생제가 금방 발명되었을 때에는 항생제가 만능의 약처럼 여겨지고 뿐만 아니라 대단히 낮은 단위의 항생제를 썼을 때에도 높은 효력을 보여줬습니다. 어려운 병이 쉽게 나았습니다. 그러나 이후 균들이 항생제에 대항하는 힘을 진화시켜왔기 때문에 점점 고단위의 약을 쓰지 않으면 같은 균인데도 다스리지 못하는 악순환이 지금 의약이 부딪친 모순이 되고 있습니다. 그것을 말씀드린, 왜 옛날 사람은 소박하고 간단한 방법으로, 신학도 아무것도 없이 바로 우주의 신비와 직면할 수 있었는데 요즈음의 사람들은 신앙에 들어간다고 하는 일이 왜 그렇게 어려운가? 일단 들어간 다음에도 절대자와의 정말 에누리 없는 생생한 공감을 유지하기가 그렇게 어려운가 하는 것을, 이 항생제의 예를 가지고 생각해보시기 바랍니다. 그리고 예술이 이처럼 여러 가지 형태, i_1, i_2, i_3 …… i_n 이란 형태를 취해오는 것도 이와 꼭 마찬가지 까닭인데, 오늘날의 예술과 원시 시대의 예술은 그 본질에서도 조금도 다름이 없는데 오늘날의 우리는 이미 50만 년이라고 하는 두꺼운 문명이라고 하는 차단 막이 생겼기 때문에 그 차단 막이 우주를 전부 정복하지 못했음에도 불구하고 예술과 관련해서 말한다면 그 문명이라는 옷의 두께가 원시인들의 경우에는 그것 없이도 뛰어넘을 수 있었던 인간적인 한계를 극복하는 데에 큰 방해물이 되고 있습니다. 종교의 비유를 든다면 하느님에게 가까이 갈 수 있는 사람은 많이 배운 사람이 아니라 배우지 못한 사람일수록 좋다, 그래서 저 어린아이들같이 되지 않으면 너희들이 내 나라에 들어오지 못할 것이다, 이런 이야기를 모든 종교의 시조들이 한결같이 하고 있습니다. 그리고 이미 그런 문명의 옷을 입은 사람은, 입었으면 그것은 입은 대로 그 사람의 운명이지만, 만일 그 사람이 종교의 나라에 들어오려고 원한다면 자기가 입고 있는 그 옷이 귀중한 옷임에도 불구하고 그 옷보다 더 귀한 옷이 있다는 깨달음에 도달하려면 그 옷을 과감하게 벗어야 한다, 는 말을 대종교가들이 하고 있습니다. 마찬가지 이야기를 저는 예술에 대해서 말합니다. 만일 우리가 오늘날 복잡한 예술의 형태를 취한다고 해서 옛날 예술보다 더 진화되었다고 생각한다면, 이것은 예술 이론으로서는 옳지 않은 이야깁니다. 기술 문명에 대한 이야기라면 그것은 전적으로 잘못 생각하고 있는 이론입니다. 그것을 제가 흑판으로 표시한 것이 한쪽의 부등기호와 다른 쪽의 등기호로써 표시한 내용입니다. 이것도 여러분이 원하시는 분들은 노트를 했다가 나중에 잘 생각해보시기 바랍니다. 그래서 여러분에게 다 이야기할 필요가 없는 것은 여러분이 앞으로 2년 동안 스스로 생각하고 깨달을 것이기 때문에 또 오늘 이야기는 완전한 것일 수도 없고 또 여러분이 완전히 이 자리에서 이해할 필요도 없다고 생각합니다. 몇 가지 여기서 강조한 요점을 기억해두셨다가 생각날 때마다 돌이켜보는 성의만 있다면 족하다고 생각합니다. 예술이라고 하는 행위는 인간의 진화의 과정을 환상적으로, 즉, 상상 속에서 완성해보는 특별한 인간 행위다, 이것이 나의 이야기의 결론입니다.

길에 관한 명상

길이라는 말처럼 그것이 뜻하는 사물의 범위가 넓은 말도 드물 것이다.

이 말이 적용되는 가장 큰 규모의 대상은 태양과 그것을 중심으로 돌고 있는 천체와의 관계일 것이다. 이 관계의 운동적인 측면을 우리는 '궤도'라고 부른다. 태양과 그의 위성들이 생긴 뒤에 이들 물체는 '궤도'라는 공간적인 형식에 나타나는 일정한 관계를 유지하고 있다. '궤도'라는 것은 '변하지 않는 범위 속에서의 변화'를 뜻한다. 변증법의 표현에 따른다면 변화와 변화 아닌 것의 통일이다. 천체의 움직임이 보여주는 이 질서는 인간들에게 깊은 인상을 주었다. 하늘에서 움직이는 위대한 물체들에게 '길'이 있다는 현상은 이 우주가 체계 있는 어떤 것이라고 인류가 받아들이게 하는 데에 결정적인 영향을 미쳤다. 인류의 체계적인 지식의 처음 형태가 천문학이라는 것은 어느 지역에서나 마찬가지이다. 천체라는 것이 가장 객관적인 모습으로 관찰할 수 있는 대상임을 생각하면 인간 쪽의 자연스러운 대응이다. 거기서 사람들은 의미를 찾으려고 했다. 왜 천체가 그런 길을 따르고 있는가 하는 점에 대해서 과학적인 접근과 초과학적인 접근이 언제나 혼합된 형식으로 이루어지는 것도 지구상 어디서나 볼 수 있는 현상이었다. 천문학은 과학이면서 마술이거나 종교의 일부였다. 천체들의 '길'은 눈에 보이는 길이면서 눈에 보이지 않는 길과 관련이 있는 것으로 생각하려고 했다. 대부분의 경우에 그 '길'은 어떤 인격적인 존재의 '뜻'이라고 생각하고 그 '뜻'이 인간에게 어떤 이야기를 전하려고 하는지를 해석하고자 하였다. 아무튼 이처럼 인류는 천체의 움직임에서 최초로 '길'이라는 사물을 혹은 '길'이라는 개념을 형성하게 되었으리라는 짐작을 해볼 수 있다. 이 경우의 '길'의 특징은 그것이 객관적이고 규칙적인 반면에 멀리 있는 것이어서 운명적인 성격을 가진다. 우리가 그것을 바꾸는 길은 없다. '길'의 또 다른 뜻인 '방법' '기술' '수단' 같은 것과 가장 멀리 있는 것이 이 '하늘의 길'이다. 이 우주에 인간보다 먼저 태어난 천체가 이윽고 만들어낸 길인 '궤도'를 인간은 땅 위에서 우러러볼 뿐이었고 그 영향을 따를 뿐인 것으로 받아들였다.

'길'과 인간의 다음 단계는 곧바로 지구 위에서 벌어진다. 지구가 냉각되고 지구 표면의 높낮이가 대체로 고정되면서 처음 '길'이라는 말로 표현할 만한 현상은 '물길'이었을 것이다. 지표면의 골과 골 사이를 흐르고 높은 평면에서 낮은 평면으로 이동하면서 마침내 바다로 들어가는 물이 운동하는 '길'인 강과 내라고 불리는 이 현상에 이르면 그 길은 생물로서의 태초의 인간들에게 단번에 가까운 것이 된다. 이 '물길'은 지구 위에 고등한 생물들이 모두 그 진화를 마치고 출현했을 때는 생명을 가진 그들의 운동의 큰 축이었다. 규칙적으로 찾아와서 물을 마셨기 때문에 '물길'은 '물 마시러 오는 길'과 연결된다. 뭇짐승들이 세대를 두고 사용하는 이 길은 지리적인 변화라는 것이 안정되는 만큼 그에 따라 안정되었을 것이다. 사람의 조상들도 이 길의 동참자였을 뿐만 아니라 나아가 특별한 동참자였을 것이다. 그들은 짐승들을 사냥하였기 때문에 그 사냥 장소 중에 중요한 하나는 틀림없이 짐승들이 물에 접근하는 통상적인 길의 주변이었을 것이다. 짐승들이 물길을 찾아가는 길 위에서 사냥은 이루어진다. 이것은 오늘날까지도 사냥의 가장 보편적인 기술 가운데 하나이다. 꼭 물을 마셔야 하기 때문에 짐승들은 반드시 나타난다. '길목'이라는 것은 가장 유리한 공격 지점이 된다. 이렇게 해서 '물의 길'과 '짐승의 길'과 '사람의 길'이 어우러진다. '길목'이라는 표현을 가능하게 하는 이 길들의 복합 형식은 벌써 객관적인 것만은 아니게 된다. 물의 '길'인 강과 짐승들이 그곳으로 가는 '물에의 길'은 인간의 지배 밖에 있는 객관적인 사물이지만 그것들을 '길목'으로 사용하는 사냥의 길은 인간이 선택한 길이다. 인간이 자신의 생존의 '방법' '수단' '기술'로서 지배하는 주체화된 길이다. 주체화된다는 과정은 '길'이라는 말의 용법 속에 정착되어 있다. '길들인다'는 용법이 그것이다. 길들인다는 것은 주체가 아닌 것을 주체에게 본질적인 것으로 만든다는 뜻인데, 그 현상을 우리말에서는 '길들인다'고 나타낸다. 밖

에 있는 길을 안에 들여놓는다는 표현이다. '안'이란 물론 인간의
안, 인간의 의식, 인간의 감각의 '안'에 '들여놓는다'는 뜻이다.
이렇게 해서 밖에 있는 길은 비로소 인간의 안에 있는 어떤 정보,
어떤 표상이 된다. 야생의 동물을 길들이는 과정이 사냥의 다음
단계라는 점을 생각할 때, 그것을 '길'과 관련해서 파악한다는 것
은 '길'이라는 사물에 대해서 인류가 깊은 인상을 아주 처음부터
가졌음을 짐작하게 한다. '길'이라는 것이 움직임과 움직이지 않음
과의 교차점에 있다는 생각에서 야생의 객관적인 존재인 짐승을
인간의 손이 닿는 자리에 두고 지배하는 것을 길들인다고 파악하
기에 이른 모양이다. 그것은 짐승과 사람 사이에 긴을 연다는 말
도 된다. '사냥'이라는 형식의 관계에서 '길들이기—길들여짐'이라
는 관계로 바뀌는 것인데 이런 기술을 '길'에 관련해서 이름 붙인
것이다. 길들인 짐승을 인간은 '기르'게 된다. '기르'는 것은 식물
에도 그대로 사용되는 기술이다. 이것은 원시 인류에게는 자연스
러운 일이었을 것이다. 짐승이건 식물이건 그것들은 인간 밖에 있
는 생명이다. 그것들의 원래 모습대로 유지하면서 그대로 인간의
소유로 묶어두는 것이므로 같은 성격의 행동이라고 파악한 것이
다. 길→길들이기→기르기, 이렇게 '길'은 인간의 곁에 가까워지
고 마침내 인간 자체의 능력, 인간이 자기 안에 갖추게 되는 '기
술'이 된다. 이 과정에서 객체였던 것이 주체의 내용이 된다는 결
정적인 움직임이 있다. 원시 인류의 사냥 생활이나 최초의 지배
생활에서부터 언어의 발생 사이에는 방대한 시간이 흘렀을 것이므
로 '길'이라는 말이 '길들이기' '기르기'까지에 이르는 변천이 동

시적으로 이루어졌다고 볼 수는 없다. 그러나 시간적으로 선행한 체험을 뒤미처 언어로서 파악하면서 ‘길’이라는 말에 이만한 폭을 주고, 그 폭을 지렛대 삼아 선행 체험을 규정한다는 것은 말이 없던 시대에도 사실은 ‘길’이라는 사물과 ‘기르기’라는 사실을 비슷한 것으로 파악했다는 것을 뜻한다. 말이 아닌 ‘현실의 길’ 자체가 그런 ‘뜻’의 기호로 기능하였다고 말해볼 수 있다는 말이다.

하늘에도 길이 있고, 물에도 길이 있고, 땅에도 길이 있고, 짐승들에게도 길이 있으며 짐승과 식물과 사람 사이에도 길이 있게 되었다.

이처럼 ‘길’이라는 말에는 운동과 규칙성, 객체적인 것과 주체적인 것 그리고 ‘관계’ 따위의 ― 인간 의식이 세계를 파악하는 중요한 인식 형식이 모두 들어 있다. 그뿐만 아니라 마침내 ‘길’은 ‘길이’라는 추상적인 형식에까지 이르는데 이것은 일차적으로 공간적인 개념이면서 시간적인 개념으로도 사용된다. 이 용법은 모든 국어에서 마찬가지다. 그러니까 ‘길’이라는 말은 실체, 관계, 운동, 시간, 공간, 기술이라는 개념을 모두 가지고 있다. 뜻하는 범위가 이만큼 넓은 말도 드물다고 해도 지나칠 바가 없다.

짐승과 식물을 길들인 다음의 인간은 정착 생활의 시대에 들어서게 된다. 앞에서 짐작해본 것처럼 그 이전의 인류 생활에서의 길의 역할이 우리가 생각하는 것보다 훨씬 근본적이었기 때문에 정착 생활 이후의 인류에게 ‘길’의 의미가 갑자기 달라졌다고 말하기는 어렵다. 그들은 여전히 사냥을 했고, 야생의 식물을 채취하는 생활도 여전히 계속하였고, 그런 생산 활동은 여전히 짐승과 야생 식물에 이르는 일정한 '길'을 통해서 이루어진다.

정착 생활 이후와 이전을 가르는 제일 큰 변화는 '인간—자연' 사이의 움직임의 형식이 아니고 '인간 집단—인간 집단' 사이의 관계 형식이다. 부락과 부락 사이의 '길'이 비로소 열린다. 주거가 일정하지 않은 인간 집단 사이에서는 길이라는 관계 형식이 정착할 수 없었을 것이기 때문이다. 현존하는 여러 민족의 기록에는 '여행'의 주제가 중요한 부분을 차지한다. '길 떠나기'이다. 이것은 해나 달이 가는 길, 짐승이 다니는 길, 사냥터로 가는 길, 밭으로 가는 길처럼 잘 아는 길, 다져진 길이 아니다. 길의 개념과 모순되는 잘 모르는 길, 길이 없는 길, 길 아닌 길인 것이다. 여기에서 '길'의 새 성격인 모험, 비규칙적인 것, 위험, 혼돈 같은 국면이 전개된다. 고대의 영웅들은 '길 떠나기'로부터 그의 경력을 시작한다. 이상한 어떤 장소, 거기 사는 괴물, 거기 있는 보물, 이런 대상을 찾아 그는 길을 떠난다. 그의 앞에 있는 사물로서의 '길'도 확실치 않고, 그 길을 찾아가는 '길(방법)'을 미리 아는 것도 아니다. 그런데도 그런 '길을 떠나'는 것은 가장 가치 있는 일이다. 그런 '길을 마치'고 돌아오면 그에게는 행복과 지위가 주어진다. 이런 종류의 '길'의 가치를 집약한 것이 미궁迷宮 전설이다. 여기서는 '길을 잃지 않고' 살아 나온다는 자체에 의미가 주어져 있다. 인류 생활의 어떤 시기에 집단과 집단 사이의 통상적인 관계를 수립하기 위한 경험에 수반한 위험과 지혜를 상징적으로 반영한 표현이 미로, 미궁 전설이다. 길을 잃는다는 것은 죽음을 의미하고 길을 찾는다는 것은 삶을 의미하고 있는 것이 이런 계열 전설의 주제이다. 이러한 고통과 모험의 오랜 단계 다음에 오는 것이 '순례의 길'이다. 이 길가기에 들어오면 그 곳에는 이미 한 중심을 향해 무수한 길들이 길들여져 있다. 모든 길은 그것이 향하는 방향이 있다. 인간의 집단들은 연결되어 있고 가장 영향력 있는 집단이 모든 길의 교차점이자 출발과 도착의 표준 공간이 된다. 성지와 수도가 그 장소가 된다. 사람들은 자기 평생에 그곳에 가보는 것이 삶을 완성하고 풍부하게 하는 것이라고 믿는다. 이 길은 성스러움과 행복과 권력의 길이다. '모든 길은 로마에 이른다'고 말한다. '고향을 길 떠나'는 것이 야심 있는 사람의 삶을 출발하는 형식이다. 여기까지가 '길'의 외형적 발달의 극점일 것이다.

대륙간의 길, 바다를 건너는 바닷길, 더 나아가서 우주를 향한 길도 이 길의 반복이며 본질에서는 다르지 않다.

여기까지 오는 사이에 인간은 언어생활을 시작하게 되었고 길을 위한 지도를 가지게 되었다. 언어라는 것은 인간의 경험을 정리하기 위한 지도이다. 좀더 정확을 기해보면, 언어 체계란 인간의 경험인 머릿속의 산과 벌판, 강과 바다를 시간과 공간의 축 위에 표시하기 위한 좌표계이고 낱낱의 단어는 그 지점의 좌표 값이다. 이렇게 해서 인간은 '마음'이라는 혼돈의 공간에 가로세로 줄을 긋고 그 줄의 교차점마다 이정표를 세우는데 그 이정표의 문면이 우리가 낱말이라 부르는 사물이다. 인간의 마음은 이렇게 해서 길을 가지게 되었다. 이제 길은 마음속에도 있다. 이 마음속의 길은 비가 와도 허물어지지 않고 지진에도 영향을 받지 않는다. 그것은 변하지 않는다. 변하는 것은 그 길(언어)을 지나가는 사물이다.

'말'이라는 것은 어느 문명에서나 신성하고 신비한 힘을 가진 실체로 오랫동안 믿어왔는데, 그것은 이처럼 '말'이라는 것이 '길'이 내면화된 것으로서 인류의 경험의 요약이며, 자신의 지식이기 때문이다. '길'은 '진리' '지식' '힘'과 같은 뜻으로 쓰이게 된다. 이렇게 쓰일 때의 '길'이란 곧 '말'이다. '길'→'말'→'진리'라는 길을 밟는다. 짐승들도 길이 있고, 그들도 아마 말(곧 그들 안의 길)을 가지고 있을 테지만 그들의 길은 그들의 몸과 혈관과 신경 자체이며, 그들의 말은 그들이 타고난 유전 정보이다. 그들의 말은 지도나 언어처럼 그들의 몸에서 분리되어 있지 않다. 그들에게서는 말한다는 것은 몸이 움직인다는 것이다, 그들의 생활이 그들의 말이다. 인류는 어느 시기에 자연(이를테면 '길')이 곧 기호였던 것처럼 그들의 몸 자체가 자신들의 기호라는 형식에서 그들은 벗어나지 못한다. '자기 자신의 유전 정보' — '자신의 육체' 사이의 관계를 객관화한 것이 인간의 언어이다. 인간은 자기 손으로 만든 이 마음속의 길을 걸어다닌다. 이것이 '생각'이라는 행동이다. 이 길은 시간과 공간의 제약에서 벗어나 있다. 마음의 '길'인 말은 언제나 새롭다. 언제나 옛길이면서 언제나 새길이다. 이 길(말, 그 운용인 생각)의 발명으로 인간은 짐승들처럼 언제나 몸 자체를 위험에 노출할 필요에서 해방된다. 그는 말의 길 위에서 시간을 들여 심사숙고할 수 있다. 지난 경험을 몇 번이고 되밟아볼 수 있고 새 길을 치밀하게 미리 걸어볼 수도 있다. 이렇게 해서 그의 행동의 정확성과 생산성은 엄청나게 늘어간다. 개인 수준의 경험에서만 이런 일이 일어난다는 말이 아니다. 말은 전달과 기록을 가능하게 하기 때문에 개인이 이용할 수 있는 지도의 넓이는 개인의 체험을 초월한다. 지도라는 것은 비록 개인 수준이 아닐망정 인간이 움직인 궤적—곧 걸어다닌 길의 흔적이며, 우리가 지도를 볼 때는 상상 속에서 초고속의 신체 운동을 한다. 지도 위에서 에베레스트 산을 본다는 것은 '본다'는 행위를, 거기까지 '길을 간다'는 행위의 의식儀式으로서 집행한다는 뜻이 생리적으로 실천된다는 것을 말한다. 어떤 언어를 이어받는다(언어를 습득한다)는 것은, 선행하는 세대가 몸으로 재어본 실재를 축척縮尺으로 기록한 지도를 상속받는 것과 같다. 말과 더불어 우리는 그 말을 성립시킨 운동의 감각을 상속받는 것이 된다. 그런 뜻에서 '말'이야말로 가장 기본적인 기억이며 정신의 기본 신화이다. 말을 가지고 신화를 기록하기에 앞서, 말 자체가 신화인 것이다. 말이라는 경험의 기록, 경험의 길은 이와 같은 실체적인 기반을 가지고 있기 때문에 그것은 언제나 '실체'라는 착각을 주어왔다. 실체적인 기반이라는 것과 실체 자체라는 것은 다른데도 인간의 많은 세대가 이 혼동 속에서 헤어나는 데에 어려움을 겪은 것은 이유 있는 혼동이었던 셈이다.

마술에서 과학으로 이르는 장구한 과정을 거치고 비로소 인간은 '말의 길'과 '자연의 길'을 구별하고, 구별하는 데에서 오는 이득을 누릴 수 있는 새 길에 접어들게 된 것은 오래된 일이 아니다,

짐승들에게는 한 가지밖에 없는 길이 인간에게는 세 가지 길이 있다. 첫번째 것은 짐승들과 공유하는 길이다. 우리보다 먼저 존재한 자연과 우리 자신이지만 우리가 만든 것이 아닌 우리의 몸이

다. 자연과 몸에는 그들의 길이 있다. 별과 강에는 그들의 길이 있고, 우리 몸의 혈액과 신경은 그들의 길을 가지고 있다.

두번째 길은 우리가 말을 가지면서 만들어내게 된 지식의 길이다. 이 길은 자연과 짐승으로서의 인간을 길을 인간의 마음속의 지도로 옮겨놓는 능력에 의해서 가능해진 인간 의식이 걸어가는 길이다. 이 길이 지켜야 할 규칙은 첫번째 길과 늘 대조하고 첫번째 길을 이해하는 도구로서의 자리를 잃지 않아야 한다는 것인데 보통 이 길을 우리는 지식, 과학, 기술 따위로 부른다. 이 길은 끝이 없을 것이다. 이 길은 첫번째 길을 개선하는 도구이다. 생물적인 종으로서는 진화를 완결시킨 인간이 스스로 발명한 방법으로 진행하는 비유기적인, 인공의 진화의 길이 이 길이다. 이것은 짐승들이 모르는 길이다. 인간의 영광과 비참은 이 길에 들어섰다는 사실에서 비롯된다. '낙원 추방'이라고 표현되는 종교적인 장면은 짐승들의 평화와 갈라진 인간의 운명을 말하는 것인데 이 추방은 분명히 비참이기도 하고 영광이기도 하다. 그 이후에 걸어온 인간의 운명은 이 사실을 단순히 영광이라고 할 만한 과정이 아니었고, 지금 도달한 성과도 미래의 전망도 영광의 한마디로 부를 수 있는 것처럼은 결코 보이지 않는다. '자연의 길'과 '기술의 길'이 점점 더 분명해질수록 기술적인 인간의 길은 영광이라기보다는 비극, 용기, 사랑 같은 말로 얽어매어야 할 어떤 운동으로 보인다.

인간에게는 남아 있는 또 하나의 길이 있다. 그것은 환상의 길이다. 이 길을 전통적으로 우리는 종교, 예술 따위로 부른다. 종교와 예술은 첫번째 길도 아니고 두번째 길도 아니다. 첫번째가 아닌 것은 종교나 예술은 자연이 아니기 때문이며 두번째가 아닌 것은 그것은 인간 문제의 해결을 위한 현실적인 '해결을 위한 수단'이나 기술이 아니라 '해결' 자체이기 때문이다. 다만 그 '해결'은 환상의 해결이다. 마음속의 길과 마음속의 지도를 현실의 길인 양 걸어가는 환상이다. 여기서는 마음＝자연이라는, 관념의 실체화가 의도적으로 실천된다. 종교는 이 실체화를 현실이라고 주장하고 예술은 이 실체화를 비현실이라고 생각한다. 이것이 구별이다. 종교나 예술의 길을 인간이 가지고 있는 까닭은 자명한 것 같다. 지금까지의 이야기는 인간을 중심으로 한 우주의 움직임이다. 우주 쪽에서 보면 우주는 자신이 가고 있는 길을 가고 있을 것이다. 인간은 그 길 위에서 또 자기 길을 가고 있는 2차적인 존재이다. 그런데도 그가 살아간다는 것은 자기를 제1차적으로 취급할 수밖에 없다. 이 2차적 존재가 자기 자신을 1차적인 존재로 착각할 수밖에 없는 이 근원적인 모순의 길이 표현되는 방식이 예술이나 종교라는 환상이다.

2부

말

별자리[星座]에는 동물 이름을 가진 것들이 많다. 그중에 페가수스Pegasus는 그리스 신화에서 따온 것으로 뮤즈라는 신이 타는 날개 달린 말이다. 우주에서 가장 높은 데를 달리고 있는 말이다. 천마행공天馬行空이라는 표현 그대로이다. 그리스 신화에는 켄타우로스Centauros라는 말이 또 있다. 이것은 절반은 사람이고 절반은 말[半人半馬]의 괴물로 전해진다. 그리스 사람들의 생활에 꽤 일찍부터 말이 등장했던 모양이다. 트로이 전쟁 때의 유명한 이야기인 나무말[木馬] ── '트로이의 나무말'이라고 알려진 그 말은 살아 있는 말보다 더 중요한 역할을 그 전쟁에서 해내고 있다. 로마 시대에도 말은 유럽 문명에서 중요한 몫을 맡고 있다. 무사들은 말이 끄는 수레[戰馬車]를 타고 싸웠다. 무기로서의 말은 아주 최근까지 이어져왔다.

물론 말은 농사, 교통수단으로도 널리 이용되었다.

중국에서 문헌에 나오는 말로 유명한 것은 오추마烏騅馬로 초楚 왕 항우項羽가 타던 말이다. 싸움에 진 항우가 고향으로 후퇴시키는 사람들을 태운 배에 이 말도 싣게 했는데 오추마는 배가 강 한가운데에 왔을 때 몸을 날려 강물에 뛰어들어 죽었다고 한다. 사람보다 의리가 두터웠다고 할 것이다.

삼국지의 관우關羽가 타던 말 적토마赤兔馬도 주인이 죽은 다음 스스로 굶어 죽었다고 묘사되어 있다. 이 말은 삼국지에 나오는 동탁, 여포, 조조 등을 거쳐 관우의 말이 되었는데, 다른 경우와 달리 관우에게만 의리를 다한 것을 보면 인물 평가를 한 모양이다. 주인이 주인답지 않으면, 말도 말답지 않아도 된다는 매우 개명된 군신君臣 철학을 가졌던 모양이다. 중국에서도 그 후에는 이 두 말에 비길 만한 명성을 가진 말의 기록은 없다. 여기까지가 신화와 전설이 생생한 시대이기 때문일 것이다.

몽고 민족과 말은 대단히 밀접한 관계여서 말에 얽힌 전설 신화가 많을 터인데 얼마 전 티브이에서 말 머리 모양의 거문고〔馬頭琴〕와 그에 관한 전설이 방영된 적이 있고 그 이외의 기록은 아직 읽은 적이 없다.

우리나라에 오면 맨 처음이 고구려의 첫 왕인 주몽에 관계된 이야기다. 주몽이 어려서 의지했던 금오왕의 목장에서 가장 빼어난 말을 일부러 여위게 하여 뒷날 탈출할 때 활용했다는 대목이다. 고구려 민족 역시 일찍부터 말과 관계가 깊었음은 고구려 옛 무덤의 벽화에서 무사들이 말을 타고 사냥하는 그림이 많은 것을 보면 알 수 있다.

그다음이 신라의 김유신이 자기를 정인의 집으로 태우고 갔다고 해서 죽인 이야기에 나오는 말이 있다.

화랑 관창이 전사하는 장면에서도 그가 탄 말은 장면의 주요 등장자인 셈이다.

우리나라 군사 제도에서는 기병이라는 것이 중요한 형식이었던 적은 없는 것 같다. 그렇지 않다면 전쟁 기록에서 말의 모습이 전혀 나오지 않을 수는 없을 것이다. 아마 지형, 경제적 이유, 국방 정책 전반에 걸쳐 관계가 있을 것이다. 기병 군대는 방어적이기보다는 공격적, 국지적이기보다는 이동적, 근거리보다는 장거리의 전쟁에 걸맞게 신속하고 강한 타격력이 그 본질이다. 삼국시대 이후 우리나라 국방 사정과 대조해보면 어느 정도 수긍할 수 있는 결과이다. 교통에서 말이 사용된 것은 사실이다. 역驛이라는 글자가 말해주듯 전국의 중요 지점에 말이 준비된 중계仲繼 지점이 퍼져 있어서 공적인 교통의 중요 시설이었다. 몽고의 영향 아래에서 제주도에서 말을 기른 것은 잘 알려진 일이다. 그러나 유럽과는 달리 농사에는 소를 썼기 때문에 말의 효용은 그만큼 제한돼 있었던 모양이다. 유럽이나 아랍 세계에서 말은 훨씬 중요했던 것과는 크게 대조가 된다. 유럽에서는 전투 기병뿐 아니라 포차砲車의 동력으로서 말은 불가결의 존재였다. 요새에 장치하는 것에서 출발한 대포를 수레에 싣고 말이 끌게 한 것은 전술의 혁명이었던 것이다. 이를테면, 근대 전차는 말 대신에 인공 동력을 쓴 전차였던 것이다.

우주선宇宙船이라는 말이 우주마宇宙馬가 되지 않은 것은, 근대 세계의 발전이 말이 아니고 배에 의해 개척된 뒤끝이어서 그렇게 된 것 같다. 기마 민족이 주역이었다면 우주선보다는 페가수스의 모습으로 우주 비행체를 부르는 것을 더 자연스럽게 여겼을 것이다.

그러나 '말의 문화'의 전통은 유럽인들에게는 살아 있어서 지금도 말은 그들의 생활의 한 부분이 되어 있다. '경마'라는 것도 그중 하나이다. 귀족들이 그들의 지위를 위해(전투, 교통) 필요했던 말을 기업의 수단으로 공개한 것이 그 기원이다. 자동차 경주가 있는 오늘에도 여전히 유지되고 있는 대중오락이며, 올림픽 종목에도 들어 있어서 경기 문화의 한 자리를 차지하고 있다. 사람-말-수레-자동차로 이어지는 '교통 방법의 진화'를 기억하고 축하하는 형식이 공들여 실천되고 있는 것이다. 유럽 중세기 기사들의 이야기에서 나오는 말의 모습을 빼고 나면 상상의 큰 몫이 없어진다. 영웅들은 대개 말 위에 앉아 있다. 알렉산더 왕의 말도 극진한 대접을 받고 있다. 그 말의 이름을 붙인 도시를 건설하게 했다고 한다. 경마뿐 아니라 의전상에서 기병이나 마차는 아직도 쓰이고 있다. 우리처럼 전통을 돌볼 틈이 없었던 20세기를 살아온 세대에게는 남들의 그러한 전통 지키기가 최근까지 깊은 뜻이 깨달아지기 어려웠다.

우리말에서 말〔馬〕과 말〔言〕은 같은 소리 모양으로 되어 있다. '발 없는 말이 천 리를 간다'는 속담 속의 '말'은 말〔馬〕과 말〔言〕이 겹쳐 있다. 앞에서 말한 신화, 전설, 역사에 나오는 말들도 말(언言, 기록記錄)에 의해 비로소 뒷날 우리들에게 전해지고 있다. 그 말들의 빼어난 발〔足〕은 없어졌지만, 그들의 이름은 말〔言〕에 실려 천년은커녕 영원히 달려갈 것이다. 말〔言〕의 교통력은 어떤 뛰어난 말〔馬〕도 당하지 못한다. 페가수스조차도 그럴 것이다. 페가수스는 그리스 사람들이 보던 그 자리를 아직도 달리고 있지만, 우주 로켓이란 인공의 말은 언젠가는 페가수스를 뒤로 남겨놓고 달려갈 것이다. 켄타우로스Centauros란 괴물은 말 탄 사람들과 처음 접촉한 그리스 민족의 초기의 역사의 반영이라고 해석하는 사람들도 있다. 말과 사람이 한 몸인 줄 알았다는 것이다. 말〔馬〕과 사람은 뛰어난 기수의 승마 기술을 표현하는 비유로서말고는, 물론 한 몸이 아니다. 그러나 말〔言〕과 사람은 비유로서가 아니라 사실로서 한 몸이다.

위인의 전기와 소설

너무 잘 알려진 역사적 인물에 대해서는, 특별히 연구한 일이 없어도 이런저런 기회에 읽거나 듣는 이야기가 쌓이다 보면, 그 인물에 대해서 잘 알고 있다는 느낌을 가지게 된다. 이런 인물들은 교과서에도 일찍부터 나오고, 기념식에서 언급되거나, 그들을 위한 기념 행사가 있고, 그들에 대한 보도가 있게 되고 그들에 관한 새 사실이 발견되면 그것도 중요한 비중으로 다루어진다. '잘 알고 있는' 느낌은 이만한 근거가 있기는 있는 것이다. 이런 인물은 그 범위가 외국인에게까지 미친다. 인류에게 이익이 되는 일을 해낸 사람들은 민족이나 국경이나 문화의 차이를 넘어서 자연스럽게 존경의 대상이 되고, 더 적극적으로 인간 형성의 모범으로 작용하기도 한다.

사실 많은 사람이 인생의 시기마다 이상적으로 섬기는 인물이 그때마다 있는 것이다. 그런 역사적 인물은 한둘이 아니겠지만

'윤봉길 의사'도 마땅히 그럴 조건을 갖춘 분임을 우리나라 사람이면 인정할 것이다. 얼마 전에 이 윤 의사의 전기를 읽는 기회가 있었다. 그 결과 그의 생애와 집안 내력에 이르기까지 잘 알게 되었다. 전기는 현재까지 윤 의사에 대한 자료를 모두 활용해서 알 수 있는 데까지는 샅샅이 알 수 있도록 성의를 다한 것이어서 이 위대한 애국자가 더욱 가깝게 다가드는 느낌이었다. 초등학교 5학년 때에 일본 사람을 만들려는 교육이 마음에 들지 않아 스스로 학교를 그만둔 일은 충격이었다. 당시에 그런 결단을 내린 조선 아동이 과연 몇이나 되었겠으며, 그때가 아니라도 예사 사람이 할 수 있는 일이 아니다. 그 시점에서 이미 위인은 탄생된 것이었다. 그러고는 전통 교육이었던 한문 고전 공부를 향토의 학자들 밑에서 하였다고 전기는 쓰고 있다. 주로 유교 고전들이다. 유교는 '안다'는 것과 '한다'는 것을 하나로 보는 가르침이다. '옳은 일을 보고 하지 않으면 용기 없는 사람이다'라는 가르침도 일찍부터 그들 책 속에서 만났을 것이다. 그래서 지금 자기 시대에 '옳음'이란 무엇이겠는가도 깊이 생각하게 되었을 것이다.

윤 의사는 이런 유교 공부를 어느 수준까지 마친 다음에는 스무 살 전 나이에 자기 고향에 야학교를 세워서 농민 교육자로 우선 출발하고 있다. 많이 읽히는 소설 『상록수』의 주인공 그대로의 생활인데 거기 주인공보다 나이가 더 어리고 구식 결혼으로 이미 지아비의 신분인 점이 다르다. 더 결정적으로 다른 점은 그가 '농촌 사업'이라는 범위에 머무르지 않은 점이다.

그의 교양은 앞서 적은 대로 '생각과 힘'이 하나 되기를 준엄하게 요구하는 유교의 가르침이었는데, 그는 조국이 처한 그 시점에서 '가장 값있는 생각과 힘'이 어떤 것인가를 내처 끝까지 생각하는 성격으로 태어난 사람이었다고 한다. 게다가 그의 조상은 고려의 장군 윤관이라고 한다. 이 점도 조상 숭배의 가장 바람직한 효용으로 윤봉길 의사에게 작용했을 것이다. 조상을 욕되게 해서는 안 된다는 것은 유교 사상의 가장 대표적 특징이다. 학교를 그만둘 때와 마찬가지 용기로 윤 의사는 고향에서의 농촌 사업에서 한 걸음 더 나가, 나라 밖에서 벌어지고 있는 전면적인 독립 해방 싸움에 자기를 던진다. 그렇게 해서 그는 그 싸움에서도 맨 앞줄 가장 어려운 자리에서 자기를 던져 '옳음을 행'한다. 이렇게 역사는 의사를 길렀고 의사는 역사를 만들었다고 전기는 쓰고 있다.

윤 의사는 또한 옛 선비들의 보통 습관대로 일상에서 시를 지어가며 생활했는데 5백 수쯤 된다고 하며 그 품위가 떳떳한 것이 머릿속에서만 짜내서 될 그런 경지가 아니라고 전기 작가는 쓰고 있다. 그가 삶을 마친 것은 스무 살 중반이다. 위인이라고 해도 그들도 우리와 같은 사람이다. '뛰어난 사람'이 위인이다. 그러나 모든 사람이 뛰어난 사람인 것도 아니고, 따라서 모든 사람이 위인으로서 삶을 마감하는 것도 아님이 현실이다.

어디서 어떻게 갈라지고 달라지는가. 자세히 들여다보면 다 인과의 법칙이 있음을 짐작할 수 있다. 신비한 점은 아무것도 없다. 온갖 조건의 종합의 결과 사람은 '위인'과 '범인'이라는 궤적을 역사라는 그래프 종이에 남긴다. 거기에는 신비한 요소는 없지만 우리가 어릴 적에 위인전을 읽을 때나, 어른이 되어 기념식이나 신문에서 읽을 때라든지, 좀더 과학적인 연구에서조차 가질 염려가 있는 태도보다는 훨씬 복잡한 계산이 필요한 인과법칙이 그 궤적에는 작용하고 있다.

내가 이해하기에 근대 이후 현대까지 지속되고 있는 '소설'이라는 작업도 이 인과 법칙을 그 복잡성대로 추적하려는 방법 가운데 한 가지다. '사람은 평등하다'는 씨줄과 '사람은 평등하지 않다'는 날줄로 된 평면 위에서 여러 가지 궤적을 임의로 활동시켜봄으로써 궤적―씨줄―날줄 사이의 관계를 살펴볼 수 있게 된다. 실명 인물을 가지고 그렇게 하기에는 어려움이 따른다. 실명 인물에 대해서는 함부로 추측할 수 없고 한편 추측해야 하는 부분 없이는 전체적인 판단을 진척시킬 수 없게 된다. 소설은 이 난점을 해결한다. 실제 인물이 아니므로 어떤 궤적이든지 그려볼 수 있으며, 그때의 좌표 값만 옳게 계산하면, 그 궤적과 좌표계 모두에 충실한 인식을 한 것이 되기 때문이다. 소설 속의 인물이 실물보다 더 실감이 난다는 독서 경험은 여기서 나온다. 어떤 경우에서나 전부를 알 수 없는(자신조차도) 실제 사람과 달라서 소설 속의 인물은 '소설이라는 약속'에 의해서 그 인물을 안팎으로 완전하게 보여준다는 전제 아래 읽힌다. 어떤 전위적 소설도 수준만 다를 뿐 이 약속은 마찬가지다.

인간에 대한 지식의 증대를 위해 소설은 그런 '약속된 방법'을 통해 이바지한다. '위인'들은 보통 생애에서 찾아보기 어려운 행동과 생각의 철저함과 명확성 때문에 '살아 있는 소설 주인공'인 셈이며, 위인전이 무한히 소설적 감동에 접근하는 것이 당연하다.

통일, 그리고 파라다이스

원래 종교에 관련된 말로 그 뜻을 넓혀서 쓰이는 말이 많은데 '파라다이스'도 그런 말이다. '세례' '희생' 같은 것도 마찬가지다. '하늘나라' '하늘의 낙원'이라고 사전에 나와 있는 이 말은 '좋은 장소' '좋은 사회' '좋은 일'이라는 뜻으로 애용되는 말이 되고 있다. '낙원' '천국' '지상 낙원'으로도 번역된다.

원래의 뜻은 이처럼 집단, 사회 등에 대한 말이지만, '음악은 나의 천국이다'라는 말도 할 수 있는 것처럼, 개인에 관한 상황 역시 비유할 수 있게 사용된다. 집단이든 개인이든, 가장 좋은 것에는 모두 들어맞는 말이 된 것이다. 말에도 값을 매긴다면 이보다 더 비싼 말은 없을 것이다. 모든 말을 잊어버리고 다 한 개만 남겨 놓아야 한다면 아마도 이 말이 되지 않을까 싶다. 그토록 인간의 소망이 담겨 있는 말이기 때문이다.

그러니까 모든 종교인들은 저마다 종파대로의 파라다이스가 있을 것이고, 사람들은 저마다 종교와 관련 없이 그 혼자만의 파라다이스를 각각 가질 것이고, 또 생활의 여러 방면마다 또 가장 좋아하는 무엇인가를 가지고 있을 것이다. 이 경우에 파라다이스는 '꿈' '희망' '취미'를 뜻하게 된다. 우리는 온통 파라다이스 속에서 사는 것이 된다.

'파라다이스'는 이 지상에, 혹은 하늘에 있는 하나밖에 없는 어떤 곳이 아니라, 우리 자신의 생활 속에 있는 구체적인 어떤 곳, 어떤 일, 어떤 사람 등등 이렇게 매우 개인적이고 주관적인 것이 되고 만 것이다. 만일 그 희망이 소박한 것이라면 그 복을 누리는 것이 반드시 어렵다고만 할 수 없고, 혼자서만 차지해야 한다는 것도 아니다. 원래 '이상적인 집단생활의 장소'의 뜻이니까 더욱 그렇다.

지금 우리 경우에는 많은 사람들에게 나라의 '통일'이라는 상태도 아마 이런 파라다이스의 한 종류가 아닐까 싶다. 원래부터 그런 문제가 없는 나라에 태어난 사람들에게 문제가 안 되는 일이지만, 현재의 우리들에게 '통일'은 분명히 큰 소망이고, 그것이 이루어진 상태는 정치적 파라다이스임이 분명하다. 파라다이스란 말이 이미 느슨해져서 생활의 온갖 측면에서 최선의 상태를 의미하는 것이라면 현재 우리나라 사람들의 정치적 상황에서 가장 값있는 상태는 민족의 생활이 '통일'된 상태일 것이다.

그 '통일'에는 온갖 것이 당연히 포함되어 있다. 전쟁 대신에 평화, 가난 대신에 풍요, 미움 대신에 사랑, 이런 식으로 우리가 오늘의 사회생활에서 부정적인 문제로 보고 싸우고 있는 것들이 해결된 상태를 '통일' 속에서 희망하고 있는 것이다.

수천만 명의 사람들의 생활을 바꾸어놓을 일이기 때문에 '통일'은 이 시점에서 생활하고 있는 사람들에게는 분명히 가장 집단적인 규모의 희망이며 파라다이스라는 말의 원래 뜻에 가장 가깝기도 한 것이다. 그리고 이 말의 변천 과정에도 어울리게, 우리 민족에게만 고유한 '구체적'인 사실이기도 하다. 지구상의 다른 곳에 사는 사람들에게는 관계없는 일이지만 우리에게는 가장 값있는 그런 장소, 그것이 '통일'이기 때문이다.

작은 일

아무렇지 않게 보아오던 언덕이 왕릉으로 밝혀진다거나, 도로 공사를 하다가 절터를 발견한다거나 하는 일을 많이 보게 된다. 과거에 대한 인식에 중요한 기여를 하게 되는 사건들이다. 아무것도 없던 역사의 그 부분이 갑자기 말을 하게 되는 사건들이다. 그 분야에 종사하는 전문가들의 흥분이야 말할 것도 없고, 보도에 접하는 우리들도 사뭇 일상적인 세계에서보다는 훨씬 짙은 상상력이 발동하는 순간이다. 텔레비전 시대에는 이 보도가 현장감을 지니게 된다. 그래서 신문이라든가 잡지에 의한 전달 같으면 문제 되지 않았을 일에 가끔 주의가 가게 되기도 한다.

가령 발굴된 유적 유물에 접근하는 방식이 부주의하다거나 거칠다고 할 만한 경우를 텔레비전 화면에서 보게 되는 경우가 적지 않다. 그것밖에 없는 유물이기 때문에 훼손되어서는 안 되고 변화가 생겨서도 안 되는 것이다. 아마도 어떤 경우에는 '보존의 원칙'과

‘알리는 권리’ 사이에 마찰이 빚어지기도 할 터이다. 그런 문제가 심각해진 경우는 접어두기로 하자.

일단 텔레비전에 나오는 경우만 보더라도 기본적으로 아쉬운 점이 되풀이 목격된다. 그중의 첫째가 시청자들의 편의를 위해서 보도자가 유물을 손으로 들어 보이거나 이리저리 돌려보는 경우에 아슬아슬해질 때가 많다. 떨어뜨릴까 봐, 어느 한 모서리가 상할까 봐 조마조마해지도록 활달한 동작일 때가 그렇다. 이럴 때는 활달한 것은 미덕이 아니다. 조심스럽게, 미안한 듯이 손을 움직여야 하고 호기심을 자제하는 것이 느껴지도록 행동해주는 것이 교육적일 뿐만 아니라 강력한 ‘전달’이기도 할 것이다. 아울러 지금 보도하고 있는 일이 중요한 일이라는 것을 ‘연극적’으로 강조하는 효과가 저절로 있게 되는 것이다.

대개 이런 유물들은 전문적인 설명이 곁들여져서야 그 뜻이 비로소 풀리어 얽히는 것들이기 때문에 그저 ‘본다’든가 ‘만진다’든가 함은 일차적인 접근에 지나지 않는 것이다. 그럴 때의 보는 동작과 만지는 동작에는 마땅히 그만한 자제력과 그만한 물러섬이 작용되어야 할 것이다.

특히 유물이 책이거나 할 때는 그런 느낌이 더하다. 책장이 구겨지거나 접히지 않을까 조마조마해지는 마음이다. 그런 식으로 책장을 만져서는 안 된다. 휙휙 넘겨서도 안 된다. 하기는 만지는 것도 문제다. 책이라는 것이 별수 없이 손으로 책장을 넘겨야 하는 것이기는 하지만 처음부터 약한 물질이라는 사정이 전제되어 있고 그렇게 다루어야 한다는 정도의 문명 상태가 무르익었을 때에 발생한 '문명'인 것이다. 또 그런 조심스러움이 있었기에 그 유물은 보도되는 그 순간까지 보존되어 텔레비전 화면에까지 나오게 되지 않았겠는가. 이런 모든 일이 느껴지도록 보도자가 처신하는 것이 바람직하다는 말이다.

알린다는 보람 때문에 열심인 것도 시청자를 감동시키지만, 알리는 태도까지도 시청자에게는 보인다. 이런 사정 때문에 '접근 금지' '비공개' '제한 공개' '선별 공개' '간접 공개' 등의 형식이 있게 된다. 아마도 장갑을 끼고 책을 만져야 하는 경우도 있어야 할 것이다. 반도체 제작을 하는 공장 풍경에서 우리는 보는 것처럼 취급자에게 보조물이 갖추어져야 하겠지만, 책이고 보면 장갑을 낀다는 것이 행동을 더 불편하고 불안정하게 할 염려가 있어서 귀한 책도 맨손으로 만지게 되는 것이므로 그 '맨손'에는 눈에 보이지 않는 장갑이 끼여 있어야 한다. '조심'이라는 장갑이다.

'촬영 금지' '흡연 금지' '만지지 마시오' '다가서지 마시오' 따위는 다 그럴 만해서 그런다는 사정이 이해되는 것이며, 이 '이해' 속에는 그 문제의 사물에 대한 가장 기초적인 '이해'가 전제되어 있는 것이다. 사물에 따라서는 '너무 오래 보지 마시오' '너무 눈에 힘주어 보지 마시오' 좀더 나가서 '건방지게 보지 마시오' '옷깃을 바로 하고 보시오' '말에서 내려와 보시오'에 이를 뿐만 아니라 나아가서는 '물러서서 세 번 절하고 보고, 보고 나서 세 번 절하고 물러가시오' 하기에 이를 수도 있겠다. 옛사람들은 태연히 이렇게도 말했다. '아침에 진리의 말씀을 들은 몸은 저녁에 죽어도 좋으리.' 즉 이렇게 말하고 있는 것이다. '잘 구경하였거든, 좀

쉬었다가 자결하시오.'

만나기 위한 기다림
―「한스와 그레텔」

사람이 가지고 있는 목숨도 짐승이나 들풀이 가지고 있는 그것인데도 사람의 목숨살이는 그들과 달리 문화라는 형식을 거쳐 나타난다. 문화는 인간이 타고나는 것이 아니기 때문에 목숨과의 사이에 언제나 끊김과 부대낌을 가지고 있다. 그런데도 우리는 문화의 형식이 아니고는 목숨을 살지 못하는 데까지 이미 진화해버린 존재들이다.

이 극의 주인공들은 목숨의 바람에 따라 만났고 다시 만나고 싶어한다. 그러나 그들 사이에는 문화의 벽이 가로막고 있다. 벽이라는 말은 적절하지 못하다. 이 벽은 그들 안에 있는 것이기 때문이다. 한스에게는 더욱 그렇다. 벽을 허문다는 것은 자기를 허문다는 일이 되고 자기를 고쳐 만든다는 일이 된다. 어떤 사람들은 이 일을 쉽게 이루고 어떤 사람들은 고생스럽게 치러낸다. 한스는 30년이나 걸려 마침내 만남을 위해 자기를 바꾸기에 성공한다.

관객의 입장에서 한스의 싸움에 공감할 수 있는 바탕은 우리 생활 속에 마련되어 있다고 나는 생각한다. 우리도 여러 가지 만남이 막혀 있는 세월을 살고 있다. 사람이기 때문에 모든 사람은 남의 문제가 나의 문제라는 것은 이미 알고 있는 일이지만 우리 시대는 특별히 인간의 문제가 얽혀 있을 뿐 아니라 어렵게 얽혀 있다.

한스가 갇혀 있는 어려움은 우리 자신의 어려움과 이어져 있다. 우리 자신의 문제를 따라가면 한스의 문제에 반드시 이르게 된다. 문화라는 것은 그것을 의식하는 사람들에게는 끝없이 책임이, 자신의 책임이 넓어지는 그런 인간의 안쪽이다. 아마 현실의 세계에서는 한스처럼 철저하게 살 수 있을 만한 시간과 공간이 우리에게 주어지는 일은 드물 것이다. 연극이 필요한 것은 이 때문이다. 약속된 이 자리와 시간 속에서 우리는 가장 강력하고 능률적인 방법으로 시대와 문화—즉 우리 자신을 조명하고 성찰해볼 수 있기 때문이다.

이 연극은 배우들이 자기들의 대사를 이해하려는 노력만 가진다면 그것만으로 연극의 주요한 내용을 거의 모두 전달할 수 있을 것이다. 객석에 앉은 사람들은 배우들에 의해 감각적으로 강화된 도움을 받아 이 상처를 실험해볼 수 있을 것이다. 희곡으로서도 다는 예측할 수 없는 공연이라는 형식의 힘을 언제나 그렇지만 이번에도 나는 열심히 기대하고 있다.

깨어 있는 꿈
―「둥둥 낙랑둥」

　이 작품은 부산대학, 국립극장에 의해 공연되었으며 이번으로 세번째 공연된다. 부산대학생들의 공연은 이 작품을 처음 무대에 올리는 어려운 조건이었는데도 진지하고 열의에 찬 공연이었으며, 국립극단의 공연은 복식 배역으로 A, B조가 동시 연습하여 격일로 교대 공연하였을 뿐만 아니라 조마다 다른 재미와 충분한 연습에 의한 세련된 무대를 보여줬었다.

　특히 국립극장의 공연에서는 원작자가 궁금했던 일 — 긴 대사를 두 인물이 주고받는 부분이 과연 무대 위에서 무리 없이 진행될까 하는 궁금증을 풀어주었다. 한 인물 속에 겹친 복합 인격에 대해서 배우들은 내면적인 확신을 가진 연기를 보여줌으로써 작자는 자기 인물들의 실재성을 흠씬 확인할 수 있었다. 이 작품의 중심 부분인 왕비와 왕자의 관계는 연극적인 흥미와 인간적인 의미를 충분히 무대 위에서 실현할 수 있었다. 어느 연극에서나 그렇지만

이 작품에서도 역사적인 고증은 절대적일 수도, 필요도 없다. 인간에 대한 근원적인 물음 앞에서 물러서지 않고 마침내 파멸하는 사람들은 자신들의 행동을 통해서 관객들과 대화하고 질문한다. 질문의 사실적 답변자일 수는 없다. 자기가 사는 시간과 공간 속에서 진실하려고 행동하는 사람들의 움직임은 필연적으로 같은 궤적을 그린다. 좋은 연극이란, 무대 위에서 벌어지고 있는 일은 자신의 일이라고 관객이 느끼게 하는 연극이다. 그러자면 먼저 배우들이 연극 속의 이야기에 정말로 변신해야 할 것이다. 자기 아닌 사람이 되고 자기 것이 아닌 운명을 자기 것으로 체험하게 되는 깨어 있는 꿈 — 그것이 연극이다. 깨어 있는 부분에서 우리는 분석하고 연습하고 조명을 계산하여, 그런 것들의 바탕 위에서 꿈을 꾼다. 계산된 꿈속에서 배우들은 그 꿈이 되고 관객들도 꿈속의 인간으로 변신한다. 꿈이기에 현실처럼 정말 같고, 깨어 있는 꿈이기에 현실보다 더 근원적이고 낭비가 없다. 이번 무대에서 이 두 가지 요소의 행복한 실현을 바란다.

막이 오르기를 기다리면서
―「옛날 옛적에 훠어이 훠이」

일반적으로 말해서 오늘의 우리나라 문명에는 한 가지 빠져 있는 부분이 있습니다. 필자는 그것을 「절대와의 만남의 부재不在」라고 표현하고 싶습니다. 절대와의 만남이라는 것은 물리적인 현상(해가 떠오른다든가 하는)이 아니기 때문에 지극히 문명적 현상입니다. 다시 말하면 우리들의 가치 판단의 뿌리에 그것(절대적인 어떤 것)이 언제나 전제되어서, 비록 직접 그것에 연결되지 않은 사항이라 할지라도 모든 사물이 태양과의 관계에서 그늘을 지우게 되듯 그것에의 관련하에서 서로의 자리를 확인할 수 있는 그런 대전제가 없습니다. 아마 이 점에 대한 문화적 약속이 뚜렷하지 않기 때문에 모든 논리적 토론이 비논리적이 되고 모든 예술적 표현이 비심층심리적인 것으로 끝나는 위험이 많지 않을까 생각합니다.

「옛날 옛적에 훠어이 훠이」는 이러한 문제에 대해서 어느쯤한 힘을 지니고 있는 세계가 아닐까 생각합니다. 절대의 지점을 찾는

데는 여러 가지가 있을 수 있습니다. 그중의 하나로 자기 나라의 예술적 유산 속에서 그러한 지점을 찾아내어 오늘의 우리가 공감할 수 있는 모습으로 부활시키는 길을 생각할 수 있겠습니다.

이번 공연에서 이런 점이 어떻게 표현될지 궁금합니다. 연극의 매력은 개념이라든지, 문학 표현만으로는 잘 붙잡히지 않는 인간과 우주의 어떤 전체적 화음이 물리적으로도 표현될 수 있다는 데 있습니다. 바로 그렇기 때문에 옛날에 비하면 각기의 부분에서는 훨씬 정밀해진 현대 문명에서 그것(부분들)을 함축한, 그리고 그 부분들 전체를 조명할 수 있는 상징력이 강한 형식(과거의 종교와 같은)이 아직 개발되지 못하는 오늘을 사는 사람들의 탐구와 위안의 자리를 연극이 맡을 수 있는 것입니다.

이 연극에 나오는 장수는 옛사람들에게 있어서 그 '절대'의 구실을 했던 한 존재입니다. 이것은 여러 사람의 꿈의 결정이라 할 것인데 그것이 특별한 관심을 끄는 것은 그 형식의 단순성과 뜻하는 바의 깊음 그리고 무엇보다도 원시적인 충격의 힘입니다. 충격이라고 말하는 것은 쇠약해지기 쉬운 현대인의 상상력에 대한 각성 효과를 뜻하는 것입니다. 이러한 효과는 앞서 이루어진 이 희곡의 여러 공연들에서 분명히 볼 수 있었습니다.

이번 공연은 우리 희곡을 외국어로 우리나라 학생들이 공연한다는 점에서 특별한 뜻이 있습니다. 특별하다는 것은 이 희곡의 보편적 설득력이 시험받을 수 있다는 뜻입니다. 이 문제의 해결을 위해서 생각나는 점을 두어 가지 들어볼까 합니다. 첫째는 '장수'라는 존재가 우리나라 말에서 갖는 무게를 살리는 무슨 연구를 잘

해야 할 것이라는 점입니다. 둘째 문제는 원칙론이지만 연기자들의 마음속에서 우러나는 연기와 그런 연기가 가지는 보편적 설득력입니다. 관객이 만나는 것은 최종적으로 배우이며, 배우의 '연기' 외의 다른 것이 아닙니다. 이번 공연은 우리 연극의 조건에서는 비교적 충실한 연습 기간을 가지고 준비되고 있는 줄로 알고 있습니다.

큰 기대를 가지고 막이 오르기를 기다리고 있습니다.

인간의 Metabolism의 3형식

객체(밖)	환상객체	작품	B′				
	기술객체	도구	A′				
	자연객체	신체	현	언어	광	음	질
			자극 · 실현				
			실	기호	파	파	량
	기술객체	신체 · 도구	A′-A의 실현(기호)				
			행동	통신	도면	신호	동작
	환상객체	작품 (신체 · 물체)	B′-B의 실현(기호)				
			인기		그림	음악	무용
			희곡	문자		악보	무보

이 표는 생물로서의 개인을 에너지대사계代謝系로 보고, 기술을

<table>
<tr><td>→</td><td colspan="5" align="center">B′의 수용</td><td>감상</td><td>환상감상주체</td><td>5</td><td rowspan="11">주
체
(안)</td></tr>
<tr><td>→</td><td colspan="5" align="center">A′의 수용</td><td>사용</td><td>기술사용주체</td><td>3</td></tr>
<tr><td></td><td>촉</td><td>청</td><td>시</td><td>언어</td><td>종합</td><td rowspan="3">생존</td><td rowspan="3">생물주체
DNA</td><td rowspan="3">1</td></tr>
<tr><td>→</td><td colspan="5" align="center">수용(감각이 수용한 인상)</td></tr>
<tr><td>←</td><td colspan="5" align="center">반응(본능에 내장된 반응표상)</td></tr>
<tr><td></td><td>각</td><td>각</td><td>각</td><td>의미</td><td>감각</td><td></td><td></td><td></td></tr>
<tr><td></td><td colspan="5" align="center">〈감각〉이 창조한 인상—A</td><td rowspan="2">설계
(의도
·
계획)</td><td rowspan="2">기술표현주체
(DNA)′</td><td rowspan="2">2</td></tr>
<tr><td>←</td><td>동작
표상</td><td>신호
표상</td><td>도면
표상</td><td>내화
內話</td><td>행동
표상</td></tr>
<tr><td></td><td colspan="5" align="center">〈극대화된 감각〉이 창조한 인상—B</td><td rowspan="3">창작</td><td rowspan="3">환상표현주체
DNA∞</td><td rowspan="3">4</td></tr>
<tr><td>←</td><td>촉각상</td><td>악상</td><td>그림상</td><td>시상</td><td>연기상</td></tr>
<tr><td></td><td>무보</td><td>악보</td><td></td><td>문자</td><td>희곡</td></tr>
</table>

가지게 된 개인(문명인)을 보강된 에너지대사계로 보기로 한다.

두 대사계는 에너지 바뀜에 있어서 일정한 한계를 가진다. 이 한계의 지표 가운데서 속도를 택해본다면 일정한 한계란, 일정한 속도를 가진다고 바꿔 말할 수 있다. 인간의 내부와 외부 사이의 에너지 변환에는 일정한 속도가 필요하다 — 이것이 속도를 지표로 삼았을 때 내부와 외부를 구별하는 기준이다. 예술의 창작과 감상을 할 때의 개인은 이 속도가 무한 속도가 된 대사계라고 생각하면 되겠다. 그렇게 되면 개인의 내부와 외부(작품·자신의 신체)는 연속된다. 예술 현상에서 작품과 예술가의 신체가 외부로 느껴지는 것은 대사계 인식에서의 혼란일 뿐이다.

가령, 같은 작품을 계속 감상하여 숙지하게 되거나, 창작가가 구상의 단계를 이상적으로 오래 가지게 된다면, 마음속의 작품은 '밖'에 있는 듯이 보일 것이다. 구상이 표현이요, 실현이라는 현상이 나타나리라고 추론할 수 있겠다. 그러나 이 절대 속도 아래에서는 현실적으로 운동이라는 것을 추적(기록·표기)할 수 없으므로, 실지의 예술적 표현은 절대 속도가 지배하는 대사계의 대사운동 과정에 생물적生物的 및 기술적技術的 대사의 대사 속도를 교직交織하는 형식이 된다. 그때의 두 계통(상대대사계 — 생물 및 기술대사계 — 와 무한대사계) 대사계의 교직 비율交織比率 혹은 배합配合이 작품의 자기동일성을 결정한다.

1) 화살 표시의 좌우를 각각 개인의 내부와 외부로 나눈다.

2) 그러나 이 구분은 어쩔 수 없이 애매한 부분을 지니고 있다.

인간 개인의 외부에는 그의 '몸'도 들어 있으며, 인간의 내부라는 것은 대체로 '의식'을 말하는 것이지만, '뇌' 자체와 '신경' 더 나아가서 신체 자체도 준準 '신경계'로 볼 수 있기 때문인데, 이러한 유보를 둔 대로 편의상 택하는 구분이다.

3) 가장 선명한 '인간의 외부'는 인간을 제외한 '자연'이다.

4) 1행行은 생물로서의 인간 개체의 생활수준이다. 도구를 갖기 전의 인간 개체는 순수한 자연이 가지는 여러 수준(현실·빛·소리·질량)을 자극으로 수용하고, 이에 대하여 유전 정보에 지시된 대로의 대응을 함으로써, 물질대사에 의한 Homeostasis를 유지한다.

5) '감각'과 '의식'은 연속된 것으로 취급한다. 분화된 감각이 의식이다.

6) 1행의 '자극'에는 동종同種의 다른 개체도 포함된다. 개체는 그것을 동종으로 식별하며, 협조(사냥 등에서), 짝짓기(이성일 때) 등으로 대응한다.

7) 유전 정보는 유한한 자극에 대해 유한한 대응 정보를 지닌다. 여기까지가 생물 생활 주체로서의 인간 개체의 범위이다.

기술 생활 주체로서의 인간 개체는 DNA에 들어 있지 않은 정보((DNA)'라 부르기로 함)에 의해 생활한다. (DNA)'는 도구의 사용에 의한, 생물적 물질대사를 넘어선, 기술에 의한 자연과의 사이의 물질대사 생활이다. 도구에 의한다고는 하나, 도구의 사용은 생물적 신체 자체의 변용과 병행한다. 먼저, 기술은 그의 '뇌'의 개선과 활동에 의해서만 가능하다. '기술'을 '정보'의 형태로 유지하고 가동시킨다. '기술 정보'의 실천 기관은 물론 '도구'이지만, '정보'와 '도구' 사이에는 여전한 생물로서의 '몸'이 매개하는 과정이 필수적이다. 이 단계에서는 '몸' 자체가 '도구'의 계系에 들어서게 된다.

8) '언어'도 이 '도구'계의 하나이다.

9) '통화·그림·신호'는 통신을 위한 (DNA)′에 의한 실천이며, '행동'은 그것들(통신 행동까지)을 포함하여 일체의 기술 행동(도구를 통한, 혹은 몸만에 의한)을 가리키며, 동작은 이러한 기술 단계에서 인간 행동의 기초 단위로서 신호 행동과 그 밖의 물리적 행동 일체의 '세포'이다.

10) (DNA)′는 기록되고, 뒤 세대에 전승된다. 문화, 문명이라고 부르는 인간 현상의 부분이다.

11) DNA의 발견은 그 이전까지 '본능'이라고 불렸던 것과 '문화' '문명' '기술'이라고 불렸던 것 사이의 관계를 분명하게 만들었다. 그것들(DNA와 (DNA)′)은 연속적으로 취급될 수 있게 되었다. '정보'라는 실체로서.

DNA는 자연이 만든 소프트웨어이며, (DNA)′는 인간이 만든 소프트웨어이다. 다 함께 자연과, 생물로서의 '몸'이라는 하드웨어에 입력되어 있다.

12) DNA는 유한하지만 안정된 Metabolism, Homeostasis를 인간 개체에서 유지시키고, (DNA)′는 유한하지만 무한히 증가되게 열린 Metabolism과 불안정한 Homeostasis를 결과하였다. 문명사회의 인간 개체 사이의 (DNA)′의 편차는 생물의 동종 개체 사이의 개체차差와 이질異質의 것이 됨.

12-1) 다른 모든 생물이 DNA만으로 생활하는데 인간에게만 고유한 (DNA)′와 DNA∞가 왜 존재하는가는 분명하지 않다. 다만

관찰상으로 확실히 기술할 수 있는 것은, 인간의 의식은 자신의 '내부'에 수용한 '외부'의 자극을 불필요한 강도로, 오래 '정보'의 형식으로 유지할 뿐 아니라, '외부'와 '정보' 사이의 구별에 어려움을 느끼는 의식(신경) 구조를 가졌다는 사실이다. 인간에게는 현실과 환상의 구별이 생리적으로 확실하지 않다. 흔히 생각되듯이 문명 정보 $(DNA)'$ 때문에 그렇게 되었다고 할 수는 없다. $(DNA)'$가 가능하기 위해서는 먼저 인간의 생리적 의식 자체가 그것을 가능케 하는 구조여야 하기 때문이다. 그런 구조가 아닌 타 생물은 결국 DNA에서 빠져나오지 못하여 $(DNA)'$와 $DNA\infty$를 성립시키지 못하였다. 인간 의식(신경계)의 환상성이 결국 $(DNA)'$를 가능케 하였고, 표의 $DNA\infty$는 의식의 본원적 환상성을 제도적으로 세련시켰을 뿐, 의도적으로 만들어낸 것이 아니다.

13) 1, 2, 3의 이러한 DNA와 $(DNA)'$에 의한 생활의 수준이다.

14) 이 수준에서는 내부와 외부는 비례함수의 관계에 있다. DNA와 $(DNA)'$만큼의 실현밖에는 없으며, 실현될 만한 크기의 DNA와 $(DNA)'$가 추정될 뿐이다.

15) 문명 개체(1, 2)는 자연 속에서 한정된 Metabolism과 그만한 하량荷量의 Homeostasis를 유지한다. 객체(전자연) 〉 주체이다. 이것이 진화와 '역사'의 세계이다.

16) 4의 세계는 1, 2의 수준을 넘어서려는 인간의 활동이다. 여기서의 기술 정보(내부)의 형식을 $DNA\infty$라 부르기로 한다.

17) 1, 2가 모두 자연의 법칙을 자기 법칙으로 하는 데 반해서 $DNA\infty$는 순전히 자의적인 인공의 형식을 자신의 음계音階로 삼는다.

DNA와 (DNA)′는 정보(내부)이며, 실체가 아니며, 설계도이며— 외부(자연)에서 실현됨. 그러나 DNA∞는 그 자체가 실체이며, 거기서도 외부인 것처럼 보이는 연기, 문자, 그림, 연주, 무용동작 등은 '외부(객체로서의)에서 이루어지고 있는 것이 아니라' '인간 개체의 내부로 성별聖別된 시공(그러면서도 그 성별의 시선 밖에서는 현실의 시공일 수밖에 없는)'에서 이루어지고 있는 '내부의 운동'이라고 간주(환상幻想)된다. 즉, '유희 규칙'의 세계이다. '객체' = '주체'라는 등식을 인간 개체 쪽의 주도(主導: 환상 생태에의 변속變速이라는 결단의 실천)에 의해 성립시킨다. 이것이 예술의 세계이다. 여기서 비로소 객체는 주체의 기호가 된다. 그러나 이 경우에 객체를 주체의 기호와 비유하는 것은 아직도 그 객체를 객체(자연)의 눈으로 보는 상태에서 벗어나지 못한 습관적 사고이며, 앞에서 적은 것처럼 예술의 '정보'(예를 들면, 악상)와 그 악상의 '연주(실현)'는 실은 두 개의 사물이 아니라 예술이 그것밖에 매체로 삼을 수 없는 '자연'이라는 물질에 의한 불가피한 굴절 때문에 생긴, 같은 광선의 요철 경면凹凸鏡面에서의 난반사亂反射와 같은 성격으로 설명하는 것이 옳다.*

'환상' 속에서 모든 형태의 에너지들은 그들의 환상 밖에서의 고유한 속도를 실속失速하고 무차별 동시同時 존재— 즉, 하나가 된다. 그 속도에 따라가지 못하는 의식이 자연 상태에서의 속도를 재도입할 때, 거기에 Realism의 감속 현상에 의한 자연과 환상의 혼시混視, 중복시重複視의 현상이 일어나는 것이다. 이처럼 예술은 자연에 대한 과학적 입장의 전도轉倒로서 의도적 관념론의 세계이다. DNA∞에서 그 내부적 장치에 지나지 않는 (DNA)′와 DNA의 존재를 그 자연적 하량대로 해석하기 시작할 때 DNA∞→(DNA)′→DNA로 미끄러져, 예술의 자기동일성 위기가 발생한다.

18) '자기' 속에 '또 하나의 자기와 세계'를 가진다는 의식의 환산성을 부정하여, 자기 속의 또 하나의 자기와 세계가 밖의 세계 '안'에 있음을 자각하는 것이 이성(과학)의 세계이며, 예술은 이 이성과 과학의 세계를 다시 부정하여, 의식의 근원적 착오이며 출발적 원형인 '환상' 수준으로서의 의식을, 생명의 논리적 최종 목표인, 인간 주체의 객체에 대한 완전한 제압의 Simulation으로서 활용한다.

18·1) 세계와 나의 관계를 W(세계)$-I$(나)로 표시하자. 이 나 I는 세계 W와 나 I를 의식의 형태로 소유하고 있기도 하는데, 이 관계를 $I(W'-I')$로 표시한 다음 두 식을 합치면 $W-I(W'-I')$가 된다. I의 입장(현실적인 나의 입장)에서 보면 $(W'-I')$는 자신 속의 정보이다. 그런데 W와 I를 한 조組로 삼는 계系를 X라 한다면 $\begin{smallmatrix}W-I\\ \lfloor X \rfloor\end{smallmatrix}$ 라 표시할 수 있다. 이 X가 범신론적 뜻에서의 신神이라 이해해도 될 것이다. 이 X를 I의 의식에도 표시하면 $\begin{smallmatrix}W-I\\ \lfloor X \rfloor\end{smallmatrix} \left(\begin{smallmatrix}W'-I'\\ \lfloor X' \rfloor\end{smallmatrix}\right)$ 라는 식을 얻는다. 인간의 의식 속에 성립하는 이 X'는 두 가지 성격을 가진다. $\left(\begin{smallmatrix}W'-I'\\ \lfloor X' \rfloor\end{smallmatrix}\right)$ 를 '정보'라고 취급하는 입장에서는 이 X'는 '이성' 세계와 자아를 '방법적'으로 '밖'에서 다루는 정신적 장치가 된다. 그러나 꿈이나, 환각의 경우처럼 $\left(\begin{smallmatrix}W'-I'\\ \lfloor X \rfloor\end{smallmatrix}\right)$ 가 '현실'로 취급되는 경우에는, 즉 $\begin{smallmatrix}W-I\\ \lfloor X \rfloor\end{smallmatrix} = \left(\begin{smallmatrix}W'-I'\\ \lfloor X \rfloor\end{smallmatrix}\right)$ 일 경우에는 $X=X'$가 된다. 즉, 현실 세계에서는 X의 부분인 I가, 의식의 한

형태인 꿈, 환각, 환상 속에서는 스스로 X′, 즉 자기를 초월한 실재가 되는 경험을 가진다. 꿈이라는 의식의 형식으로 존재하는 시간 속에서의 자아는, 자기 속에 '세계와 또 하나의 자기'를 가지는, 'X'라는 나'가 된다. 나와 세계의 모순을 모순대로 유지하면서도 나와 세계를 초월해 있다는 상태가 '환상'이라는 의식 형태의 구조인데, 예술은 이 형태를 자각적으로 운용하는 기술이다. 물론 이 X′는 어느 허공에 떠 있는 것이 아니라 현실의 법칙에 묶여 있는 I 속에 들어 있고 보면, 예술의 창작과 감상에 종사하는 개인은 I와 X′ 사이를 순간적으로(즉, 극대의 속도로) 왕래하면서 작업하고 이해해나간다. 소꿉장난을 하는 어린이들은 무심히(인간의식에 주어진 원형적 형식이므로) 그렇게 하고, 성인으로서의 예술가나 감상자는 훈련된 대단한 긴장tour de force을 가지고 그렇게 한다.

19) 1과 2 사이에는 DNA − (DNA)′ − DNA∞ 라는 구조식으로 표현함이 적당한 중간 단계가 존재한다. 인간 개체가 자기 자신을 신의 피조물로 소외하여 자연으로서의 자기 DNA를 (DNA)′(신의 가공물)로 의식한다거나, 인간적 자기 (DNA)′를 자연으로서의 자기 DNA로 안다거나(습관, 전통에 대한 의사·자연적 인식), 환상으로서의 자기 DNA∞를 과학적 자기 (DNA)′로 혹은 자연으로서의 자기 DNA로 안다거나 하는 상태가 문명 (DNA)′의 발생과 동시에 존재하게 되고 이후, DNA라는 1차원적 상태에서 이탈한 인간 개체에서 모든 순간에 항존하는 회로 혼선의 가능성을 만들어주고 있다.

20) 이것은 중간 단계라기보다 인간 자체의 구조이며 각각의 구

조가 타당한 수준에서 운용되도록 운용하는 것이 인간 개체에게 요구되는 생활 기술이다.

21) '언어'가 이 점에서 대표적인 혼선(사용상의)의 위험 속에서 운용되고 있다. 언어는 '몸의 운동'이며, 정보의 전달 수단이며, 언어 예술에서는 '존재 자체'로 사용되는데, 이 세 경우 모두 겉보기에는 동일한 CODE를 사용하고 있기 때문에 그 '형식'에 가려서 그 형식과 대응하는 내용의 수준차를 식별하는 것이 용이하지 않으며, 17)의 *표 부분에서 지적된 바처럼 그 경우에 예술에서의 언어는 그 표기상의 동일성(DNA∞와 (DNA)′에서와의)에도 불구하고 '기호가 아닌 실체'가 되어 있음을 알아보기 어렵게 만든다. 언어 예술에서의 언어는 세계에 대한 기호가 아니라 '언어만으로 이루어진 세계' 자체이다.

21-1) 표의 4행, ←표 우측 난은 아래와 같이 세분함이 좋겠다.

		〈극대화된 감각〉이 창조한 인상-B				
		환상				
					신화적	세계
무용	←	무풍舞風	음계	화풍	언어	생활
					신화	의식儀式
		촉각상	악상	그림상	시상	연기상
무보		무보	악보		문자	희곡

22) 4에서 의식(혹은 인간 개체)은 '환상'이라는 수준을 취하는데, 각 장르의 성격에 따라 의식의 보편적 모습으로서의 '환상'은

각 장르의 매체의 모습으로 특수화된다. 각 장르는 다른 장르의 성격을 자신의 하위 수준으로 잠재적으로 지양止揚하고 있다. 음악은 악음樂音으로만 된 우주이지만 그 속에는 촉각과, 시각과 운동 감각과 언어의 세계를 자신의 잠재적 하위 감각으로 지니고 있다. 마찬가지로 언어 예술도 자신 속에 순수 촉각과, 시각과, 운동감각과 율동 감각을 지니고 있으나 그런 감각들이 모두 언어라는 수준에 수렴되어, '언어'라는 형식으로만 존재하는 세계에서 '언어 속에서' '그 자신이 언어이기도 한 표현 주체'가 '언어를 진동시킨다'고 표현할 수 있겠다.

23) 객체 편에서 보면 3형식 모두 물질의 운동이며, 말 그대로의 물질대사이며, 주체의 편에서 보면 1, 2, 3은 정보의 실현(DNA와 (DNA)′의 객체에서의 실현, 물질로서, 그리고 신호로서의)이며, 4 및 5는 화살표의 좌우의 연속화(무차별화)로서, '환상이라는 같은 종류의 질량' 사이의 Metabolism이다.

24) 1행에서의 '언어'란은, 생물 차원에도 존재하는바, 생물적 신호 활동을 비유적으로 표시한 것이다.

25) 이 표의 더 자세한 읽기를 위해서는 필자의 『문학과 이데올로기』 『소설과 희곡』 『예술이란 무엇인가』 『길에 관한 명상』을 참조하기를 권한다.

우리를 슬프게 하는 것들

한 독재자의 죽음이 우리를 슬프게 한다. 한 정치가의 죽음이 거리를 비우게 하고, 백화점의 여직원과 호텔의 소녀들을 울게 하는 도시에 살고 있는 우리 형제들의 모습이 우리를 슬프게 한다. 울먹이는 소리로 독재자의 죽음을 알리는 북쪽 아나운서의 문화 양식이 우리를 슬프게 한다. 20세기의 이 막바지에서 우리의 가장 심대한 집단적 의미를 지닌 사건의 이 전개 형식이 우리를 슬프게 한다. 이 20세기에 가장 열악한 형식으로 역사에 동원된 우리들의 운명이 우리를 슬프게 한다.

한 시대가 끝났다.

그 시대는 프라하에서도, 부카레스트에서도, 베를린에서도, 고르바초프의 1991년 12월 25일의 모스크바에서도 끝나지 않았다. 그것은 '그들의 끝'이었으나 우리의 끝은 아니었다. 20세기의 괴기하고 슬픈 운명은 우리가 거주하는 이 반도에서는 끝나지 않았었다. 지금, 그 시대는 끝났다.

생활이라는 것은 자기가 '창조'하고 자기가 '참여'한다는 것이 적어도 불로장생할 수 없는 인간 생물의 최대의 복지인 그 상태를 마침내 이 20세기에 실현하지 못한 채 살아온 우리의 20세기가 우리를 슬프게 한다. 이유는 어쨌든 인민은 동원의 '대상'이고 '참여'의 '대상'이었던 괴상한 문화의 '상징'이며 실체였던 인물의 죽음을 온 주민이 울면서 맞이하는 우리 형제들의 상황이 우리를 슬프게 한다.

한 시대가 끝났다.

지금부터 전개되는 현실적 사건은 현실의 논리에 따라 전개될 것이다. 나는 이 독재자의 죽음이 지니는 정신적 의미에 대해서만 말하고 싶다. 그것은 2세기 늦어서 찾아온 정치적 종교개혁의 새벽이다. 인간은 정신을 가진 탓으로 희망이 있고, 정신을 가진 탓으로 동물이 모르는 미망과 악에 노출된 존재임을 우리는 역사를 통해 배우지 않았는가. 비록 그것이 의미 있는 일일지라도 인민의 정신을 '동원'하는 통치자는 최악의 통치자이며, 역사에 관련되는 방식이 '동원'당하는 것일 때 거기서 온갖 좋은 것이 그릇된 것이 되며, 인간의 순정이 미망으로 탈바꿈한다는 역설을 고달픈 생애를 통해 이 땅의 거주자들은 배웠기 때문이다. 그러면서도 이 반도의 남북에 사는 우리는 다소간에 이 굴욕적인 형식에서 벗어나지 못하고 있으며, 북쪽의 형제들은 어쨌든 형식적으로는 그 가장 열악한 형식의 인생살이를 반세기 동안 '동원'되어온 일이 우리를 슬프게 한다. 그러나 한 시대는 끝났다. 앞으로 그 형식이 비록 외

형상 어느 과도 기간에 걸쳐 유지되더라도 그것은 이미 이 순간 이전의 위력과 내면적 강제력에 있어서 비할 수 없이 약하고 비할 수 없이 무리한 것이 될 것이며, 마침내 어떤 형식으로든 질적인 변화를 강요당할 것이다. 그리고 그 같은 변화는 남쪽의 생활을 심대하게 충격할 것이다. 역사란 그만큼은 그런대로의 법칙이 있는 세계이기 때문이다.

그러나 이 지체! 이 지각! 이악스러운 이웃들이 전세기에, 전전세기에 깨우치고 생활의 제도적 일상장치로 만들어오고 있는 사회적 진화 단계를 현실화하는 과정에서 우리가 처해 있는 이 지체! 이 지각!

50년 전, 우리를 점령하고 있던 이웃이 망할 때, 우리는 이런 광경을 목격했었다. 폭격으로 폐허가 된 도시의 왕궁 앞에서 꿇어앉은 수많은 일본 백성들이 전쟁에 진 것은 저희들 충성이 모자란 탓이었노라고 패전을 '사죄'하는 일본 백성들의 모습을 우리는 보았다. 그 마조히즘의 풍경, 그 노예의 정서! 그러나, 우리를 슬프게 하는 것은 일본 백성들의 그 모습이 아니었다. 그런 인간군이 구성한 제국의 노예였던 사실이 그때나 지금이나 우리를 슬프게 한다. 우리는 노예들의 노예들이었다. 이 지체! 이 지각! 20세기를 절반이나 허비한 1945년 현재에서의 그 지각! 그 지체! 인간적 비참의 그럴 수 없이 간단한 척도인 역사 단계에서의 그 지각, 그리고 1994년 현재에서의 이 지체!

북의 형제들이여, 내 이 말에 당신들 가슴이 아픈가? 고까운가? 모욕적인가?

그러나 믿어다오. 이 글을 쓰는 나는 당신들이 지금 겪고 있는 정신적 착란과 고뇌에서 그렇게 많이는 다르지 않은 처지에 있음을 잊지 말자고 노력하면서 이 글을 쓰고 있음을.

긴말 접고, 이 남쪽 땅에서 단 한 사람의 초등학교 동기생도 없이 한 생애를 보내버린 한 피란민의 입장에서 이 글을 쓴다.

아직도 생존해 계실 내 일가 어른들, 내 사촌들, 내 코흘리개 때 그 동기들, 지난 전쟁에서 그대들, 목숨이나 부지했는가?

현실이 소설보다 기구하고, 역사가 연극보다 극적이고, 그런데도 누군가가 왼쪽으로 뛰라면 왼쪽으로 뛰고, 오른쪽으로 뛰라면 오른쪽으로 뛰고, 바로 내일 전쟁이 날 테니 방독면을 사라면 방독면을 사고, 하루가 지나면 이번에는 남북 책임자가 화해하기로 했는데 만나서 악수로 할 것인지 포옹으로 할 것인지 연구 중이라면 또 그런가, 하고 이런 처지에 살고 있는 사람으로서 이 글을 쓴다.

무서운 정치심리학적 고뇌와 정신적 고문과 정신적 착란을 겪어야 할 북의 형제들이여, 그러므로 이 글은 속 편한 자의 '관찰'이 아니다.

나는 그대들 곁에 있다. 나는 그대들이다. 고뇌와 착란 속의 형제들이여, 힘내자.

역사에 동원되는 인간 생물의 무리에서 역사를 만들어가는 문명 인류의 무리 쪽으로 다만 한 치라도 다가서는 시대의 시작의 시작이 시작되었다고 이 시간을 응시하면서. 그러나 이렇게, 20세기의 막바지에서, 한껏 목소리를 낮춰야 하는 우리 상황이, 역시 우리를 슬프게 한다. 민족 내부의 문제를 민족 내부 각 정파의 평화적

인 경쟁으로 해결하는 생활 형식—우리들의 가해자인 옛 식민지
상전들조차 재빨리 채택하고 번영을 누리는 모습을 바라보면서 아
직도 가장 야만한 20세기의 골짜기를 헤매는 우리 모습이 우리를
슬프게 한다.

문학사에 대한 질문이 된 생애

1920년대 일본 제국주의는 국내의 경제적 어려움에 부딪치고, 국제적으로는 미국을 비롯한 서유럽 열강의 압력에 직면하고 있었다. 이런 어려움을 해결하기 위해서 중국을 침략하려는 길에 들어서려 하고 있었다. 대외적인 침략을 위해서 일제는 국내에서의 모든 비판 세력을 탄압하고 전쟁 수행을 위해 편리한 체제를 만들어야 했다. 1928년 봄에 일제는 국내의 반대 세력에 대한 대량 검거를 실행하였다.

식민지 조선에서 일제의 탄압은 더욱 가혹하였다. 중국 침략의 관문은 만주였으며 조선은 그 만주 침략을 위한 제일선 지역이었기 때문이다.

1919년 3·1운동 이후의 10년 기간인 1920년대에 식민지 조선에서는 일제의 내부 모순은 증폭되어 진행되었다. 경제적 약탈과 정치적 탄압은 식민지 본국에서의 형식적 겉치레도 내던지고 진행되었기 때문에 식민지 사회의 모든 계층은 생활의 모든 측면에서 최악의 상태에서 허덕이고 있었다. 농민은 고향에서 견디다 못하여 도시와 국외로 유랑해 나오는 형편이 되었고(당시 기록으로 만주에 80만, 일본에 20만), 도시의 노동자들은 산업사회의 혼란과 식민지적 차별의 이중고 속에서 시달리는 과정에서 노동운동이 발생하고 그것은 정치적 투쟁으로 나가고 있었다(1929, 원산 부두 노동자 대파업). 조선의 지식인들은 조국의 운명을 바로잡기 위해서 더 단호하게 싸워야 함을 자각해가고 있었다(1927, 신간회 결성). 3·1운동 이후 식민지 통치 권력이 선전하는 '문화정책'의 기만은 이비 ㄱ 효력을 잃고 있었디.

식민지 권력의 감시와 탄압 아래에서 모국어를 지키면서 국민 생활을 묘사해온 문학 사회에도 역사의 기상은 정직하게 반영될 수밖에 없었다.

포석抱石 조명희는 그런 중에서도 가장 치열하게 현실을 직시하는 문화적 유파에 속해 있었다.

당시의 현실과 그에 대한 문학적 반응 태도를 뚜렷이 나타내주는 것이 그의 작품 「낙동강」이다.

「낙동강」에서 그는 조국의 운명과 자신의 태도를 종합해서 보여줄 뿐 아니라, 그 자신의 문학 자체를 종합하고 있다.

이해 즉 1928년에 이 작품의 주인공의 한 사람이 택한 길을 그 자신도 실행하였다.

국내에서의 생활을 단념하고 국경을 넘어 소련으로 망명한 그의 소식은 해방이 되기까지는 알려지지 않았다.

해방된 후에 그는 1942년에 망명지에서 사망했다고 알려졌으나, 실지로는 1938년에 스탈린 정권에 의해서 학살된 사실이 알려진 것은 그의 사망 후 무려 반세기가 지난 1990년대 초의 일이다.

그의 생애가 우리나라의 현대사만큼이나 비극적인 것에 못지않게, 작가로서의 그의 위치도 우리 현대문학에서 특이한 것이 되었다.

포석이 망명지에서 집필했다고 전해지는 장편소설이 전해지지 못하고 있는 현실에서는 그의 문학적 질량은 국내에서 발표된 「낙동강」이 여전히 절정이라고 보아야 할 것이다. 소련에서 집필된 시들은 그 자체로 고유한 가치가 있지만 예술적으로는 「낙동강」을 넘어서는 위치를 차지할 만하다고 볼 수는 없을 것 같다. 작가의 주체적 자기 심화와는 관계없이, 객관적으로는 변화된 환경 속에서의 새 출발이라는 의미가 두드러지는 표현들이다.

망명 후의 포석의 의미는 망명지에서의 그의 작가적 업적과는 상관없이, 그의 망명 자체가 가지는 상징적 의미가 우리 문학사에서 중대한 의미를 지녀 보이는 데서 찾아야 할 것 같다는 것이 필자의 생각이다.

식민지 시대에 우리 작가들의 대부분은 국내에 머물렀다. 따라서 20세기 전반부의 우리 문학은 물리적으로는 식민지 권력의 울타리 안에서 생산되었다. 그것들은 헌병과 고등계 형사들의 감시와 탄압이라는 일반적 조건을 전제로 생산되었다.

작품의 생산은 원하건 말건 이 조건에 의해서 심층적으로 구속되면서 이루어졌다. 이 구속이 의미하는 것이 무엇인가. 이 구속은 현실의 한국 문학사의 모든 작품들에 어떻게 영향을 주었는가 하는 문제는 한국 문학의 연구자들이 깊이 생각해봐야 할 문제다. 이 문제는 우리 문학사에 대한 접근 방법에서 현재까지는 대부분의 연구자들에게 떠오르지 않은 시각인 듯하다. 망명자문학이라고 부를 만한 분량의 작품 집단이 실지로 없었기 때문에 생긴 사정이다.

일제 점령 전 기간을 통하여 국외에서 전개된 항일 독립 투쟁의 전 질량에 비하면 그에 상응할 만한 성격의 국외 문학 활동은 존재하지 않았다. 이것은 충분히 이해할 만한 사정이었지만, 그 결과 국내에서의 문학 활동에 대한 평가에서 미묘한 문제가 생긴다. 검열 제도 아래에서 생산된 문학 활동은 국외의 독립운동과 같은, 일제에 대한 전면적 부인의 태도를 명시적으로 취할 수 없었다.

암시적으로 그 원칙은 전제되었다고 할 수는 있지만, 형식은 내용을 규제한 것도 사실이었다. 그 결과 일제 점령 기간 중에 조선인의 정치의식을 정당하게 반영하는 표현에는 한계가 생길 수밖에 없었다. 결국 점령 아래에서 가능한 정도의 문학이었고, 그 강요된 한계가 자칫 문학 자체의 성격적 한계인 듯이 이후의 문학 의식에 수용될 위험이 있었다.

조명희는 이런 위험에서 가장 멀리 떨어져 있는 입장을 취한 문학적 유파에 속해 있었으나, 그도 결국 국외로 탈출할 수밖에 없었다. 그 입장은 국내에 머무는 한 끝까지 유지하기 힘든 태도였기 때문이다. 「낙동강」에서도 국외에서 활동하다가 국내로 돌아온 주인공은 일제에 의해 학살되고 말며, 그의 뜻을 이은 로사는 망

명 길에 오르는 것이다. 독립군 군가라든가, 기록적 성격의 저술
이라든가를 포함한다면 앞에서 말한 규정은 조금 달라질 수 있다.
필자는 지금 좁은 의미에서 '문학'을 말하는 것이다. 내용과 형식
에서 '문학'이 전제하고 있어야 할 어떤 본질이 식민 통치하에서
가능한 한계를 몸으로 보여줌으로써, 문학이란 과연 무엇이고, 인
간 사회의 본질은 과연 무엇인가, 하는 근본적 생애가, 특히 망명
후의 그의 존재가 우리 문학사에 대해서 지니는 최대의 의미라고
필자는 생각한다.

이런 탐구는 포석의 생애의 비극적 경위 때문에 지금 막 출발하
였다. 조명희라는 이름에서 금제의 봉인이 떨어진 것은 바로 어제
의 일이다.

문명의 보통 상식이 통하게 되는 일이 20세기의 우리 생활의 어
디에서나 그랬던 것처럼, 포석이라는 한 사람의 망명 작가에게 연
구적으로 접근하는 일도 이렇게 지연되었다. 그러나 금제는 이미
과거의 일이 되었다. 인간의 위엄을 지키기 위한 탐구에서 얻어진
이성적인 판단에 생애 자체를 일치시키려고 한 치열한 의식의 의
미는 지금부터 많은 사람들에게 생활과 예술에서의 영감의 원천이
될 것이다.

기억이라는 것

김인호(이후 김) 최인훈 선생님, 이렇게 대담에 응해주셔서 고맙습니다. 얼마 만에 이런 자리에 나오셨는지요?

최인훈(이후 최) 21세기에 들어서 처음 하는 대담입니다.

김　선생님의 작품을 좋아하는 독자들이나 문학을 지망하는 사람, 그리고 문학 연구자들이 선생님에 대해서 궁금한 점이 많을 것입니다. 이 자리가 선생님의 예술의 방법론을 이야기하고, 시대와 사회, 정치와 문화 등의 문제에 대해서도 자유롭게 말씀하실 수 있는 기회가 되었으면 합니다.

최　할 수 있는 한 성의를 다하겠습니다.

김　먼저 선생님께서 후배 작가들이 지침으로 삼거나 방향 설정에 도움이 될 만한 말씀을 한마디 해주시는 것으로 대담을 시작하면 어떨까요?

최　나는, (잠시 침묵) 개별적으로 문학하는 사람은 있어도, 문학에 '원로'가 따로 있다고 생각하지 않습니다. 이야기를 어디서 부터 시작해야 할지 모르겠으나, 다른 자리에서도 이런 경우를 당하면 이야기하곤 했는데, 나는 문학의 경우에 있어서 어떤 '방향'이라든지 하는 말에 거부감을 가집니다. 또한 문학에 '일반적인 지침'이라는 말은 어울리지 않습니다. 처음에 문학을 시작할 때는 방향이나 지침 같은 것을 알지 못해 답답했는데, 그동안 경험해보니, 적어도 예술이나 문학이라는 것이 어떤 방향에 끌려가는 것도 아니고, 그런 말로 요약할 수 있는 것도 아니라는 걸 알게 되었습니다.

김　그렇군요…… 사실 선생님이 40년 이상 작가 생활을 해오신 모습을 본 사람이라면, 즉 문학을 지망하거나 연구하고자 하는 사람으로서 『그레이구락부 전말기』에서 『광장』 『구운몽』 『서유기』 『총독의 소리』 『소설가 구보씨의 일일』 등을 거쳐 희곡 작품과 『화두』에 이르는 것을 본 사람이라면, 그것만으로도 작가로서의 지침과 같은 것을 얻어낼 수 있을 것입니다. 저는 다만 요즈음의 젊은 작가들이 선생님 세대와 사뭇 달라진 작가로서의 태도를 가진 게 아닌가 하는 생각이 들어서 드리는 질문입니다.

최　그렇군요.

김　우리가 21세기를 살아가는 것이 20세기를 살아온 것과 숫자적인 개념으로서만 차이가 있는 것은 아닐 것입니다. 적어도 우리는 20세기를 잘 정리해야 21세기를 잘 살아나갈 수 있는 것입니다. 그런 점에서 새로운 세기에 변화의 조짐이라도 느낀 것이 있으면 말씀해주십시오.

최　나는 20세기를 두 가지 관점으로 보고 싶습니다. 하나는 세계사 자체 과정 속에서의 20세기라는 것인데, 그것은 지구라는 공간이 처음으로 하나로 통합된 시기로서, 지구 문명이라는 것이 본격적으로 역사에 처음 등장하는 그런 각도에서 보고 싶습니다. 또 한 가지 관점은 나라와 민족에 관련된 것인데, 전반부를 외국의 점령하에서 보냈고, 우리 민족을 중심으로 생각해본다면 분단의 시기로 생각해볼 수 있겠지요. 이 문맥에서 사회 자체의 문제, 문학으로서의 문제를 생각해볼 수 있다고 생각합니다. 그리고 21세기라고 해서 이 조건이 아직은 크게 달라진 것이 없습니다.

김　21세기라고 하면 이념의 시대가 끝나고 새로운 판도가 마련된 시기라 할 수 있고, 예를 들어 예전과는 다른 전쟁의 양태로 작년에 발생한 미국 무역 센터 테러와 같은 것을 그 상징적 출발로 볼 수도 있을 것입니다. 그런 점들이 문학에 어떠한 영향을 미칠 것인지, 그리고 새로운 시기에 어떤 변화가 일어날 것인지 묻고 싶은 것입니다.

최　21세기를 어떻게 볼 것인가에 대한 질문은 지금 우리가 살고 있는 시대가 지구 규모로서 너무 방대해졌기 때문에 어떤 특정한 시각으로 쉽게 말할 수 있는 것이 아니라고 생각합니다. 그래서 1920~30년대의 풍경을 생각하며 그때의 상황에 빗대어 말해보자면, 그때에도 우리나라나 우리 문단에 국경이나 민족의 테두리를 넘어선 풍경을 의식하고 있는 예술적인 표현들이 존재했고, 물론 그걸 표현할 줄 아는 사람들이 몇몇 존재했지요. 그걸 뭐라고 말하기에 앞서 김기림과 같은 사람을 머리에 떠올려보면서 그 당시를 회상해보자면, 먼저 그때는 그때대로 도시화가 이루어지고, 19세기와는 다른 의미에서의 생활 문화가 펼쳐지고 있었습니다. 정치적 의미는 어쨌든 간에 그런 변화를 겪었던 셈인데, 그때 산업화의 세계적 추세와 지금의 그것과는 많이 다르지만, 우리는 1920~30년대에 이미 현대 문명의 고질적인 병폐들을 겪었습니다. 만약 지금이 그때와 다르다면 아마도 1920~30년대의 모더니스트들의 모더니티가 지금은 어디서나 벌어지는 일상적인 일이 되었다는 것 정도겠지요.

김 21세기를 인터넷의 시대, 울타리가 없어진 세계화 시대라고 말합니다. 그리고 이제 젊은이들은 예전처럼 민족의식 같은 것을 갖고 있지 않습니다. 그런데 선생님은, 앞에서 말씀하신 내용 중에서도 느낄 수 있듯이, 아직도 너무 '민족'의 문제에 얽매이고 있지 않나 하는 생각도 듭니다. 정말로 이런 시대에도 민족이라는 개념은 의미가 있을까요? 이제 우리의 사유의 폭도 민족이라는 개념을 뛰어넘어야 하지 않을까요?

최 2,3백 년 동안 세계 역사 속에서 중요한 역할을 했던 민족·국가·문화권이니 하는 것들을 지금 이 시점에서 의미가 없다고 말할 수는 없습니다. 그래서 민족이라는 개념이 불필요하다고 생각하는 사람들의 의견에 나는 찬성하지 않습니다. 다른 나라가 민족이라는 개념을 어떻게 받아들이는가에 상관없이, 우리의 경우에 민족이라는 개념 없이 지난 백여 년의 역사를 설명할 수 없습니다. 민족이라는 개념을 빼놓을 때 20세기를 설명할 수 없을 뿐만 아니라 우리의 고뇌라든가 하는 것들도 공동화空洞化될 염려가 많습니다. 국가나 민족이라는 개념은 한반도에서 인연을 가지고 살았던 인간 집단들에게 가장 실존적이고 종교적인 문제이자, 정치적이고 경제적인 문제라고 할 수 있습니다. 그것들은 도저히 분리해서 생각할 수 없는 그런 것입니다. 당분간 우리가 지구인·세계인으로 살아가더라도 거기에 플러스알파로서 작용하는 수백 년 동안의 역사적 실적을 포기할 수 없습니다. 그리고 민족이라는 개념 없이 문학과 학문, 그리고 일반적인 생활의 좌표마저 설명할 수 없습니다. 우리 지역의 백 년 동안의 특성을 생각한다면 민족이라는 개념을 결코 빠뜨릴 수 없습니다. 그것 없이는 우리의 역사, 문학사 그 어느 것도 설명할 수 없기 때문입니다. 생명은 진공 속에서 움직이는 것이 아니라 다원적 조건들 속에서 움직이는 것인데, 민족이나 국가라는 것도 개인이나 성性처럼 그것을 움직이게 하는 조건들이지요.

김　근대성이라는 개념은 '국가'와는 깊은 관계가 있지만 '민족'과는 거리가 먼 개념이 아닐까요? 물론 우리의 20세기 전반부가 '국가'가 없는 상황의 연속이었기 때문에 부득이 '민족'이라는 용어를 사용할 수밖에 없었겠지요. 그런데 다시 생각해보면 민족이라는 개념은 혈연이나 가족이 확대된 개념일 뿐입니다. 우리의 근대 의식을 자리 잡게 하는 데 가장 방해가 되었던 개념인 것이지요. 그래서 아마 선생님도 『회색인』이나 『크리스마스 캐럴』 연작에서 '가족 벗어나기'의 문제를 거론했을 것입니다. 그런 관점에서

21세기에 이른 지금, 선생님은 '민족 벗어나기'를 '가족 벗어나기'의 문제로 바꿔보실 생각은 없으신지요?

최 내가 말하는 민족이라는 개념은 생물학적인 피의 타입을 말하는 것이 아니라, 민족이라는 단위에 의해서 영위되었던 정치·경제 등의 생활 체험을 말합니다. 그동안 독립국으로 생활했나 혹은 식민지국으로 생활했나에 따라서, 그리고 단일한 민족 국가의 조건이 주어졌는가 아니면 다민족 국가의 조건이 주어졌는가에 따라서 인류의 문명사에서 색깔이 달라졌지요. 이는 문화 개념 혹은 사회학적 개념으로서 말하는 것이지, 어느 생물학적 인종을 말하는 것은 아닙니다.

김 이제 문학 자체의 문제로 돌아오자면, 정말로 지금의 문학은 선생님의 젊은 시절의 문학과 비교해서 뭐가 많이 바뀐 것인지요? 시대가 바뀌면 예술 일반론도 바뀌어야 하는 것인지, 아니면 예술만의 일반적인 속성이 있는 것인지…… 이런 문제는 대다수의 작가들이 고민하는 문제이기도 한데, 아까 물었던 작가의 책임이나 역할의 문제가 될 수도 있겠지만……

최 우리가 지금 작가니 문학이니 하는 용어를 자주 사용하는데, 이런 기회에 비슷한 질문을 받을 때마다 겪었던 고민을 해소할 수 있는 편리한 개념을 하나 마련해야 하겠습니다. 내가 자주 사용하는 용어 중에 '스펙트럼'이라는 것이 있는데, 자각 없이 볼 때는 보이지 않는 빛을 프리즘 같은 굴절 매체에 통과시켜보면 복수의 파장을 지녔다는 것을 알게 하는 것이지요. 그것을 보아 알 수 있듯이, 문학은 단일한 실체인 것 같지만, 다채로운 색깔을 지닌, 아니 작가의 숫자만큼의 굴절 차이를 지니고 있는 그런 현상이지요. 문학은 단일한 방향이나 질량을 가지고는 설명이 안 되는 것이기 때문에, 자기가 다변적인 힘의 장場 중에서 어디에 속해 있는가를 발견하는 것이 작가 생활에서 가장 중요한 과정의 하나인 것 같아요. 그래서 문학에는 방향이라고 할 것이 없는 것이지요. 작가 생활을 처음으로 시작하고 있는 작가에게는 자신이 어느 자리에 설 것인가, 어느 속도로 갈 것인가 하는 것이 중요한데, 작가로서의 인생을 어느 정도 살다 보면, '나는 육체적으로 어떤 면에서 강점이 있는 사람이다'라는 것을 저절로 알게 됩니다. 작가로서의 체질은 생리적인 체질이 아니라, 복합적인 인간 — 생물적인, 문화적인 그 밖의 우발적인 것의 콤플렉스로서의 인간 — 이라는 생활체가 가지고 있는, 어떤 경향과 같은 것입니다. 그런 경향을 모두 인정하는 입장에서 예술 이론은 구성되어야 하고, 작가의 경우에도 빨리 그런 이치나 감을 깨달아야 합니다. 그것이 작가를 성공과 비성공으로 갈라지게 하는 것 같습니다. 빨리 감을 잡지 못하면 성공하기가 그만큼 어렵게 되는 법입니다. 요컨대 문학 일반이라는 것은 없다, 이런 이야기입니다. 구체적인 문학, 즉 어느 특정한 작가의 문학은 있어도, 한꺼번에 뭉뚱그려 말할 수 있는 '우리의 문학,' 혹은 '21세기의 문학'이란 실제로 없는 것이지요. 정치라는 것에나 그런 극단론을 밀어붙이기 적합할까, 하지만 그것조차 그렇지 않습니다. 집단에 비교적 이익이 되고 일부는 조금 희생될 수도 있는 논리가 성립되는 것이 정치라면, 가능한 모든 경우가 다 선택되어도 좋다고 생각하는 것이 예술입니다.

김 개별적 문학은 우주에서 하나뿐이고, 어느 집단에도 환원되지 않는 독자성을 지니고 있다는 말씀인데, 하나이면서도 다채로운 문학이란 어떤 모습을 하고 있을까요?

최 다원성을 인정하지 않으면 예술이 아닙니다. 천 년 전, 5천년 전, 10만 년 전으로 거슬러 올라가면 당연히 한 가지 감수성, 한 가지 신, 한 가지 정치, 한 가지 인간을 믿었기 때문에 지금과 같은 정도의 다채로움은 존재하지 않았습니다. 그 단계에서는 세상에 대해 단 한 가지 대응 태도밖에 지닐 수 없었지요. 그런데 지금은 도저히 그럴 수가 없습니다. 아침에 일어나면 오늘 하루를 어떻게 지낼까 고민해야 할 정도로 우리 앞에는 다양한 가능성이 펼쳐져 있습니다. 그것은 불과 백 년 전만 해도 상상할 수 없었던 일이지요. 아침에 지게 지고 들판으로 나가서 일하다가 저녁에 돌아오는 일들이 노상 그렇듯이 반복되었기 때문에 일과에 대해서 고민해야 할 이유가 없었던 것이지요. 그런데 현대인은 백 년 전, 천 년 전의 인간들이 고민하지 않았던 것들을, 오늘 하루를 어디서, 어느 정도의 강도를 가지고서, 무슨 일을 할 것인가 고민한다이거죠. 그리고 자기 자신마저도 예측하기 어려운 생활 속에서 무수한 선택을 강요당하면서, 그러다가 자칫 길을 잃고 헤매는 경우도 생기는 것이지요.

김 시대가 복잡해지고 단원성이 옹호되기 때문에 오히려 예술의 꽃을 피울 수 있다는 말씀처럼 여겨지는데요. 그것이 후배 작가들에게는 예술에 대한 희망적인 메시지처럼 들릴 수도 있겠다고 생각됩니다. 예술의 어떤 영역에서든지 열심히 하면 충분히 자기의 역할을 찾을 수 있다는 격려가 될 수도 있겠고요.

최 몇 백 년 전에 문학을 하는 것은 이미 존재하는 명문과 비슷한 글을 반복하는 것에 불과했기 때문에, 사람들이 어떻게 생각하고 어디까지 욕망할 것인가가 뻔했습니다. 그래서 도 닦는 사람들도 지금보다는 훨씬 쉽게 어떤 경지에 이를 수 있었을 것입니다. 그런데 현대인은, 멀리 갈 것도 없이 '나'를 예로 들어보자면, 나는 지금도 어떤 경지에 도달할 수도 없고, 목표라고 할 수 있는 것조차 가지고 있지 못합니다. 실제로 나는 마음이 편해지는 정신석 경시라고 될 수 있는 것들을 가지고 있지 못합니다. 그리고 앞으로 10년, 20년 노력한다고 해서 될 일이 아니라는 것도 잘 압니다.

김 선생님의 말씀이 무척 놀랍습니다. 제 생각에 선생님은 헤겔이나 마르크스를 좋아하는, 뭔가를 총체적으로 해석하고 설명할 분으로 생각했는데, 지금 말씀을 들어보니 선생님은 지극히 현대적이면서도 놀랍도록 개방적인 사유를 하고 계십니다. 그럴 정도로 정신의 활동이 변했다면 그것이 저에게는, 그런 작품을 쓰고 싶다는 표현으로 들립니다만.

최 지금과 같은 세상이 아니었다면 나는 지금 정도의 지식도 갖지 못하고 더 불행해질 수도 있었던 사람입니다. 좀 잘못되었더라면, 이런 좋은 자리가 아니고, 어디에 쇠창살이 있고 문에 빗장이 쳐진 곳에서 외출도 마음대로 하지 못한 채 무슨 수상한 약을 받아먹으면서 살아갈 수도 있었을 거예요. 그런 엉뚱한 생각이 나

하고 전혀 관계없는 것만도 아닌 것이라는 생각이 늘 들곤 합니다. 꼭 남의 이야기로만 여겨지지는 않는 것입니다.

김　선생님의 말씀을 듣다 보니 정말로『화두』는 다원성을 옹호하는 소설이라는 생각이 듭니다. 선생님이 1부에서 비유하고 있듯이, 잠시 자신의 기억을 들추어보면 개미굴 안팎에 늘어서 있는 개미 떼처럼 무수한 '나들'이 존재하지요. 하지만 개미들이 '일렬로' 늘어서 있다는 점에서 선생님의 글에서는 헤겔의 냄새와 같은 것이 배어 있습니다.『화두』이전까지 선생님 소설의 발화자는 자아 확립에 신경을 쓰거나 에고가 무척 강한 사람이었습니다. 그래서『구운몽』에서 시작된 자아 분열이『서유기』이후로는 치유되어 구체적으로 그 자아의 실체를 드러내야 했는데, 작품을 쓰시던 시대적 상황이 더 암담해져서인지『총독의 소리』나『소설가 구보씨의 일일』등에서 형식적 아이러니를 통해 저항할 뿐 더 멀리 나아가지 못했습니다. 선생님으로서는 그런 식으로 방황을 했던 것이겠지요. 그런데『화두』에 들어서면 변화의 양상이 보여요. 정말로『화두』를 집필하실 때 어떤 변화가 있었던 것인지요? 그리고 그것은 선생님의 개방적인 사유와 어떤 관련이 있고 또 그것을 자아를 지키려다가 발생한 '분열증'과 상관없는 즐겁기만 한 '제멋대로 해라'라는 의미로 받아들여도 되는 것인지요?

최　나는 그것을 정말로, 제멋대로 해라, 라는 말로 받아들여도 불만이 없습니다. 물론 나에게는 '제멋대로'가 그렇게 제멋대로는 아니겠지요. 내 머릿속에서 제멋대로 생각하되 이미 나에게는 생활의 기억이 있으니까, 생각할 수 있는 것들을 생각해보고, 그리하여 그 끝의 '암흑'까지 가볼 수 있었던 것이지요. 제멋대로 하면서도 제멋대로가 아닌 것이 바로 『화두』의 원리가 아닐까요? 그래야만 그것은 살아 있는 것이 되지요. 증권을 예로 들어본다면 주식 시세를 전혀 알 수 없어도, 그렇기 때문에 더욱 경제가 살아 있다고 말할 수 있는 것처럼, 그것이 미로고 뭐가 뭔지 알 수 없는 그런 것이기는 해도, 그렇기 때문에 그것은 더욱 살아 있는 것이 될 수 있다 이거죠. 다만 우리는 그것이 꿈틀거리니까 그것의 실체를 알지 못하는 것이지요. 좁은 의미의 현실 생활에서 가능하지 않은 작업 조건을 허락받고 있는 것이 예술이라는 전제에서 말하는 것입니다.

김　김현 선생이 선생님을 헤겔주의자라고 말씀하신 적도 있는데, 이제 선생님은 헤겔이나 마르크스에서 완전히 자유로워지신 것인지요?

최　그런 말에 대답할 만큼 그들에 대한 나의 공부가 깊다고 말할 수 없고 또 어느 정도 짐작한다 해도 예술에 대한 두 사람의 생각은 내 머리에는 선명하게 들어오지 않습니다. 그들의 이론 전반이나 그들의 예술론의 내용은 그 해석권에 대하여 방대한 학문 외적 영향을 미쳐온 세계적 현실 전략이 사라졌거나 약화된 상태인 지금부터 진정한 과학적 연구의 좋은 시절이 시작되어야 하는 것이 아닌가 생각합니다. 지금까지는 풍문만 무성했지 그들을 통해서 얻은 소득이 별로 없었습니다. 남들의 경우에도 그래 보이고 나의 경우에도 그렇습니다. 그들은 그렇게 쉽게 극복될 수 있는 사람도 아니고, 또 극복도 마다하지 않을 사람으로서, 내게는 에

베레스트 산처럼 우뚝 서서 저 멀리에서 내려다보고 있는 그런 사람들입니다. 이런 마당에 사람들이 그들을 극복하자고 떠든다고 해서 뭐가 달라질까요?

김　선생님이 소설을 쓰시는데, 그들의 이론을 좇을 필요는 없겠지요. 선생님은 선생님 나름대로 에베레스트를 만들어야 했을 테니까요. (웃음)

최　나의 경우에 헤겔이나 마르크스는 예술가가 아니었으므로 그들의 용어를 직관적으로 받아들일 수 없었지요. 그리고 그들을 오래 붙잡고 지낼 만한 처지도 되지 못해, 그들을 완전히 이해했다고 말할 수 있는 상태에까지 이르지 못했습니다. 나는 그들을 이성주의자라든지, 자기 개념에 맞는 이성우선주의자라든지, 논리를 가지고 우주를 해명하려는 사람으로 보아서는 안 된다고 생각합니다. 그들은 일단 추상 개념을 가지고서 세계에 대해 단정적으로 이야기할 수밖에 없는 사람들입니다. 그래서 이론적으로 허용되는 타당한 말만 골라서 할 뿐이지요. 그런데 작가들의 경우에, 이 세상에 진정한 개성이라는 것은 자기 하나밖에 없으므로, 철학자들처럼 단정적으로 이야기할 수도 없고 정치가의 극한 형태인 혁명가들처럼 집단을 기준으로 개인을 생각해서도 안 됩니다.

김　철학자와 작가 사이에는 차이가 있겠지만 그들이 사회적 지성이라는 점에서는 동일합니다. 그래서 나는 어떤 철학자나 소설가도 사회 현상이나 정치적 현실에 대해서 어떤 식으로든지 발언해야 할 책임이 있다고 생각합니다. 예컨대 『총독의 소리』와 같은 소설을 쓰신 선생님은 지금까지 남아 있는 '친일파' 문제에 대해서 누구보다도 당당하게 발언해야 한다고 생각합니다. 그런데 선생님은 너무 겸손하시거나 너무 조심스러우신 것 같습니다.

최 그런 경우에 작가로서보다는 역사가로서, 철학자로서, 정치 평론가로서 말할 수 있겠지만, 나로서는 시인이나 소설가는 시나 소설로 이야기해야 한다고 생각합니다. 그리고 그렇게 해왔고요.

김 얼마 전 초청된 귄터 그라스가 우리의 '통일' 문제에 대해서 진지하게 이야기하는 걸 보았습니다. 선생님이야말로 우리 사회에서 그라스보다 너 큰 역할을 하실 수 있다고 생각되는데……

최 정치 평론가로서 이야기하고 싶은 때도 있습니다.

김 그런 역할을 맡으실 생각은 없습니까?

최 성의껏 대답하자면, 어떤 점에서는 내가 그런 말을 소신 있게 말할 식견을 갖추지 못했기 때문에 그렇게 하지를 못했습니다. 공부가 부족하고 세계를 볼 줄 모르면 나서기가 쉬운 것은 아닙니다. 그것이야말로 많은 책임이 뒤따릅니다. 또 하나의 경우를 말하자면, 내가 살아온 세월 동안에는 한마디 정치적 발언이 곧 '목숨을 내걸어야' 하는 상황이 되는 경우가 많았습니다. 5·16 이후나, 특히 유신 상황에서는 그랬지요. 그동안 내가 '정신'을 우대하는 경향의 소설을 썼는데, 지금은 여러 이야기를 자유롭게 할 수 있지만, 그 당시에는 말 한마디 하는 것이 곧바로 끌려가 고문당하고 죽는 것과 관련되었습니다. 많은 학식이나 지위가 있던 사람들조차 '밀실'에 불려 들어가 고문을 당하는 상황에서, 육체적 고

문을 견디지 못해 창문 밖으로 뛰어내리는 상황을 뻔히 보면서, 무슨 말을 할 수 있었겠어요. 그것은 정신이 얼마나 강인한가의 문제와는 전혀 상관이 없는 문제입니다. 그런 점에서 남북 이데올로기를 다룬 『광장』과 마찬가지로 조봉암의 죽음을 말썽 없이 『서유기』에서 다룰 수 있었다는 점에서 나는 작가로서의 긍지를 느낍니다. 귄터 그라스는 서양의 사회적·문화적 전통에서 얼마든지 비판을 할 수 있었겠지만, 나는 그럴 수 없었습니다. 그 정도로 만족해야 했지요.

최 선생님으로서는 그런 방식의 저항이 최선이었다는 말씀이시군요.

김 물론 우리에게도 목숨 걸고 저항한 많은 지식인들이 있었지요. 그러나 그것조차 유럽의 상황과는 완전히 다른 것입니다. 목숨을 건다는 건 정말로 비장하고 무서운 일이니까요. 얼마 전에 보도된 윤봉길 의사의 사형 사진을 보았다면, 나와 같은 사람이 느끼던 두려움을 짐작해볼 수 있을 겁니다. 그것은 윤봉길 의사가 죽기 전 의자에 비끄러매진 사진, 또 총살당해 이마에 구멍이 난 사진 등 두 장이었는데, 최근에 나는 그걸 보며 엄청난 충격을 받았습니다. 그것은 단순한 사진과의 만남이 아니라, 나에게는 '순교한 예수'를 만난 것과 같은 '사건'이었습니다.

김 선생님 연배의 지식인들이 글에 대한 무서운 기억을 가지고 있는 경우가 많은데, 그건 참으로 슬픈 일입니다.

최 정말로 총살당한 윤봉길 의사의 모습은 예수 그리스도의 모습이었습니다. 예수님이 그 시절에 체포되었다면 그런 모습이 될 수밖에 없었을 것입니다. 그런 정도의 희생 없이 어찌 독립운동을 하고, 당당하게 사회적 발언을 할 수 있었겠습니까? 내게도 혁명에 대한 느낌 같은 것이 없지 않았을 터인데, 내가 마음이 약한 탓도 있지만 나에게는 심각한 상황들이 계속되어, 나의 한쪽 마음은 십자가에서 숨져 고개를 떨어뜨리고 있는 예수의 모습을 요구했고, 다른 한쪽 마음은 그렇게 되는 것이 두려워 숨고 싶었던 것이지요. 그 사진은 일본의 도서관에서 찾아온 것이라는데, 정말이지 사진이 있는 문명의 시대에 살고 있다는 사실이 얼마나 엄청난 것인가를 실감했고, 그 사진은 나에게 몇십, 몇백 권의 명저를 읽은 뒤의 느낌 못지않은 충격을 주었어요. 나는 그걸 시시하게 생각할 수 없었습니다. 이미 세상에 대해 많은 이야기를 했는데 자기가 뱉은 말에 대해서 책임을 지지 않는다면 어찌되겠습니까? 민족이 어떻다, 21세기가 어떻다 하는 이야기는 바로 그런 책임의 문제와 관련되고 내 공포의 근원과도 연결됩니다. 그래서 그 사진에 대해서 아무런 감흥을 느끼지 못하는 사람은 나와는 인연이 없는 사람이 되는 것이지요.

김 조금 전에 작가는 '제멋대로' 살아야 한다고 말씀하셨지만, 선생님의 말씀을 들을수록 전혀 그렇게 사시지 않는다는 것을 확인하게 될 따름입니다. 작가란 자기 자신이 한 일을 책임져야 한다는 말씀도 그 속에 들어 있고요, 무책임한 행위를 한 사람들을 용납하지 못하겠다는 생각도 느껴지고 그렇습니다. 그것은 선생님이 확고한 근대 의식을 가지고 있기 때문에 그러할 것인데, 이런 지점에서 작가로서의 지성은 우리 사회에서 어떤 역할을 해야 하는지 말씀해주십시오.

최 보충해서 설명하자면, '제멋대로 해도 좋다'는 이야기는, 작가가 글 쓰는 것은 글로 선행하는 일이 될 수 있는데, 그 방법이 자유롭다, 작가 나름대로 여러 가지가 있을 수 있다, 라는 말이 될 수 있겠습니다. 나는 결코 작가가 나쁜 일을 자유롭게 하는 자유를 가졌다고 생각하지 않습니다. 나쁜 일을 하면 작가도 감옥에 가야 합니다. 작가도 사회적 개인이고 자신이 한 일에 대해서 책임을 져야 합니다. 누구에게도 좋은 일을 하지 않을 자유는 없습니다. 그리고 예술가는 제각기 다른 방식으로 자신의 예술을 만들어나가듯이 선행을 해야 하는 책임이 있습니다. 그래서 '제멋대로'라는 말은 '제멋대로의 방법으로 선행을 하라'라는 말로 바꾸어 말할 수 있습니다. 가령 예술은 선행을 하는 것인가, 아름다움을 추구하는 것인가 하고 묻는 것이 나에게는 무의미합니다. 나는 기본적으로 이 사회에서 살고 있으니까 시민으로서의 최소한의 의무를 지키고, 그다음에 에너지가 좀 남아 있어 시작한 일이 예술가·과학자·연구자라고 생각합니다. 내 직업이 예술가라서 아름다움이라는 말로 그 선행을 정의할 수밖에 없는데, 아름다움이란 아름다운 모습이 무엇인가를 공상하는 데에서 나옵니다. 생명을 지키고 개선하는 것은 생명 자체의 본능입니다. 개나 토끼 같은 것은 자기의 종이 연속된 것일 따름이지만, 그리고 그것이 그들의 운명이지만, 사람의 경우에는 어느 시점 이후부터 '문명'이라는 것 하나가 더 붙습니다. '생명＋인조생명' 혹은 'DNA＋(DNA)´'라고나 할까요. 문명이라는 것은 인간과 분리될 수 없는 것으로서 인간의 생명을 더 생명답게 하는 것입니다. 그래서 인간은 문명의 힘으로 좀더 오래 살고, 덜 고통스럽게 되는 것이지요. 문명과 자유는 그런 식으로 관련이 됩니다. 그리고 작가는 그런 기반 위에서 극단적인 상상력을 허락받은 사람입니다. 인간에게 앞으로 죽지 않는 상태가 올지도 모른다는 식의 황당무계한 상상력을 허락받은 사람입니다. 물론 그러다 보면 '피에로'가 되는 수도 있겠지만요.

김　그러면 문명이 생명을 더 생명답게 만든다는 말씀이시군요. 달리 말해 소설은 인간의 생명을 더 생명답게 만든다고 말씀하시는 건데, 엉뚱한 이야기인지 모르겠으나, 문명이 발달할수록 아우슈비츠를 만든다든지, 환경이 파괴된다든지 하는 일이 벌어지는데 선생님은 문학을 너무 높은 곳에 두고 있는 것이 아닌지요? 만약 생명에 해가 되고 사람을 상하게 하는 소설이 있다면, 선생님은 그걸 어떻게 말씀하실 것인지요?

최　작가는 글로 이야기하지요. 그런데 글 외부의 상황의 경우에 놓이면 규제를 받으면 되고, 글 내부의 경우의 문제에는 근대 이전의 작가와는 근본적으로 다르게 처신해야 합니다. 근대 이후의 문학 작가를 한정해서 말하자면, 이야기가 제법 복잡해지는데, 그들은 그 이전의 작가와는 큰 차이가 있습니다. 근대 이전에는 장인과 예술가를 분리할 필요가 없었지만 그 이후에는 분리하는 경향이 있습니다. 근대 이전에는 개인이 아니라 집단의 삶을 살아갔다고 말할 수 있겠지요. 그리고 예술가도 공동의 집단 표상, 다시 말해 집단 전체가 시인할 수 있는 미적인 표상을 만들었던 것이지요. 결과적으로 말하자면 거기서 개성이 나왔겠지만, 그래도 모두 공통되게 본질을 수긍하면 되었기 때문에 그렇게 머리가 복잡할 필요가 없었지요. 그러다 보니 어떤 ‘개성’ 같은 것이 나올 여지가 적었지요. 누구나 다 예수를 그리고 그 신앙심을 전달하면 되었지요. 그래서 예술이 모조리 판에 박은 듯이 똑같아지는 시대가 르네상스나 근대 이전 시대까지의 일인데, 그 이후부터 예술가는 사회적 시민으로서의 책임을 지게 되었지요. 또 그것을 예술 안에서 처리해야 했지요. 그래서 근대 이후의 예술가가 자신은 정치에 취미가 없고 아무런 책임도 없다는 식으로 이야기하면 안 되는 것입니다. 그런 말은 아예 성립하지 않습니다. 근대 이전의 예술가는 나는 가톨릭교도요 하는 말— 누구나 독실한 하느님의 신자요, 왕의 신하요, 부모님의 효자요 하는 식의 말— 과 같았지만, 그래서 정치와는 무관할 수 있었지만, 근대 이후에는 자신을 어떤 방식으로든지 규정지어야 했지요. 보수주의자냐, 진보주의자냐, 공화파냐, 왕정파냐, 자본주의자냐, 사회주의자냐, 국가주의자냐, 지방 자치주의자냐 하는 것들을 분명하게 밝혀야 했고, 그런 자신의 정치적 성격을 드러냄으로써 세계에 대해 말할 수 있게 되었지요. 그리고 미적인 부분에 대해서도 나는 이러이러한 취미를 가지고 있다고 신분증명서를 달고 말해야 했지요. 실험실이나 우주 기지 같은 곳에 출입하는 사람들은 어느 선까지 다룰 수 있는지 자격이 따로 주어집니다. 군사 기밀을 취급하는 곳에서는 어느 것까지 만질 수 있고, 어디까지 들어갈 수 있고, 하는 그런 것들이 결정되지요. 그와 마찬가지로 근대 이후의 예술가는 ‘나는 어느 지점까지는 만들 수 있다' 혹은 '어디까지만 작업한다'라는 자기 증명을 해야 합니다.

김　근대 이후의 예술가는 자신의 입장이나 태도를 분명히 해야 한다는 말씀이신데, 그것을 조금 확대시켜보면 친일을 했다거나 독재를 옹호했을 때 사회적 책임을 져야 한다는 말씀이기도 합니다. 그것은 저로서도 정말로 공감하는 바입니다. 그런데 지금을 탈脫근대라고 말한다면, 근대의 작가들이 졌던 그러한 책임에서 벗어나자는 것으로 생각되기도 하는데, '저자의 죽음'이나 '주체의 죽음' 등의 이야기는 어떤 점에서 작가들에게 너무 과도하게 부과된 부담에서 벗어나려는 행위가 아닐까요? 또 그것을 예술 본연의 길로 돌아가자는 말로 생각하면 잘못된 것일까요?

최　예술의 '본연'은 없습니다. 만약 그것이 있다면 지금 마시고 있는 이 커피는 현실의 커피다, 하지만 내가 그걸 사진 찍거나 스케치한다면 그것은 '현실의 물질의 그림자'다, 하는 그런 것이지요. 그런 의미에서 예술은 실물을 다루는 시공時空의 문제가 아니라 '환상을 다루는 시공의 문제'지요. 그러니까 '본연'이라는 말이 있다면, 그런 의미에서 그것은 현실 세계의 문제가 아니라 그림자 세계의 문제인 것이지요. 그렇게 말할 수 있는 것입니다. 또 그것은 예술의 문제에서만 그런 것이 아니라 언어의 문제에서도 다 그런 것이지요. 그렇다면 예술적인 언어란 무엇이겠습니까? 서해 바다 함대 사령관이 '바다'라고 말할 때 그것은 바다 그 자체를 말하지만, 시인이 바다를 노래할 때 그것은 시인 자신의 환상적

자아의 이름입니다. 근대 이전의 예술가에게는 예수님을 그리는 것이 전부였고, 그래서 예수가 예술의 본연이었는데, 근대 이후에는 이제 예수 아닌 '사과'나 '바위' 등 아무것이나 그릴 수 있는 시대가 된 것이지요.

김 그렇게 생각한다면 선생님이 말씀하신 '제멋대로'는 작가에게 큰 부담이겠는데요. 근대적 예술가가 근대 이전의 신의 위치에 오른 것과 같은 자격을 부여받았지만 한편으로는 그 대가에 못지않게 계속해서 다르게 보는 방식, 다르게 이야기하는 방식을 찾아야 한다는 말씀이 될 테니까요. 또 그러다 보니 선생님의 모더니즘 성향을 이해할 수도 있을 것 같습니다. 선생님의 작품은 대단히 실험적임에도 불구하고 『서유기』나 『총독의 소리』 등에는 역사의식이나 시대 의식이 담겨 있습니다. 그것이 4·19 직후에 『광장』을, 5·16 직후에 『구운몽』을, 유신 이후에 희곡을 쓰신 것과 어떤 관련이 있는지요? 그리고 그것은 어떤 식으로 사회와 관련을 맺고 있는 것인지요?

최 내가 살면서, 내가 살고 있는 사회에 대해서 생각을 하다 보니 자연스럽게 그렇게 되었다고 말할 수밖에 없겠지요. 지금 다시 살펴보면 오래전에 쓴 소설들이 지금 이야기한 것과 같은 것이 되었는데, 그걸 내가 처음부터 자각했다고 말할 수는 없습니다.

김 요즘 모더니즘 소설은 자기의 골방, 자기의 밀실에 갇혀 나올 생각을 하지 않고 있는데, 모더니즘의 속성이 본래 그렇다고 할지라도 선생님의 소설을 보면 밀실에 갇혀 있는 것 같으면서도 광장의 음모를 폭로한다든가 하는 그런 특성을 보이는데요.

최   그것은 자연스럽게 그렇게 되었다고나 할까요. 밀실에 대한 공부에 집중하다 보니 그게 아닌 바깥 거리의 문제들도 알게 되었고, 또 근본적으로 밀실과 광장은 어떤 동력선으로 연결되어 있다는 것도 알게 되었지요. 사회가 거대한 골리앗이나 고래 같은 인간들만 사는 곳이 아니라 나와 같은 인간들이 사는 곳이라면, 내 머릿속, 내 마음속, 내 정신이라는 것을 잘 살펴보아 거기서 어떤 해결책을 찾아낼 수도 있는 것이지요. 인간의 정신이라는 것은 밀실이나 광장의 문제를 동시에 받아들이고 있다는 것입니다. 그래서 나에게는 밀실이 어떻고 광장이 어떻고 말하는 것이나, 정신이 어떻고 물질이 어떻고 묻는 것이 모두 잘못된 명제 설정 같은 것이거나 혹은 무의미한 물음이라고 생각됩니다.

김   그렇듯 선생님은 바깥의 문제를 많이 이야기하고 있는데, 비평가들이 그걸 이해하지 못한 채 밀실에 갇혀 있다고 말할 때 서운하지 않았습니까?

최   뭐, 사는 것이 그런 것이니 서운하지는 않고, 나는 그렇게 생각하니 언젠가 그렇게 보아주는 사람도 있으려니 생각하는 수밖에 없다고 생각합니다.

김   어떤 사람은 이제 형식적 실험이 지겹다고 말합니다. 또 더이상 실험할 게 뭐가 있느냐고 말합니다. 우문이겠지만 선생님은 그런 사람들에게 무슨 말씀을 하시겠습니까?

최   난 실험을 계속해야 한다고 생각합니다. 문학이니까 그런 질문이 가능하지, 그게 미술의 경우라면 그림을 그리지 말라는 말과 같습니다. 그래서 화가들은 결코 그런 말을 하지 않을 것입니다. 음악이라고 하는 것도 일반적인 사항이 존재하는 것이 아니라, 구체적인 작품만이 존재합니다. 서양의 음계, 국악의 고유한 음계를 말할 수는 있겠지만, 악곡이 있고 나서 그것을 이해하는 한 방편으로 음계가 생긴 것이지, 음계가 먼저 있고 악곡이 생긴 것은 아닙니다. 실제로 음계 혹은 음계의 법칙이 나왔다고 해서 컴퓨터가 작곡을 할 수 있는 것도 아니지 않습니까? 생명이라는 것은 인간의 유전자가 바뀌지 않는 한 달라지지 않겠지만, 지구상에 있는 모든 사람의 머릿속에 있는 문명인으로서의 내면이라고 하는 것은, 예금 잔고라고 하는 것과는 다르지 않을까요? 인간성이 완성되었다고 말할 수 없다면 그것으로 나아가기 위해서라도 끊임없이 실험하고 변모해야 하는 것이지요.

김　요즘 작가들은 새로운 실험을 한다면서, 고작해서 컴퓨터에서 이것저것을 짜깁기하고 변조시킵니다. 즉 세계 인식의 내용 없이 형식 실험이 재미 차원에서 벌어진다면 그게 무슨 의미가 있을까요?

최　그래도 그것을 나무랄 일은 아니지요. 지금까지 많은 책이 나오고 경험이 축적되었기 때문에 훨씬 더 좋은 방향으로 나아갈 수 있을 것입니다. 그것을 얼마나 소화했는가는 나중의 문제지요. 그것도 책을 내는 사람, 글을 쓰는 사람이 책임질 일이지, 우리가 모든 것을 책임질 필요는 없습니다. 자본주의 사회에서는 도태될 것은 알아서 도태됩니다. 소설보다 더 중요한 인간들의 목숨조차 매일같이 무수히 사라져가는데, 좀 나쁜 책이 나오고 사장된다고 해서 뭐가 그리 문제가 되겠습니까? 사람의 목숨 대신 종이가 사장된다면 더 다행스러운 일일 것입니다. 쓰겠다는 사람이 있으면 쓰고 뭐 그런 것이지요.

김　그렇다면 선생님은 문학의 위기나 소설의 위기를 어떻게 보십니까?

최　더 많은 잡지나 단행본이 나오고 대형 서점이 세워지고 있으니 위기라도 할 수도 없고, 또 위기라도 하더라도 그것을 반성하며 잘 넘기고 있겠지요.

김　태평하게 말씀하시는데, 그렇다면 문학의 위기가 엄살이라는 말씀이신지요?

최　예전에는 문학잡지가 몇 되지 않았고, 원고료도 신인들에게는 거의 주지 않았습니다. 그리고 본격 문학의 경우 책이 잘 팔린다는 것은 상상할 수도 없었지요. 실제로 내 경우에도 『가면고』나 『구운몽』 같은 작품은 원고료도 제대로 받지 못했지요. 만약 지금이 문학의 위기라면 그때는 문학의 불모지였던 셈이지요. 지금은 그때보다 살 준비가 되어 있는 그런 시기이기 때문에, 그때보다 훨씬 낫다고 말할 수 있지요.

김　잡지의 부수가 줄어들기 때문에 내는 엄살이다 이거죠?

최　그런 잡지도 있겠지만, 결국 총량으로 따지면 독자들이 분산되었을 뿐이지 독자가 줄어든 것도 아니에요. 만약 지금 문학지를 통폐합해서 두어 개로 만든다면 굉장한 잡지가 탄생할 겁니다.

김　선생님은 요사이 『화두』 개정본을 내놓으셨습니다. 그것은

『화두』가 『광장』만큼이나 중요하게 여겨졌기 때문에 개작한 것이 아닌가 하는 생각을 들게 하는데요. 『광장』을 여섯 번 개작했다면 『화두』도 뭐 그럴 작정이 있으신 것인지요? 『화두』에 대해서 한 말씀 해주시기를 부탁드립니다. 그리고 지금까지 이야기하신 것 중에서 미진했던 부분이 있으면 말씀해주셔도 좋겠고요.

　　최　『화두』라는 소설을 여러 가지로 접근해 말해보고 싶어요. 한국 사회의 '화두'를, 말하자면 내 머릿속의 풍경을 빨리 스케치해서 남긴다는 것이 『화두』에 대한 나의 창작 동기였는데, 그나마 내 수십 년 동안의 기억을 최소한 문학이라는 얼개로 내면의 암실에서 꺼내 정리할 수 있었던 것은 퍽 다행스러운 일이었다는 생각이 들어요. 만약 그 풍경들을 기록하지 못한 채 사라지게 했다면 나는 퍽 고통스러웠을 거예요. 그것은 내 눈에 보이는 정신적 축적을, 기억이라고 말할 수 있는 것들을, 무엇이라 부르건 나의 내면에 들어 있는 것들을 건지지 못한 상태가 되고 말았을 것이기 때문입니다. 그것이 문학이라는 얼개로 만들어졌을 때 『화두』가 되었지요. 혹시 그런 가운데 무슨 사고라도 있어 인화를 하지 못했다면, 또는 필름 속에 빛이 들어와 그것을 망치고 말았다면, 얼마나 아쉬웠겠어요? 내 정신적인 운동의 대강의 그림이 초고도 되기 전에 소실되면 어쩌나 하는 공포의 연속이 글쓰기를 하는 내 마음 상태였습니다. 나는 그런 마음에 사로잡혀 내 내면에 있는 것들을 바깥으로 끄집어냈지요. 내 자신의 능력들을 끌어모아 『화두』를 쓸 수 있었던 것은 정말로 천만다행한 일이었지요. (이 지점에서 선생님이 혹시 후속 작품을 쓰고 있지 않나 하는 생각이 들었다.)

김 선생님이 그냥 기억을 길어 올린 것이 아니라, 큰 얼개 속에서 자유롭게 길어 올린 것이겠지요. 선생님은 치밀한 전략 없이 글을 쓸 분이 아니니까요.

최 물론 두 가지 에피소드를 설정하지 않았다면 『화두』라는 작품이 성립되지 않았을 것입니다. 지도원 선생 에피소드나 국어 교사 에피소드는 정확히 말하자면 이미 『서유기』에 나온 것을 그대로 실은 것입니다만 그런 얼개가 다행히 손에 잡혔기 때문에 거기에다가 다른 것들을 실처럼 감을 수 있었던 것이지요.

김 선생님 소설은 이상李箱의 전통에서 뻗어 나왔지만 『화두』에서 보면 선생님이 좋아한 작가는 조명희가 아닌가 하는 생각이 드는데, 그에 대해 말씀해주십시오.

최 그렇지요. 욕심을 말하자면 이상과 조명희를 합해놓는 것이 나의 일이었지요. 조명희에게는 이상적인 것이 없고, 이상에게는 조명희적인 것이 없다면, 나는 그들을 가장 추상적인 의미에서의 문학이라는 언어로 묶고 싶었던 것이에요. 그러나 같은 점령 시대를 살았으면서도 분명히 양극단인 그들은 스펙트럼의 왼쪽 끝과 오른쪽 끝에서 각각 정직하게 살아갔고, 그래서 그들은 범속의 레벨을 뚫고 살아남을 수 있었던 거지요.

김 『화두』가 형식적으로 이상, 내용적으로 조명희를 이어 받았다는 거지요.

최 그렇게 되었기를 바랍니다.

김 선생님은 선배들의 작품을 애독했다고 말할 수 있고, 그들의 언어가 지닌 리듬감까지 알고 있다는 생각이 드는데, 이태준·

박태원·조명희 등이 선생님께 어떤 의미가 있었습니까?

최　그 사람들은 시간적·공간적 제약 때문에 아직, 좀 실례가 되는 말이지만, 분명하게 말할 수 없었던 것들이 있었는데, 나는 그들보다 늦게 태어나 오래 살았기 때문에 그들이 보지 못하고 갖지 못한 것을 볼 수 있고 겪을 수 있었지요. 내가 후대 사람이고 제법 오래 살다 보니까 그런 것이겠지만, 어떤 사람은 30세를 넘기지 못하고, 또 어떤 이는 이 한반도에서 견디지 못해 소련을 찾아가 죽었지요. 조명희는 자기가 찾아간 곳에 있는 동지들의 지하실에서 죽었지요. 참으로 비참한 일이었지요. 그런 것들을 잊지 않고 그 사람들이 인간으로서 어떤 길을 걸어갔을까 생각해보는 것이 작가로서의 내 임무라고 말할 수 있어요. 난 그들의 길을 이어서 밟아보려고 노력했을 뿐이지요. 내가 10년 전에 건강이 나빴다면 『화두』는 없는 것이지요. 1970년대까지만 하더라도 정말 열심히 썼는데…… 그런데 아무리 써도 정신적 작업자로서의 확신을 가질 수 없다는 것을 깨닫게 되었고, 그래서 특히 유신이 한창이던 『태풍』을 쓰고 있을 때는 내가 정말 소설을 써야 하는 것인지 아닌지 알 수 없을 정도로 고민이 심각했어요. 뭔가를 잘못 쓰면 죽기도 하는 그런 세상인데 뭘 쓰겠다는 생각이 도대체 무엇인지 알 수 없었던 그런 상태에 빠졌던 것이지요. 그리하여 난 다시 소설을 쓸 수 없었던 거고, 그러고도 20년이 다 지나서야 다시 『화두』를 쓸 수 있게 된 것이지요.

김　상징적으로는 소설을 쓸 수 없었던 시대가 있었다는 것이, 참 슬프네요.

최 그런 점에서 내 희곡은 피투성이예요. 작품마다 송장이 실려 나가고, 내 마음이 편치 못했던 거지요.

김 그래서 희곡에서 말할 수 없는 비극성이 느껴졌던 것이군요.

최 또 가정적으로도 격동이 있었어요. 결국 나는 어머니가 돌아가셨기 때문에 희곡을 썼는데, 뭐 그런 것들이 결정적으로 내 운명에 작용했던 것이지요. 소설을 쓰지 못한다는 것은 한 사람이 어떤 일에 종사하다가 몇십 년 만에 폐업하는 그런 기분이었는데, 그때에도 나는 운명이나 우연에서 자유로울 수 없었던 것이지요. 그래서 아무리 좋은 재능을 타고 태어났어도 시류의 방해 때문에 못하는 수도 있고, 그만그만한 재능을 가지고도 여러 가지 행운을 얻을 수도 있는 것인데, 나는 오래 살다 보니까 이런저런 행운도 받았다고 할 수 있겠지요. 물론 누구나 스스로 노력을 기울이지 않으면 자신의 앞길을 만들어갈 수 없는 것이지만.

김 선생님은 조명희의 정신이나 『회색인』에 나오는 김학의 정신을, 즉 어느 한편의 마음에서는 혁명을 오랫동안 꿈꾸지 않았나 하는 생각이 듭니다. 그런데 『화두』에서 많이 정리되고 가라앉았다는 생각이 듭니다.

최 나야 혁명을 환상으로 꿈꾸었죠. 또 그 환상은 환상인 대로 환상에 값할 정도로 깊이 있게 현실 사회에 다가가 눈뜨고 지켜보아야 했지요. 그런데 『화두』에서는 좀더 현실 감각을 가질 수 있어 옛 작품에 비해 포병은 포병 자리에, 기관총은 기관총 자리에,

보병은 보병 자리에, 척후병은 또 그 자리에 놓아둘 수 있게 되었지요.

김　선생님의 작품에서 '사랑'은 혁명이라는 것을 감싸주는 중요한 역할을 하는 것이라고도 말할 수 있는데, 『화두』에서는 전혀 사랑을 거론하지 않고 있습니다. 무슨 다른 이유라도 있는지요? 그리고 가능할지 모르겠으나 선생님의 사랑론을 듣고 싶습니다.

최　문학에서의 '사랑'은 현실 생활에서의 사랑이 아니고, '혁명'은 현실에서의 혁명이 아니기 때문에 그것들은 모두 상징으로 읽힙니다. 『화두』에서의 중심 상징은 '기억'입니다. 이때의 기억은 사랑이기도 하고, 혁명이기도 하고, 그렇게 알고 썼습니다.

김　『구운몽』『서유기』에서는 지고한 사랑이 나타나는데, 그에 대해서 좀더 말씀을 해주시지요.

최　그랬지요. 그땐 사랑에 특별한 의미를 부여하고 싶었지요.

김　『서유기』에 나오는 방공호의 여인을 예외로 친다면, 대체로 선생님의 작품 속의 주인공들은 사랑하는 방식이 서툴고, 페미니스트들이 보면 기분 나쁠 정도로 남자 주인공은 자기주장이 강한 여인들을 싫어하고 또 그녀들과의 사랑에 실패하고 있습니다. 그러나 좀더 감정적이고 본능적인 여자들은 매력적으로 그려질 뿐만 아니라 사랑을 획득하게 됩니다. 그에 대한 어떤 특별한 생각이 있었던 것인지요?

최　김인호 씨 이야기는 소설의 경우에는 다 옳은 이야기인데, 내 희곡의 경우에서는 이야기가 달라지지요. 그런 점에서 김인호 씨도 일고를 바랍니다. 내 희곡에서는 여성들이 남자 주인공들을 압도하고 있습니다. 그것도 에로스적인 정열로 압도하고 있습니다. 그것은 한국 신문학사의 어떤 소설보다도, 그리고 어떤 여성들보다도 정열적으로 그려져 있습니다. 고귀하게 인간적으로 갈 데까지 가보는, 그래서 남자들은 그 아름다운 여성들이 이끄는 대로 파멸도 마다하지 않고 따라가는 그런 상태를 나는 추적했던 것이지요. 그것은 절대적으로 여성을 신앙해서 그런 것이지 남자 주인공이 무능력하거나 난봉꾼이라서 그런 것은 아닙니다. 나는 내 희곡에서 그런 것들을 보여주었기 때문에 어떤 페미니스트들도 많은 참작을 할 것이라고 생각합니다. (웃음)

김　놀라운 이야기군요.

최　희곡에서 '사랑'에 대해 그만큼 썼기 때문에 『화두』에서는 좀더 보편적인 '기억'이라는 상징이 절박했던 모양입니다. 나는 '기억'이라는 것을 타나토스에 대한 저항이라고 생각하고 썼습니다. 결국 기억은 에로스의 다른 이름인 셈이지요.

김　가장 애착이 가는 작품을 말씀해주십시오.

최　그런 질문에 대답하기는 참으로 어렵습니다. 마치 그것은 내 자식 중에서 누가 가장 애착이 가느냐 하는 질문과 비슷한데, 그렇게 말하기 어려운 것이, 『화두』를 보자면 그 속에 『회색인』 『서유기』 『소설가 구보씨의 일일』 등이 다 담겨 있고, 심지어 『소설가 구보씨의 일일』의 한 장면은 2부의 한 페이지에서 그대로 나옵니다. 결과적으로 거의 모든 작품들이 낭비 없이 『화두』에 이르렀기 때문에, 나는 그중에서 어떤 작품을 고를 수가 없습니다. 그것은 압록강의 어떤 지점을 고를 것인가 하는 문제처럼 나에게는 힘든 일입니다.

김 물론 선생님의 작품들을 보면 개별적인 특성들이 발전하고 있다는 생각이 듭니다. 그리고 지극히 완성도가 높아 어디 하나 흠잡을 곳이 없습니다. 그래서 다른 작가들의 경우와는 달리 좋은 작품, 아끼는 작품 등을 고르기 어렵다는 생각도 듭니다. 그래서 외람되게 말씀드린다면, 『태풍』이라는 작품은 아쉬움이 많습니다. 선생님이 『태풍』을 처음이자 마지막으로 신문에 연재하다가 미국으로 떠나셔야 했기 때문에, 뒷부분을 너무 압축적으로 끝내지 않았나 하는 생각이 드는데요, 제 생각에는 그 뒷부분이 두 배 분량으로 늘어나야 하지 않을까 생각되기도 하는데, 선생님의 말씀을 듣고 싶습니다.

최 그렇습니까? 그렇다면 고려해보겠습니다. 김인호 씨의 말은 충분히 이야기가 된다고 생각합니다. 그런데 그렇게 뒷부분을 전개할 필요가 있을까요?

김 물론입니다. 그리고 그건 선생님의 작품 중에서 단 한 가지 아쉬운 점입니다.

최 그랬군요. (잠시 침묵) 그래, 적극적으로 고려해보겠습니다.

김 화제를 바꿔, 다시 작품 이야기를 하자면, 선생님의 작품에는 고전에 대한 패러디가 많은데, 선생님은 『구운몽』이나 『서유기』 같은 고전을 그야말로 환골탈태시켜 전혀 고전의 냄새조차 나지 않는 선생님만의 독특한 작품으로 만들곤 하셨습니다. 선생님은 모더니즘을 추구하면서도 전통적인 것에 대한 깊은 생각이 있는 걸로 생각되는데, 그에 대해 한 말씀 해주시지요.

최　내가 아까 문학의 본연으로 돌아오자는 지적에 대해서 말했는데, 패러디를 많이 하게 된 이유는 아직 내가 예술에 대한 개념적인 정리가 덜 되어서, 그런 상태에서 내가 할 수 있는 것이 없었기 때문이지요. 논리적으로 미학의 방법론을 터득하는 것보다 실제로 있는 고전을 현대적으로 변용시켜보는 것은 훨씬 쉬운 일이었지요. 그래서 나는 그 고전을 가지고 씨름해보면서 예술이란 무엇인가, 예술의 핵이란 무엇인가, 예술에서 표면적인 것은 무엇이고, 보편적으로 변하지 않는 것은 무엇인가를 생각해보았던 것이지요. 그런데 나는 패러디를 통해 현대적 감각을 유지할 수 있었고, 고전을 논리적으로 미학의 방법론에 도달하기 위한 나침반으로 삼을 수 있었던 것이지요. 나로서는 고전을 활용하다 보니 저절로 감을 터득했다고나 할까요. 다시 말해 고전과의 씨름을 처음에는 몸으로 터득했지만, 나중에는 머리로도 정리할 수 있었고, 그런 뒤 미학의 방법론으로 터득했기 때문에 『화두』가 나올 수 있었던 것이지요.

김　선생님이 『회색인』에서 '방법과 풍속, 그리고 관념'에 대해서 말씀하시는데, 서구 이론과 방법들이 들어와서 아직 우리의 관념으로 자리 잡고 있지 못하다는 것을 지적하고 있다면, 지금 소설의 경우는 어떻습니까? 다른 작가들의 소설에 대해서도 듣고 싶지만, 특히 선생님의 소설이 풍속으로 자리 잡아가는 과정 중에 있는 것이라면, 지금 들어본 바에 따르면 『화두』에 이르러서 비로소 그 방법론이 완성되었다고 말씀하시는 것처럼 들리기도 하는데요.

최　난 만족하고 있어요. 그것이 잘되었다고 말하는 것보다, 내 탐색의 방향이 그리 헛된 것이 아니었다는 것을 깨달았다고 말하고 싶어요. 그런 생각이 든다는 거지요. 비슷하게 말하자면, 나는 한 실험자로서 보편적인 이론을 얼마나 잘 응용하고 있는지, 또 그것의 가치는 얼마나 되는지 모르겠으나, 요즈음에는 예전과 달리 일반 산업에서도 실험실과 공장 라인이라고 하는 것이 직접 연결되어 그 차이가 거의 메워져 있는 것처럼, 『화두』에서도 그 이전 작품들에서 실험으로써 탐색한 것과 탐색된 방법을 가지고 나의 경험을 정리한 내용이 결합되었다고 생각해요. 그런 점에서 『화두』를 잘 관찰해보면, 다른 사람이 쉽게 활용할 수는 없다고 하더라도, 거기에 정신 운동의 실험적 데이터로서 한국 문학사가 보관해서 참조할 만한 구석이 담겨 있다고 생각합니다. 그래서 처음에 내가 과격하게 예술에 주류主流가 있고 말류末流가 있는 것이 아니라고 말한 것처럼, 우리 시대의 모든 것들이 저마다 가치를 지닌 문명의 상태에 도달했기 때문에, 짚신만 신던 시대와는 달리 한 가지 잣대로 생각하지 말고 다양성을 허용하자는 것이지요. 어떤 소비자라도 각각의 브랜드를 선택할 수 있어요. 그렇듯 예술도 극단적 경향으로 치달을 수도 있는 것이지요. 만약 그렇다 해도 걱정할 필요가 없는 것이, 우리는 패션쇼에서 보여준 것을 그대로 흉내 내는 것이 아니라 그중에서 어느 한 부분을 스케치하고 응용해서 어느 라인을 살리는 것처럼, 그걸 응용해서 아프리카 양복장이는 아프리카식으로, 일본인은 일본식으로, 한국인은 한국식으로 양복을 만드는 것이지요. 나는 예술을 그렇게 생각하고 싶어요.
1990년대식, 1980년대식, 혹은 1970년대식 하면 예술의 다양성이
사라져요. 그리고 지난날 말했던 예술적 운동이나 실적들에 작가
들을 줄 세우려고 하면 당시에 활동했던 작가들의 작품들을 다 포
괄하지 못할 뿐만 아니라 오히려 당사자들의 선의라든지 패기의
싹마저 잘라버리는 일들이 벌어져요. 앞으로 나아가는 듯하면 뒤
에서 잡아당기고, 거기서 안주하고자 하면 다른 다크호스라고 할
만한 것이 나타나는 것이 예술의 세계에서 벌어지는 일이지요. 예
술의 세계란 것이 민주주의나 다수결의 세계가 아니니까, 재능을
등록하면 재능이 왕이 되는 것이고, 그 이전에 나는 몇십 년 했네,
나는 회장이었네 하는 것들은 아무런 의미를 지니지 못하는 것이
지요.

김 선생님의 말씀을 듣다 보니 예술의 근본정신에 대해서 다시
한 번 생각하게 됩니다. 그리고 지금 같은 디지털 시대에 어떤 변
화가 올 것인지 선생님이라면 명쾌하게 대답해주실 것이라는 생각
이 듭니다. 어떤 이는 근대의 '자본주의적 생산 양식'과 대비되는
'정보 양식'이라는 개념을 통해 우리 시대의 급격한 이행을 설명합
니다만, 선생님은 정말로 우리 시대에 새로운 형식의 예술이 도래
할 것이라고 생각하시는지요?

최 근대 자본주의 양식은 그만두고 원시인의 돌도끼도 정보 양
식이지요. 물론 강조법이라고 이해하겠습니다만 '정보'라는 것이
물질적 매개 없이도 마술 주문처럼 생산품을 불러내는 것은 아니
지요. 아무튼 어떤 경향 하나가 독과점해서는 안 됩니다. 아주 낡

은 것도 존재해야 하고, 서정적인 것이든지, 전통적인 것이든지 다 존재해야 합니다. 그리고 앞서 말했듯이 인간의 문명이 완성된 것이 아니라면 끝없이 변형되어야 합니다. 만약 우리의 문명이 완성되었다고 말한다면 그것은 천박한 이야기입니다. 그리고 완성되었다고 말하는 순간부터 낡아집니다. 정말이지 옛날이야기라는 것이 얼마나 뻔합니까? 그것들을 완성된 것이라고 하면서 변하지 못하게 한다면 거기서 무슨 재미를 찾을 수 있겠어요? 그러면 너무 시시해집니다. 나는 『화두』를 통해 그런 것들을 이야기하고 싶었던 거지요. 어느 날 갑자기 수십 년 동안의 기억이 없어지는 육체적 재난이 오면 어쩌나 하는 생각이 들었고, 또 개화기에 인간 세상의 이치를 다 알아버린 듯한 선배들의 이유 있는 속단에서 벗어나야만 정상적인 감각을 유지할 수 있다는 생각이 들었던 것이지요. 그렇지 못할 때 이내 낡은 감각으로 돌아갈 수밖에 없다는 경계심도 들었고요. 그래서 나는 그 무서운 인간 조건 속에서, 자동차 타고 다닌다고 저승에 갈 시간을 크게 늦추는 것도 아니라는 사실을 깨닫고는, 그러면 인간이 아무것도 아닌 존재가 되는 것을 막기 위해서 내 '기억'을 뒤지기 시작했습니다. 비타민을 먹는다고 해서 1세기를 더 사는 것이 아니라면, 내가 할 일은 딱 한 가지뿐이었던 셈이지요.

김 하여튼 조급하지 않게 열심히 자기 세계를 탐색하면 변화에 대응할 수 있는 자기 세계를 만들어낼 수 있다, 이런 이야기겠지요. 그러고 보니 새삼스럽게 『화두』가 훌륭한 작품이라는 생각이 드는군요.

최 사태의 본질상 끝이 있을 수 없다, 변화에 대처해라, 이런 이야깁니다.

김 또 다원화되면 될수록 쓸 이야기는 더 많아진다는 이야기지요. 그러고 보니 새삼스럽게 힘이 솟습니다. 우리의 문학의 미래가 결코 어둡지 않다는 생각도 들고요.

최 난 내 기억이 쓸 만한 동안 더 쓰고 싶습니다.

김 그러면 저는 다시 선생님의 다음 작품을 기다리겠습니다. (웃음) 날씨도 더운데 오랜 시간 동안 좋은 말씀을 들려주셔서 고맙습니다.

최 감사합니다.

완전한 개인이 되는 사회

김명인(이후 김) 갑신년 새해가 왔다. 선생은 탈북 1세대로서 '내적 망명자'라고 하는 독특한 처지에서 50년 가까이 작품 활동을 지속해오셨다. 치열한 작가 정신으로 쉼 없이 글을 쓰고 계시고, 최근에는 단편 「바다의 편지」를 발표해 문단에 큰 반향을 일으키셨다. 근황은 어떠신지, 새해의 특별한 계획은 무엇인지 궁금하다.

최인훈(이후 최) 특별한 계획은 없다. 읽고 쓰는 작가의 전형적인 생활을 하고 있다. 요즘 많이 생각하는 것은 평화의 문제다. 한반도의 휴전 상태가 반세기 가까이 계속되는 동안 남북이 모두 불완전하지만 평화라는 조건 속에서 각자의 길을 걸어왔다. 그런데 냉전이 끝난 다음에 우리가 살고 있는 반도에 최대의 전운이 형성되고 현재도 그런 불안에서 자유롭지 못한 상황이다. 근래에 올수록 평화라는 문제가 모든 철학, 모든 신념보다 전제되어야 할 대문맥이라는 생각이 든다.

김 세계화가 가속되면서 세계정세 속에서 평화의 위협이 우리의 문제로 곧바로 전이된다. 과거 냉전 시대에는 군비 경쟁과 핵무장을 하면서 '전쟁 억지를 위해 무장한다'는 구호가 설득력을 가졌으나 냉전이 끝난 뒤에도 긴장은 계속 고조된다. 미국의 세계 지배가 엄연한 현실인데 이를 극복할 수 있는 방법이 있는지 말씀해달라.

최 냉전의 상대방이 소멸된 다음의 세계에 대해 미국은 자신들이 지구 공동체를 지배하는 입장에서 전개되는 평화를 구상하는 것 같은데, 다르게 생각해야 한다. 벌써 20~30년 전부터 다극화라는 이야기가 나왔다. 비록 냉전 시대의 상대방 같은 힘은 잃어버렸지만 어떤 질량을 가진 상대방이 존재한다. 과거와 다른 21세기의 변수는 대륙 중국이라는 존재가 부상한 점이다. 또 한 가지 유럽연합이 있다. 얼마 전까지도 유럽이라는 지역이 지금만 한 힘을 가지고 소생하리라고 예견한 사람은 많지 않았다. 때문에 미국은 자신을 중요한 주도적 세력 중 하나로 보아야 하며 점차 그렇게 되리라고 생각한다. 내가 가정해본 21세기의 그림과, 미국의 현재 의지나 행동 사이에는 큰 차이가 있다. 이것이 큰 불안의 요소가 아닌가 한다. 20세기 미국은 냉전의 상대방이 있기 때문인지 자신이 가진 힘을 모두 사용하지 않는 자제력도 있었다. 구체적으로 한국전쟁 때 일선 지휘관이 원폭을 사용하려는 것을 정치적으로 억제했다. 말이 쉽지, 어려운 일이다. 군국주의, 나치스와 다른 전쟁양식, 정치 문화를 본 느낌이 있었다. 그러나 지금 미국의 행태는 그런 긍정적인 정치 양식에서 훨씬 후퇴했다고 생각한다.

김 그만큼 미국이 여유를 잃은 것 같다. 일원적인 패권 지배가 쉽지 않은 상황에서 기득권을 유지하는 게 힘겨워지니까 짧은 기간에 폭력적인 방식으로 해결하려는 게 아닐까.

최 19세기 후반에는 식민지 대국들이 지구 생활을 기본적으로 지휘하고 나머지 국가들은 거의 아무 저항력 없이 지휘 아래 움직이는 형상이었다. 20세기에도 기본적으로는 그 모양이 없어지지 않았으나 20세기는 그래도 위대한 세기였다. 약한 나라, 작은 나라, 자기 주인이 되지 못한 나라들이 전부 형식적으로 지구 사회의 동등한 성원으로 등장했다. 우리의 실질적 힘은 미국이나 유럽과 비교도 할 수 없으나 인류 역사의 어느 시기보다 자기 생활의 품위와 독립에 대해 유보 없는 정신을 가지고 살 수 있게 됐다. 때문에 미국이나 유럽처럼 과거 2, 3백 년 동안 지구를 행복하게 요리할 수 있던 나라들이 빨리, 진지하게 자각할수록 서로에게 좋은 구도가 되고 바람직한 미래가 올 수 있다.

김 '최인훈'이라는 이름 석 자는 문단뿐 아니라 한국 문화사 전체를 통해서 이데올로기 대립, 남북한 체제 대립, 분단 시대의 모순과 배리를 구현한, 그것과 떼어놓을 수 없는, 그 고통 자체인 존재로 상정돼왔다. 그런데 최근 『화두』를 다시 읽으면서 대립 자체 때문에 고통 받는 데 그치지 않고, 그것을 역사적 맥락에 놓고 그 기원과 이후를 폭넓게 사고한다고 느꼈다. 근래 '역사의 종언' '이데올로기 대립은 끝났다'는 말을 흔히 하는데 과연 그런가.

최 역사의 종언이 아니라 굳이 말하자면 '역사의 혼미'라고 할 수 있다. 역사는 인류라는 특별한 생명체가 있는 한 계속된다. 무한에 가까운 인류의 역사 속에서 짧은 순간의 이데올로기 대립의 결과를 놓고 역사의 종언이라고 말하는 것은 수사에 불과하다. 과연 20세기의 역사가 끝났는가. 지난 1일 일본 총리가 야스쿠니 신사를 참배했다고 한다. 그걸 보면서 현재 독일이라고 하는 나라가 옛날 나치스의 국기와 국가를 그때로 쓴다고 상상해보았다. 현실로도 그렇지 않고, 그런 일은 있을 수 없다. 유럽의 정치 문화, 문명 의식, 인권의 역사적 맥락은 그런 것이다. 그런데 현재 일본의 국기는 나까지도 초등학교 조례 때 경례를 했던 국기이다. 일본 진보 세력의 끈질긴 저항 때문에 공식적인 국가가 없었으나 얼마 전에는 기미가요를 부활시켰다. 우리 생활의 평화를 빼앗기고 최저한의 인격마저 박탈당했던 시대의 깃발과 노래가 그대로 일본의 국기와 국가다. 나는 이것이 상당히 심각하고도 간단하게 많은 것을 말한다고 생각한다. 거기에 정치·경제·생명까지 포함해 동아시아 문명과 유럽 문명의 현격한 차이가 있다. 사태는 그리 낙관적이지 않다. 우리는 100년 전에 못지않게 굉장히 어려운 주변 환경을 가지고 21세기를 맞아야 한다. 우리의 주체적 역량은 그때에 비교할 수 없게 낫지만 녹록지 않다고 생각한다.

김　역사의 종언이라기보다는 역사주의의 종언이라는 게 맞겠다. 역사가 변증법적으로 발전한다는 게 20세기의 이념이었다. 그런데 현실사회주의의 몰락 이후에 역사의 진보는 더 이상 불가능한 것이 아니냐, 자본주의 질서가 공고해지는 것 아니냐는 식의 역사 허무주의가 고개를 들었고, 이것이 현재 상황에서 일종의 이데올로기라고 볼 수 있다. 우리는 현존 자본주의 이후에 대한 구상을 해야 한다. 그러나 그것이 현존 사회주의의 삶은 아니고 그렇다면 무엇일까. 선생은 '자본주의와 사회주의라는 종래의 관념에 사로잡히지 말고 참신하게 몸으로 발상하려는 순진무구한 내면의 개종이 필요하다'고 말씀하신 적이 있다.

최　우리는 설명하기 편리하도록 하기 위해 불가피하게 이론적 모델을 사용할 수밖에 없다. 여기에는 자본주의니 봉건주의니 역사니 진보니 반동이니 하는 온갖 것이 포함된다. 나 자신 무수하게 사용해온 말들이지만 점점 이론 모델이 있고 현실이 태어난 건 아니라는 생각이 든다. 현실이란 단어가 있기 때문에 현실은 현실이란 한마디로 정리해서 내 손안에 있다고 생각하기 쉬운데 진짜 현실은 무한하다. 이런 생각을 하다 보니 민주주의, 자유주의, 사회주의, 공산주의라는 것들에 대해 전보다는 훨씬 유연해졌다고 할까, 덜 사로잡히게 된다. 막연하더라도 혼돈 그 자체인 내 몸 전체로써 촉감할 수 있는, 내가 비록 아무리 충분하지 못한 인간이라 할지라도 수십 년 살아온 이러저러한 경험을 더 믿는 쪽으로 앞으로의 시간을 살고 싶다. 이야기를 좁히면 현실사회주의라는 것은 정치적 이상주의의 19세기적 분파의 하나라는 정도가 아니고, 인간이 현실에 대해 더욱 많은 꿈을 가지고 접근하려고 했던 커다란 생명의 흐름 속 한 가닥 지류라고 할 수 있다. 그러나 우리가 아는 바와 같은 결론으로 끝난 상황에서 어떤 의미로든 정리가 필요한데 지금 느낌은 그리 비극적이지는 않다. 그렇게 된 데는 개인적으로 『화두』를 씀으로써 도달할 수 있었다. 20세기 말 대드라마가 막을 내렸을 때는 내가 젊었을 때 경외감을 가지고 접했던,

최대의 관전평을 쓸 수 있는 위대한 정신적 이름들이 퇴장한 다음이었다. 그러나 나도 현장에 있었고 그것을 보았기 때문에 '대드라마의 리뷰를 나 같은 시골 작가가 쓸 수 있겠나'라는 생각도 있었지만 결국 썼다. 나는 데뷔한 이후 이른 시점에 생애의 화두에 붙잡힌 것 같다. 그때는 그런 자각이 없었지만 데뷔한 지 1, 2년 후부터 단편 말고 중편·장편·연작은 지평을 넓히기보다 한군데를 파내려가는 형식이 되었다.

아무리 파내도 다른 기층이 나오고 또 다른 기층이 나온다는 인상을 가졌으나 『화두』를 쓸 때쯤에는 나 자신을 납득시킬 만한 내면의 탐구와 사유의 추적이 있었던 터에 대사변을 맞게 되었다. 일종의 사투랄까, 혈투랄까 하는 보고서를 쓴 것이 벌써 10년쯤 된 『화두』라는 작품이다. 내가 마지막을 지켜본 드라마의 무게는 무게대로 받아 안되 그것이 얼마나 위대한 것이었든지 간에 내 목숨과, 그 드라마가 끝난 뒤에도 오랜 세월 살아갈 인류의 생명이란 입장에서 본다면 그것 역시 잘 정리해서 활용해야 할 재산이지, 역사의 종언이니 하는 식으로 부풀려 처리돼서는 안 된다.

김　『화두』에서 가장 감동적이었던 대목이 사회주의자 조명희로 추정되는 이의 최후진술에 해당하는 논문이다. 그것을 통해 인간의 존엄을 지키고 더욱더 나은 세계를 이루기 위해 자신의 희생을 감내하는 불굴의 의지를 발견한 것으로 읽었다. 「바다의 편지」에서 '한 사람도 글 위에서 죽으려 하지 않는다'라고 하신 대목에서도 정수리에 얼음물을 쏟아 붓는 것 같은 통렬한 죽비 소리를 들었다. 선생은 아직까지 인간다운 존엄성을 유지하고 살 수 있는 세상은 오지 않았다고 생각하시는 것 같다. 지식인들의 역할과 사명을 이야기해달라.

최 한 가지 비유를 가지고 설명하자. 열 손가락 깨물어 안 아픈 손가락이 없다는 말이 있다. 중요한 장기가 병들었든, 손끝에 가시가 하나 박히든 인간은 똑같이 사로잡힌다. 인간의 육체는 심장이 손가락을 소외시키는 일이 없다. 육체라는 것은 상당히 이상적으로 우정과 사랑, 나와 너가 하나인 대단한 사랑의 조직체이다. 그러나 어떤 국가·사회·제국도 그렇게 순수한 육체의 조화로운 통일과 같은 유기성은 없다는 데 문명의 모순이 있다. 가령 어떤 사회에도 '천국이 따로 없다'고 생활하는 사람들이 있는가 하면 기본적인 물질적·정신적 보장조차 못 받는 사람들이 공존한다. 그 사회에서 혜택을 받는 사람들은 염려하지 않아도 된다. 문제는 나머지 부분인데 그 부분을 어떻게, 어느 정도 아파하느냐 하는 것이 인류 역사 발전의 척도라고 할 수 있다. 우리 사회의 건강 지수를 수치화하기는 힘들다. 그러나 현존하는 모든 국가나 사회와 마찬가지로 이상에 비추었을 때 부족한 사회인 것은 틀림이 없다.

이야기를 간추리면 우리 사회에는 이미 무시할 수 없는 자각한 정신의 소유자들이 방대하게 존재한다. 그런데 그것은 힘을 발휘할 수 있는 가능성과 잠재력으로서 존재하는 것이다. 씨앗이 있더라도 햇빛이 있고 물이 있고 공기를 유통시키지 않으면 싹이 안 나오는 것처럼 가능성이 있더라도 조건이 주어지지 않으면 안 된다. 그러나 정상적인 발아 조건이 안 되더라도 생명의 본능적 힘 때문에 폭발하게 된다. 우리 근대에 있어서 동학혁명, 갑신정변, 실학,

346

신분 질서를 흔드는 방대한 중간 주민의 존재가 그것이다. 상류 귀족층에 의한 갑신정변은 상류층이라고 다 썩은 인간이 아니라는 증거였고 중간층도 외압이 있지 않았다면 연속적인 비중세적 발전을 가져왔을 것이다.

그러나 결국 성공한 혁명이 되지 못했고 3·1운동, 4·19혁명, 군사 체제 아래서의 끊임없는 저항으로 단속적인 폭발을 일으킨 것이다. 쉼 없이 살려는 꿈틀거림이 있었다. 우리 사회를 병든 부분의 관점으로 보면 어두운 측면도 많겠으나 왜 우리 사회를 병을 가지고 인식해야 되겠는가. 생명의 아름다운 본질에 가깝게 살려는 몸통 부분이 이러저러한 불리한 여건 때문에 고전하지만 내면적으로나 외면적으로나 엄청나게 높은 지적, 정치적 대생명의 축적을 이뤘고 승리의 유산뿐 아니라 패배의 유산까지도 전투 역량으로서 갖고 있다. 과거에 언제나 그랬던 것처럼 내부의 반역자들에게 그것을 횡령당하지 않도록 얼마나 현명하게 행동할 수 있느냐, 대한 제국 말·식민지 기간·분단 기간에 우리가 바깥 세력에 대해 반응했던 것보다 얼마나 굳건하게 대응하고 필요하다면 유리하게 싸우기까지 하느냐는 데 우리 역량의 미래가 달려 있다. 전투력은 충분하다고 생각한다.

김 작가는 손가락이 아파도 아프다고 해야 하는 존재라는 뜻으로 선생의 말씀을 이해하고 싶다. 몸 전체가 건강하니까 아무 말 하지 말자고 한다면 작가의 존재 이유가 없을 것이다.

최 사회라는 느슨한 결합에 있어서도 몸의 일부가 아플 때 몸의 전부가 그것을 자기 일로 생각하는 것과 같은 태도를 취하는,

특별한 분업상의 임무를 맡은 것이 작가라고 할 수 있다.

김 남들이 보면 아무것도 아닌 일에, 사소한 일에 목숨 거는 사람이 작가다. 2000년대 이후 우리 작가들은 그런 측면이 약하지 않은가. 신세대 작가들에게 하실 말씀이 있을지 모르겠다.

최 성경에 한 마리의 아기 양을 구하는 비유가 나온다. 아흔아홉 마리의 양에게 불편을 끼치더라도 한 마리의 양을 끝까지 생각하는 정신은 이념으로서는 마땅하지만 현실에서는 그렇게 생각할 수 없는 논리가 있다. 전쟁을 할 때 한 사람을 구출하기 위해 한 군단이 수색에 나서는 일은 어렵다. 예술가는 현실에서 실천 불가능한 이 일을 글자 위에서, 악보 위에서, 캔버스 위에서 하는 사람들이라고 할 수 있다. 나는 내가 해온 일을 계속하겠다. 예술가에게는 백인백색의 아파하는 형식이 주어져야 한다. 백화가 만발한 것이 좋은 꽃밭이지 무궁화나 장미꽃 일색인 것은 좋지 않다. 예술의 꽃밭에는 장미나 모란이나 호박꽃이나 과꽃이나 잡초조차 있어야 한다. 장미니 뭐니 한 가지에 사로잡힌 것은 속된 것이 될 수 있다. 동양 예술의 근본정신이 그런 것이다. 작은 것, 약한 것, 심지어 없는 것이 가장 있는 것이라는 정신에까지 도달한 상태다. 현실에는 존재하지 않지만 예술이라는 좁고 특별한 영역에서는 결코 무시 못할 특별한 것이 있다. 과거를 말할 때 편의상 무슨 '주의'라고 말하는 것도 그런대로 의미가 있으나 그것이 전부는 아니다. 과학의 일선에 있는 사람들에게는 현미경 속에 존재하는 것 이외의 또 다른 무엇이 있는지, 없는지는 결정된 바가 없는 이치다. 갈릴레이나 다빈치의 경우 한 가지 망원경이나 현미경으로 관찰하는 게 아니라 배율이 더욱 높은 실험 기구를 만들어 다시 관측하고 추상적인 공식을 만드는 것까지 일관 작업이었다. 불확정성의 시점이 지나간 후세에서는 주어진 실험 기구를 사용한다. 첫 등정을 한 알피니스트가 생명의 모험 끝에 작성한 등산 코스를 상품으로서 관광객이나 아마추어 등산객에게 제공해 알피니스트의 흥분에 박진하면서도 안전한 등정을 가능케 하는 것은 충분한 의미가 있다. 보통 사람들이 목숨을 걸면서 일주일의 피로를 풀 수는 없다. 근본적으로 예술은 인류에 봉사하기 위해 존재한다. 불확정한 일보를 위해 암실에서 정밀 기계를 보고 있는 사람에게 우주는 사방 몇 센티미터에 압축돼 있다. 그런 사람에게 '너, 장난하는 거야 뭐야' '세상이 이렇게 넓은데 왜 암실에 있느냐' '인간은 대지를 밟고 서야 한다'는 등의 말은 소용이 없다. 나는 좌고우면할 틈이 별로 없었다. 남들이 내놓는 지도 이념으로는 만족할수 없는 자기의 실험 요령이 필요했다. 그것이 표현이다. 최소한의 보편적인 형식 속에 자기의 영감을 표현하지 못한다면 괴로워했다고 증명할 수 없다. 많은 예술가들이 천재 일보 직전에서 사라져갔다. 이름을 남긴 사람은 비슷한 수준까지 올랐던 다수 중한 명이다.

김　현미경을 들여다보더라도 우주의 작업이라는 생각을 가지고 하라는 말씀인 것 같다.

최　나는 작가라는 행위 지점이 어디인지, 내게 맡겨진 참호 속의 임무가 무엇인지 알기 위해 끊임없이 왔다 갔다 했다. 어느 지점에 고착돼 만족할 수 없었다. 그런대로 거기 머물러볼까 하면 반성 같은 것이 생기곤 했다. 왔다 갔다 한 것조차를 작품에 반영하려고 했다. 어떤 관측자인 경우에는 대지에 굳건히 선, 눈빛이 먼 미래를 뚜렷이 보고 있는 모습이 아니라 어떤 때는 흔들흔들하고 어떤 때는 싸울 의사가 있는지 없는지 의심스러운 모습으로도 비칠 수 있었다. 트로이 전쟁에서는 헤라클레스 같은 전사뿐 아니라 졸병들도 있었을 것이다. 졸병 한 사람의 생생한 현실감이라는 것도 많은 사람에게 도움이 될 수 있고, 그가 자신의 전투 일지를 보고하는 것도 의미가 있다. 참모총장이나 대장군이나 대제독만 의미 있는 것은 아니다. 인류는 점점 평민들이 대영웅이고 대귀족이고 대지식인이기도 한 시대로 진입한다. 사회주의가 말하는 인류 사회의 마지막 목적은 완전히 발전한 개인에 도달하는 것이다. 사회주의라는 이름하에 개인주의를 나쁜 것으로 폄하하고 개인은 전체를 위해 있다는 식으로 생각하는 것은 굉장히 엄중하고도 심각하게 첫 단추를 잘못 꿰고 있는 것이다. 모두 할 말이 있고 제 갈 길을 가는 것이다.

김 완전한 개인이 되는 사회가 인간이 도달할 수 있는 궁극의 세계라는 말씀을 뜻깊게 들었다. '화두'의 메시지도 '네가 처한 장소, 모든 곳의 주인이 되라'는 것으로 알고 있다. 이 말은 새해를 맞은 우리 사회 구성원들에게 일종의 덕담이 될 수 있을 것 같은데 그 밖에 고통과 어려움을 겪는 이웃들에게 해주실 말씀이 있을지.

최 인류의 입장에서 보든지, 사회·국가의 입장에서 보든지 우리는 이전 세계의 방대한 정보, 기술, 생산력, 가능성, 유산 전체를 상속하고 있다. 인류 역사상 DNA를 발견한 것은 굉장히 최근의 일이다. 멘델은 아이가 아버지를 닮은 데는 뭔가 인자가 있다고 생각했으나 인간의 세포 속에 정보로서 저장된다는 생각은 하지 못했다. 과거에는 우주여행을 꿈도 꾸지 못했으나 지금은 화성에 착륙해 탐사 활동을 하고 있고, 토끼가 살고 있다고 했던 달에도 다녀오는 세상이 되었다. 그러나 그런 세계의 다른 한편에서는 인간의 기본적인 존엄은 그만두더라도 굶주림의 고통을 겪는다. 100년 전 많은 사회 개혁가들은 당시의 생산력을 굉장한 것으로 보았다. '인류가 이미 이러한 지점에 도달했는데 이상적인 제도를 목적의식적으로 추구해도 환상이 아니다'라고 말했다. 그러나 지금 보면 100년 전의 유토피안들 역시 그 당시까지의 생산력을 조금은 과신한 것 같다. 나도 지금 과신하는지 모르겠으나 100년 후인 지금은 엄청난 생산력이 축적됐다. 프로메테우스가 우리에게 가져다준 횃불이 핵폭탄이 되고 DNA가 되고 우주 로켓이 됐다. 문제는 이것을 어떻게 쓰느냐 하는 것이다. 공동체의 잘못된 관리 때문에 높은 생산력에 비교해 걸맞지 않는 고통을 당하는 선택을 할 수도 있고, 그런 대단한 생산력으로 지구 전체의 복리를 추구할 수도 있다. 한 공동체가 일시적으로 망상에 사로잡혔다 하더라도 대부분의 사람들은 적당한 시점에서 과도한 망상이라는 것을 판단할 능력이 있다. 현재 우리가 가진 가능성을 사회의 정당한 권리를 가진 구성원 대부분이 납득할 수 있는 방식으로 운용하는 생활 방식이 선택돼야 한다. 연초 여론 조사 결과를 보니까 금년 봄 총선에서 올바른 선택을 하는 것을 가장 중요한 일로 꼽았더라. 중지

라는 것은 위대한 것이다. 또한 생명의 감각은 필사적으로 위대한
것이다.

남북조 시대의 예술가의 초상

때로는 스승으로, 때로는 소설가와 희곡작가로 한결같은 행로를 밟아온 그가 최근 단편소설 「바다의 편지」를 발표했다. 그의 대작 『화두』에 이은 이번 작품에는 '존재'와 '예술'에 대한 그의 사상이 바다에 녹아 있다. '남북조 시대의 예술가의 초상'으로 명명되는 최인훈 교수를 만나 예술과 문학에 대해 들어본다.

— 서울예대 학보 편집자 주

'자랑스러운 서울법대인상'을 받으셨는데 어떤 의미의 수상인가요.

서울법대 동창회에서 주는 상입니다. 모교 동창회에서 주는 상이라 고맙게 받았습니다.

「바다의 편지」에는 상징적인 요소가 많이 내포되어 있다고 봅니다. '백골'이나 '백골의 기억' 등 다소 낯설고 난해해 보이는 '화자'나 여러 상징적인 의미는 무엇입니까.

　문학 작품이란 것이 그렇지요. 읽어서 그게 전부라면 굳이 문학 작품이랄 게 없는 거고 겉으로 나타난 어렵지도, 쉽지도 않은 분명한 것이라도 거기에는 무언가가 있어요. 일차적인 정보를 알리기 위한 일반적인 글보다는 심층에 숨은 다른 겹이 중요합니다. 작가는 내면의 겹을 어디까지 나타낼 수 있는가, 독자는 작품을 보고 작가 내면의 어디까지 따라갈 수 있는가, 하는 것이 이를테면 문학 작품을 가운데 둔 작가와 독자의 대화 모습이겠습니다. 작가가 무한히 여러 겹의 뜻을 꾸미는 것을 ‘쓰는 기술’이라고 한다면, 독자가 숨겨진 뜻을 따라 이를 찾아내는 방식의 ‘읽는 기술’이란 것도 있지 않을까요.

　「바다의 편지」를 이해하려면 작가가 말하는, 작품의 화자가 말하는 바다 속에 푹 빠져보는 것이 중요해요. 바다에 누워 있는 백골이 말하는 것이니 자신이 백골이 되어야겠죠. 진짜 백골이 될 염려는 없으니 안심하고 한번 해보는 겁니다. 그리고 백골 아닌 또 다른 목소리들이 들릴 거예요. 그 각각의 발화자들이 누구인지 또 한 번 되어보세요. 이것은 각본과 마찬가지라고 생각해요. 읽는 사람이 각본의 배우 역할로 출연하라는 것입니다. 소설이나 시를 읽을 때 대뜸 누군가가 무슨 말을 하기 시작하는데 스스로가 말하는 사람이 되어보는 행위, 이것이 읽는다는 뜻이에요. 내가 지금 표현하는 방식은 육성이지만 책에선 활자로 말하는 것인데, 활자는 책에서 풀처럼 돋아나는 것이죠. 책은 발화자의 녹음기가 되는 겁니다. 책이라고 하는 건 아주 오랜 시청각 기재이니 그 소리를 한번 들어보세요.

문학작품을 '읽는 기술'이란 구체적으로 무엇입니까.

모든 사람은 다 자기 눈높이와 마음의 높이만큼만 쓰고 읽기 마련입니다. 보통 물건이라면 한 가지 정도의 뜻밖에 없어요. 구두는 신으라고 있는 것이고 모자는 쓰라고 있는 것이지요. 아무리 구두를 잘 신고, 모자를 잘 쓰려고 해봤자 이미 만들어진 구두인 바에는 그 한계를 넘어서지 못합니다. 그런데 글이라고 하는 것은 발에 신을 것인지, 머리에 쓸 것인지 모른단 말이지요. 문학은 모자와 신발처럼 어디에 사용할 것인가 하는 것처럼, 한 가지로 정한 어떤 용도에 대해 '쓸모'라는 것으로 말할 수 없다고 생각해요. 거기에서 문학의 기술이나 묘미 같은 것이 발생하는 것이고, 글을 어떻게 읽으면 좋겠느냐 하는 것도 작가의 내면 세계만큼 무한한 것이기 때문에 작품마다 읽어서 울려나오는 정도에 따라 달라지는 것이겠죠. 그러니 스스로 발화자가 되어 스스로 느껴야 하는 문제가 아닐까요.

「바다의 편지」 외에도 교수님의 여러 작품에서 '바다'의 이미지가 차용되고 있는데 이는 어떤 의미인지 궁금합니다.

소설이나 시에서의 바다라는 것은 해양학자가 말하는 바다보다 광범위한 뜻을 가지고 있다고 생각해요. 바다라고 썼을 때는 바다임이 틀림없겠지만 이는 무궁무진한 뜻을 내포하고 있다는 것입니다. 바다는 바다이기도 하고 사람이기도 하고 나무, 꽃, 코끼리이기도 합니다. 독자의 관점에 따라 자유자재로 변형이 가능해야 합니다. 단순 의미로 바다의 반대가 산이라고 한다면 문학에서의 바다는 산이 될 수도 있어요. '바다는 구름 속에 있다. 바다는 하늘에 닿았다'라고 쓴다면 보통 명제로는 틀렸지만 작가는 필요에 의해 바다를 이용한 것이 되는 거죠.

교수님의 많은 작품 중 특별히 주목해야 할 작품이 있다면 어떤 작품입니까.

어느 작가나 다 그렇겠지만 내가 새 작품을 쓸 때에는 이제까지의 내 모든 작품들이 동시에 몰려와 나를 둘러싸고 지켜봅니다. 내 작품 전체가 내 뒤에서 허밍을 하고 있는 거죠. 그러니까 지금의 내 작품 뒤에는 모든 작품들이 깔려 있는 셈이지요. 하나의 작품으로 말할 수 없는 문제라 내 작품 전체를 읽어야 알 수 있습니다.

음악도 그렇지 않은가요? 한 음악가를 좋아하게 되면 그 음악 세계에 집착하게 되죠. 나는 그런 점이 중요하다고 생각해요. 이론에 앞서서 음악이란 이런 것이구나, 하는 걸 알게 된단 말이지요. 한 예술가의 이름이 붙은 작품을 사귀다 보면 뭔가 그 속에서만 빛나는 그 사람다운 공기가 있다고 느끼게 됩니다. 작품 속에서는 비도 그 사람처럼 오고 눈도 그 사람 색깔처럼 내리게 되는 것이죠. 공부하는 입장이라면 여러 사람의 작품을 읽는 것이 좋고 가능하면 한 작가의 작품을 전체적으로 상당 분량 읽는 것이 도움이 되리라 생각해요.

내 작품의 경우라면 여러 가지가 있으니 순서 없이 아무것이나 읽어보세요. 앞서 말했지만 물리학에서 말하는 바다는 전체적인 바다에 대해 말한 것이고 '어느 바다'에 대해서 말한 것은 아니죠. 동해 바다, 서해 바다, 태평양, 지중해 등 그 종류가 다양하니, 그 중에서 어느 바다를 추천하라고 한다면 나는 고민에 빠질 수밖에 없어요. 그 가운데 어떤 바다든지 걸어 들어가보는 것이 중요하지 않을까요.

『광장』이 문학사상사가 선정한 '한국 명작소설 100선'에서 1위로 꼽혔는데, 『광장』은 시대 흐름을 막론하고 읽을 때마다 전혀 새로운 자극을 받게 됩니다. 예술학도들에게 그 자극의 원천을 말씀해주십시오.

어떤 상태나 환경에서 문학 작품을 읽고 쓰느냐 하는 것도 굉장히 중요한 부분이지요. 여기에는 두 가지 요점이 있어요. 이것은 모든 경험에서의 문제이기도 합니다. 처음 읽었을 때와 시간이 지나서 다시 읽었을 때, 이 두 가지 흐름을 어떻게 조정하느냐 하는 것이 문학의 기술이고 그 성격이 되는 것이죠. 조정하는 것의 양면을 두 마리의 말이 끄는 마차라고 한다면 어느 쪽 말에 우선권을 주느냐, 혹은 똑같이 주느냐, 어떤 경우에 어느 쪽 말을 좀더 채찍질하거나 견제할 것이냐 하는 문제가 아닐까요. 그중에서도 처음 선입관념 없이 읽었을 때에 가슴에 와 닿았던 무언가가 자신에게는 가장 소중한 것이 된다고 생각해요.

나는 독자의 그런 부분을 중시하고 또 표현하고 싶어요. 나 혼자 미리 어떤 방향을 가지고 독자를 설득하는 것이 아니라, 그런 것 없이도 독자의 감성을 독자의 입장에서 생각해보면서 그다음에 표현하는 것이죠. 독자도 나와 비슷한 '사람'이니까요. 사람이라는 존재는 깊은 뿌리에서는 같은 마음을 가지고 있습니다. 그 심연에다 호소하는 것이고 여기에는 요령이나 기술이 필요합니다.

우리 시대의 문학이라느니, 우리 시대에는 무엇을 고민해야 하는가의 밖에서 정해진 기준은 없다고 봐요. '없다'는 것은 작가가 무슨 고민을 할지는 자신에게 달렸다는 뜻이죠. 남이 고민하는 것도 그 사람에게는 별로 괴롭지 않을 수도 있고 남들이 생각하지도 못한 것에 괴로워할 수도 있으니까요. 문학이란 종잡을 수 없는 존재잖아요. 남 보기에는 괜한 것을 괴로워한다고 생각할지 모르겠지만 글 쓰는 사람에게는 누가 뭐라 하든 괴로운 것이고 그건 스스로 알아내고 풀어야 하는 문제지요.

대개 정신적인 사춘기에서부터 평화가 깨어지는데 다시 평화로워지고 싶은 충동이 일어나요. 그런 것을 전문적으로 호기심을 가지고 생각하는 것이 소설이나 시를 가지고 모색을 한다, 실험을 한다는 의미가 되는 거죠. 내 경우에는 글을 쓴다는 것은 마음의 실험을 한다는 뜻이에요. 실험의 재료는 머릿속에 있는데 내가 내 머릿속에 걸어 들어갈 수는 없으니 속에서 일어나는 이야기를 쉽게 다루기 위해서 컴퓨터나 펜으로 기록을 하게 됩니다. 이 경우에는 머리와 손이 하나가 되겠지요. 머릿속에서 움직이는 생각들을 조정하고 그것을 돕기 위해서 손이 기록하고 있는 것입니다.

근사한 시 한 구절이나 소설의 난데없는 한 장면에 뭔가를 더 붙이거나 떼어보고, 멀리 놓았다가 가운데 놓기도 하고, 그렇게 해봐야 기획성과 우연성의 미묘한 순간이 만들어진다는 거죠. (1)

358

다음의 (2)처럼 멋진 문장이 자연스럽게 생기면 좋겠지만 결국 이렇게 저렇게 해보는 수밖에 없어요. 그러다 보면 못 보던 현상이 일어나고 이 현상이 무엇이라는 정의가 내려집니다. 같은 실험을 수백 번 반복하다 보면 최초의 현상이 일어나게 되는데 그것이 새로운 것으로 확인이 되고 이는 애쓰는 사람이 포착하게 마련이니 부주의한 사람은 발견할 수 없어요. 여러분들도 글을 가지고 이리저리 다루다 보면 묘한 결합을 만날 수 있을 거예요. 모든 글의 묘미라는 것은 그렇게 나오는 것이니 쉽게 나오는 글이라고 한다면 이미 실험 경험을 바탕으로 많은 시행착오를 겪은 뒤 기술을 터득한 상태라고 할 수 있어요. 하지만 쉽게 써진다고 해서 그것만 믿다 보면 똑같은 이야기만 반복하는 작품만 쓰게 되고, 독자들에게 신선하지 못하다는 평을 받게 됩니다. 작품에서 충격을 주는 표현이 없다는 말을 듣지 않으려면 자꾸 고치는 방법밖에는 없지요.

『광장』은 이미 최고의 소설로 인정받았음에도 수정·가필을 계속하시는 것 역시 그런 이유에서입니까.

그렇습니다. 자기 과거와 자기 현재와의 대화인 거죠. 법률상 작품 내용을 바꿀 수 있는 '나'라는 존재가 없어진다면 몰라도 내가 살아 있는 동안 계속 고치고 싶어요. 이 원본이 내가 없는 세상에서 독자들에게 더 반짝거리는 물체로 남아야 하지 않겠어요. 작품이라는 것은 밀봉해야 하는 귀중품이나 상대평가를 하기 위한 시험 답안이 아니니까요. 자기가 괴로운 만큼 문제가 생기고 그 괴로운 것을 어떻게 남에게 알려줄까 하는 기록을 얼마나 요령 있게 하느냐가 관건이라 생각해요. 자기만큼 쓰고 자기만큼 읽는 것이지만 내가 쓸 수 있는 것이 전부이고 내가 읽은 것이 전부라는 생각은 하지 말아야 해요. 일에는 처음과 끝이 있기 마련이지만 끝에서 다시 시작되기도 하지요. 나는 글쓰기의 끝도 그렇다고 생각해요.

희곡 분야에서도 명성이 높으신데 소설과 희곡의 의미에는 어떤 차이가 있습니까.

겉보기는 다르지만 뿌리 쪽에서는 하납니다. 그저 편의상의 나누기 정도랄까. 아주 옛날에는 생활이 곧 예술이었으니까요. 전에는 예술과 생활이 따로 있지 않았어요. 생활이 복잡해져가면서 생활과 예술이 서로를 빠져나오는 부분이 생겼을 뿐이죠. 이 단계에서 연극이 생겼습니다. 상연을 위한 연극이 아니라 생활자들이 자신의 삶에서 특별한 경우에 치르는 행사인 거죠. 마을 축제나 제사 때같이 말이에요.

파종의 경우를 본다면 행사의 리더가 있었을 것이고 그 리더가 일의 순서를 지시했겠죠. 그리고 씨를 뿌리는 사람, 흙을 덮은 사람 등 각 역할이 모두 연극적 요소가 되는 것입니다. 생활의 매듭마다 자연히 발생하는 행사입니다.

그런 행사를 할 경우에 그들이 하는 말은 시가 되었을 테고 거기에 가락을 붙이면 음악이 되고 춤을 추면 무용이 되는 것이죠. 이는 생활이 잘되어지라는 소망을 비는 행위예요. 옛날의 종교 행사가 연극의 처음 모습이라고 한다면 각 행사를 맡고 있던 위치의 사람들이 분해된 현상이 예술의 각 분야라는 말입니다. 생활과 예술이 갈라선 다음에도 이들은 오랫동안 서로가 가시거리에 위치해서 서로에 대해서 투명한 관계에 있었지만 시대가 내려올수록 그 차별성은 더 커지고 거리는 더 벌어집니다.

이후의 예술 과제는 생활과 예술이 근원에서 지녔던 일체감을, 달라진 조건 속에서도 유지하는 형식을 발견하는 일이 됩니다. 달라진 조건이란 것은, 사람들이 옛날에는 상상이나 환상으로 만족하던 부분을 오늘날에는 과학이나 기술의 힘으로 현실적으로 해결하려고 합니다. 그런데 과학 기술의 성격은 그것이 더 나은 지평선을 향해 열려 있다는 것입니다. 신화나 종교에서 농업이나 사냥의 신이 인간에게 주는 기술은 일정하게 완성된 닫힌 기술입니다. 기술과 상상은 연속되어 있고 닫힌 질서 속에서 도구와 상징은 겹쳐 있습니다. 이 겹침이 깨어진 다음에도 즉, 인간이 과학에 눈을 뜬 다음에도 존재할, 문명의 원초 형태에 존재했던 생활의 현실과 이상의 조화에 대한 인간의 욕망을 만족시킬 상징 기호를 고안해내는 일입니다. 앞서 말한 예술에서의 여러 겹의 뜻이란 것은 그 고안의 내용입니다. 여러 겹임에 그치지 않고 그 여러 겹들이 서로가 서로에 대해서 허밍으로 반주해주는 편성일 때 비로소 바람직한 상태라고 부를 수 있겠습니다. 바로 연극 예술의 존재 형식입니다.

앞으로의 계획을 말씀해주십시오.

앞으로도 이야기 나눌 기회는 많을 것입니다. 내 작품 계획은

늘 있지만 나보다 여러분이 더 즐겁게 공부했으면 좋겠습니다. 반
가웠어요. 또 만납시다.

작가와의 대화

이태동(이후 이) 서에게 최인훈 선생님은 언제나 한국 문단에서 가장 탁월하고 지적인 예술가이십니다. 10년 전에 만나 뵈옵고 이렇게 처음 선생님의 수준 높은 예술 작품에 대해 몇 가지 물음을 갖게 된 것을 영광으로 생각합니다.

「가면고」는 1960년 7월 「광장」보다 먼저 발표하실 정도로 선생님께서 애착을 가진 작품으로 알고 있습니다. 그러나 이것은 전 작품보다 난해해서 일반 대중들로부터 크게 환영을 받지 못한 것으로 알고 있습니다. 그것의 근본 원인은 소설의 구성이 전위적이고 주제 및 소재가 일반 대중들이 탐닉하고 있는 보통의 리얼리즘이 아니기 때문이라고 추측해봅니다. 그런데 왜 이 소설의 구성 방법으로 전통적 기법이 아닌 '의식의 흐름'과 알레고리〔寓意〕 등을 혼합한 '몽타주 방법'을 사용하셨는지요? 혹시 심리적인 현실을 다루어야만 하셨기 때문이었습니까? 「가면고」의 주인공인 민이 인간이 쓰고 있는 탈을 벗기 위해 심령연구소The Psychic Society를 찾아가서 마술의 힘을 빌려 꿈을 실험하게 된 것은 상상력으로 이해되겠지만, 미국 작가 호손도 「라파치니의 딸」에서 이와 유사한 방법인 알레고리를 사용해서 큰 성공을 거두었습니다.

최인훈(이후 최) 「가면고」는 전통적인 윤리 질서와 정치적 합리성을 현실에서 발견하지 못한 의식이 정신의 실험실에서 그것들을 탐구해본 사고실험으로 쓴 작품입니다. 또 전통적인 가치 체계가 유효해 보이지 않는 세계에서, 전통적 서술 방법이 부자연스러워 보였기 때문이었을 겁니다.

전통적인 기법을 왜 취하지 않았느냐는 질문에 대답을 하기 위해서 우선 제 개인적인 경험부터 말씀드릴까 합니다.

제 처녀작은 서울법대 재학 중 1학년 여름부터 겨울방학에 걸쳐 쓴 「두만강」이라는 소설인데, 이 작품에 나타나는 수법은 「가면고」와는 전혀 상관없는 서사 형식을 취하고 있습니다.

이 소설은 두만강 옆에 위치한 제 고향 회령을 보통 사람들의 이야기로 다뤘는데 그곳은 12,3세까지, 유년 시절의 기억 대부분을 차지한 곳입니다. 그 기억을 테마로 두만강변의 조그마한 읍에서 살던 인물이 역사의 흐름에 휘말려 여러 사건을 겪는 스토리를 통해 메시지를 전달하려고 했습니다.

다시 말해, 사회 속에서 개인 각각의 역할들을 움직여가면서 실존의 이야기를 하는 형식이라 보면 되겠습니다. 그야말로 문자 그대로의, 넓은 의미에서의 자연주의라고나 할까요. 일종의 리얼리즘적인 소설이었죠. 어떻게 보면 지극히 평범한 이야기이기 때문

에, 당시 한국 문단에는 시빗거리가 없는 모범 소설을 쓴 셈이기
도 합니다.

　소설을 쓰기로 결심하고 시작할 때만 하더라도 소설의 끝 장면
까지 번호순으로 장면이 다 구성되어 있을 정도로 할 이야기가 많
았습니다. 그런데 이야기를 발전시키다 보니 12,3세의 소년의 눈
으로 본 것, 즉 어린 시절 기억만으로는 이야기가 요구하는 전개
를 진행하기 어려웠습니다. 한마디로 소설을 쓰는 데 한계점에 이
른 거죠. 사실 이러한 대하소설은 7,80살 정도의 연륜이 쌓여야
쓸 수 있는 이야기인데 겁 없이 대학 1학년에 불과한 스무 살의 청
년이 시도를 했으니 무모하다면 무모한 일이었다고 말씀드릴 수
있습니다.

　그 이후 저는 대학을 휴학하고 군에 입대해 1959년 『자유문학』
에 기고하면서 문단에 데뷔했습니다. 처녀작 「두만강」을 쓰다가 더
이상 작품을 밀고 나갈 자신이 없어졌기에 긴 휴식기 동안 책도 더
보고, 생각도 더 해보면서 시간을 보냈습니다. 그러다 보니 소설에
대한 생각이 달라졌는데, 이를테면 「가면고」와 같이 내면의식의 흐
름을 다루는, 자기 분열적인 구성의 경향을 띤 글쓰기가 나에게는
더 심각하고 소설다운 것이라는 생각이 들었습니다.

　이　혹 「가면고」가 취하는 소설 구성, 즉 아방가르드avant garde적
인 구성을 형성하는 데 있어 영향을 받은 작가나 책이 있습니까?
저는 처음 보는 순간 호손의 「라파치니의 딸」이 생각났습니다.

　최　다양한 책을 봤기 때문에 딱히 특정 누구라고 떠오르지는
않습니다. 굳이 영문학에서 찾는다면 R.스티븐슨의 「지킬 박사와

하이드」라든지 오스카 와일드의 「도리언 그레이의 초상」, 아니면 에드거 앨런 포의 소설처럼 「가면고」의 구성과 소설에서 취하는 기법적인 측면에서 비롯한 점이 있어요. 이를테면, 이 작품에 등장하는 최면 전생 서술과 같은 유사점이나 연관성을 찾을 수 있겠습니다.

제가 방금 열거한 작가들은 당시 문학사조였던 리얼리즘이라는 시대에 한 발 앞서 나가 참신하게 다양한 시도를 감행한 소설가들입니다.

특히 에드거 앨런 포는 '역사와 거의 밀착해서 별스럽지 않은 평범한 것을 붙잡고 있는 것이 가장 좋은 소설이다'라는 일반적인 생각이 강했던 시절, 산문 작가들도 시 못지않은 신비하고 심오한 것들을 얼마든지 소설로 풀어낼 수 있다는 것을 보여주었기에 인상 깊었습니다.

이 이 작품을 쓰실 때, 당시 김동리나 황순원 식의 리얼리즘을 표방한 전통 소설이 한국 문단을 지배했을 시기인데, 이러한 작품을 내놓았을 때 문단에 지적이자, 문화적인 충격이 대단했을 것 같습니다. 「가면고」는 지금 읽어봐도 어느 하나 어색할 것 없는 작품입니다. 마치 솔기를 한 땀 한 땀 이어가는 것처럼 작품의 구성이나 소재상에서 어색한 점이나 세월의 흐름을 찾아볼 수 없었거든요.

최 작품을 쓸 당시에는 '마음대로 쓰자'는 소박한 열정과 확신이 있었습니다. 제가 쓰고 나서도 스스로 흡족해했던 소설입니다. '이렇게 쓰면 혹시 문단에 당돌하다, 엉뚱하다는 소리를 듣지 않을까' 하는 염려 없이 하고 싶었던 이야기를 마음껏 풀어냈다는 의미에서 흡족하다 할 수 있겠습니다.

이 선생님도 제임스 조이스나 버지니아 울프 같은 영국의 모더니스트들과 같이 외부적인 역사적 현실만이 현실이 아니라 의식적이거나 무의식적인 심리적 현상도 부정할 수 없는 현실이라고 생각하십니까? 버지니아 울프의 경우 내면이 어떻게 현실이 아닐 수 있는가, 엄연히 있는 것을 없다고 하는 건 얼토당토않은 이야기라는 말을 한 바 있습니다.

최 그렇습니다. 이른바 외부적인 역사적 현실도 그것이 자연이 아닌 이상 모두 인간 의식과의 상관물입니다.

외부 현실이라는 것이 산천초목을 말하는 것이 아니라 인간사 그리고 사회를 말하는 것이라면 그 내부 현실이라는 것도 인간의 현실인 바에는 틀림이 없습니다.

모더니즘이라는 것이 이간의 의식을 얼마나 많이 묘사하느냐에 달려 있는 것일 수도 있지만 기본적으로는 의식과 무의식을 기저로 해서 발현되는 것이 인간의 행위가 아니겠는가 봅니다.

이 선생님은 이 작품에서 서사敍事보다 관념과 비전을 중심으로 사건을 전개해나가셨는데요. 근본적인 이유는 무엇입니까? 예를 들면 선생님이 이 작품을 전개해나갈 때 작품 전반부에 6·25 전쟁 경험을 약간 언급하지 않으셨습니까. 전쟁이라는 처참한 상황을 상상력으로 재구성하는 과정에서 당시 다른 작가들이라면 아마 전쟁에서 발생하는 사건이나 갈등들을 중점으로 이야기를 전개시켰을 겁니다. 하지만 이를 생략한 채 상상력이라든지 관념,

즉 비전을 중심으로 구성했던 점이 인상적이었습니다.

최　문학 창조를 사고실험이라고 생각하기 때문입니다. 한편 다른 종류의 사고실험(현실적 모험, 과학 연구)과의 종차種差가 무엇인가를 연구하는 것이 문학 이론의 영역이라고 생각합니다. 이걸 등식화하면 상상이라는 원심분리기→의식의 시원 형태인 상상의 활용, 최대 효율의 분리기＝예술행위, 우연이 배제된 필연만의 결정, 운율의 의미－필연의 문양, 산문－우연의 잔유＝현실과의 관계 통로의 보존, 이렇게 됩니다.

물론 제가 생각하기에 그런 방식, 즉 관념과 비전을 중심으로 사건을 전개해가는 것이 문학적인 질량을 높인다고 생각해서 의도적으로 그렇게 한 것이긴 합니다.

문학 창작이라는 것을 뭐라고 생각하느냐의 질문의 답을 드리자면, 문학 창작은 일종의 사고실험이 아닌가 생각하고 있습니다.

이　갑자기 '문학 창작은 일종의 사고실험'이란 정의를 들으니 미국의 어느 평론가가 문학은 '비현실unreality'이라고 말한 것이 떠오르네요. 이 말은 현실은 눈에 보이는 것이고, 또 우연적으로 발생하기도 하지만 문학 속 세계는 반드시 나름대로의 진실과 질서가 갖춰져야 문학적 도덕성을 확립할 수 있다는 뜻입니다. 결정적인 목표를 만들어놓고 여러 재료들을 엮어서 완전하게 만드는 것이 문학 창작 과정이라면, 이 역시 선생님이 말한 사고실험과 가까운 정의가 아닐까 생각됩니다.

최　그래서 「가면고」에서 시도해본 것이 바로 인생과 자연의 흐름, 역사의 흐름이라고 하는 것과는 다른 차원의 인간 행위였습니다. 문제는 다른 종류의 사고실험, 예를 들자면 현실적인 모험이라든지 과학 연구라든지 이런 사고실험들과의 차이점〔種差〕이 무엇인가 하는 점입니다.

문학보다 사실상 더 객관적으로 사고실험의 의미에 가까운 과학 연구나, 혹은 특정 계획을 세워서 모험을 한다는 것은, 생각에서 예측되었던 것이 실제로 행해지는 사례 아닙니까. 현실은 변화할 수 있다는 넓은 의미에서 이것들은 상대적인 사고실험이랄 수 있는데, 문학 창작과 이것들은 무엇이 다른가 하는 그 종차를 연구하는 것이 문학 이론의 영역이라고 생각합니다.

결국 이 차이점을 극복하고 의식을 가장 높은 효율로 조작해볼 때 나타나는 것이 문학적인 창조라고 해볼 수도 있지 않겠는가 싶습니다. 덧붙여 '우연이 배제된, 필연만의 결정체'가 바로 문학, 그중에서도 운율이 외적으로 취하는 형식상의 미학이 아닌가 싶습니다.

문학이 인생과 다른 문양design을 취해야 그것을 비로소 문학이다, 예술이다 말할 수 있지 않을까요? 우리의 일상생활에도 분명 문양은 존재합니다만, 대부분 대략적이거나 거칠고 연관성이 부족한 한계가 있습니다. 우리가 춤을 추듯 걸어다닐 수 없는 것처럼 말이죠.

시라고 하는 것, 혹은 예술적인 언어라고 하는 것을 보면 음수율, 두음, 각운 같은 외적인 형식으로 제한되는데, 왜 그런 것인가 생각해보니 운율이라고 하는 것은 '필연의 문양design'이라는 결론을 내리게 되었습니다.

그럼 산문은 무엇인가? 그런 시詩적인 디자인에 우연의 난잡성
이 자리해 있는, 말하자면 덜 순수한, 불순한 것이 잔재하는 즉
'훼손된 운문이 산문'이 아니겠는가 생각합니다.

이 　세계 문학의 경우와는 달리 우리 문단에서는 존재 문제, 즉
우주적인 차원에서 인간 조건에 관한 부조리한 현상이나 혹은 '인
생관' 문제를 다루지 않는 경향이 있는데 이 작품에서 다루게 된
이유는 무엇입니까?

실향민의 상처 때문입니까? 아니면 폭넓은 독서 및 사색과 함께
발견한 모순된 인간 조건을 치유하고 세계 문학 속에서의 한국 문
학의 정체성을 확립하기 위한 것입니까?

라이어넬 트릴링Lionel Trilling은 서구 소설이 취급하는 근본적인
주제는 겉모양appearance과 실체reality 사이의 괴리, 다시 말해 순
진한 상태에서 경험의 상태로, 행복한 무지의 상태에서 실제 세상
에 대한 성숙한 인식의 상태로 이행하는 과정을 다루고 있다고 말
했습니다.

인간이 어떤 목표를 향해 치열하게 피투성이가 되도록 노력하지
만 환멸의 결과를 가져오는 것은 경험과 더불어 깨달음을 얻기 위
한 것이라고 서양의 작가들은 믿고 있어왔습니다. 특히, 19세기
작가들 말입니다. 그런데 선생님은 외관外觀과 실체 사이를 고통
없이 극복하고 하나로 만드는 방법과 비전을 이 작품에서 새로운
패러다임으로 제시하고 있습니다.

최 　실험실의 결론을 실제로 인생에 적용할 때에는 조정이 필요
하지요. 그 조정의 과정을 기록하는 것이 「가면고」 이후의 제 작품

의 현 과정상이 된 것입니다. 제거되었던 '우연'의 복원(필연의 통제하)……

제가 작가가 되고 싶어 데뷔를 꿈꾸던 시절 당시 한국 문학을 읽으면 유난히 농촌소설이 많다는 느낌을 받았습니다. 당시 소설의 적어도 절반 이상은 농촌에 관한, 농민들이 등장하는 농촌소설인 겁니다. 그래서 아, 소설이란 것은 농민이 등장하고, 필연적으로 가뭄이 발생해 괴로워하거나 지주와의 알력 싸움을 다룬 것인가 보다, 하고 생각할 정도였습니다.

사실 저는 농촌에서 살아본 적이 없기 때문에 농촌소설을 쓸 수 없었어요. 누군가 저에게 농촌소설을 쓰라고 한다면 그와 관련된 경험이 전부하고, 또 사고를 하지 않았기 때문에 농촌소설이 추구하는 메시지를 제대로 다룰 수 없었겠죠. 오히려 서양 문학이 주로 다루던 인간존재에 관한 이야기를 쓰는 것이 더 수월했습니다.

서양 문학은 우리와 비교했을 때 상대적인 안정감이 있긴 해도 17~19세기를 거치면서 외부에서 오는 충격보다는 사회 내부 변화에 따라 예술 의식이 크게 흔들린 경험을 겪었습니다. 르네상스 같은 것이 바로 그 대변혁의 대표적인 사례죠.

르네상스 이후 서양사는 혼란스러움 속에서도 다양성을 추구하는 시도들이 등장하기 시작합니다. 즉 그 이전, 종교가 생활의 전부이자 정치, 경제, 예술을 지배했다면 이를 해체하기 시작하면서 나름대로의 굴곡과 진통을 겪기 시작한 겁니다.

이후 서양 문학에서는 인생의 행로를 서사적인 형식으로 다루고, 그런 과정을 겪으며 거기에서 깨달음을 얻는 전개 방식이 하나의 패러다임, 정석으로 굳어졌는데요.

제가 이 작품에서 그 깨달음을 해탈의 형식으로 한번에 뛰어넘는 것을 제시한 이유는 시간을 참고 견디기에는 우리의 현실이 너무나 각박하고, 비참하고, 처참했기 때문입니다.

물론 제가 취한 형식이 사건과 시간의 흐름에 따른 전통적인 서사 형식이 아니라 다중적인 구조로 변경했지만 근본적으로 사람들이 보편적으로 부딪치게 되는 인간존재의 문제를 다루고자 했습니다.

이 선생님의 역작 「회색인」의 경우처럼, 이 작품의 주제를 받쳐주고 있는 사실이 불교와 깊은 관계가 있는 것 같습니다. 민이 찾아간 심령연구소에서 접하게 된 최초의 논문에서 발견한 사이코 휴머니즘Psycho-Humanism을 불경의 한 구절의 인용이라고 화자話者가 말한 것은 이것을 뒷받침하고도 남음이 있습니다. 또 작품 중간에 등장하는 다문고 왕자가 불교의 교리에 기초해 돌파구를 찾아가는 방식을 보면서 불교에 대한 조예가 깊다고 느꼈습니다. 혹시 선생님께서는 불교 신자신가요?

최 전 불교적이랄 수는 있습니다만, 신자는 아닙니다. 근대 이후의 지식인이 어느 특정 기성종교의 교리에 몰입해 신자가 되기는 어렵지 않나 생각해봅니다.

제가 불교에 대한 지식이 있고 불교에서 말하는 요소들을 말하고 인정하는 것은 사실이지만 특정 종교의 신도는 아닙니다. 그런 의미에서는 예스이기도 하고 노이기도 하다는 답을 드릴 수 있습니다.

이　사람의 얼굴을 브라마Brahma와 하나로 만드는 방법은 어떻게 연구하셨습니까? 혹시, 브라마는 플라톤이 말한 본체reality와 비유할 수 있겠습니까? 플라톤은 실체라는 것은 겉에서 보는 외관과는 다르다는 일원론을 말한 바 있습니다.

최　비유적으로는 그렇게 말할 수 있겠습니다.

어쩌면 서양철학이란 플라톤 이후, 기본적인 아이디어를 이렇게 저렇게 변주하고 발전시킨 것이라고 말할 수 있겠습니다. 이와 유사한 관념을 동양에서 찾는다면 범신론汎神論이 비슷한 사고방식을 가지고 있다고 볼 수 있겠습니다. 관념적인 비유를 통해 제가 작품에서 말하고 싶던 것은 결국 한 인간의 인생에서 추구할 수 있는 최대 가치는 본체를 자기 것으로 만드는 데 있다는 겁니다. 본체와 외관의 합일合一이라는 점에서 고대 동서양의 사고가 큰 차이가 없는 게 아닌가 하는 생각이 들기도 합니다.

이　이 작품에서 미라를 화가로 설정한 이유는 무엇입니까?

최　예술 장르에서 미술에 대해 상대적으로 지식이 있기 때문입니다. 예술 장르 중에서 제가 미술에 대해서, 이를테면 미술사 같은 분야에 상대적으로 지식이 어느 정도 있기 때문에 미라를 화가로 설정했습니다.

이　저 나름대로는 작품과 관련지어서 생각해보기를 그림이라는 것은 완성하기까지는 시간이 좀 걸리는 예술 장르 아닙니까. 그래서 그 시간을 통해 현실과 예술 사이의 거리감을 말하려고 하는 것이 아닌가 해석해봤습니다.

최　그렇게 해석할 수도 있지요. 덧붙이자면 산문 예술보다는 미술이 제 견해로는 음악에 더 가깝지 않은가 싶습니다. 무용 역시 마찬가지입니다. 육체를 가지고 언어와 마찬가지로 표현을 하니까요. 작품에 보면 화가와 무용수도 등장하고 주인공 역시 무용의 각본을 쓰는 작가로 등장합니다. 그런 점에서 보면 산문 예술, 미술, 무용이 골고루 등장해 비슷한 것을 다른 형식으로 표현하고 있는 것이죠.

이　미라가 민과 헤어질 무렵, 그녀가 그의 발을 데생하는 의미는 무엇입니까?

최　미라에게도 민과 비슷한 탐구자의 폭력이 있는 것을 나타내려고요.

저는 그 장면을 통해 미라와 주인공의 관계가 반드시 남자한테만 그 책임과 문제가 있다기보다는 여자한테도 문제가 있다는 것을 말하고 싶었습니다. 그런 사례로 발 데생을 하는 장면을 설정한 거죠. 미라가 예술자로서, 즉 탐구자가 자기 연구에 빠지다 보니까 소재에 대한 배려가 좀 난폭하고 각박하다는 점도 있었을 것임을 나타냈습니다.

가령 예를 들어 자기가 인식도 못 하는 사이에 애인이 자기를 데생하는 걸 알아차렸다면 기분이 썩 좋을 수가 있을까요? 잠을 자다가 눈을 퍼뜩 떴는데 자신의 발바닥을 스케치하고 있는 연인의 모습을 본다는 건, 보통 속된 관점으로 볼 때는 충분히 기분 나쁜 일 아니겠습니까.

이　왜 민으로 하여금 「신데렐라 공주」 각본을 쓰게 만드셨습니까? 물론 텍스트에서 선생님은 무용에 대해 '평소에 무용이라는 예술이, 사람의 몸이라는 원시의 수단을 가지고, 공간의 조형에다 시간까지를 포함시킨 점에 예술 활동의 이상을 느껴오던 중⋯⋯'이라고 말씀하셨습니다만⋯⋯

최　자신의 현실적 문제를 각본이라는 거울 속에서 직관적으로 탐구하게 만든 것입니다.

동일한 주제, 이를테면 등장인물 민의 실생활을 통해서 가장 바람직한 사랑의 모습이 무엇인가 하는 것을 풀어나갔고, 심령연구소 Psychic Society에 가서 전생을 구술하는 장면으로 동일 주제를 반복했고, 마지막으로 민을 극작가로 설정해, 민으로 하여금 또 한 번 똑같은 주제를 텍스트인 무용 각본으로서 구현하게끔 했습니다.

즉 제가 말하고자 하는 주제를 다양한 방식의 삼중 구조로 설정했습니다. 결국 현실의식에서의 흐름, 무의식 속에서의 흐름, 마지막으로 그 둘을 합친 텍스트로서의 흐름을 통해 주제의 일관성을 견지했다고 보면 됩니다.

이　이 작품이 진행되는 가운데 인형의 이미지가 많이 나타나고 있습니다. 주제와 관련지어 독자들에게 설명해주십시오. 이것은 시각적으로나 공간적으로 매우 흥미로운 것입니다만, 독자들에게 죽음의 이미지로 나타날 수도 있습니다.

최　겉모습만 사람을 닮은 물질—그것이 인형, 타인에 대한 배려를 모를 때 살아 있는 인간도 인형이 된다는 인식이 표현된 것입니다.

다문고 왕자는 마술사가 사람의 얼굴 가죽을 벗겨 가면을 만든 줄 알고 있었습니다. 즉 내면과 외면이 합일된 얼굴을 완성하기 위해 살인 행위를 했다는 죄책감에 사로잡혔는데, 마지막 장면에서 마술사가 가짜 가면으로 왕자를 속인 것으로 밝혀집니다. 결국 왕자가 후회를 고하는 귀한 한마디를 남겼을 때 보살이 화신했던 그 마술사가 '너의 그 한마디로 업을 씻었다'고 고백을 합니다. 또 마술사의 집에서 사람 얼굴 가면을 진열장에 수십 개 진열해놓은 장면도 서술해놓았는데, 사실 결론적으로는 그 가면들은 인형의 얼굴이죠. 왕자는 그게 진짜 사람의 얼굴이라 생각했지만 그건 사실 인형이었을 뿐입니다.

작품 구조를 잘 살펴보면 민의 현실과 무의식, 그리고 신데렐라 각본의 텍스트 곳곳에 인형의 이미지가 등장하는 걸 발견할 수 있는데 이는 인형이라는 소도구를, 결국 진짜를 위장하는 수단으로서 구체적으로 활용한 사례라고 할 수 있겠습니다.

저는 개인적으로 누군가 이 작품을 영화화했으면 하는 바람이 있는데요. 환상적이고 몽환적인 이미지들로 가득한 장면들을 화면으로 구현해 사람들에게 보여주면 작품의 메시지가 얼마나 설득력을 지니겠는가 하는 생각에서입니다.

이 발레리나 정임이 공연을 마치고 옥상에 올라가 균형을 잃지 않고 뛰어내리는 상징성과 경마를 즐기는 것은 무엇을 의미합니까?

최 육체와 정신의 조화를 나타내기 위해, 그것(심신 미분열)이 예술이라고 생각하기 때문입니다.

누군가 경마라고 하는 것에 정의를 내려보라고 한다면, 움직임이라는 것과, 움직임의 의미를 분리해 답을 줄 수 있을까 하는 의

문을 가져봅니다.

춤 역시 경마와 비슷한 속성을 지녔습니다. 춤을 추는 행위 자체를 보고 우리는 '춤'이라고 부릅니다. 무희와 춤을 분리해서 굳이 정의를 내리지 않아도 우리는 그것이 춤인 것을 압니다. 마찬가지로 경마의 의미가 뭐냐고 묻는다면 말이 뛰어가는 것이라고 대답할 수밖에 없지요. 경마는 말이 주인인가, 기수가 주인인가 그런 설명도 필요 없는, 이를테면, 인마일체人馬一體의 행위라고 할까요. 극 중에서 내면과 외면이 합체된 인물로 설정된 발레리나 정임이 그러한 경마를 좋아하는 것도, 어떻게 보면 자연스러운 일이라 할 수 있겠습니다.

이　발레리나 정임과 왕녀 마가녀를 포개어놓을 수 있겠습니까? 구체적인 설명을 부탁드립니다.

최　네, 있습니다. 다문고 왕자는 마지막 회개 순간 전까지는 내면과 외면을 일치시키기 위해 살인까지 서슴지 않고 명하는 상당히 이기주의적인 친구로 묘사됩니다.

동양 철학은 실체와 외관이 갈리기 시작한 데서부터 인간 의식의 불행이 시작되었다고 말을 합니다. 즉 이상적인 모습이 되려면 내면과 외면의 일체 상태가 되어야 하는데 작품 속 인물 마가녀는 철학이 추구하는 이상이 실현된 인물입니다. 생각과 행동이 꾸밈이 없어 서로 일치한다고 서술되어 있습니다.

발레리나 정임 역시 소설 속에서 역할을 시키기로는 상대적으로 가식이 없고 이상적인 성격을 지니고 있습니다. 그런 점에서 현실 속의 마가녀라고도 할 수 있겠습니다.

물론 정임의 성격이 천연덕스럽고 활달하다고 설정되어 있기도 하지만, 발레리나라는 직업 자체가 각본 속의 연출을 실제로 몸을 움직여 실천을 한다는 점에서, 그리고 무용극 속에서도 행동과 생각이 일치된 신데렐라 역할을 맡고 있다는 점에서도 충분히 내면과 외면이 합일된 인물이라는 것을 짐작해낼 수 있습니다.

다시 말해 왕녀 마가녀, 정임, 그리고 무용극 속의 주인공인 신데렐라, 이 셋은 이상적인 인간형이라는 일치점을 갖고 있습니다. 소설은 삼중 구조를 취하고 있지만 독자들이 작품을 잘 읽다 보면 구조상 공통점이 있음을 발견하실 수 있을 겁니다.

이　심령연구소에서 전개되는 장면과 배경은 불교 서적에서 나온 것입니까, 아니면 모두 다 선생님의 상상력으로 만들어진 것입니까? 혹시 T.S. 엘리엇의 「황무지」 경우처럼, 기초 자료source가 있으시면 밝혀주십시오. 선생님의 작품을 연구하는 후학들에게 많은 도움이 될 것입니다.

최　정신과 치료에서 의사의 최면 형식(암시와 반응)을 참고했습니다. 작품을 쓸 당시 직접적으로 꼭 들어맞는 외부의 영향력이 있었던 것은 아닙니다. 즉 특정의 모델을 보고 구상했던 건 아니었어요.

작품들 중에서 굳이 비슷한 설정을 취한 작가를 찾는다면 마술과 같은 트릭, 즉 인공을 가해 변형을 시킨 것을 이야기 소재로 삼는 에드거 앨런 포, 스티븐슨, 호손 등이 있을 수 있겠습니다. 또 정신과 치료 중에서 의사들이 환자들에게 특정 암시를 줘서 최면을 건 다음 잠재의식 손 반응을 끌어내는 시술이 있지 않습니까?

그걸 참고한 정도로 이해해주십시오.

이　선생님께서 이 작품을 저와의 「대담 시리즈」를 위한 텍스트로 결정한 이유는 무엇입니까? 가장 아끼는 작품이기 때문입니까? 아니면, 너무나 난해한 작품으로 생각하시기 때문입니까?

최　같은 주제를 반복한 형식이 주제 전달에 흥미 있지 않을까 해서입니다.

우선 저는 이 작품을 난해하다고 생각하지 않습니다. 물론 제 의견이긴 하지만 「가면고」는 읽으면 읽을수록 재미있는 소설이라고 생각하고 있습니다.

물론 제 이미지가 스토리텔링에 타고난 재능을 지닌 작가와는 거리가 멀긴 하지만, 상상과 환상 그리고 같은 주제를 교묘하게 교차시키면서 소설이 지닌 재미와 감각을 살려 쓴 작품입니다. 또 스스로도 하고 싶은 이야기들을 눈치 보지 않고 마음껏 풀어냈다는 점에서 작가로서의 흡족함과 성취감을 느낀 작품이기도 합니다.

한편 작품의 주제를 각기 다른 차원에서 풀어낸 방식도 독자들에게 흥미가 있으리라 봅니다.

참된 나는 무엇인가? 하는 자기 발견을 추구하는 존재론적 화두를 현실에서 풀고, 무의식의 세계에서 풀고, 토막으로 삽입된 에세이에서 풀고, 또 무용 각본 테스트를 통해 네 번이나 반복한 형식을 취했습니다. 특히 주인공 민이 끼적거린 일기의 에세이는 그 구절 하나하나가 주제와 관련된 바를 함축적으로 담고 있기 때문에 독자들에게 생각거리를 제공하는 부분이기도 합니다. 이렇게

제가 소설 속에서 설치해놓은 부분들을 독자가 발견하고 행간의
의미를 찾아낸다면 읽는 즐거움이 크지 않을까 합니다.
　「회색인」 이후의 제 작품은 이를테면 「가면고」의 테마를 조금 조
금씩 재추출해서 덜 시적인, 더 산문적으로 인위적인 우연성이 많
이 들어간 그런 길을 걸어왔습니다. 그래서 제 작품의 길을 결정
지은, 즉 원류가 되는 이 소설 「가면고」가 독자들에게 많이 알려지
고 읽히길 소망하는 겁니다. 저를 「광장」밖에 쓰지 않은 작가로만
인식을 한다면, 좀 아쉽지 않겠나 싶습니다.

— 「작가와의 대화」, 『최인훈·가면고—작가와 함께 대화로
읽는 소설』(도서출판 지식더미, 2007, pp.174~96)

사랑과 시간

1941년 초 한 독일 사람이 영불해협을 비행기로 건너 영국에 도착하였다.

그는 평화 교섭을 위해 왔으며 당국과의 회견을 요청하였으나 그런 회담은 이루어지지 않았으며 그는 포로로 취급되어 1945년 전쟁이 끝나기까지 억류되었다가 전후에 열린 뉘른베르크 전범 재판에 회부되어 구체적 범죄 사실 때문이 아니라 전범 집단의 구성원이라는 이유로 종신형이 선고되었다. 그는 1987년까지 베를린의 특설 감옥에서 복역하다가 그해 8월 94세의 나이로 자살하였다. 그의 이름은 루돌프 헤스라고 하며 당시 나치 정권의 제3인자, 부통령이었다. ── 이것이 이 작품 「한스와 그레텔」의 모델이 된 역사적 사실의 간단한 내용이다. 이 인물은 90살 넘은 노령과 그의 범죄 사실의 정황 등이 고려되어 서독에서 석방 운동이 있었으나 받아들여지지 않았고 결국 수감자의 자살로 종결되었다. 그가 하려던 평화 교섭이 어떤 내용, 어떤 경위의 것이었는지는 일체 공표된 적이 없다. 관계 정보는 영국 정부의 관리하에 있으며 2010년 이후 기밀 해제 규정에 정해진 시점에서 공개되리라고 한다.

헤스의 이야기는 나에게 상상을 보태어 그의 운명을 다루어보고 싶은 생각을 일으켰다.

20세기 유럽의 정치 정세를 특이한 관점에서 성찰해볼 수 있는 이야기를 만들어보는 것은 우리들에게도 현대사를 이해하는 데에 조금은 도움이 되지 않을까 생각한다.

이 작품의 구체적인 진행은 전혀 필자의 상상일 뿐이다. 모델과는 달리 이 작품의 주인공 ‘한스’는 결국 석방되는 것으로 처리하였다. 논픽션이 아닌 허구의 권리로서 한 인간에게 불필요한 고통을 지울 필요는 없었기 때문이다. 모델에게 지워진 혐의도 정치적인 일반 책임을 넘어선 구체적 범죄 내용은 없었기 때문에 역사적 사실에 대해 지나친 변형을 가했다는 추궁도 받을 이유는 없게 처리하였다고 믿는다.

장기수의 문제는 우리에게도 있었던 일이므로 전혀 생소한 문제도 아니다. 역사에 대한 인간의 책임이라는 보편적인 주제를 생각해보려고 한 작품이다. 이 작품은 1980년대에 그때의 문예회관 소극장이던 지금의 아르코극장에서 ‘창고극장’에 의해 초연된 바 있다. 20년이 지나 같은 극장에서 공연되게 되었으니 그것도 재미있는 우연이지 싶다. 무대와 관객이 모두 행복할 수 있는 공연이 되기를 기대한다. ‘번역극’의 내용을 가진 ‘창작극’을 보게 되는 것이다.

우리도 아는 독일 전래동화 「헨젤과 그레텔」에서는 부모에게 버려진 남매가 자신들의 슬기로 마녀의 손에서 벗어난다. 이 작품의 한스와 그레텔은 그들 사이의 사랑과 기다림의 시간을 통해서 운명을 이겨낸다. 현대의 마녀인 정치의 포로가 된 한 쌍의 남녀에게 상상의 시공에서나마 해방을 선사하고 싶었다. 관객 여러분도 찬성해주실 무대가 되기를 기대한다.

—— 「한스와 그레텔」(최인훈 작/채승훈 연출) 작가의 말

〔2009년 서울연극제 극단 창파 제15회 정기공연

2009년 5월 9일~5월 15일 아르코예술극장 소극장〕

경향신문 2009년 5월 15일 게재

〔무대에서 만난 사람〕

"연극이야말로 인간이 가진 위대한 예술"

— 희곡 3편 동시에 공연되는 작가 최인훈

소설 「광장」「회색인」「화두」 등의 작가 최인훈(73)은 주옥 같은 극문학 작품도 여럿 갖고 있다. 올해는 그의 희곡을 좋아하는 관객에게 특별하다. 희곡 3편이 약속이나 한 듯 나란히 공연되기 때문이다. 국내 공연계에서는 흔치 않은 일이다. 그의 작품은 지독한 문학성으로 웬만한 연출가들은 엄두를 내지 못하는 것으로 정평이 나있다.

특히 서울연극제 참가작으로 아르코예술극장 소극장에서 15일 막 내리는 「한스와 그레텔」은 1984년 초연 후 25년 만에 관객과 만났다. 「어디서 무엇이 되어 만나랴」는 34년 만에 복원된 명동예술극장 개관 기념작으로 7월에, 「둥둥 낙랑樂浪둥」은 오는 9월 세계국립극장 페스티벌의 국내 대표작으로 공연될 예정이다.

70년대 그는 극작가로서 10년간 희곡만을 썼다. 「어디서 무엇이 되어 만나랴」로 희곡의 문을 열었고 「한스와 그레텔」은 소설로 돌아가기 전 마지막 작품이다.

최근 고양시 은빛마을 자택에서 만난 그는 말쑥한 정장 차림이었다. 따뜻한 커피와 집에서 구운 딱딱한 쿠키를 손수 내왔고 한낮의 거실은 적당히 밝았다. 올해 문단 데뷔 50주년을 맞은 그는 "연극이야말로 인류 문화와 마찬가지 연령을 가진 '위대한 예술'로, 그렇기 때문에 사회가 상업적인 수지(계산) 없이 뒷받침하는 것 아닌가"라면서 "우연이지만 희곡 세 편이 한꺼번에 공연돼 연극계가 50년의 모양새를 만들어줘 기쁘다"고 말했다.

소설이 아닌 희곡을 쓰게 된 계기가 있습니까.

"『삼국사기』의 평강공주 이야기를 읽으면서 희곡을 쓰고 싶은 마음이 생겼어요. 온달과 평강 두 사람의 만남이 연극적인 무대를 떠올리게 했죠. 공주와 나무꾼의 평범하지 않은 만남, 평민이 용감한 장수가 됐다는 이야기, 온달이 죽은 후 그의 관이 움직이지 않은 공주와의 로맨스 등 모든 게 나를 만족시켰어요. 인간의 꿈과 신비함을 간직한 옛날 이야기에 매료됐고 이를 바탕으로 첫 희곡 「어디서 무엇이 되어 만나랴」를 썼어요."

이 작품의 초연 풍경이 궁금합니다.

"70년 옛 명동국립극장에서 공연했어요. 온달의 어머니로 박정자 씨가 나왔죠. 매표구를 향한 긴 줄이 골목으로 굽이친 모습이 떠오릅니다. 초연된 극장이 사라졌다가 다시 복원됐고 또 이 작품을 올린다니 우연이 겹쳐 흥미로워요. 그때 온달 모 박정자 씨가

40여 년 만에 다시 나온다고 들었습니다."

'자명고' 이야기가 담긴 「둥둥 낙랑둥」처럼
설화 바탕의 작품이 많은데요.

"저는 역사소설은 쓰지 않고 현대소설만 썼어요. 그런데 다른
시점에서 예술적 생각을 하게 됐죠. 종교적이고 신비한 옛날 이야
기들이 나에게 호소하는 바에 대해서요. 물론 현대인들이 교회나
절에 가고 있으니 종교와 신비한 것에 관심이 없는 것은 아니지만
점점 그들의 촉감이나 감수성이 옅어지지 않나, 우리의 '척수'가
무뎌지지 않나 싶어요. 인간은 2천 년 전이나 지금이나 여전히 신
비한 존재인데, 우리가 스스로를 신비한 것으로 여기지 않찮은가,
그것이 인간의 '마지막 감각'으로 괜찮은 것인가? 문득 심각하게
느낀 것이죠."

「한스와 그레텔」은 왜 25년 만에 공연되나요.

"밀실 같은 한 장소에서 30년간 갇힌 사람과 간수의 대화를 그
린 작품입니다. 연극으로 하기에는 좀 껄끄러운 작품이죠. 실제로
2차 세계대전 후 정치적인 유폐 상태에 놓인 히틀러 정권의 한 고
위 간부 이야기가 바탕입니다. 실제 인물은 94세에 자살로 유폐를
마감했어요. 우리는 비전향 장기수를 북한으로 보냈지만 문명국이
라고 하는 유럽은 결국 그렇게 한 개인이 생을 마감하도록 했죠.
제 작품에서는 석방돼 평생을 기다려온 아내 그레텔에게 돌아갑니
다. 유럽의 휴머니즘이 하지 않은 잔인한 실화를 작품을 통해 석

방되도록 한 것이죠. 선물을 주고 싶었어요. 그 이상의 예술적 승리는 없으니까. 역사의 책임에 비해 과연 한 개인이 인생을 걸고 걸머져야 할 책임이 무엇인가, 얘기하고 싶었죠."

50주년이 실감납니까.

"50년이란 시간은 함부로 얘기할 수 없는 시간인데, 반세기 동안 독자와 관객의 언저리에 남아 있었던 것에 대해 감사해요. 25편의 미발표작을 갖고 있습니다. 작가는 은퇴가 없잖아요. 머릿속으로는 밤낮 작품이 왔다 갔다 합니다. 하지만 물건이 될 만하다는 확신이 들 때까지 계속해봐야지요."

요즘 일상은요.

"책 보는 일에 가장 많은 시간을 배당합니다. 새벽 3시 정도까지 책을 봅니다. 요즘은 '금주의 베스트셀러' 같은 것을 꼽기도 하던데 어디 장마다 꼴뚜기가 나나요. 주로 옛날에 읽던 책들이죠. 생활면에서 나를 가장 강력하게 지배하는 것은 역시 손녀들(은규·혜규)입니다. 젊었을 때는 몰랐던 세상이에요. 인생의 가장 심오한 뿌리(울타리)를 알게 된 것 같아 제 자식들도 새롭게 보게 됐습니다. (그는 서울대 법대 4년 당시 자퇴를 했다. 이유가 궁금해 물었다.) 취미가 썩 들어맞지 않았어요. 졸업이 얼마 남지 않았지만 나는 못 참았던 거예요. 생애를 통해 직접적인 연관이 있는 것은 아니지만 돌이켜보면 좋은 배움의 자리였지요. 그땐 인생이 녹록지 않다는 것을, 젊은 날이 다시 오지 않는다는 것을 몰랐어요.

다 후회스러워요. 작품을, 공부를 더 죽기 살기로 사람도 더 사랑
하고 모든 걸 더 더 더…… 그런데 나만 그랬겠어요. 사람이 그렇
게 만들어져 있는걸. 그러니 다시 성찰하라고 예술도 있는 것이겠
죠. 마르지 않는 깊이가 있는 것이 이 세상 꾸밈새인 것 같아요.
용맹정진하겠습니다.”

(글 김희연 · 사진 김세구 선임기자 *egghee@kyunghyang.com*)

울보와 바보

　평강공주는 정체성의 혼란을 겪게 될 수밖에 없는 운명이 주어진 인물로 전설은 전한다. 울보 공주는 무엇이 그렇게 슬펐을까. 그 시점에서의 어떤 고구려 아기보다 복을 타고난 인생을 살 수 있었어야 했을 텐데, 그런 느낌이 드는 순간에 그녀는 신화와 전설의 인물이 된다. 아버지인 왕이 그 무렵의 그 계층의 사람답지 않은 말을 딸아기에게 한다든가, 울보 공주가 자라서 아버지의 예언을 말 그대로 살겠다고 고집한다는 것은 경솔한 말을 빌미로 마귀가 선한 인물들에게 해코지를 한다는 동서양 신화 전설의 보편적 전개 방식이다. 온달은 바보라고 소개되고 나무꾼이면서 공주의 남편이 된다. 싸움터에서 죽은 그의 관을 여러 사람이 들어 올리지 못한다는 묘사에서 신화 세계의 신분이 된다. 그가 그만한 신통력의 주인공이 되기에 자연스럽기 위해서 이 연극에서는 제1막의 꿈 장면을 두었다. 그것이 전설이 말하고 싶었던 뜻인 듯했기 때문이다. 이렇게 해서 주인공 남녀는 신화 세계의 인물들이 된다. 그들은 자신들을 넘어서는 세계에서 이 세상에 온 존재들이 된다. 자기면서 자기가 아니고, 이승의 생활자이면서 거기서 그치지 않는 세계와도 연결된 존재들이다. 인간을 근대 사회 과학이 만들어 준 눈으로 보는 것이 자연스럽고, 인간의 자기 존엄성은 '인권'이라는 인식을 가지고 생활하는 데서 만족하는 것이 충분치 못한 느낌이 들었을 때 이 희곡의 인물들이 나의 상상 속에서 자신들을 강력하게 드러내 보였다. '울보'와 '바보'는 결함을 나타낸 것이 아니라, 그들이 보통 사람을 넘어서는 인격의 표지라는 생각. 그들이 나타내고 싶은 세계, 하고 싶은 말을 적어보았다. 이 연극에서 온달의 어머니만은 공주와 온달처럼 신화적 세계로부터의 예언이나 조짐에 접한 바는 없다. 그녀는 현실의 신분만을 믿고 어머니라는 힘만으로 행동한다. 1막에서 그녀는 아들을 구해주고 있지만 그것은 온달의 꿈속에서다. 그녀가 온달에게 대해 가진 권위는 어머니란 사실뿐이다. 그녀의 세계에서는 온달은 아직 살아 있다. 그녀는 신화와 전설의 세계보다 더 강한 세계에 살고 있다. 자기들이 주체 못하는 허무한 세계를 살았던 두 남녀가 사라진 무대에 늙은 그녀만 남는다. 그녀의 사랑은 신화보다 전설보다 더 신화적이고 더 전설적이다. 신화 없이도 견디라고 그녀는 우리들에게 말하는 것일까. 이런 의문들이 나로 하여금 이 희곡을 쓰게 만들었다.

신화 전설은 그것이 전승되고 있는 사회에서는 잘 알려진 것일 수록 그 모습이 너무 친숙하게 자리 잡고 있는 탓으로 깊이 생각한

끝에 사람들 마음속에 자리 잡고 있다기보다는, 마치 집안에 전해
지는 귀한 골동품처럼 마음 바깥에서 그저 귀한 물건으로 다루어
지기 쉽다. 그럴 만해서 사라지지 않고 남아 있는 것인데 그 '그럴
만'했던 시절 인연과 방편과 초심은 이미 얻어진 명성에 가려서 보
이지 않게 되기가 쉽다. 문화라는 텍스트가 가지는 그럴 수밖에
없는 성격이 만들어내는 문맥이다. 그것을 그것들이 이루어진 현
장에서처럼 싱싱하게 읽어내는 능력을 성의를 가지고 녹슬지 않게
벼리기를 소홀히 해서는 안 되는 까닭이다. 구슬이 서 말이라도
꿰어야 보물이다. 예술가로서는 너무 쉬운 듯한 대상이 궁금증으
로 문득 다가올 때 내딛게 되는 첫걸음은 그 대상을 힘주어 들여다
보는 일이다. 그 옛날 울보 공주의 울음소리가 어느 날 예사롭지
않게 귓전에서 울렸을 때 나는 그 소리를 더 잘 들어서 내 마음을
가라앉히지 않고는 일은 끝나지 않으리라는 것을 느꼈다. 그녀의
울음소리는 아기장수 전설에서 아기장수가 부르짖는 목소리에 견
줄 만큼 깊은 울림으로 들렸다. 그렇게 해서 이 작품 「어디서 무엇
이 되어 만나랴」는 만들어졌다. 신분과 금기와 습관에 갇혀 있던
고대인들이 그럼에도 불구하고 무조건의 평등한 존재들이기도 하
다는 표시로서 자기도 알 수 없는 울음과 자기가 생각지도 않은 집
착과 격정의 부름을 받는 이야기. 그 경험이 '울보'와 '바보'의 의
미다. 여성의 자기주장, 귀족과 평민의 결혼 가능성이라는 심층적
꿈을 그들이 처한 사회의 역사적 조건 안에서 표현한 왜곡된 비유
가 '울보'와 '바보'였다고 읽힌다. 그 왜곡의 당돌함이 심층적 진
실성을 오히려 역설적으로 강조한다. '낯설게 하기'의 미학이다.

고대 문학에서 같은 주제를 다룬 박씨전, 조웅전, 황부인전 등의 군담소설에서 주인공들에게 부여한 정당한 영웅성이 되레 손쉽고 상투적 인상밖에 전하지 못하는 사정은 한번 무너진 가치를 그 무너진 사회에서 옹호하는 작업이 얼마나 녹록지 않은 일인가를 말해준다. 연습 과정을 참관해보니 전설의 모습을 보존하면서 전설을 넘어서는 진실을 전하는 일. 잊기 쉬운 근원적 인간 조건에 대한 감각을 회복시켜주는 경험을 우리 배우들이 만들어낼 수 있으리라는 느낌이 든다. 막이여 열려라.

— 극「어디서 무엇이 되어 만나랴」작가의 말

〔2009년 7월 10일~7월 26일 명동 예술극장 개관 공연 시리즈〕

「두만강」에서 「바다의 편지」까지
─ 개인과 민족사적 성찰로부터
인류 보편적 지층에 도달한 반세기의 항해일지

연남경(이후 연) 오늘 이 자리는 올해로 문학 인생 50주년을 맞이하신 최인훈 선생님의 업적을 재정리하고 총체적으로 파악해보자는 취지로 마련된 것으로 알고 있습니다. 그러기 위해 우선 선생님의 문학 여정을 간략히 정리해보겠습니다. 선생님께서는 1959년 「그레이구락부 전말기」와 「라울전」으로 등단하셨고, 1973년까지 소설 창작에 매진, 그 이후 1970년대에 7편의 희곡을 쓰셨습니다. 1980년대에는 산문 형식으로 문학관을 정리한 시기였고, 1994년에 『화두』를 내놓아 문단에 반향을 일으키셨지요. 그리고 2003년에 단편소설 「바다의 편지」가 현재로서는 마지막 작품인 것으로 알고 있습니다.

『화두』는 『태풍』 이후로 20여 년 만에 세상에 내놓으신 소설로서 선생님의 문학 인생에 큰 획을 그었을 만한 작품이라고 생각됩니다. 출간 당시에는 『화두』의 앞선 형식을 이해하지 못한 여러 가지 의견들이 있었지만, 그로부터 시간이 꽤 흐른 지금, 이제 한 세기가 달라졌고, 『화두』에 다시 주목하고, 『화두』의 가치를 재평가하려는 목소리가 높습니다. 이 시점에서 새 시대의 지평으로, 작가의 모든 기억과 경험과 그리고 문학이 담긴 『화두』를 통해 이전 작품들에 대한 총체적 재독서가 필요하다는 생각입니다. 선생님께서 이전에 창작하신 모든 작품들을 들여놓아서 작품 간 상호 텍스트 관계를 설정하고 있는 메타픽션 『화두』는 소설 쓰기를 통해 소설을 반성하는 자기 반영적 성격을 가지니까요. 제가 『화두』를 읽고 선생님 문학 연구에 나름의 개안 경험을 한 것처럼, 『화두』를 통해 기왕의 해석이 미처 해명하지 못한 부분의 재해석이 가능해질 겁니다. 그래서 오늘 이 인터뷰는 기억의 글쓰기 『화두』를 지도 삼아 그 이전과 이후의 총 50년의 문학 세계를 반추해보고 작가를 모셔서 함께 작가 의식의 올바른 맥락을 찾아보는 자리가 될 겁니다.

선생님, 안녕하십니까? 문학 인생 50주년을 축하드립니다. 한국 문단으로서는 경사라고 할 수 있겠습니다. 50년을 문학과 함께 하셨는데요, 간단한 소감을 여쭤봐도 될까요?

최인훈(이후 최) 앞으로 얘기하면서 더 구체적인 얘기는 할 수 있겠는데 이 『화두』에 대해서 전에 상을 받은 게 있어요. 이산문학상을. 그때 한 답사 중에 지금 질문에 어울릴 만한 얘기를 자세히 한 게 있어요. 비유적으로 얘기를 했는데, 어쨌든 한 반세기 정도의 항해를 한 것에 빗대어 일단 항해 도중 위험들을 비교적 잘 극복하고 어떤 권내의 항구에 들어왔다는 그런 느낌이다, 그런 말을 한 적이 있습니다.

자기 반영적인 소설, 『화두』

연 　선생님께서는 작년 11월, 전집 재발간 기념 심포지엄에 참석하셔서 스스로의 문학을 "실험실의 기초 생물학자의 유전자 추출 실험 같은 것"이며 "40억 년을 걸쳐 살아온 미미한 단백질들의 이야기를 표현하는 것"이라고 밝히셨습니다. 그동안 가장 파격적인 소설 형식을 통해 가장 현실적인 이야기를 해오셨다고 할 수 있겠는데, 소설 형식을 실험하신 특별한 이유가 있으십니까?

최 　안정된 사회하고 불안정한 사회, 그렇게 나눠보려고 생각하는데, 안정된 사회에서의 창작가의 문학 행위라는 것은 확립되어 있는 전통을 자기 것으로 일종의 습득 과정을 거쳐 자기화한 다음에 자기 작품을 통해서 전통의 맥락을 넘겨준다, 이런 입장이 될 텐데…… 말하자면 우리 개화기 이전에 우리 선인들, 글과 관계있었던 사람들은 아마 그런 식이었다고 생각해요. 그러니까 지금 보기에는 약간은 뭐라 할까 너무 전고에 사로잡힌 그런 게 아닌가 싶습니다. 거기에도 여러 가지 상태가 있어서 일급의 문장가들하고 평범한 사람들의 문장 행위하고의 사이에는 차이가 있겠지요. 그러나 안정된 사회에서의 문화 전통이 잘 구축되어 있는 이런 사회에서의 문장 행위라고 하는 것은 우리 때하고 조금 다르다고 생각하는데, 우리라고 하는 것을 가령, 내가 살아온 그동안의 창작했던 사회는 내 생각에는 대단히 불안정한, 옛날식 표현을 빌린다면 난세라고 할 만한 게 아닌가 그렇게 생각해요. 평세라는 말은 없지만 평정한 사회하고 난세, 이렇게 이름 붙일 수 있는데 내가 산 사회는 후자의 사회였다고 생각하는데, 그런 경우에는 글 쓰는 행위가 무엇인가를 탐구한다는 성격을 자연히 가지게 되더군요. 내가 경험을 애기하면 탐구한 과정을 정리해서 그 바탕 위에서 뭔가를 쓴다로 요약할 수 있겠습니다. 쓴다는 것하고 탐구가 달리 갈라지는 것이 아니라 쓴다는 것이, 곧 어떤 탐구 과정의 기록이 예술의 경우에도 창작하는 과정이 되고, 거기에서 끊임없이 보편적인 의미가 뭔가를 묻는 것이죠. 현대의 문화하고도 연속될 수 있고 후대하고도 연속 이해를 요구할 수 있는 그 보편적인 것은 도중에 단속적으로 상대를 통해서 드러나고, 무슨 간추려진 엄정한 그 선후 정합적인 무슨 수사학, 미학이라든지 이런 것은 옛날 창작이란 거에 비해서 훨씬 뒤처져 오든지 혹은 창작 과정과 분리될 수 없는 식으로 엉켜서 진행되어온 것이 아닌가. 일단 이렇게 대답해볼까요?

연 그러니까 선생님의 소설 세계는 우리 사회를 난세로 보시고 한국의 특수한 시대 인식에 기인해서 지속적인 형식의 실험으로 나타났다. 다시 말해 형식 탐구의 모습을 띠게 되었다고 정리해볼 수 있을 것 같습니다. 그러면 그 탐구의 결과물을 『화두』로 봐도 될까요?

최 결과적으로는 그렇게 된 거죠.

연 『화두』는 소설가 화자가 등장하여 글쓰기 자체에 대해 언급하고 이전 문학 작품을 다시 보는 지극히 자기 반영적인 소설에 해당합니다. 『화두』의 소설 형식은 어떻게 해서 나오게 된 것입니까?

최　이제껏 쭉 써온 소설이라는 것이 형식은 이러저러한 게 있고 그 형식을 가지고 뭔가를 쓴다, 뭐 이런 양분법과 같은 소설 기법을 공부한 다음에 소설을 쓴다, 이런 느낌은 나한테는 들지 않았습니다. 이를테면 두 가지가 동시에 진행됐는데 지금 다 지나고 나서 보니까 작가 생활을 전기, 후기로 양분해볼 수 있겠네요. 전기에는 3인칭 시점에 의한 문제적인 개인들을 전능의 화자가 분석하고 묘사하는 이런 형식이었는데, 후반에 오면 초상의 인물하고 묘사하는 사람이 다른 사람으로 설정되는 형식을 넘어서서 마치 거울 속에 있는 자기 자신을 묘사하는 자화상 화가와 같은 인물이 된 거예요. 그러니까 지기가 자기를 그리는 셈이니 그야말로 자기 반영이라는 표현을 한다면 그대로 들어맞는 거겠지요.

연　정말 선생님의 소설 작품을 보면 전반기에 3인칭 시점이 많이 드러나는 데 비해 점점 후반으로 오면서 1인칭 서술자, 특히 작가 서술자가 직접 등장하고 있습니다.

최　그렇지요. 그러니까 전반기의 거의 마지막 단계까지도 나는 비교적 1인칭 소설을 많이 안 쓴 편에 속해요.

연　『태풍』 같은 경우에도 그렇지요.

최　『태풍』조차도 1인칭은 아니니까. 『소설가 구보씨의 일일』도 그 표면적인 형식으로는 그건 1인칭 소설이 아니니까. 근데 그게 조금 사정이 간단치 않은 것이, 나는 거의 처음부터 내적 독백, 의식의 흐름 기법을 기법의 중심이 되다시피 써왔다 그거예요. 이를테면 실질적으로는 의식의 흐름이나 내적 독백 효과는 1인칭과 마찬가지라고 생각해요. 그런 것이 있으니까 겉으로 보기에 전반기에는 그러했는데 후반기에 와서 그런 구별을 집어치워버리고 묘사자와 대상이 동일화되었다는 것. 형식적으로는 그렇게 말할 수 없는 것은 아니나 내부적으로 사실상 전반기에 이미 나와 있던 서술 형식을 더 솔직하고 직접적인 걸로 만들어버린 것이다, 그렇게 생각할 수 있을 거 같아요.

연　그렇군요. 전반기가 대부분 3인칭 시점이었지만 말씀하신 바대로, 내적 독백이나 의식의 흐름 기법같이 거울 속에서 소설을 보고 자기의 모습을 반추해보는 그런 의식이 계속 있으셨기 때문에 그것이 전반기 소설에서도 패러디 기법이라든지 자기 지시적인 경향과 같은 것으로 포착이 된 것으로 보입니다.

최　작품의 등장인물 자신의 내면이 유리하게 노출되어 있는 그런 의미의 3인칭 소설이었지, 시점을 관리하고 있는 서술자가 등장인물의 내면까지도 전부 보관해가지고 설명해주는 그런 의미의, 이를테면 완전 3인칭 전지적 작가 시점이라 할까 그런 방식은 전반기에 있어서도 중심이 아니었다, 그렇게 말할 수 있을 것 같습니다.

연　어찌 보면 『화두』가 갑작스러운 변종 장르가 아니라 소설 자체에 대해 고민하며 창작하는 습관이 점차 소설을 쓰면서 동시에 소설을 비평하는 자기 반영적인 작품 세계를 형성하게 한 것 같습니다. 『화두』를 기점으로 이전 소설과 이후 소설이 서로를 지시하는 기법이 『화두』에서 메타픽션으로 총체적으로 발현한 것이 아닐까 합니다.

최　지금 검토해보면 처음부터 그렇게 됐다고 설명하는 게 무리가 아니라고 생각합니다. 내가 소설이라고 해서 맨 처음 쓴 작품이 「두만강」이라는 공식적인 문단 데뷔 훨씬 이전에 썼던 소설이에요. 그것이 이를테면 진정 3인칭 소설이겠죠. 그리고 그것은 근대문학의 시각에서 봤을 때 보통 작가들의 라이프워크lifework가 될 만한 대하소설 3인칭 전지적 시점 소설이었지요. 그 작품은 앞으로 장대한 연대기 소설이 될 작정의 서론 부분에 해당하는 것으로, 서술자가 모든 것을 책임을 지고, 거기 등장하는 인물은 아무리 서술자의 기호에 가까운 인물이라 치더라도 원칙적으로 인물 자체의 내면이 그대로 드러나는, 이를테면 의식의 흐름이라든지 내부 독백 같은 것이 등장하죠. 적어도 「두만강」 한 편에서는 그렇게 드러납니다. 그런데 거기서 더 나가지 못하고 서두 부분에서 끝낸 것은 아마도 그때 이미 나에게 그 수법에 대한 위화감이 있지 않았나 하고 생각해요. 이렇게 해서 더 쓰고 싶다고 하는 생각이 있으면 더 썼을 텐데, 앞에다 놓고서 미리 짜여진 인물을 갖다가 뭔가 인형을 움직이는 그런 방식에 아마 본능적인 위화감이랄까 회의의 그림자가 있었기 때문에 거기서 끝나가지고 데뷔 작품을 갖고 다시 나오는 식으로 하지 않았나. 그리고 그 이후에는 내 후기 작품들과 마찬가지로 기본적으로 아까 내가 말한 완전한 의미의 모던한, 전위적인 것은 아니라 하더라도 내적 독백이라든지 의식의 흐름이라고 하는 비교적 20세기의 현대적인 흐름으로 나타나는 식의 작품을 문단 데뷔 이후에는 쓴 거죠. 근데 대학 1학년 때 혼자 써봤던 것은 뭐랄까…… 그때 내적인 충동은 있어서 썼는데 갓 입학한 학생이 아직 어리둥절하고 학교 교과 안에서 맴돌던 시절에 일단 선택한 전공하고는 다른, 소설이라는 것을 쓰고, 그것도 전통적인 의미에서는 그렇게 오리무중은 아닌 틀이 잡혔다면 잡혔다고 하는 그때까지의 소설사에서 잘 정제된 형식 자체에 완전히 흡족한 느낌이 없었기 때문에 포기한 게 아닌가 합니다. 작가가 말년에 발견할 수 있는 것은 3인칭이 아니라 1인칭 자전적 소설, 예술가 소설이라고 생각됩니다. 그래서 결국 탄생한 것이 『화두』고요.

『화두』의 집필 원리—소련 붕괴의 충격과 기억의 글쓰기

연 『화두』에 선생님께서 쓰신 내용이나 사고 수준이 이전 소설이나 산문에서 이미 어떤 정신적인 성숙이 이루어져 잠재되어 있던 상태가 아닌가 싶습니다. 가령 「하늘의 다리」라는 작품에서도 현실에서는 다리의 환상이 보이는데 캔버스 안에는 다리가 담기지 않는다는 비유로, 실제가 더 환상적이고 예술이 더 실제적이라는 얘기를 통해서 픽션과 현실의 관계에 대해 고찰하고 계시잖아요.

최 많은 사람들이 질문하기를, 내 작품 중에서 가장 애착이 가는 작품이 뭔가 가볍게 말해달라는 경우가 있는데, 대답하기 어려운 질문이지만, 『화두』 훨씬 이전, 이를테면 『태풍』과 『소설가 구보씨의 일일』 이전에 문학의 내용과 문학의 형식의 문제를 가장 절박하게 작중 상황으로 끌어들여 문제삼고 있는 작품이 「하늘의 다리」라고 생각해요. 거기서도 이미 현실과 캔버스 위의 기표하고의 사이에 근원적인 차이가 있나 없나 묻고 있죠. 실제 일어나는 일하고 예술가가 환상 속에서 떠올린 일 사이에는 적어도 의식의 차원에서는 차이가 없다. 현실을 그린다 해도 예술가의 머릿속을

일단 거쳐 그다음에 나오는 거니까 현실에는 모델이 없고 머릿속에만 있던 것이 나오는 것하고 의식의 차원에서는 무슨 차이가 있을까 이런 얘기죠. 그러니까 하늘에 있다는 다리가 화가의 환상으로는 분명히 자기가 보고 있는 비전인데 왜 캔버스에는 옮겨지지 않는가, 그것을 그 작품에서는 해결 못 하고 있는 거죠. 분명히 보이는데 왜 안 그려지나.

연　그럼 문학이나 예술보다도 현실이 더 말이 안 되고 환상적이라는 현실 의식을 그렇게 그려내신 것 아닙니까?

최　듣고 보니 그런 거 같아요. 그때에 이 현실이 환상과 조금 다른 정도의 환상적인 것으로 단정해도 괜찮은데, 그때만 해도 현실을 더 어렵게 생각했다고 할까, 현실의 중요성을 더 무겁게 생각했던 모양이죠. 다른 말로 하면 현실이 가치가 더 많은 거고 예술은 그것을 모사한다느니 하는 기왕의 예술관에서 대담하게 나올 준비가 덜 되었다고 생각했다는 거죠.

연　그렇다면 기존의 예술관에서 확실히 벗어나 새로운 소설 『화두』를 집필하시게 된 계기는 무엇이었는지요?

최　연남경 씨가 논문에 쓴 바대로 가장 근접한 계기를 말한다면 구소련 붕괴겠지요. 다른 논자들도 가끔 말하는 사람들이 있는데, 4·19의 충격으로 『광장』을 썼다. 그런 식으로 말한다면 소련 붕괴의 충격으로 『화두』가 열렸다. 그렇게 말할 수 있겠지요.

연　거기에는 소련 붕괴와 더불어서 어머니의 죽음이라든가, 레닌의 죽음, 소련 멸망과 관련한 조명희 선생의 죽음, 어떤 한 개인의 목숨이 유한하다는 것에 대해서도 반복해서 쓰고 계신 거 같은데요.

최 구소련의 붕괴라는 것도 한 국가의 죽음이니까. 가령 김인호 씨가 예전에 나랑 대담할 적에 『화두』는 어찌 보면 거기에 에로스의 그림자가 없다고 볼 수 있는데 어떻습니까, 라는 질문을 던진 적이 있습니다. 에로스 대신에 타나토스의 그림자가 에로스의 자리에 앉아 있는 것으로 생각해달라. 그렇게 답변한 적이 있어요. 그러고 보면 거기에 가까운 내 근친의 죽음이라든지 국가의 죽음이라든지 또 선배 작가인 조명희의 죽음이 갑자기 그때 뉴스로 튀어 올라왔는데, 나한테는 단순한 뉴스가 아니라 시간을 뛰어넘은 가장 중요한, 문학인의 죽음으로서, 내게 정신적인 경험 중의 하나였지요. 그 밖에 내가 거기서 거론하고 있던 20세기의 정치적인 캐릭터들의 일련의 죽음, 나한테는 그 사람들이 정신적일 뿐만 아니라 문명사적인 의미에서의 출연자들이라고 생각되는, 나의 의식의 발전과 밀접하게 관련되어 있는 그런 사람들이 줄줄이 다 죽음을 맞았다. 그런 의미에서 타나토스의 연회장이다. 그런 식으로 말한 적이 있습니다.

연 방금 말씀하신 바대로 장제스라든지 마오쩌둥이라든지 그런 실존 인물들, 역사적인 인물들이 『화두』에는 실제로 등장하고, 실제 장소나 역사적인 사건들이 실제로 떠도는 공간으로 '논픽션 소설'이라고 할 수 있습니다. 예를 들면 『워싱턴 포스트』에 어떤 기사가 실렸다든가 한국의 일간지 D 신문에 실린 기사의 구체적인 내용이나 정확한 날짜까지 정확히 적고 계신데요. 그렇게 역사적인 담론들을 소설 안에 구체적으로 쓰신 것도 기억의 문제로 이해할 수 있을까요?

최　그것도 전지적의 시점의 기술자가 연대기 소설에서 시대에 대해서 소설의 등장인물이, 허구의 인물이 생동하고 있는 배경을 말하는 형식으로 한 게 아니라 등장인물 자신의 경험으로써 시대를, 배경을 말하는 거죠. 등장인물이 자기에 대해서도 말하고, 자기의 배경에 대해서도 말하고, 또 자기의 배경과 자기가 별개가 아니라고 생각하는 거죠. E. H. 카가 이야기를 했는데 보통 의미의 역사라고 하면 중요한 인물, 중요한 사건만 말하는 거죠. 지난 백 년 동안의 모든 인물과 모든 사건이 나온 건 아니잖아요. 물리적으로도 불가능하고 또 그럴 필요가 없다고 생각하는 거죠. 그것만 봐도 소설과 역사가 다른 건데, 이제 말한 내 소설에 그런 것이 다 나오는 것은 주인공을 중심으로 해서 주인공하고 주인공이 처해 있는 사회적 문맥이 둘이 아니라고 생각하는 작가의 문학 의식의 표현이겠지요. 구식 소설 같으면 행을 달리해가지고 1920년대에는 사회는 이러저러했고, 정치적 사건은 이러저러했다 하고 한 행 건너뛰어서 각설, 아무개는 식사를 하고 있는 중이다. 누구를 만나고 있다. 이렇게 하다가 적당한 때 또 그 시대적 배경이 나오고 이렇게 하는 것일 텐데, 내 경우에는 그것의 구별이 없는 거죠. 문학적으로 그런 식으로 얘기하는 걸 선택하고 싶다는 거죠. 그래서 후반기에 와서는 아예 인물화를 그리는데 모델을 놓고서 캔버스가 있고 일부러 모델료를 지불하고 그릴 필요가 뭐 있나. 그 모델 자리에다가 큰 거울을 갖다놓고 자기를 그리는 거죠. 그림 그리고 있는 자기가 비춰질 거 아녜요? 그러니까 쓰는 자기 이야기를 쓰는 소설이다. 결국 소설이 거기에 낙착하더라 그거죠. 그게 『화두』다 그거죠. 그래서 『태풍』에서 『화두』에 이르기까지, 그런 결단을 내리기에 근 20년이 걸린 거죠. 그동안의 이야기를 회상해서 쓰는 게 내 생각에는 문학이 가는 끝자리다. 앞으로 더 다른 생각이 없으리란 법은 없겠지만, 그걸로 나는 어느 정도 문학에 대해서 복잡한 취미를 가진 사람들에게 이해될 수 있으리라고 생각해서 쓴 것이고, 그 계기는 물론 내 생각이 그런 결론에 도달했기에 쓴 것이죠. 여기에 언표 이전에 내면의 정보로 있던 것을 이제는 말해도 된다 하고 충격을 가해서 발성 기관하고 안의 내적인 정보 회로에 탁 연결되도록 스위치를 넣어준 것이 말하자면 소련 붕괴라는 거죠.

연　문학과 역사가 분리되지 않은 소설 형식을 취한 『화두』는 픽션 내에 역사를 들여놓음으로써 민족적 기억을 남기는 데 유리한 고지를 차지하고 있다고도 보입니다. 북한 사회와 남한 사회를 모두 체험한 『화두』의 화자가 "전쟁은 북에서 남으로 내려오고 있었다"고 한 진술이야말로 진실성과 설득력을 갖는 것 아니겠습니까?

최　『화두』는 체험이 기본 자료고, 사료는 보조 자료예요. 1945년에서 1950년 동안의 북한 생활은 이제는 사라졌다고 말할 수 있지요. 지금 주민들은 경험할 수 없거든요. 지금이 사실 독재하기는 좋은 의미든 나쁜 의미든 기술적 발전으로 인해 더 쉽지요. 그 북한 생활이 글쓰기의 필연적 귀결이라고 할 수 있겠군요. 내가 고 1때 월남했는데 대학 1학년이라도 거기서 나왔다면 문학 세계가 더 깊어지지 않았을까 하는 생각도 드는군요. 당시의 지적 시력은 독서 경험밖엔 없었으니까. 모든 사람이 자기의 생활의 높이만큼밖에는 못 사니까.

연 그렇다면 역사적 상흔이 문학 내에 들어와서 소설의 되풀이 쓰기를 통해 치유될 수 있다는 것에 대해서는 어떻게 생각하십니까? 『화두』에서는 기억 논리와 관련하여 문학의 글쓰기가 갖는 치유의 힘을 증명하고자 하시잖습니까? 즉 쓴다는 행위가 구원이고, 되풀이해서 쓰는 행위에 주목하시는데 선생님께서 생각하시는 문학이 갖는 치유 효과에 대해서 설명해주실 수 있으십니까?

최 그 말을 들으니 '기억으로서의 회상' 혹은 '치유로서의 회상' 혹은 '프로이트와의 대화'라는 부제를 달 수도 있겠네요. 또다시 「두만강」에 돌아가게 되는데, 치유라는 말이 나온다면 자기를 치유하기 위해 그때 「두만강」을 썼던 모양이다. 이렇게 말할 수 있을 것 같아요. 학교도 사회의 일종인데, 교회에 간다든지 공부에 몰두하면 그때의 지적인 욕구를 만족시킬 수 있는 사람들이 있었을 텐데, 난 그때 아마 자기가 하고 싶은 길을 발견 못 한 거죠. 그러니까 자기 치유를 하느라고 「두만강」을 썼던 거죠. 그런데 자기 치유의 능력이 충분치 못하다고 생각해서 그 작품의 형식은 일단 끝납니다. 그리고 그 이후에 쓰기 시작한 성향의 글쓰기가 훨씬 자기 치유의 입장에서 볼 적에 더 치료 효과가 있는 거라고 생각돼서 그런 방식의 글쓰기로 갔고, 되풀이한다는 것은 병을 다스린다고 하는 것이 마술 모양으로 요술하는 사람이 뭔가 주문을 외우면 금방 낫는 게 아니니까 시간이 필요할 거 아녜요? 문학 행위의 되풀이는 치유의 과정을 검증하고 증상이 어느 정도 갔나, 어느 정도 치유됐나, 문제점은 뭔가, 이렇게 해볼까, 저렇게 해볼까 하는 치유의 원칙이 비록 확립됐다 할지라도 의과 대학에서의 특정 병증에 대한 교수의 강의하고 환자들을 치유하는 병원에서의 치료 의사의 치료 행위는 다르다 그거죠. 거기에는 무수한 우연이 작용하고 한 방에 낫게 하는 경우는 드물겠죠. 정밀하게 들여다보면서 각각의 시간적인 진행 상태를 관찰하면서 이 약도 써보고 저 약도 써보고 그렇게 하다 보면 잘되는 경우에는 낫고, 그렇지 않은 경우에는 낫지 못하고, 그런 데다 비유해볼 수 있을까요.

연　예를 들어서 '자아비판회' 원체험의 경우에 『광장』에도 쓰시고, 『회색인』에서도 쓰시고, 『서유기』에서 가장 근접 촬영했다고 하셨는데, 실제로 치료하는 의사처럼 해보는 과정에서 트라우마랄까 하는 것이 완화되는 경험을 하신 거라고 볼 수 있겠네요.

최　차츰 치료 방식에 자신도 붙고 경험에 의해서 가장 효과적인 치료의 방향도 잡혀가고, 진짜 환자가 그런 이야기를 들으면 쭈뼛한 기분이 들겠지만 이건 비유니까, 고치니까 치료 형식이 검증되는 효과도 있더라는 얘기지요. 그러면서 차츰 작품도 쌓여나가고 내가 글 쓰는 방식도 훨씬 자각적이 되고, 아까 얘기한 대로 3인칭 전지적 시점이었던 것이 점점 내면을 들여다보는 자기 반영적인 것이 어떤 기법으로 자리 잡았다는 얘기지요.

『화두』의 서사 문법―인류 시원 의식의 타자화

연　우문일 수도 있겠는데요. 선생님 작품이나 산문을 보면 문학이론에 대한 학식과 조예가 상당히 깊으십니다. 혹시 메타픽션 등의 최근 이론에 대해 공부를 하고 『화두』의 틀을 결정하신 건 아니신지요?

최 그렇지는 않아요. 지금과 같은 작업의 필연적인 결과로서 그런 서사 문법이 형성된 거죠.

연 그런데 연구자로서는 미리 공부하시고 쓰신 게 아닌가라는 생각이 들 만큼 『화두』는 최근 이론의 흐름에 잘 부합하는 작품입니다. 린다 허천이 소설 장르의 본성이 나르시시스적이라고 했는데, 아까 말씀하신 바대로 거울을 보듯이 자기반성적인 형식, 또 자기 파괴적인 형식, 선생님의 실험처럼 소설이 원래의 형식에서 자꾸 바꿔어가는 이런 것을 최근의 메타픽션 경향의 소설들이 보여주고 있습니다. 제임스 조이스, 존 바스, 마르틴 발저 등의 작품에서 1인칭 작가 주인공이 소설 자체에 대해 진술하고, 현실 세계와 픽션의 관계를 규명하려 하지요. 『화두』도 이러한 범세계적 추세에 있는 작품으로 유럽 등지의 다른 나라의 동시대 작가들과 어깨를 나란히 하고 있는 것으로 보입니다. 동시에 『화두』는 한 개인의 기억이자 개인이 쓰는 한민족의 근대사에 해당합니다. 한반도의 한 소설가가 일생의 소설 쓰기를 통해 약소민족의 입장에서 다시 써낸 세계사로서 '대항—역사'의 의미를 갖는다고 볼 수 있는데, 이런 『화두』를 세계문학사적 의의를 갖는 작품으로 새롭게 자리매김해볼 수 있을 것 같습니다.

최 조금 다른 요약을 해보면 나는 결국 개인이라는 걸 중시한 거예요. 물론 개인을 중시한 사람이야 많죠. 옛날로 거슬러 올라가더라도 사람이라는 건 개인이고, 개인이 모여서 사회가 된다는 건 당연한 전제가 되어 있죠. 그러나 당연한 전제라는 것하고 그 전제 중에 당연하게 되어 있는 것을 새삼스럽게 각성한다는 것은 다른 얘기죠. 그런 식으로 하면 생명이라는 것 자체는 무의식적으로 자기의 과거를 다 거느리고 있으니까 동물의 경우에도 이 우주에 대해서 무의식적으로 의식하지 않으면서 의식하고 있는 그런 구조를 가지고 있지 않나 생각해요. 달리 말하면 돌도 의식을 갖고 있고 나무도 의식을 갖고 있다고 과장해서 말할 수 있지요. 깊이 생각하면 그렇게 되어 있는데, 그러나 나무나 새나 이런 것은 인간과 같은 의미에서 자기의 조상을 들여다볼 수 있는 그런 거울은 가지고 있지 않지 않나. 인간만 결국 가지고 있는 것 같다.

그러니까 아까 「하늘의 다리」 얘기를 했는데, 거기 마지막 챕터를 보면 그 주인공이 부산에 내려가서 자신이 20년 전인가 10년 전에 북한의 원산 고향에서 배를 타고 와서 동해를 거쳐 상륙했던 곳인데, 그렇게 해서 피란민이라는 자의식을 가지고 「하늘의 다리」를 쓸 때까지 생활해온 건데, 그사이에 뭐라 할까 훨씬 나중에 1980년대 에세이에서 나온 건데, 생물학자 헤켈이라는 사람에 따르면, 생물의 발생의 방식이 자기 종의 계통 발생의 과정을 축약해서 반복하는 것이 개체 발생이다. 어머니의 태에 착상해서 열 달 거쳐서 나오는 것을 발생이라 하는데 생물의 경우에는 그 과정이, 이를테면 필연적으로 착상된 후에 잘 보호하여 열 달 동안에 각각의 단계마다 생물의 종이 걸어온 과거의 수억 년 동안의 진화의 단계가 어머니 태 속에서 반복된다는 거죠. 마지막에는 어머니

하고 원칙적으로는 똑같은 성체가 나온다는 것이죠. 생물은 그것으로 끝이죠. 물론 사냥하는 것을 배운다고는 하지만 그것도 역시 어머니의 배에서 발생하는 것에 근접하는 본능적인 견습에 의해서 잠깐이면 어머니와 아버지와 똑같은 솜씨가 된다는 것이죠. 그런데 인간의 경우에는 두번째 발생이 있어야만 문명을 가진 생물로서의 성체가 된다는 거예요. 보통 교육이 다 거기에 해당하죠. 그 교육의 형태야 어떻든 가정에서 옛날 모양으로 농부의 아들이 아버지가 농사짓는 것을 보고 농부가 되는 것이나, 요즘 모양으로 인구의 많은 부분이 10년이나 20년 걸려가지고 생리적으로 너무 과도할 정도로 학습을 통해 비로소 당대 사회의 어느 분야의 일을 맡을 수 있는 초교육 시대가 된 거죠. 그걸 나는 제2의 발생이라고 부르는 거죠. 동물은 제1의 발생으로 끝나는데 인간의 경우에는 제2의 발생이 반드시 있어야 되고. 그건 아마 우리가 지금 말하는 신석기니 구석기니 하는 적어도 몇만 년 단위의 옛날로부터 제2의 발생 기간에 들어섰다는 인간의 문명사를 생각하는 거죠. 그렇게 해서 나 자신의 북한에서의 소외 의식이니 남한에 나온 다음에 피란민 의식이니 또는 그것이 우리 민족국가 자체의 근대화에 뿌리가 있다느니 하는 생물학적인 사회과학적인 또 개별민족사적인 그런 통찰을, 성찰을 점점 하다 보니까 거기서 훨씬 밑의 지층에 있는 문명사적인 지층, 인류사적인 지층에까지 아까 치유라는 말을 연관시키면 치유가 그렇게 심층 병소를 찾아가는 그런 형식이 되더라는 얘기예요.

　연　그 형식이 『화두』에서 나타난 것이고요.

최　네, 『화두』에서 완성됐다 그거죠. 앞의 작품에서는 그때그때의 분산적이라고 할까, 안과 따로 심장과 따로 위장과 따로 그때마다 절박한 것을 했는데, 점점 그런 것들의 성과가 종합돼서 결국은 심장 하나만이 따로 놀고 있는 사람이 있는 게 아니라 몸이라는 전체에 속한 어느 부분이니까 그것 사이에 자기 반영, 이 용어가 우습겠지만 의학에서는 유기적인 관련이라고 불러야 되겠죠. 막연하게 자식이 부모를 닮는다는 결과는 아는데 구체적으로 뭐가 어떻게 돼서 그런 건지는 멘델까지는 몰랐던 거죠. 그저 관찰에 의해서 통계적으로 처리했을 뿐이죠. DNA라는 건 현미경을 갖고 세포를 관찰한 끝에 실제로 볼 수 있게 됐죠. 나한테는 그 DNA라는 것이 어떤 철학적인 이론보다도 더 최종적으로 만족하게 되는 요소랄까, 인류 문명의 이런 지점에 태어난 것을 너무 흔쾌하다고 할까, 희열이라고 할까. 이전 사람들의 사유의 고통을 생각하고 안됐다, 동정한다고 표현하고 싶어요. 그래서 나는 최근의 에세이들에는 그 DNA라는 것을 활용하고 있는 거죠. 원래의 DNA를 DNA라고 한다면 문명 정보를 (DNA)′라고 읽어요.

연　『문학과 이데올로기』의 내용을 참조해볼 수 있겠네요.

최　네, 인간의 의식을 (DNA)′라고 표시하고 예술의 유전 정보는 DNA∞로 표시하는 거죠. 더 극한의 원본적인 인간의 의식이라는 거죠. 그리고 「인간의 메타볼리즘의 3형식」이라는 글에서 이것을 더 발전시켰는데, 나는 환상이라는 것을 인간 의식의 원본, 시원 상태라고 본 거예요. 리얼한 의식이 인간의 이상으로 주권을 잡는다고 생각하지 않고, 동물과 인간의 경계점을 생각한다면 지금부터 2만 년이나 3만 년, 숫자로 말한다면, 내 지식으로는 그런 정도의 환상이라는 형식으로 인간 의식이 발생했다고 생각한 거예요. 그리고 그 이후에 환상의 상태에 점점, 이를테면 나중에 이성이라고도 부르고 과학이라고도 부르는 그런 영역이 그 환상을 잠식해 들어왔다 이렇게 보는 거죠. 그러나 그 환상이라는 단계가 없어지는 게 아니에요. 마치 태아가 최초에 착상했을 때는 물고기의 형상을 가진다는 것처럼 환상은 인간 의식의 시원 형태로 있는데, 심해 밑바닥의 온도라고 할까 그 생태적인 상황이 환상이고 그 위에 점점 햇빛과 가까운 해면이 있겠죠. 비유하자면 나는 인가의 의식이 그렇다고 보는 거죠. 그리고 이렇게 되면 비유가 점점 과잉하는데, 환상 속에는 인간의 이성적인 형태도 이미 들어 있다고 보는 거예요. 그래서 환상하고 20세기의 양자역학이나 통계학, 물리학은 하나는 원시적인 것이고 하나는 아닌 게 아니라 내면적으로 연결되어 있는 게 아닌가. 인간의 태아 1개월 때의 상태하고 바깥으로 나왔을 때의 애는 같은 거죠. 열 달 돼갖고 나오는 애는 1개월째의 자기 자신을 어머니 태 속에 남겨놓고 잘 있어, 나는 이제 가는 거야라고 하는 것은 아닌 거잖아요. 착상된 상태의 생명이 탈피를 거듭해서 열 달째면 계통 발생의 주어진 운명에 의해서 나오는 거죠.

그렇게 해서 예술가들이 옛날부터 생각했던 영감이나 예술은 지식에서 비롯되는 것이 아니고, 나 아닌 어떤 것이야. 순진하고 솔직했던 적어도 2, 3천 년 전의 사람은 뮤즈라느니 예술의 신이라느니 기억의 신이라고 부를 때, 말하자면 인류 시원의 의식, 그 형식을 타자화해서 표현한 거죠. 원래 인간의 기억에 속하기 때문에 나의 옛날 상태에는 2천 년, 3천 년, 만 년 지나다 보니까 다각적인 의식으로서는 그게 자신이라는 것을 잊어버린 거죠. 그러나 프로이트 식으로 말하자면 이드로서 창제를 거듭했던 것이, 과학이란 이름으로는 최근까지 자기 얼굴을 들여다보는 것이 불가능했고 예술가들의 전담 영역이 된 거죠. 그래서 나도 생각지 않았던 멋있는 한 줄은 나한테서 나온 것 같지만 나를 통해서 뮤즈가 말한 것이 되는 거죠. 이런 식으로 시인으로서의 자기 정체성과 시라고 하는, 자기가 한 것임에도 불구하고 거기에 나+α가 있는 것 같은 신비감은 상상력에 연원하지 않고 대신 우주적인 근거가 있다는 거죠. 단, 자기가 망실할 정도의 아득한 옛날이야기라는 거죠.

연　선생님께서 방금 말씀하신 그 부분이 바로 롤랑 바르트가 말하는 상호 텍스트적인 상황과 일치하네요. 예술가가 표현하지만 그것은 최초의 것이 아니고, 애초에 있었던 것을 예술가가 발굴했다거나 찾아냈다고 할까요. 다시 인용한다고 할까요.

최　그런 식으로 한다면 나는 반드시 전위적이라고 불리고 싶진 않고 온고지신이라든지 전통이라는 것은 살아 있는 옛날이라고 말하고 싶군요. 전통이라는 것은 옛날의 교조를 맹신하는 존재 방식이 아니라 옛사람이 되는 거죠. 그게 말이 쉽지, 옛사람의 껍데기만을 쉽게 기성복처럼 입는 것이 많은 예술 소비자 또는 문명의 소비자인 경우에는 그렇고, 또 그래서 안 될 것 없죠. 모든 사람이 어떻게 디자이너와 같이 이 옷을 입기 위해서는 이 옷을 만들 재능이 있는 사람만 입으시오. 그렇게는 안 되잖아요. 만드는 사람 따로 있고, 입는 사람 따로 있고 그렇잖아요.

사유의 결과와 제목
— '측량선' '쇄빙선' '새벽 노트' 그리고 '화두'

연　선생님께서는 또한 역사의식과 관련해서 박태원, 이태준, 조명희 등의 선배들과 빙의憑依를 경험하며 작가에게 역사의식이란 문학사 의식이라 하셨습니다. 선생님은 박태원의 소설과 같은 제목으로 패러디 소설을 쓰기도 하셨고, 조명희나 이태준의 소설 일부를 『화두』에 인용하는 등 그것을 실천해온 것으로 보이는데요.

최　그 경우에 내가 패러디한 박태원뿐만 아니라 「구운몽」이니 『열하일기』니 『춘향면』이니 그런 것들도 전부 내 생각에는 남이 아니라 시간을 격한 정신적인 나인 것같이 생각됩니다. 특별히 시적인 비유를 말하려고 해서 그런 것은 아닙니다. 과거의 단세포 생명이 이 지구상에 시작한 지가 아마 40억 년이 된다고 그래요. 지구가 생긴 것은 45억 년이 된다고 하고요. 그러면 지구가 생기고 한 5억 년 지난 다음에 생명의 최초 형식이 생긴 거예요. 그러니까 40억 년 전의 생명과 나하고의 사이에는 시적인 비유랄 것 없이 연속성이 있다는 거예요. 그것도 너무 시적인 비유니까 물리적인 표현을 빌리자면, 당구라는 것은 내가 치는 그 알이 문제인 게 아니라 그게 다음의 것을 맞히고, 맞힌 것이 또 다른 것을 맞히고 해서 최종적으로 몇 번째에 있는 알이 구멍 속에 들어가라고 치는 것이잖아요. 거기에는 직접적이진 않지만 매개적인 연속성이 있잖아요. 연속성이라는 건 물리적인 접합을 가리킬 텐데, 강물이 흐를 때 윗부분과 아랫부분이 아무 끊어짐 없이 흐르는 게 물이죠. 시원에서부터 바다에 들어갈 때까지. 그건 아무리 긴 압록강도 두 만강도 마찬가지죠. 그게 연속이라는 거죠. 그게 가장 소박한 연 속인데, 40억 년 전의 시원의 생명 형식하고 나하고 사이에는 그 야말로 연속되어서 지금 우리가 여기 있는 거잖아요.

내 경우 자기 자신을 시시하게 생각할 수 있죠. 왜냐하면 내가 뻔하니까, 내가 어디서 자라나서 여기 와서 어느 정도의 인간밖에 못 됐다고 하는 건 내가 너무 잘 아니까 별 볼일 없는 인간이라 할 수 있죠. 그런데 나는 나한테 별 볼일 없을지는 모르지만 우주의 입장에서 볼 적에는 별 볼일이 있건 없건 40억 년 전에 있었던 첫 번째 시구가 여기까지 온 것이니까 우주가 굉장한 고생을 한 거 아 니에요? 그렇게 나를 본다든지 상대방을 볼 적에 우리가 지금 그 리스 신화의 등장인물 정도는 저리 가라 정도의 엄청나게 고색창 연한, 괴상망측한 그런 거라고, 오늘날 과학이 말하는바 견식에 의하면 그게 실제라 그거죠. 그동안에 그것은 무당이라든지 종교 가라든지 얼치기 예술가들의 전유물로서 특별한 인간에 대한 진술 처럼 생각돼왔는데, 오늘날 문명의 단계는 옛날 같으면 바로 그런 신비라는 걸로 말하고 싶었던 것들이 그야말로 리얼리즘의 입장에 서 환상이 아니라 실상이라는 거죠. 그래도 그걸 계속해서 환상이 라 말한다면 나로서는 더 이상 뭐라 설명할 방도가 없지요. 글을 쓰다 보니 그런 생각에 도달하더라 그런 거죠. 내가 환희작약할 만한 어떤 사유의 결과에 도달한 것을 어떻게 하면 여실하게 나타 낼 수 있을까 하는 생각을 하다 보니까 예술가들이란 다 그런 식으로 하는 거겠죠.

연　선생님 비유를 통해 정리하자면 『화두』의 개인인, 현재의 문명에 도달한 내가 배를 타고 원시의 해저에까지 시추해보는 거라는 말씀이시지요.

최　그래서 나는 제목을 '측량선'이랄까, '쇄빙선'이랄까, '새벽 노트'라고 할까, '화두'라고 할까 하다가 화두가 좋겠다고 해서 화두라고 한 거죠. 각각의 제목이 다 매력이 있어요. '쇄빙선'이라고 하면 문명이 쌓이고 쌓인, 좋은 말로 하자면 전통, 비판적으로 하자면 기성 개념, 굳은살 정도일 텐데, 그렇게 해서 생명의 시원과의 살아 있는 내면적인 연속성이 강도가 덜해진 것을 북극 바다의 두꺼운, 얼어붙은 바다라고 생각하고 움직이는 바다는 밑에 있다는 비유죠. 쇄빙선이라는 것은 그런 데를 다니도록 특별하게 제조된 배니까 한 걸음씩 항로를 뚫고 나가는 거죠. 그러니까 내 나름으로는 소설이 뭐다, 인간이 뭐다, 의식이 뭐다 하는 기왕의 그런 걸 전부 얼음이라고 생각한 거죠. 그래도 배는 가야 하겠으니 내 힘으로 뚫고 배의 출항부터 어느 지점까지 항로도 개척하면서 그때그때 얼음 바다의 깊이도 측량하고 얼음 바다 밑에 존재하는 생물들의 표본도 채취하면서 어느 항로의 연구소에 기탁해서 닻을 내린다, 그것이 곧 화두다, 라는 비유를 쇄빙선이란 제목으로 할까. 쇄빙측량선이라고 할 수도 있고요. '새벽 노트'라고 하는 건 『화두』의 제일 끝에 와서 "낙동강 칠백 리" 하고 시작하는 첫 줄이 새벽 시간이에요. 심야에 작품이 씌어질 것 같아서 서재에 들어와서 조금 뜸 들이다 시작하는 것이 새벽이에요. 그래서 새벽에 다 쓴 것은 아니지만 새벽에 시작한 노트라는 걸로 작품 전체를 노트라고 생각하고 새벽 노트라고 할까, 그러다가 '화두'라는 고전적이면서 인문 친화적인, 기왕의 우리 문화권의 깊은 뿌리가 있는 문화 용어에 다다랐지요. 에로스니 아가페니 타나토스니 니르바나니 하는 것들이 비교적 정적인 모습이고 특히 니르바나가 존재의 공간에 대한 뭘 거 같은 느낌인 데 비해서, 화두란 움직이는 실존이 운동을 해서 이를테면 측량선의 움직임, 선체가 아니라 측량 항해라고 할까 하는 운동을 표시하고 어디에 도달하기 위해서 어떤 실존이 전력투구하는, 수양하는 이미지란 말이에요, 화두라는 게. 그때의 정신의 상태를 부르는 느낌이 있는 것 같아서 화두로 정했지요.

주제의 맥락 — 작품 간의 연속적 자기 동일성

연　자기 반영적인 소설 『화두』를 통해서 이전 작품들과의 맥락을 찾는 읽기가 필요할 것 같습니다. 말하자면 『광장』의 이명준이 「구운몽」에서 관 뚜껑을 열고 환생하고, 『회색인』『서유기』 연작에서 독고준이 되어 역사를 탐구하고, 『태풍』에서 오토메나크가 되어 진정한 독립과 화해를 이루게 됐다는 거죠. 이렇게 『화두』의 '나'가 경험한 식민지 체험, 분단과 한국전쟁이라는 한국적 현실을 겪은 인물들이 서로 공통 경험을 공유하고 서로 대화하며 시대적 요청을 풀고자 하는 상호 텍스트적 연결로 읽는 것에 대해서 어떻게 생각하십니까?

최　그렇겠지요. 아까 얘기한 북한에서의 학교 생활과 체험을

통한 소외 의식, 그것과 관련하면서 사회정치적인 문맥에서부터
침해받은 이른바 소외 의식, 그리고 남한에 와서의 피란민 의식,
그런 것을 성찰하는 과정에서 점점 소외 상태라든지, 피란민 상태
라는 것이 나의 자전적인 구체적인 사건일 뿐만 아니라 보다 보편
적인 인간 조건에 해당하는 게 아닌가 다시 말하면 나한테 개별적
인, 개성적인, 특권적인 사건이 아니라 인간이면 누구나 겪는 것
이 아닐까 생각한 거죠.

연　어쩌면 21세기의 모든 사람의 존재적인 성찰이라는 말씀이
신가요?

최　21세기뿐만 아니라 한 몇만 년 전에 인간이 밀림에서 나온
이후에 겪었던 이래 20세기판이라도 좋고, 한국판이라도 좋고, 한
국 시민판이라도 좋고…… 그런 새 국면이, 각성이 생기더라 이거
죠. 보편적인 인간 조건의 성찰에 의해서 마침내 초점이 잡히는
내 자전의 시간을 담고 있는 것이 『화두』죠. 그래서 인간 조건이라
고 하는 것의 최신 표현 방식이 내가 맞닥뜨린 헤켈의 명제예요.
개체라고 하는 것은 갑자기 초등학교에서부터 대학교까지 공부한
결과 문명인이 됐다는 잣대로서 파악한 것이 아니라, 인간이 생물
로서의 40억 년 전의 발생으로부터 현재까지의 모든 경험이 아무
튼 헤켈의 용어라면 생명의 개통 발생이겠죠. 여기에 문명의 계통
발생까지, 이 두 가지 계통 발생이라는 잣대로 자아를 파악하니까
내 힘으로써는 어느 정도 측량을 한 셈이고, 현재 가지고 있는 측
량기구로서는 그런 정도면 내 할 바는 어느 정도 했다는 것이 『화
두』인 거죠. 거기에서 한 발 더 나간 것이 「바다의 편지」겠죠. 「바

다의 편지」는 『화두』라는 상당한 무게감의 항해일지를 일단 미뤄놓고 그 항해일지의 결론만을 연구소에 통보하는 격일 텐데, 이를테면 "무사히 안착했음" "대체로 간추리면 이러저러했음"이라는 거겠지요. "자세한 것은 나중에 도착한 이메일 원본에 시간대별로 항해일지를 작성해놓았음." 물론 그 항해일지의 원본은 『화두』고요.

연　그러니까 『화두』에서 일단 항해를 마쳐 그 기록이 끝났고, 「바다의 편지」는 그다음 단계다. 즉 에필로그에 해당한다. 이런 말씀이신 것 같습니다. 「바다의 편지」 말씀을 해주셔서 질문을 드리자면, '『광장』─『회색인』─『서유기』─『소설가 구보씨의 일일』─『태풍』'을 역사 연작 5부작으로 읽을 수 있다면, '기억' 원리를 발견한 이후 기억의 연작은 『화두』─「바다의 편지」가 있겠고, 이후로 곧 꾸려지지 않을까 조심스러운 예측을 해도 좋을는지요?

최　그 이후에도 원리적으로 있자면 있겠지요. 있어서 나쁠 건 없고요. 그렇지만 많은 작가들의 경우에 있어서 라이프워크lifework라고 하는 것들은 덮어놓고 그다음에는 뭘 쓰겠느냐라고 할 수 있는 그런 성격이 아니기 때문에…… 여력이 있고 체력이 있으니까 나는 출발 시점으로 거꾸로 가겠다. 그럴 수도 있지 않겠어요? 스포츠로서, 탐구니 측량이니 하는 아직도 노동의 그림자가 있는 데서 정말 더 벗어나서, 이제는 항로가 있으니까 거꾸로 출발항으로 느긋하게 가겠다. 그다음에는 말 그대로 유희가 될 것이 아니냐.

연　다시 돌아갈 거라고 말씀을 하시니 그 작품 세계가 어떻게 형성될지 상당히 궁금한데요.

최　그런 것의 희미한 추측의 징후는 「바다의 편지」 자체라고 볼 수 있죠. 그리고 그런 걸 진짜 더 발전시킨다면 「바다의 편지」보다도 더 「바다의 편지」 같은 식으로 쓴다면 쓰고 싶어요. 그리고 내가 가지고 있다는 기왕의 것을 아직 발표하고 싶지 않다는 것은 그런 거예요. 다.

연 지난번 심포지엄에서 한 권 분량의 미발표 소설들이 있다고 밝히신 것에 대한 말씀이신가요?

최 그런 거예요.

연 「바다의 편지」 비슷할 거라고 말씀을 해주시니 생각난 질문인데요. 제가 「바다의 편지」를 읽어보고 너무 재미있고 깜짝 놀랐던 것이 예전 작품 「구운몽」의 삽입 시 「해전」과 「하늘의 다리」 제13장이 교차적으로 쓰이면서 「바다의 편지」에 무리 없이 들어앉아 있다는 것이었습니다. 「바다의 편지」에 교차되어 다시 쓰이면서 바다와 전쟁에 대한 언술로 새로운 의미를 획득하고 있더군요. 이전 텍스트의 일부가 새로 쓰는 텍스트에 인용되면서 의미를 생성하고 있는데 이전부터 미래의 텍스트를 정해놓으셨을 리 만무하고, 어떻게 그렇게 절묘한 텍스트 교차 인용이 가능했는지 궁금합니다.

최 결과론으로서 말한다면 내 작품의 전부가 그런 내면이라고 할까 아까 비유를 한다면 심층적인 바다의 위하고 밑이 무슨 경계가 있겠어요? 우리가 측량의 편의상 상층과 하층이라 했겠죠. 바다 자체는 위에나 아래나 경계가 없을 거 아녜요? 그런 식으로 연속된 자기 동일성이 있었다고 결과적으로는 진단할 수밖에 없죠. 그것은 왜 있었을까. 그럴 만한 것이 처음부터 있다. 이런 것은 사후에 누가 분석하거나 논문을 쓰면 될 거고, 결과적으로는 사실이 증명하고 있잖아요. 그러니까 자기 반영적이라는 그런 패러다임을 갖다 대는 것이 마음대로 했다거나 무리하게 한 것이 아니라는 것은 「바다의 편지」 하나가 증명하고 있지요.

공간성—보편적 해저 공간 도달

연　이번에는 바다 공간에 대한 질문을 드려보고 싶은데요. 『광장』의 이명준이 남지나 해의 푸른 바다에 투신한 이후 50여 년 만에 「바다의 편지」의 해저에서 백골이 된 그를 찾아냈고, 그사이에 LST를 타고 부산 앞바다에 상륙하여 남한 사람으로 다시 태어난 김준구가 있습니다. '『광장』—「하늘의 다리」—「낙타섬에서」—『태풍』—「바다의 편지」'에서 특히 주목하는 바다 공간에 특별한 의미 부여를 하고 계신 건지요?

최　그것도 내가 어떤 목표를 가지고 '바다'라는 것이 풍부한 뭐다라고 했을 리가 없고 쓰는 과정에서 형성된 거죠. 그야말로 작품을 죽 쓰다 보니까 뭔가 자꾸 적당한 때에 그 이미지가 나타나고, 뿐만 아니라 그 당시의 작업상의 화두를 중간 화두에 대한 적절한 답이 될 만한 낌새가 있기 때문에 그런 바다들이 자꾸만 도중에 등장해서 마지막에 『화두』라는 바다 또는 더 간명하게 압축된 「바다의 편지」라는 바다, 여기까지 도달한 거죠.

연　그래서 『화두』에서는 대서양을 마주한 부자의 모습이 나오는데요. 어떻게 보면 연근해에서 원해遠海로 공간적인 확장이 일어나고 있는 것으로 보입니다.

최 그것도 그 부자가 거기서 예술가로서 바다를 관조한 것도 아니고, 그야말로 자전적이고 구체적인 모습을 띤 어떤 한 가계가 두만강에서부터 대서양까지 흘러간 거죠. 예전에 어떤 사람도 그 부분에서 많은 아우라를 읽어내고, 바다를 보고 있다는 것은 사실적인 요소의 보고에 지나지 않음에도 불구하고 그것을 상당히 중요하게 언급한 사람이 있더라고요. 그런 걸 보면 인간의 언어의 전달력이라는 것이 참으로 노력만 해서 성취되는 것도 아니고, 간단하다고 해서 간단히 전달되고 길게 말한다고 해서 많이 전달되는 것은 아니라는 그런 생각을 하게 돼요.

연 선생님께서는 정말 두만강에서부터 대서양까지 부자가 실제적으로 흘러간 항로를 쓰셨지만, 선생님의 모든 작품을 통해서 바다 공간이 유의미하게 읽힐 수 있기 때문에 논자들이 주목할 수 있는 것이겠지요.

최 읽다 보니까 그런대로 쓴 사람의 기분이 가깝게 다가온 모양이에요. 흔쾌한 일이지요.

연 '이명준─독고준─김준구─구보─백골'로 이어지는 역사의 바다를 탐험하는 잠수부들은 각 소설이 지어질 당시의 시대를 대표하고 있는 인물들인데, 시간이 흐르면서 조금씩 성장했다고 볼 수 있을까요?

최 아까 얘기하고 재미있게 연결될 수도 있는 건데, 역사적·사회적인 해류에서 더 내려가서 인류학적인 생명의 기류에서, 또 더 내려가면 형이상학의 해저면, 그런 식으로 인간의 보편적인 조건까지 자연적으로 측량의 추가 자꾸 내려가더라는 거죠. 추가 내려가려면 줄에 매달려 있어야 할 텐데, 지금 계기에는 추가 있는지 내가 모르니 옳은 비유가 될는지 모르겠지만 줄이 있다고 치고, 잘못하면 여기 감겨 있는 추가 거의 끝날 정도로 자꾸만 내려가더라 그거죠. 이제 말한 사회학적인 성찰, 역사적인 성찰, 정치적인 성찰, 이런 식으로 점점 내려가서 보편적인 바다의 바닥에까지 내려가는 느낌을 나는 항해일지, 측량일지에 적었다 이거죠.

시간관―환상의 시간과 무시간적 회상

연　그런 인간의 보편 조건이라는 것이 「바다의 편지」 마지막 부분에서 나오고 있는 것 같은데요. 거기에는 시간성이 보이는데, 「바다의 편지」에서 미래의 희망을 가능하게 하는 것으로 '영겁의 시간성'을 말씀하시는 거지요?

최　거기에서의 시간은 역사적인 미래, 역사적인 전망이라고 하는 빛깔을 이미 넘어선 절대적인 시간, 형이상학적 시간, 시간 너머의 시간, 일종의 환상의 시간이죠. 가능성의 시간도 넘어선. 최근의 예술론이나 내 에세이에서 다용하고 있는 개념은 환상이라는 패러다임이라고 할까. 그걸 나는 내가 걸어온 최고의 등고선, 최고의 산마루, 바다로 한다면 무한에 통한 밑바닥으로 여겨요. 무한이 밑바닥이 있다는 것은 사실 모순된 얘기죠. 밑바닥이 있으면 그건 끝이 있는 거니까. 그런데 끝의 마지막으로서의 끝, 상공의 가장 높은 곳으로서의 꼭대기라고 한다면 그걸 나는 환상이라고 보는 거죠. 어떤 것보다 내가 생각하는 이미지에 가깝기 때문에, 그것은 19세기식 소설의 영역에서는 이미 벗어난 거예요. 물론 19세기의 위대한 사실주의 작가들도 비슷한 작품들을 쓰기도 했으니까 그렇게 단정 지어 말할 순 없지만 그냥 편의상 19세기의 전형적인 소설의 영역에서 훨씬 벗어난 데까지 소설을 쓰다 보니 거기에 이르더라는 거죠. 그리고 그런 것이 나한테는 제일 일을 한 것 같은 성취감이 있더라는 겁니다.

연 　정리하자면 소설을 쓰시면서, 문학을 하시면서 사고가 깊어지게 되었고 이제는 어떤 물리적인 차원에서 벗어나서 내면 또는 인식의 차원으로 시간관도 변화하고 있는 것 같습니다. 그러니까 초기 작품 『회색인』에서 독고준이 말한 '사랑과 시간'과는 이제 확연히 달라진 것이군요.

최 　그때의 '사랑과 시간'만 하더라도 지금의 눈으로 보면 역사의 전망, 역사의 미래, 무슨 흔히 말하는 전망이 있다 없다 이런 시간이지, 「바다의 편지」나 『화두』에서의 그런 데 대한 미련까지도 벗어나겠다고 하는 시간과는 다른 거 같다는 거죠.

연 　확실히 『화두』 이후로 선생님 문학 연구도 달라져야 하고, 『화두』가 작품 세계에 큰 획을 긋고 있는 사실이 명백한 것 같습니다. 그리고 「바다의 편지」에서 시간의 힘을 말씀하시면서 미래를 희망적으로 보셨는데 방금 말씀에 의하자면 그것은 환상의 시간관으로 인해 가능하다고 이해해볼 수 있을 것 같습니다. 그러면서도 "그러나 지금은 아니다"라는 단서를 붙이고 계시는 것은 여전히 역사적 시간관에서 현재의 시간을 부정적으로 인식하는 것이 아닌가라고 생각되는데요.

최 　그 환상이라는 것이 미래를 넘어섰다느니 어쨌다느니 하는 것도 여전히 기왕의 시간 의식에 사로잡힌 나의 표현이고, 인간의 내면 자체를 인간의 미래로, 인간의 내면을 환상으로 보는 거예요. 「바다의 편지」에 있어서 마치 옛날의 시간 관념으로 먼먼 미래라는 것도 지금 내가 그걸 비전으로 보고 있으면 도래해 있지 않은가 하는 얘기예요. 「바다의 편지」에서 나는 전능의, 초전능의 신과 같은 존재가 되어서, 옛날의 기억을 다 가지고 있지만 이미 그것은 아쉬워할 필요가 없는 어떤 존재가 되어서 어머니와 차를 마시죠. 그땐 차밖에 마실 게 없으니까. 그것도 참 유머러스한 얘기지만 지금 내가 생각하고 있는 속된 걸 다 뽑아놓고서도 인간의 리얼리티에서 그래도 유추가 가능한 멋있는 행동은 어머니와 좋은 차를 마신다는 거였어요. 그 모양이 눈에 보이기 때문에 내가 썼을 거 아니에요? 눈에 보이면 내가 그때의 내가 되어 있고 어머니는 거기 있다 이거예요. 어머니는 돌아가셨지만 미래에 재회할 필요 없이 지금 만나고 있는 거죠. 또 그걸 쓸 때의 작가로서의 흥분된 기분이 시간이 흐르면 약간 희미해질망정 「바다의 편지」를 꺼내 첫 줄부터 읽으면 존재하는 거예요. 지금 여기에. 행간에, 행간이랄 것 없이 내 머릿속에. 내 머릿속에 원래 있던 것이 밖으로 표출된 거니까. 정말 동화에 나오는 것처럼 퍼내도 퍼내도 다하지 않는 요술의 달러박스, 그런 거죠. 내 머릿속에 형태가 없는데도 불구하고 회상하자, 하고 생각하자마자 즉시 무시간적으로 탁 떠오르는. 다만 『화두』라는 책 두 권은 그 항해 정황이 여기 나의 생물학적인 신경계에 불멸의 형식으로 물질적으로 각인되어 있고 그 때문에 잊어버릴 수도 있고 부정확할 수조차 있는데, 자기의 의식임에도 불구하고 적어놓는 것은 기억의 편리를 위해서 그러는 거죠. 기억 보강제.

역사의식과 문학 ― 인류는 우주라는 타향에 와 있는 피란민

연　조금 전에 피란민 의식에 대해서 전 인류적으로 갖고 있는 인간 본질적인 실존에 대한 것이 아닐까 하는 파악을 하고 계셨는데요. 그래도 작가로서의 피란민 의식은 또 다르게 읽힙니다. 선생님께서는 '회령―원산―부산―목포―서울―미국―서울'의 실제 인생 경로를 가지시는 걸로 알고 있고, 『화두』에서 미국 정착에 대한 얘기가 잠깐 나오는데요, 서울로 돌아오신 것은 이 떠돌이 작가, 즉 "노예철학자"로서의 삶에 대한 자세와 어떤 관계를 갖습니까?

최　아까 나왔던 얘긴데, 나의 자전적인 의미의 소외 의식, 자전적인 의미의 피란민 의식이라는 것을 점점 생각하고 들어가니까 인류 문명사하고 관계되고, 더 깊이 얘기한다면 형이상학적인 인간의 조건에 가장 기본적인 모양을 표현하는 단어라고 해도 좋겠다는 거죠. 인류 자체가 무엇인가에서 소외된 존재고 인류 자체가 말하자면 우주로 피란 온 존재다. 이런 거예요.

연　이전에 「성숙과 소속」에서 한민족 전체를 소설의 주인공 같은 사람들, 피란민들로 보셨고, 「하늘의 다리」에서 한민족 모두를 피란민으로 보셨는데, 시추 작업에서 더 깊게 내려가신 이후를 그런 의미로 이해할 수 있을까요?

최　그것도 나는 여전히 그런 역사적인 의미로 표현해도 된다고

생각해요. 아까 말한 바다의 심도를 따라서 제일 밑바닥의 바다,
그다음의 바다, 제일 위의 파도 치는 바다, 이런 식으로 말한다면
그런 의미의 피란민이라고 지금도 생각하지만, 그래도 훨씬 역사
적인 의미의 전통이 해체되고 새로운 안정된 전통이 아직 만들어
지지 못했다는 의미에서 피란민과 같다. 옛날의 안정됐던 집을 뒤
로하고 몇백 년 선조가 살던 집을 유산으로 받아 살다가 하루아침
에 보따리 하나만 메고서 타향에 와서 사는 낯선 곳에서의 생활자
라는 의미에서 말입니다. 나는 지금도 한국 국민 전체가, 그러한
피란민 의식을 근래 한 20년 동안의 국민총생산이 얼마에서 얼마
가 됐다느니 하는 것으로써 해결하기에는 역부족이라고 봐요. 영
어로 afford라는 말이 있죠. 아직은 우리가 afford할 수 없다고 말
해두고 싶네요. 예를 들면 유럽이라고 하는 지역은 우리에 비해서
공간적으로나 시간적으로 인간 능력을 훨씬 더 발휘할 수 있고 생
활의 여유가 있는 3, 4백 년을 가졌던 셈입니다. 물론 그 이전에는
그쪽도 우리와 다를 바 없이, 오히려 관점에 따라서는 우리가 옛
날에 살았던 3, 4백 년이 그때의 유럽보다 나았다는 관점을 가진
사람이 있지만, 적어도 3, 4백 년 안쪽으로 우리는 힘들게 생명을
유지했고 그 사람들은 이러저러한 이유로 조금 더 숨 돌릴 여유가
있었다라는 거죠. 그것이 『회색인』의 처음에 나오는, 「식민지 없
이 민주주의가 가능할까」라는 내 에세이의 테마에 해당하죠.

　연　한 개인의 구체적인 체험이 역사의 공명을 얻어 인류 보편
성을 획득하는 경로가 이 피란민 의식을 통해서도 보이는군요. 한
편 『화두』에는 도서관이 큰 책으로 나오고, 문명 정보를 가지고 있

는 (DNA)´의 비유가 도서관 비유로 나타나 있는데요. 또 아기집〔胎〕과 같은 것으로 비유되어 있는데 이런 것을 선생님의 역사의식에서 더 밑으로 내려가는 맥락으로 정리할 수 있겠지요. 그런 의미에서 책과 책 읽는 인물에 대해서 질문을 드리고 싶은데요. 가령 돈키호테가 현실의 불완전함을 책 내용을 통해 상상적으로 보충하면서 완성해가는 것처럼, 명준, 현, 독고준 등 소설 주인공들 중 다수가 책을 통해 세상을 이해하고자 하나, 질서 정연한 책의 논리와 달리 부조리한 세상의 질서에 맞닥뜨리고 거기에 좌절하는 인물들로 형상화되어 있습니다. 초기 인물들의 책 지향성이 이후 『화두』의 도서관 비유로 옮겨오면서 글 쓰는 주인공을 낳고 그 주인공의 사고와 기억을 통해서 글을 쓰시게 된 것과 연관성을 가지는 것으로 보이는데요.

최 돈키호테의 비유가 틀린 비유는 아닌 거 같아요. 그 사람의 경우에 무사武士 이야기에 몰입하다 보니까 독서의 환상 속에 들어가서 현실하고 구별이 안 되는 거죠. 그 사람의 입장에서는 그 사람의 행동이 틀린 것이 아닌데, 현실 속 시간의 눈으로 보는 사람한테는 그 사람이 현실을 못 보고 꿈꾸고 있는 거죠. 나는 그것을 이렇게 해석하고 싶어요. DNA와 (DNA)´ 사이에 있는 비연속성의 비극, 연속되어 있긴 있지만 연속되어 있지 않은 것도 사실이라는 거죠. 가령 치매에 걸린 사람은 (DNA)´라는 세계가 완전히 순식간에 없어지는 거죠. 생물학적 DNA는 여전히 남아 있어 그냥 적당히 관리하면 건강하게 계속 살 수 있을지 모르지만, 가령 60세가 된 사람이 5살 정도나 10살 정도의 (DNA)´밖에 없다면 그게 치매죠. 돈키호테의 경우에 그 사람의 교양과 그 사람의 현실 생활 사이에 너무 차이가 나버리기 때문에 자기 자신의 내적인 연속성이 파괴되어버린 겁니다. 어느 시골 주막집의 하녀에 지나지 않는 걸 자꾸만 성의 공주라고 얘기하는 게 그렇죠. 현실과 환상의 표면적인 구별을 판단할 줄 알면서 동시에 환상 속에 머물 능력도 있어야 하는데. 가령 무슨 얘기냐 하면, 우리가 소설책을 읽으면서 물레를 돌릴 수도 있고 담배를 피울 수도 있는 거잖아요. 다 타면 담배를 끄기도 한다는 건 정신이 여기에도 가 있다는 거거든요. 그러나 동시에 환상소설의 내용도 읽을 수 있는 거구요. 그런 정신의 운전법이 돈키호테의 경우에는 고장이 난 거죠. 그리고 옛날 정신이 이상해진 사람들은 책을 너무 많이 읽어서 저렇게 정신병이 됐어. 공부를 너무 많이 해서 정신 이상이 됐다. 속된 말로 철학 공부를 너무 많이 한 경우에 제일 위험성이 많다. 문학청년이 그런 경우도 있겠지만 옛날에는 철학이 제일 만만했는지……

연　선생님 주인공 이명준도 철학과 4학년생이고, 계속 책을 읽고……

최　그렇죠. 계속 책을 읽죠. 그러면서도 전차도 탈 수 있고, 밥도 먹고, 속된 인생 드라마도 살 수 있으면서 다시 책 속에 망명하고. 그야말로 환상하고 현실 사이에 뭔가 자동차 운전을 한다면 현실 기어를 잡아당겼다가 환상 기어를 넣는다든지, 지금 주행하는 도로에 따라서 그렇게 해야 할 거 아니에요? 설 때는 서고 그래야 하는데 그걸 할 줄 모르고 그냥 밟고만 가면 어디 가서 부닥치겠죠. 돈키호테는 그렇게 부닥치는 경우죠. 꽝 부닥쳐서야만 다른 곳을 보지 부닥치기 전에 핸들을 꺾든지 기어를 넣든지 말든지 하는 안전 운행 의식을 상실해버린 거죠.

연　처음 글을 시작하신 1960년대와 『화두』를 쓰셨던 1990년대, 그리고 21세기인 현재, 달라진 시대 감각을 느끼시는지요? 역사에 예민하고 투철한 역사의식을 가진 작가로서 말입니다. 후대 작가들이 문학사 의식을 통해 역사의식을 갖는다는 전제에서 답변을 기대하겠습니다.

최　아까 역사의식으로서의 시간, 형이상학적인 의미에서의 시간이란 말을 했는데, 화두라든지 예술이라든지 예술가라든지 하는 경우에는 형이상학적 시간, 내 수사법으로 치면 환상적 시간, 환상적 공간 속에서 벌어지는 이야기죠, 그 위상이. 그런데 몇 년대 몇 년대 하는 연남경 씨의 질문은 역사적 시간을 말하는 거죠. 그러니 나의 시공간 개념에 견주면 일단 차이가 있는 범주의 개념들이라고 할 수 있죠. 차이가 없다면 아까 말한 돈키호테가 되는 거죠. 아까 자전적인 의미의 소외 의식, 피란민 의식하고 근원적으로 소외된 존재로서의 인간에 대해 말했습니다. 인간은 근원적으로 낯선 타향에 와 있는 피란민과 같다. 우주라는 타향에 와 있는 피란민이다. 어디서 왔는지는 모르겠지만 어디선가 우주라는 타향에 와 있다라고 계속해서 사유를 해보니까 논지가 발전되어 그런 개념에 이른다는 거죠. 이를테면 이집트의 농지 정리를 하는 데서 발전한 측량에서부터 계속 추상화되어서 기하학이 성립된 것처럼 말이죠. 면적이 없는 점이라는 것은, 이 우주에 그런 점은 없죠. 실제로는. 점이 있다는 건 조그맣다는 거지 면적이 없으면 점이라는 개념도 성립 안 하죠. 그러나 기하학에서는 점에는 면적이 없죠. 아무리 조그마한 것일망정 없는 거죠. 또 길이만 있고 폭도 없고 그런 건 실제로 우주에는 없죠. 길이가 없다는 것은, 길이에 반드시 들러붙어 있는 기체가 있기 마련이죠. 연필로 줄을 그었든지 그어진 종이가 있지만 기하학에는 없는 것으로 되어 있다는 거예요. 그와 마찬가지로 생각을 하다 보니 생각의 끝장이라고 하는 것은 이집트의 땅이니 강이니 지중해니 그리스의 토양이니 이런 것을 다 추상화해버리고, 면적, 높이, 그런 건 기하학에서는 취급하지 않죠. 형이상학이란 그런 거죠. 형이상학의 마지막 개념은 유有라든지 존재라고 하는 건데, 이 우주에 존재라는 건 없다 이거죠. 존재란 이를테면 내용이 있는 실체죠. 내용은 없는 있음, 그건 의식 속에만 있는 거죠.

연 말씀을 정리해서 이해해보자면 역사의식이 투철한 작가, 역사에 천착했던 한 개인이 계속 사고하고 그것을 문학으로 표현하는 과정에서 사실은 아주 구체적인 역사에서부터 인류 보편적인 초역사적 경지에 도달했다고 할까요. 중요 원소만 남은 기하학의 세계를 수립했다고 말할 수 있겠습니다.

최 이 비유 자체가 상당히 나한테 불리할 수도, 논리적으로 공격당할 수 있겠지만, 그러나 나는 기하학이라고 하는 것이 덜 실제적이고 덜 실체적이며, 그리스나 이집트의 땅이나 강이 더 단단하다든지 알맹이가 있다고는 생각 안 한다 이거죠. 그럼 어떻게 생각하느냐, 두 개가 다 그것대로의 가치가 있다고 생각한다. 기하학은 환상이고 이집트의 땅과 그리스의 토양을 에게 해나 지중해의 그림자라 생각하지 않는다 그거죠. 우주는 그럴지 모르지만 인간의 의식 속에는 기하학이라는 것이 실제의 땅 못지않은 중요한 실재가 된 것이 인간이라는 존재다 그거죠. 그럼 인간의 내용에서, 인간의 의식 속에서 기하학적인 부분을 빼버리면 인간이 더 구체적이고 대지에 굳건히 발 디딘 알맹이 있는 존재가 되느냐, 그렇게는 나는 생각하지 않아요. 그렇게 되면 오히려 좋은 어떤 실체로부터 그것이 결손된, 하자가 있는 존재가 돼버린다는 게 내 생각입니다.

문학의 장르와 형식—소설, 희곡, 예술론의 연속성

연 선생님은 모든 소설 작품에 시, 희곡 등 타 문학 장르, 영화, 잡지, 논문 등의 문학 외 장르, 나아가 신문, 티브이 방송 등의 현실 담론까지 다양한 장르를 인용하여 안고 있는 소설 형식을 보여주고 계신데, 이런 형식은 한동안 희곡을 쓰셨고, 소설로 등단하시기 전 「수정」이라는 시가 잡지 『새벽』에 추천받았다는 것과도 무관해 보이지 않는데요. 그리고 소설 장르 자체가 잡식성 장르이고 주변 장르를 포괄해왔다는 역사적 발자취를 감안할 때, 장르 간 경계에 대한 선생님의 생각이 궁금합니다.

최 나는 기본적으로는 적어도 문학 안에서는, 음악 같은 것은 잘은 모르겠지만, 말을 사용하는 문학 안에서의 세부 하위 장르는 그냥 편의적인 것에 지나지 않고, 무슨 치명적인 구별은 무의미한 거라고 생각해요. 가령 희곡이라는 것은 지문이 아주 극도로 절약되고 대화가 튀어나오곤 하죠. 희곡하고 연극하고는 다른 거지만 희곡의 경우 그냥 연속되어 있는 그런 거죠. 시는 더욱 그렇고, 수필이라든지, 요즘 시 같은 것은 흔히 정식적으로는 운 같은 것도 없어지고 자수율 같은 것도 없고 산문시니 그런 것은 행갈이가 없어도 좋고 있어도 좋고, 이렇게 되면 거기서 산문하고는 평면에서 연속된 거나 마찬가지인데 어디서 본질적인 구별을 해야 되겠느냐, 뭘 가지고. 그런 문제가 있다는 거죠.

연 그럼 근본적으로 언어로 된 문학 장르 안에서는 본질적인 구분을 하고 싶지 않으셨기 때문에 결과적으로 그런 소설 형태가 나타난 거군요.

최 그런 거죠. 기존의 걸로는 하고 싶은 게 풀리지 않았어요. 제일 처음에는 시를 쓴 게 아니고 초등학교 때 동시를 혹 작문 시간에 썼는지는 몰라도, 「두만강」 수준으로 횡적으로 비교할 수 있는 시는 「두만강」 이전에는 안 썼으니까, 『새벽』지에 추천받은 시도 「두만강」 이후에 쓴 거죠. 그러니 제일 처음에 쓴 문학 형식이 소설이었다. 그것도 대하소설의 첫 부분이었죠. 그러니까 결론을 먼저 쓰기 시작한 거죠.

연 『화두』에서 『태풍』을 창작하면서 "맘껏 달릴 수 있었다"고 표현하셨는데, 그건 알레고리적 장치 설정으로 인해 가능했던 것일까요? 마치 희곡이 약속된 장르이듯이 말입니다.

최 소설이라는 걸 다른 이름으로 픽션이라고 하는데, 『태풍』의 경우 공간적으로 픽션이고, 시간적으로도 픽션이고, 나오는 인물이라든가 역사도 다 픽션이고, 동남아시아를 한데 뭉뚱그려 범동남아시아 드라마의 성격을 가지죠. 그러니까 아주 픽션은 아니지만 논픽션이라는 말 자체도 그렇죠. 현실의 아무 근거도 없는 픽션이라는 걸 픽션이라고 말하는 건 아니잖아요. 주요 작품들을 내가 다 쓰고 나서 내가 소설로서는 마지막으로 쓴 것이 『태풍』 아니에요? 그러니까 『태풍』에서는 픽션이라는 문학 관습에서 요구하는 메타포를 전부 만족시키면서 이야기를 전개시키는 거죠. 실제로는 없는 땅에 실제로는 없는 사람들에 실제로는 없던 국가의 이야기를 가지고. 이를테면 아까 그 이집트의 농경지하고 기하학의 이야기가 나온 것처럼 기하학과 같은 그런 소설을 쓴 거죠. 앞에 소설을 내가 이미 많이 썼으니까, 60년대에 쓴 것, 『소설가 구보씨의 일일』은 70년대에 들어와서 쓴 거니까 충분히 소설 연습을 한 다음에 쓴 소설이 『태풍』인 셈이죠. 실증적인 구체성에서 자유로워진 그런 형식으로 가령, 여자면 여자라는 것, 남자면 남자라는 것, 정치면 정치라는 것, 이런 식으로 마치 기하학 문제를 설명하는 것처럼 정리를 했으니까. 스포츠하는 것처럼 쓴다는 말처럼 어떤 의미에서는 다른 작품에 비해서 놀이를 했다고 할까요. 다른 것이 노동을 하는 것이었다면 이 경우에는 화투를 한다든지 카드를 한다든지 바둑을 둔다든지 하는. 검은 알에는 검은 알이라는 것만 있지 이 검은 알은 어디를 가야 한다는 건 없잖아요. 기계적인 주행 규칙만 있을 뿐 지극히 자연스러운 거죠. 그 대신 막연하죠. 어디에 어느 돌을 놓든지 다음에 상대방이 어떻게 나온다고 하는 걸 거의 가늠할 수 없으니까. 나는 그 작품이 많은 독자들에게 오락소설로 기꺼이 많이 읽힐 줄 알았는데, 전혀 움직이지 않더라고요. 그래서 나는 우스운 거예요.

연　어떻게 보면 가장 소설적인 형식에 맞추어서 잘 유희한 것이었는데요.

최　아까 말했잖아요. 픽션이 이렇게 해달라는, 일부러 한번 만족시키겠다 하고 모든 서비스를 다했는데도 불구하고, 그런 의미에서 한국의 문학 도서 시장이라는 것에 뭔가 틀이 있는지 없는지 다소 회의적일 때도 있어요. 말 안 될 거 없는 건데도 왜 반응이 없는지, 또 그 말이 나왔으니 얘긴데 내 희곡도, 나는 소설을 내 희곡만큼 그렇게 신나게 쓴 적은 없다고요. 『태풍』을 말하는 것처럼 그런 식으로 썼다고 생각하는데, 공연은 그렇다 치고 희곡만으로서 볼 때도 충분히 독자로부터의 이런저런 부담 없이도 즐길 수 있는 건데, 왜 그게 그런 식으로 유통이 안 될까. 딱히 나뿐만 아니라 한국의 희곡이라는 게 읽을거리로서 팔리는 문학으로는 안 되어 있으니까, 희곡집이 팔리기가 만무하고. 서양도 한국처럼까지는 아니지만 소설처럼 팔리지는 않죠. 그러나 서양 문학사에서 희곡이 차지하는 자리라는 것은 한국 문학하고는 다른 셈이죠. 괴테의 『파우스트』가 소설이 아니고, 셰익스피어가 소설가가 아니거든요. 그런 사람들까지 가지는 않는다고 할지라도 다른 문화권에서도 희곡의 위치라는 건 상당히 중요한 것이었는데, 우리 신문학사에서는 희곡이 비교적 흡족한 전개를 이러저러한 이유로 못 하지 않았나 그런 생각이 들죠. 요즘에 와가지고 영화가 나왔지, 텔레비전 드라마가 나왔지, 그것도 모양새를 보면 드라마니까요. 텔레비전 드라마, 영화도 드라마라고 해야 하지 않겠어요? 그게 희곡하고 가까운 거니까. 그런 의미에서도 아마 희곡으로서 더 발전할 수 있는 그런 길을 빼앗아버렸다고 할 수 있지요.

연　그럼에도 불구하고 얼마 전 5월에도 「한스와 그레텔」이 공연되었고, 올 7월과 10월에 희곡의 공연 일정이 잡혀 있는 것으로 알고 있습니다. 선생님 희곡이 지속적으로 관객들에게 사랑을 받고 있지 않습니까? 희곡에 대한 운을 떼셨으니 질문을 드리자면, 『화두』 앞부분에 「옛날 옛적에 훠어이 훠이」 공연 연습이라든가 관련된 상황이 소상히 기술되어 있어서 희곡 장르에 대한 믿음이랄까 애정이 느껴지는데요. 소설과 달리 희곡에 대해 갖는 선생님의 견해가 궁금합니다.

최　그것도 나의 예술사 의식에 준거해 본다면, 나는 예술이라는 인간 행위의 시원 형태가 연극이 아닌가 생각해요. 연극에서 서사시니 서정시니 소설이니 수필이니 다 나왔다 이런 거죠. 그리고 연극이라는 것은 그 시원의 순수 형태가 남아 있어서 그대로 내려온 거라고 아무튼 내 소설 창작 경험하고 내 예술론 사유 경험 속에서 합리적인 결론에 도달한 것이 희곡일 텐데. 뭔가 희곡을 쓰기 시작한 때에 내 속에서 모두가 조성된 거죠. 소설은 이제 더 쓸 것이 없고, 머릿속에 있는 환상이랄까 비전이 무대의 형식으로만 보이는 거예요. 무대가 눈에 다 보이고 무대에서 왔다 갔다 하는 등퇴장하는 주인공들이 상당히 별 힘들이지 않고 자연히 그렇게 보이는 거예요. 그러니까 쓸 필요성도 있고, 쓸 수 있는 걸 써야 할 거 아니에요? 그리고 쓰기 쉽고, 그렇게 해서 그런 기간이 희곡 몇 편 쓰는 그 기간 동안 계속된 거죠.

연　그럼에도 다시 『화두』, 소설이라는 장르로 돌아오신 이유는 무엇입니까?

최　그렇게 하다가 마지막으로 쓴 희곡 작품이 「한스와 그레텔」이란 말이에요. 그게 또 내 소설 비슷한 희곡이라고요. 「한스와 그레텔」은 내 소설과 희곡의 중간에 위치하고 있다고 할 수 있어요. 다른 희곡에서는 대사를 억제하려 했는데, 「한스와 그레텔」에서는 하고 싶었던 말을 다 할 수 있었어요. 밀실에 있는 사람이 할 수 있는 건 회상밖에 없으니까, 기억에 대한 이야기, 문학이란 약속에 의해서 녹취를 한 거죠. 거기에 오면 설화 이야기가 아니라 20세기의 정치 이야기고, 뭔가 『태풍』 모양으로 한국 이야기 말고 독일 이야기, 서양의 이야기가 됐어요. 그러나 그 내용은 현대 생활의, 현대 사상의, 현대 정치의 이데올로기가 주요한 소재가 되어 있는 희곡의 세계가 머리에 떠오른 거예요. 그러니 그 작품은 희곡을 쓰는 데 어느 정도 진력이 나서 희곡적인 이미지가 더 이상 떠오르지 않고, 소설이 준할 만한 이미지의 희곡이 떠올라 쓴 거예요. 그걸 쓰고 나니까 그다음에는 80년대 내내 공백이나 다름없죠. 83년인가 84년에 「달과 소년병」이라는 단편 하나 쓰고는 80년대 전반기가 공백이죠. 80년대에 내가 주요한 예술론, 소설론 등 에세이를 다 썼죠. 그러니까 소설 안 쓰면 아무 일도 안 하는 걸로 생각하는 사람들이 있을지 모르지만, 나는 소설을 쓰고 희곡을 쓰고 그다음에는 집중적으로 예술론을 쓴 거죠. 그리고 그때 진정으로 70년대나 60년대에 쓴 예술론하고는 수준에 있어서 질적으로 비교가 안 되는, 암튼 내가 판정하기에는 그런 수준의 걸 썼고, 스스로 만족할 만하다고 생각해요. 그렇게 쓰고 보니까, 그렇게 예술의 설명을 스스로 해보니까 말 안 되는 건 아니더라. 그리고 숱해 읽었을 수밖에 없는, 예술론을 읽는 것만으로는 만족할 수 없던 소설이나 문학뿐 아니라 예술 전반에 대한 큰 그림이 눈에 보이더라. 소설을 생각하니까 문학이 뭔가 생각하게 되고, 또 문학이라는 게 예술의 하위 항으로 되어 있는데, 그 위에 있는 음악이나 그림하고 수평으로 섬기고 있는 예술이란 인간 행동은 뭔가, 그렇게 된 거죠. 그래서 그걸 해결 안 하고서는 소설이고 전위적이고 소설론이고 근대소설론이고 다 이차적인 문제인 거죠. 소설이 뭐냐, 예술이 뭐냐라는 것의 화두가 풀려야만 했고, 그리하여 80년대는 오로지 그것에만 몰입한 것이죠.

연　조금 전에 『태풍』과 「한스와 그레텔」에 대한 얘기를 나누고 선생님의 말씀을 듣다 보니까, 어떻게 보면 전반기 소설 작업의 마지막 작품 『태풍』도 한국에서 나아가 아시아 역사를 아우르고자 하셨고, 희곡의 마지막 작품인 「한스와 그레텔」도 기존 한국 설화를 넘어서서 독일 유럽의 역사에 대해서 언급하고자 하셨고, 지금 말씀하신 바대로 『화두』에 와서 더 시공간적으로 확장을 일으켜서 인류 보편적인 내용으로 가고 있는 것 같습니다. 그런데 어떻게 보면 희곡 작품이 소설보다 더 외국에 알려진 것 같아요. 연극 공연을 통해서요. 희곡을 설화를 통해서 작업을 하셨으니 한국의 설화라는 전통적인 소재에서 만약 그 이유를 찾는다면 그건 오리엔탈리즘이라고 볼 수 있지 않을까요. 그럼 그 시각을 넘어서서 한국적 경험과 근대사와 서구의 역사까지도 담아놓고 있는 소설 작품이야말로 세계에 한국의 대표성을 갖는 작품으로 소개되어야 할 시점이 아닌가 하는 생각이 개인적으로 드는데요.

최　반대하고 싶지 않은 이야긴데, 번역을 안 해준 걸 어떡해요. (웃음) 저도 그렇게 생각해요.

소설의 본질— 과거와 미래의 쌍방향 이너모놀로그

연　오늘날에는 블로그 소설, 하이퍼텍스트 같은 매체의 변화에 따른 작가와 독자의 상호 작용으로 이루어지는 새로운 형태의 소설을 얘기합니다. 『화두』의 자유로운 형식에서 다원적 소통을 이룬 작가로서 형식의 변화 측면에서 미래의 소설을 어떻게 예측하십니까?

최　이제 말한 것도 미래의 소설의 일종일 수 있겠죠. 작가뿐만 아니라 생각을 한다는 것, 생각을 말로 표현한다는 것은 자기 안에서의 자기 분열된 쌍방향 소설이라고 난 생각해요. 내 안의 나와 내 안의 다른 나와의 대화, 굳이 무슨 '지킬 박사와 하이드 씨'라고 하는 기타 여러 가지 복수 인격이 등장하는, 자기 분열적인 예를 굳이 사용하지 않더라도, 내 생각에는 의식의 본질적인 상태가 자기 분열적인, 자기 인용적인, 자기 반영적인 것이라고 봐요. 다시 말하면 옛날의 기억과 지금의 의식이 대화를 하고 있고, 그 대화는 즉시 기억으로 편입되고, 그야말로 전혀 새로운, 아직 기억이 없는 말하자면 감각뿐이랄까, 그런 날것인 지각이 또 방금 1초 전의 최신 기억으로. 그렇게 해서 1초 전의 기억과 마주 보는 그 뒤의 나는 45억 년 동안 인류의 기억이 일렬종대로 쭉 서 있는 걸로 생각하겠다. 그러니까 그것은 쌍방향이나 지킬 박사와 하이드는커녕, 수십 억 개의 자아와 지금 현재의 자아가, 광속도의 광속배만 한 순식간의 무시간적인 시간, 무시간 속도와 같은 엄청난 시간으로 45억 년의 나와 지금의 내가 쌍방향 이너모놀로그를 한다 이거죠. 그것이 내가 생각하는 의식이다. 그걸 뭉뚱그려서 말하기 쉽게 환상이라고 부른다. 머릿속에만 존재하는 이론적 실재를 비교적 생생하게 감각적으로 믿을 수 있어요. 너무 엄청난 심령술사의 능력 같은 걸 가지고 있기나 한 것처럼 뻥을 말하자는 게 아니라 논리적인 사유 끝에 의식이, 모양이 만들어졌어요. 아까 말한, 지금 전자 기기의 등장과 더불어 생각하게 되는 그런 것은 물론 좋은 애기고 무슨 말인지 짐작은 하겠지만, 나한테는 그다지 신기하지도 않고 아무 호기심도 안 나고 겁나지도 않고 대단한 게 나올 거라는 예측도 그렇게 호의적으로 하고 싶지도 않고 그런 거예요. 왜냐하면 다 하고 있으니까, 문학이 그런 거니까. 그럼 문학이 뭐라고 생각하느냐 그거죠. 눈만 가지고 있으면 읽을 수 있는 것, 소설을 몇 년 쓰기만 하면 이것저것 얽어가지고 만들어놓는 그냥 모양새를 취한 걸 소설이라고 하면 모르겠지만, 어렵게 생각하는 것만이 재미있고 거기에 중독이 된 사람의 경우에는 컴퓨터가 아니더라도, 사람이 컴퓨터를 만들었지 컴퓨터가 사람을 만들지는 않았으니까, 충분히 나는 이해되기 때문에 그런 것에 주로 야심 가지는 사람들한테나 신기하고 대단할 수 있겠지요.

연　쌍방향적이라는 점에 아이디어를 두고 소설 장르의 본질을 잘 정리해주신 것 같습니다. 그런데 어떻게 보면, 블로그 소설이나 하이퍼텍스트 소설은 한 인간이 자신과 서로 대화하고 교류한다기보다는 타인, 즉 독자의 간섭을 통해서 다이렉트로, 시시각각으로 간섭을 받고 거기에 따라서 소설의 내용이 달라질 수도 있다는 점에서 다르게 봐야 하지 않을까요?

최　그런 것은 전자 기기가 아니고서도 옛날에 그런 소설을 쓴 사람이 있기까지 하죠. 매 장마다 소설을 전개시켜놓고 이렇게 연결해도 얘기가 되고, 이렇게 편집해도 또 다른 얘기가 전개되고, 또 이렇게 해도 되고, 끝을 앞으로 가져와도 되고, 그런 소설을 실제로 시험작으로 만든 사람이 있는 거예요. 외국 사람 중에. 그런데 그게 대중화되거나 그 이후에 지속적으로 됐다는 보고가 없는 걸 보면 가능성이 적어서 그런 게 아니라 생각보다는 지금까지 써온, 소설을 쓴다고 하는 작가의 의식 속에 있는 의식의 창작 과정과 그게 그렇게 깜짝 놀랄 만큼 다르지는 않았던 모양이다 이거죠. 물론 극단성은 있고 파격적이겠죠. 하지만 역시 작가가 머릿속에서 구상한다고 할 적에는 어느 스토리라든가 전체가 한꺼번에 쫙 작가의 머릿속에 오겠어요? 그게 아니라 그야말로 이런 이미지가 나왔다, 이런 게 나왔다 하는 걸, 시간의 계기적 의식 소설이면 그런 식으로 연결하고 전위적인 작가면 그런 대로 꾸리는 것이 머릿속에서 이랬다저랬다 할 거 아니에요? 그러니까 구상이라는 단계가 필요하고 빨리 쓰는 사람도 있고 늦게 쓰는 사람도 있는 것처럼 선택이 있다는 얘깁니다.

기계적인 선택이라는 것은 원칙적으로 있을 리가 없고 최소한이라도 요걸 먼저 쓸까, 저걸 먼저 쓸까 하는 게 있다는 거니까 이미 인간의 의식이라는 것은 그렇게 시행착오, 궤도 수정, 재검토 혹은 조정, 이런 것이 진행된다 이거죠. 생활의 의식이든, 전문가의 의식이든, 과학의 추진 방식이든, 그것이 자연과학에서 실험하는 것과 관련해서, 내가 연남경 씨의 논문을 보니까 실험실에서의 실험 과정과 마찬가지라고 내가 얘기한 것을 언급했던데, 말하자면 지금 실험이라는 말이 마지막에 나왔는데, 결국 실험인 셈이에요. 실험에서는 무슨 우연이 튀어나올지 그건 모르는 거예요.

요즘에 자연과학자의 연구라는 것은 머릿속에서 개념을 정리한다든지 컴퓨터를 가지고 수식을 푼다기보다는, 생물학이든 물리학이든 굉장히 좋은 관측 기기가 나와 가능해졌죠. 실제로 DNA 같은 것이 이론적으로 튀어나온 것이 아니라 현미경으로 발견된 거예요. 실제로 그런 것이 있으리라고는 아무도 생각 못 했죠. 그런데 실제로 책이 있는 거예요. 그게. 책이 다만 세포의 핵 속에 있는 용액 속에 씌어 있다는 것뿐이죠. 그리고 전자 칩같이 조그마한 공간 속에 엄청난 분별성이 있는 어떤 것과 같고, 천문학도 그렇죠. 천문학은 수학을 가지고 계산하는 게 아니라는 거죠. 앞으로 천문학은 망원경이 더 고도의 어떤 게 나오나, 우주 로켓이라는 게 어느 현장까지 갈 수 있느냐에 달려 있지, 그 외에는 더 발전할 여지가 없죠. 물론 이론물리학의 분야가 있겠죠. 그것도 역시 미시적인 데이터든지 거시적인 데이터를 소재로 삼아서 뭔가 이론적인 모델을 만들어본다는 것이지 아무것도 없는 데서 그렇게 한다면 그건 옛날의 형이상학이나 철학과 마찬가지지 자연과학이 아닐 거 아니에요? 자연과학이나 기타 생물학이니 화학이니 이런 건 전부 다 실험 기기의 발달이 이론의 발달과 동행하는 거다라는 거예요. 그런데 문학의 경우에는 현재까지는 옛날의 원시적인 인간의 의식이라는 것 안에서 환상을 다 해결했는데, 아까 말한 새로운 기구에 의한 상상력의 증폭에 대한 전망을 말하라고 하면 나는 내가 흥미가 없다는 것뿐이지 객관적으로는 긍정적이고 희망적인 미래가 있다고 생각해요. 왜냐하면 인간이 컴퓨터를 만들었지만 컴퓨터처럼 완전히 기계적으로 인간이 기억을 보관할 수는 없거든요. 우리 머리에서 생각할 수 있는 것을 생각하는 거지만 이를테면 엄청난 숫자의 계산 같은 건 인간의 뇌로선 불가능하다. 그런데 기계는 기계적인 틀이 있기 때문에 원하는 소재만 집어넣어 질문만 하면 정해진 한도에서는 양적인 곤란을 극복한다 이거죠. 그것만 해도 어디에요, 그게. 내가 『화두』의 주제를 기억이라고 주장하는 바와 같이 인간의 기억력에는 한계가 있죠. 그 한계를 극복하기 위해서 구체 개념으로부터 추상적인 개념이 있고 구체적인 외연에서부터 내용이 없이 형식만 있는 내포란 게 전부, 어떤 면에서는 기억을 요약하기 위한 한 방법이기도 하거든요. 구체적인 사물을 다 기억하자면 인간의 생리적인 뇌는 감당 못 하니까 현재의 뇌를 가지고 엄청난 용량을 원하자면 뭔가 거기 전환이 있어야 해요. 본질로는 기억하되 본질에 달려서 자연히 하위 개념으로 있는 것은 일일이 기억하지 않기로. 어떤 의미에서 필요 없는 것은 본질도 아니고 기억 안 하기로 하는 것이 인간의 기억의 패턴이라는 거죠.

작품 창작―우연과의 동침

연 요즘 시간을 어떻게 보내시는지 궁금합니다. 구보씨처럼

자주 외출을 하시는지요. 『화두』를 써두셨으니 일단 뭔가 해야겠
다는 조급증은 없으실 테고요.

　최　아까 나온 얘기지만, 내가 쓰고 싶은 작품만 쓴 거지 억지
로 썼다든지 그런 작업 방식은 아니었으니까, 『화두』를 쓸 때까지
20년 동안을 학교에 다녔으니까 생활하는 건 학교에서 나온 봉급
으로 하고, 그러니까 여유를 가지고 생활에 쫓기지 않고 자연히
악상이 차오를 때까지 기다리는 기간이 있었죠. 학교를 쉬고 1년
동안 쓴 거죠. 좋은 조건에서 충분히 참았다가 쓸 때는 완전히 다
른 일에서 손을 놓고 집중적으로 쓰고 앞으로 더 좋은 생각이 나면
또 써야 되고, 짧은 거지만 그것도 후에 썼으니까 「바다의 편지」도
그랬고요. 또 미정고로서 가지고 있는 작품들도 그 후에 쓴 거니
까 나도 모르는 우연의 영역이니까 뭐라 말할 수 없겠죠.

　연　그럼 미발표 원고의 발표 시기도 미정과 우연의 영역에 아
직은 갇혀 있는 것이라고 봐야 될까요?

　최　지금 내가 꼭 썼으니까 내놓지 않으면 안 된다는 절박성은
없다고요. 절박성은커녕 『화두』가 나온 지 14년 됐는데 내 느낌으
로는 겨우 수삼 명이 『화두』라는 작품에 비례할 만한 문제의식을
가지고 논하기 시작했으니까. 논할 사람을 기다려갖고 내가 써야
할 필요야 없겠지만 살아 있는 한 여전히 똑같은 자극이라도 사람
이라면 계속 자극을 받게 마련이라고 생각해요. 반응하면서 사람
은 살아가니까 발표라는 부담 없이 쓴다고 하는 그런 단계에 지금
있다고 봐야겠죠. 쓰겠냐 안 쓰겠냐의 문제가 아니라 쓰고 있다라
는. 발표를 언제 하느냐 하는 게 일단은 그런 환경에서부터 자유

로워지는 것에 있는 걸로 알고 지내자. 뭐 그런 거죠.

연 어느 정도 궁금증이 풀린 것 같으니 질문은 이 정도로 드리도록 하겠습니다. 혹시 마지막으로 하고 싶으신 말씀이 있으신지요?

최 이런 편리하고도 진지한 자리를 만들어줘서 감사합니다. 작품 창작이라는 건 그만두자고 해서 그만둘 수 있고, 하자고 해서 반드시 될 수 있는 것도 아니니까 그런 의미에서는 우연과의 동침이라고 할 수 있겠죠. 내가 뭐 우연하고 이혼한 적도 없고 이별의 말을 한 적도 없으니까. (웃음) 우연하고 잘 친화해서 배우가 손님들이 있는 동안에는 연기를 해야 하는 것처럼, 나도 그런 일을 하다가 이런 시점에 도달했으니까 앞으로도 하던 일을 하겠죠. 누가 말릴 사람도 없으니까 지각이 있는 동안 계속하지 않을까 생각합니다.

연 라이프워크Lifework, 『화두』 이후의 작품 세계는 어떤 것이 될지 설레는 마음으로 기다리겠습니다. 긴 시간 좋은 말씀, 정말 감사합니다.

대담 및 정리_ 연남경

문명의 불안
─ 최인훈의 예술론에 대한 소고

김 태 환
(문학평론가)

1

『길에 관한 명상』에 수록된 에세이 「원시인이 되기 위한 문명한 의식」에서 최인훈은 다음과 같이 고백한다.

나는 〔……〕 그 창작이란 것은 대체 무엇인가 하는 이론적 파악을 주기적으로 하지 않으면 늘 견딜 수 없이 불안하다. (p. 28)

최인훈의 문학론은 이 견딜 수 없는 불안의 산물이다.

2

무엇이 그토록 작가를 불안하게 하는가? 그것은 이론적 파악의 대상이 고정되어 있지 않다는 사정 때문이다. "우리 시대는 이미 삶의 뜻이 동상이나 성상처럼 고체형으로밖에 있지도 않고, 그렇다고 경문이나 '미사'처럼 안에 있는 것도 아니고, 그렇다, 마치 주식 시장의 장세표場勢表처럼 시간의 띠 위에 각각으로 표시되는 주가처럼 벌써부터 '움직이는 질서'의 형태로만 존재한다는 그런 세계 인식 때문"이다. 주식의 가치가 시시각각으로 변동하듯이, 삶의 의미도 유동적이며, 이에 따라서 창작이 무엇인가라는 물음도 늘 새롭게 대답되어야 한다는 것이다.

3

우리의 삶이 확고부동한 대지 위에 발을 디디지 못하고 있다는 문제의식은 최인훈의 문학 전반을 관통하고 있다. 위의 인용문에서 그것은 전근대적 시대와 대비되는 우리 시대의 특징으로 서술되어 있지만, 다른 대목에서 최인훈은 삶의 불안정성이 서양보다는 한국 현대사의 조건임을 거듭 강조한다. 「도버의 흰 절벽」이라는 미국 영화에 대한 감회. "그것은 한 사회의 견고한 연속성에 대한 부러움이라고 이름 붙이고 싶은 감정이다. 현대 한국인이 보낸 격변하는 사회 질서에 비한다면 거의 자연 자체처럼 튼튼하다고 할 만한 사회 질서에 대한 놀라움이라고 할 만하다. 우리는 근래 백여 년 동안 어제의 법이 오늘도 유효하고 내일도 유효하리라는 감각과는 상관없는 부평초 같은 사회생활을 해오고 있다. 그에 비한다면 이 영화가 보여주는 세계는 인간이 만든 사회도 산이나 강처럼 버티고 있을 수 있으며 그 속에서 사는 사람들도 법과 질서를 앞산과 뒷산처럼 영원한 것으로 느낄 수 있음을 잘 보여준다"(p. 204). "해가 지고 달이 뜨듯이 자연스러운 정치적 권리와 의무 속에서 사는 인간 생활에 대한 동경"(p. 206). 이탈리아 여행도 이와 유사한 감회를 안겨준다. "여기서는 인간의 생애보다 건물들이 훨씬 오래 살고 있는 것이다"(p. 149). 폼페이의 폐허도 우리의 폐허나 유적과는 다르다. "거리는 반드시 돌로 포장했기 때문에 땅만 남는 우리 유적하고 그 점도 다르다. 자연이 남는 것이 아니라 자연에 한 꺼풀 씌운 그 시대의 인공이 이렇게 남아 있다"(p. 151).

4

청년 루카치가 서양 근대문학의 상황을 '초월적 지붕의 상실transzendentale Obdachlosigkeit'로 규정하고, 갈 길을 알려주는 천공天空의 지도가 사라졌다고 한탄한다면, 최인훈은 다음과 같이 반문하고 있는 듯하다. 너희들에겐 지붕이 사라졌을지라도 여전히 단단한 대지가 있지 않느냐고, 견고한 건물과 도로, 뒷산과 같이 영원하게 느껴지는 이 세상의 법과 질서가 있지 않느냐고.

5

굳건히 발을 디딜 수 있는 대지가 없는 상황에서의 글쓰기. 최인훈은 그것을 김현과의 인터뷰에서 다음과 같이 표현한다. "나는 늘 내가 소설에 접근하는 것이 어떤 의미에서 자기 모국어의 대지에서부터 출발을 하지 않고 마치 외계인이 로케트를 타고 점점점점 대지를 향해서 내려가면서 충돌을 전전긍긍하여 기어를 확 꺾는 식의 거꾸로 된 비상飛上이 확실하다고 생각하고 있어요. 〔……〕 다른 사람들은 넓은 땅 위에서 춤을 추면 그것이 그대로 산문의 노래가 되는데 나는 공중에 거꾸로 서서 무언가를 해보고자 하는 것이 아닌가, 그런 예술가로서의 본능적인 공포가 있더구먼요"(p.84). 여기서 문제는 한층 더 첨예화된다. 장세표 비유에서 대상의 가변성("움직이는 질서")이 문제였다면, 이 대목에서는 대지에 뿌리를 내리지 못한 허공의 작가, 땅을 추락 공포의 대상으로 바라볼 수밖에 없는 작가가 등장한다. 그러니까 주체는 자신이 파악하고 기록해야 할 대상이 자꾸만 변해서라기보다는, 자신을 붙들어서 주체로서의 안정적 활동을 보장해줄 무언가가 없어서 공포를 느끼는 것이다.

6

여기서 주목할 것은, 최인훈이 작가로서 느끼고 있는 이러한 공포, 불안의 상태가 다른 작가들에게도 일반적으로 적용될 수 있는 조건으로 간주되지는 않는다는 점이다. "다른 사람들은 넓은 땅 위에서 춤을 추면 그것이 그대로 산문의 노래가 되는데"라는 구절에서 짐작할 수 있듯이, 최인훈은 자신의 입장을 특수하고 예외적인 것으로 간주한다. 이 점은 다음과 같은 표현에서도 잘 드러난다. "내가 작품에서 다뤄온 우리나라 최근 백 년 동안의 역사나나 자신의 살아온 과정이 어떤 고전적인 균형, 또는 대지에 뿌리박힌 무슨 근거 같은 것을 일단 잃어버리고 거기에서 다시 무언가를 하려고 하는 그런 혼란이라고 보는 것이 나의 근본적인 비전이었기 때문에······"(p.81. 상점은 인용자 강조) 최인훈은 우리나라의 최근 역사가 뿌리를 뽑힌 상태이기 때문에 모든 한국 작가들이 그러한 불확실성 속에서 글을 쓸 수밖에 없었다고 말하지 않는다. 대지의 부재라는 문제의식은 최인훈 자신의 근본적인 비전이고, 다른 작가들은 — 여기에는 서양 작가들뿐만 아니라 한국 작가들도 포함된다 — 넓은 땅 위에서 춤추고 있는 것처럼 보인다.

7

그러면 왜 최인훈에게는 불안정에 대한 의식이 그토록 첨예하게 발전하였는가? 그 이유는 위의 인용문에서도 짐작할 수 있듯이 식민지 시대(유년기, 회령)에서 북의 사회주의 체제 건설기(원산, 청소년기)를 거쳐 전쟁 이후의 남한 체제(성년기)로 유전해온 개인적 삶의 과정에서 찾아볼 수 있다. 해방 이후 고향 회령을 떠나 원산으로 이주할 때부터 그와 그 가족의 삶은 유난히 심각한 '뿌리 뽑히기'의 연속이었다. 그가 다양한 기회에 술회한 가족사를 살펴보면 삶의 규칙 자체가 송두리째 바뀌는 바람에 그때까지 겨우 세상에 적응하여 쌓은 가치가 하루아침에 부정되거나 반(反)가치로 돌변하는 경험이 여러 차례 반복되었던 것이다. 그의 가족은 결국 '움직이는 질서'를 견디지 못하고 움직이지 않는 땅을 찾아 미국으로 이민을 간다. 하지만 최인훈은 한국에 남았다. 작가로서 그는 남의 땅을 자신이 서 있을 수 있는 대지로 삼을 수 없었던 것이다.

8

일제 강점기에 어느 정도 성공적으로 적응하여 안정된 삶을 누리던 최인훈의 가족은 해방 이후 식민지 체제가 사회주의 체제로 하루아침에 뒤엎어지는 격변 속에서 가진 것을 포기하고 고향을 떠나 타지로 이사를 한다. 고향은 위험해졌고, 이제 모르는 사람들 사이에서 새로이 생존을 도모해야 했던 것이다. 최초의 추락. 하지만 그것은 물론 어른들이 감내해야 할 바깥세상의 풍파일 뿐, 어린 최인훈으로서는 거의 느낄 수 없는 일이다.

9

최인훈은 사회주의 조국의 건설이 일사천리로 진행되는 와중에 본격적인 육체적, 정신적 성장기를 보낸다. 이 시기에 그는 사회주의적, 민족주의적 정의감을 내면화했고, 학업 성적은 우수했고, 학교에서 지도적 활동을 했고, 존경하는 선생님도 있었으며, 도서관에서는 일본인들이 남기고 간 책의 세계에서 문학적 자양분을 얻었다. 그의 영광은 자신이 존경하는 선생님에게서 문학적 재능을 완전히 인정받았을 때 그 정점에 다다른다. 그는 새로운 체제에 잘 적응했고, 그 속에서 정신적인 가치를 쌓아올린 것이다. 그는 더 높이, 더 높이 올라갈 수 있을 것 같았다. 그런데 사태가 뜻하지 않게 돌변한다. 그것은 그의 가족이 숨기고자 한 회령에서의 과거와 관련되어 있다. 석연치 않은 가족의 성분이 어떤 이유에서인지 알려지면서, 그의 말과 행동은 '지도원 선생'에게 의심받고, 그는 회령에서의 과거를, 그리고 그의 양심 깊숙한 부분을 마치 범죄자처럼 추궁당한다. 그는 더 이상 학교의 자랑이 아니라, 당혹스러운 수치였다. 두번째 추락. 그것은 형성 중인 최인훈의 영혼에 깊은 충격으로 새겨졌고, 그의 문학은 훗날 거듭 이 지점으로 되돌아오게 된다.

10

이처럼 최인훈의 추락 체험은 당시의 개인적, 역사적, 사회적 요인들이 맞물려서 만들어진 매우 특수하고 내밀한 성격의 것이다. 그러나 그는 거기에서 보편적인 원리를 끌어낸다. 그 원리란 무엇인가? 인간이란 추락할 수 있는, 아니, 추락할 수밖에 없는 존재라는 것.

11

추락의 가능성은 인간 존재의 이원성에서 비롯된다. 인간은 "생물이면서 문화 주체인 중층적 자기 구조"(p.33)를 지니고 있다. 이런 맥락에서 최인훈은 "생물적 신체"와 "정보적 신체," 또는 생물적 동일성을 구성하는 DNA와 문명적 동일성을 구성하는 (DNA)´를 구별한다. 우리는 오랜 생물학적 진화의 결과로서 조상에게서 DNA를 물려받고 후손에게 물려주듯이, 문명의 발전은 우리에게 기술, 과학, 제도 등 엄청난 문명적 정보, 즉 (DNA)´를 물려주며, 우리는 이를 변형시켜 후대에 전수한다. 이때 전자가 모든 생명체에서 똑같이 일어나는 과정이라면, 인간이 단순한 생명체가 아닌 인간으로서의 정체성을 가지는 것은 바로 후자의 과정, 즉 문명적 정보의 상속 과정을 통해서다. 이처럼 인간을 인간으로 만드는 것은 문화적 정보이지만, 역설적이게도 문화적 정보는 인간의 본질적인 속성이 아니다.

12

생물학적 차원에서 이루어지는 정보의 상속은 결정적이며 돌이킬 수 없다. 그것은 우리에게 자동적으로 주어지고, 우리가 의식하지 않는 동안에 몸속에서 자율적으로 재생산되며, 우리가 솟아오르는 충동에 따라 행동하기만 하면 후대에 전승된다. 그것은 우리의 존재 자체와 불가분의 관계로 결합되어 있다. 아니, 그것이 곧 인간 존재의 본질적 기반이다. 반면 문명적 정보는 인간과 분리되어 있다. 문명적 정보는 오직 인간 외부 세계에 물화된 형태로만 표현되고 보존된다. 최인훈은 다른 책에서 거북이의 등껍질과 인간의 갑옷을 비교한다. 생물학적 정보가 거북 등껍질과 같이 우리에게 단단히 붙어 있는 데 반해(등껍질이 파손된 거북이의 알에서도 등껍질이 달린 거북이가 나온다), 문명적 정보는 갑옷처럼 쉽게 벗겨낼 수 있는 것이다. 이는 문명적 정보에 의해 구성되는 인간의 정체성이 쉽게 해체될 수 있음을 의미한다. 고도로 발달한 문명이 어떤 이유로 한순간에 몰락하면, 그 문명의 폐허에서 유적의 의미를 전혀 알지 못하는 무지한 인간들이 소박한 삶을 살아간다.

13

문명의 진화와 함께 문명 정보의 양은 증가하며, 인간은 생물학적 존재로서 자신에게 주어진 한계에서 점점 더 멀어져간다. 하지만 생물학적으로 동질적인 인간이 모두가 같은 정도로 동시에 나아가는 것은 아니기 때문에 문명 정보의 첨단과 후미 사이에는 큰 진폭이 생긴다. 또한 문명 정보에는 양적인 차이뿐만 아니라 질적인 차이도 있을 수 있다. 따라서 생물학적으로 같은 인간이라도 어떤 문명 정보에, 어느 정도로 접속되어 있느냐에 따라 문명적으로 엄청난 차이가 발생한다. 또한 동일한 사람도 문명 정보의 진폭 사이에서 오락가락할 가능성을 배제할 수 없다. 예컨대 『스완의 집 쪽으로』 서두 부분. 여기서 프루스트는 잠에서 막 깨어난 몽롱한 상태의 의식이 정상적인 의식으로 되돌아오기까지의 과정을 묘사하면서 혈거인의 의식이 수천 년의 세월을 단숨에 건너뛰어 문명인의 의식으로 도약한다고 쓴다.

14

최인훈은 다음과 같이 말한다. "생물은 태어나서 죽을 때까지 동일성을 유지할 수 있는 영혼의 평화가 선험적으로 보장된 존재 형태인데, 사람인 경우에는 생물로 태어나서 대과학자나 성인군자도 될 수 있는가 하면, 성인군자가 됐다가도 악마도 될 수 있고, 최고의 과학자가 됐다가도 능력이 쇠잔해진다든지 육체적인 훼손 때문에 백치로서 일생을 마칠 수도 있습니다"(p.89). 이 때문에 "의식적 존재로서의 인간에게는 아이덴티티가 없다"고 할 수 있고, "아이덴티티가 있다고 하더라도 시시각각으로 자꾸만 불어나든지 줄어들든지 해서 늘 불안정"한 것이다. 이러한 생각은 특히 작가나 학자에게 잘 적용될 수 있다. 그것은 "그 사람의 지적인 성취가 지금 그래프상의 어디에 도달해 있는가 하는 것이 그 사람의 아이덴티티일 수밖에 없기 때문"이다.

15

불안정한 정체성. 한번 도달한 문명적 수준이 취소될 수 있다는 불안감. 이러한 불안감 때문에 최인훈은 '메모'에 의지한다. "어떤 것은 몇 년씩 혹은 잠도 자지 않고 만들어봤던 정신적인 비전이 다른 일을 한다든지 앓고 난다든지 할 때에 잊어버리는 부분이 많아져서 정신적 온도가 내려가는 경우가 있습디다. 그래서 뭔가 제일 간단한 방식으로 내 사상이니까 나만 알아볼 수 있는 메모만 해두면 과거 몇 년 동안의 수준이 순간적으로 다시 부상할 수 있겠다는 생각을 갖게 되었고, 그래서 형태 없는 작업에 종사하는 정신노동자의 자기 불안에서 오는 가장 직접적인 메모에 해당하는 것이 내가 비평에 있어서 주체가 돼본 흔적이 아닌가……"(p. 90) 여기서는 작가를 비평, 즉 창작에 대한 성찰로 추동하는 불안감이 앞의 인용문(2번 글 참조)에서와는 다른 각도에서 서술되어 있다. 대상의 불안정성이 아니라 주체의 불안정성이 불안감의 원천인 것이다.

16

최인훈은 정신적 노동을 통해 도달한 수준, 문명적 높이를 유지하기 위해 메모라는 외적 수단을 동원한다. 산만함과 부주의, 육체적 피로 때문에 하강의 경향을 보이는 불안정한 정체성에 견고한 윤곽을 부여하는 것이 메모— 그것은 최인훈에게 비평 또는 에세이 쓰기의 겸손한 표현이다—의 기능일 것이다. 하지만 이때 주의할 점은 글이 석고상을 만들어내는 주물처럼 단단한 정체성을 빚어내는 것이 아니라는 사실이다. 다음 구절에 주목하라. "과거 몇 년 동안의 수준이 순간적으로 다시 부상할 수 있겠다……" 메모는 저자의 정신(또는 정신적 정체성)을 고정시키지는 못한다. 메모는 씌어진 즉시 저자의 정신과 분리되고, 정신은 글로부터 점점 멀어진다. 그러다가 다시 메모를 보면, 하강해 있던 정신은 순간적으로 예전 수준을 회복한다는 것이다. 그러니까 메모의 역할이란 정확히 말하면 험한 등산로에 박혀 있는 철심처럼, 아래로 떨어져 있는 정신이 다시 위로 올라설 수 있게 돕는 것뿐이다. 물론 그 철심은 정신 스스로가 예전에 박아놓은 것으로, 정신은 그 철심의 도움으로 이번에는 더 높이 상승할 수 있을 것이다. 하지만 철심에 몸을 의탁하여 그 높이에 장기적으로 체류할 수는 없다.

17

문명 진보에 대한 두 가지 모델. 첫째, 축적의 모델. 인간은 문명 정보의 탑을 쌓아간다. 인간은 이 탑의 꼭대기 층에 거하며 그 위에 한 층을 더 쌓음으로써 문명에 진보를 가져온다. 다른 하나는 높이뛰기의 모델이다. 인간은 높이 올랐다가 그 정점에서 추락한다. 문명의 진보는 인간이 다음번에 더 높이 뛰어오른다는 것을 의미한다. 하지만 상승의 과정은 언제나 저 아래에서 다시 시작되며, 인간은 과거에 올랐던 길을 고스란히 다시 한 번 거쳐야 한다.

최인훈이 말하는 문명의 진보는 후자에 가깝다. 이러한 이유에서 그는 개체발생이 계통발생을 반복한다는 헤켈의 명제를 문명 이론적 테제로 전용한다.

18

　높이뛰기 선수가 정점에 도달할 때 기록과 그는 하나이다. 하지만 그것은 순간에 지나지 않는다. 그는 곧 자신의 기록과 분리되어 땅으로, 평범한 사람들 사이로 내려온다. 그가 더 이상 연습을 하지 않고, 선수 생활을 중단한다면, 과거의 기록은 그 자신에게도 다시 도달할 수 없는 까마득한 높이로 느껴질 것이다. 그는 어떤 기록을 세운 선수로 기억은 되겠지만, 그것은 지금의 그 자신과는 완전히 무관한 일이다. 글과 작가, 작품과 예술가 사이에도 이와 동일한 분리가 일어난다. 위대한 작품을 쓸수록, 이러한 분리는 깊은 추락을 의미한다. 위대한 작품을 쓴 작가는 그 위대성을 발판으로 삼아 남들보다 더 손쉽게 또 다른 위대함을 더할 수 있는 것이 아니며, 자기 자신이 과거에 이룩한 위대함을 넘어서기 위해 밑바닥에서 새로 도움닫기를 해야 한다. 물론 그렇게 하지 않더라도 사람들은 그를 어떠어떠한 작품의 작가로 기억하고 존경할 것이다. 하지만 그것 역시 지금의 그 자신과는 아무런 상관도 없는 일이다. 그는 매번 새롭게 뛰어올라야 한다. 추락하더라도. 결국에는 추락할 수밖에 없다는 것을 알면서도.

19

우리는 문명의 진화 과정을 단순히 최고 기록의 역사로, 위대한 책과 작품의 역사로, 인간이 이룩한 문명적 업적들의 역사로, 문명 정보의 확대 축적의 역사로만 생각하기 쉽다. 그러한 생각은 인간이 생물학적 DNA 위에 추가적으로 쌓아온 (DNA)′, 즉 문명 정보가 곧 다른 생명체와 구별되는 인간의 고유한 정체성을 구성한다는 암묵적 전제에서 나온다. 반면 최인훈의 문명 이론은 위대한 과학자가 백치가 될 수 있고, 위대한 문명의 후손들이 야만인이 될 수 있다는 것을 환기한다. 추락과 퇴화의 가능성에 대한 인식. 그것은 생물학적 존재로서의 인간과 문명 정보의 접속이 불안정하고 비본질적이며 우연적이라는 관점을 통해서, 더 나아가서 인간의 문명적 정체성만이 아니라 인간의 생물학적 정체성을 아우르는 시야의 확장을 통해서 가능해진다. 그럴 때 비로소 문명적 높이에 도달하기 위해 분투하고 실패하는 인간, 성공하고도 결국 추락할 수밖에 없는 인간, 고도로 발달한 현대 수학의 시대에 구구단을 암기하며(또는 암기하지 못하며) 계통발생의 길을 험난하게 걸어가는 어린 학생들의 모습도 눈에 들어올 것이다. 최인훈은 인간의 이중성을 아우르는 과업을 예술에 부여한다. "생물이면서 문화 주체인 인간의 중층적 자기 구조를 전인적으로 완전하게 자기화하여, 종적 유類적 개인을 체험하는 의식이 예술이다. 생물은 이 의식 없이도 언제나 자기 동일적 존재로 자재自在하지만, 인간은 이 의식 없이는 언제나 유적 존재 — 가능적 자기의 일부분만을 실현하고 있을 뿐이다. 인간 존재의 전방위적 가동의 의식이 예술이다. 그렇게 해서 인간은 그 구성 부분의 두 부분인 생물적 신체와 정보적 신체의 결혼을 이룬다. 현대 예술의 조건은 이 두 부분 간의 긴장 그것이, 단절된 연결이며 연결된 단절이라는 부단한 경고의 함량이 작중 상황에 균일하게 스며 있느냐의 여부에서 예술성이 가늠되고, 함량의 다과에 의해서 등급이 주어진다. 의도된 불안정이 보이지 않는 것은 우리 시대의 예술이 아니다"(p.33. 상점은 인용자의 강조).

20

하나의 가설. 소중한 가치를 한순간에 박탈당하고 심연으로 추락할 위험에 직면한 소년. 고향을 영원히 잃은 피난민. 최인훈은 자신을 그토록 예외적 존재로 만든 불안정한 삶의 체험을 가장 대표적이고 보편적인 것으로 만듦으로써 삶의 상처와 공포에서 벗어난다. 이제 삶의 불안정성, 인간 존재의 불안정성은 개인적 체험의 차원을 넘어서 한국 현대사의, 근대 세계사의 본질적 특징으로, 더 나아가서 생물학적 존재로서의 한계를 벗어나 문명의 세계에 발을 내디딘 인간 존재의 근본적 조건으로 나타난다. 최인훈이 공포스러운 소설 창작을 벗어나 인간 존재의 보편적이고 본질적인 문제를 집중적으로 파고들어가는 희곡 작업에 몰두할 수 있었던 것은 아마도 그의 이러한 보편성에 대한 인식 덕택이었을 것이다. 「한스와 그레텔」 공연 팸플릿에서 그는 다음과 같이 말한다. "문화는 인간이 타고나는 것이 아니기 때문에 목숨과의 사이에 언제나 끊김과 부대낌을 가지고 있다. 그런데도 우리는 문화의 형식이 아니고는 목숨을 살지 못하는 데까지 이미 진화해버린 존재들이다"(p. 277). 이것이 최인훈의 희곡, 더 나아가 그의 문학에 토대를 제공하는 핵심적 인식이며, 그의 예술론은 이 토대를 다지기 위한 거듭된 노력의 산물인 것이다.

[2010]